Hermann Sudermann

Litauische Geschichten

Unveränderter Nachdruck der Ausgabe
Stuttgart und Berlin, Cottasche Buchh. Nachf. 1917

Verlag Dietmar Klotz

Bibliografische Information Der Deutschen Bibliothek
Die Deutsche Bibliothek verzeichnet diese Publikation in der Deutschen Nationalbibliographie; detaillierte bibliographische Daten sind im Internet über http://dnb.ddb.de abrufbar.

ISBN 3-88074-744-X

3. Auflage 2003

Verlag Dietmar Klotz GmbH
Krifteler Weg 10
65760 Eschborn bei Frankfurt am Main

ISBN 3-88074-744-X

Litauische Geschichten

Von

Hermann Sudermann

2.—25. Auflage

Stuttgart und Berlin 1917
J. G. Cotta'sche Buchhandlung Nachfolger

A. g. XIII.

Seinem lieben und verehrten Freunde

Ökonomierat Scheu

auf Adl. Heydekrug

zugeeignet

Inhalt

Die Reise nach Tilsit

Wilwischken liegt am Haff. Ganz dicht am Haff liegt Wilwischken. Und wenn man von dem großen Wasser her in den Parwefluß einbiegen will, muß man so nah an den Häusern vorbei, daß man Lust bekommt, ihnen vom Kahn aus mit ein paar Zwiebeln — es können auch Gelbrüben sein — die Fenster einzuschmeißen.

Um die schönen, blanken Fenster wäre es freilich schade. Denn Wilwischken ist ein sauberes Dorf und ein reiches Dorf. Seine Einwohner betreiben neben der Haff- und der Flußfischerei einträgliche Acker- und Gartenwirtschaft, und die Zwiebeln von Wilwischken sind berühmt.

Die stattlichste Wirtschaft von allen ist die, die an der Mündung der Parwe gleichsam die scharfe Ecke bildet, und sie gehört dem Ansas Balczus.

Der Ansas Balczus ist nicht etwa ein gewöhnlicher Fischer, der bei jedem Raubfang sein Teil einscharren muß und nie genug kriegt, der am Montagabend seine Barsche in Heydekrug unterm Preis ausbietet und am Dienstagnachmittag betrunken heimfährt; der Ansas Balczus ist beinahe schon ein Herr, der mit den Deutschen deutsch spricht wie ein Deutscher, der sich sein Glas Grog süßt wie ein Deutscher und der sich bei seinen Prozessen so gut zu verteidigen weiß, daß er die Anwaltskosten sparen kann.

Er hat sich auch eine feine Frau genommen, der Ansas Balczus. Sie stammt aus Minge und ist die Tochter von dem reichen Jakstat, dem die großen Haffwiesen gehören. Daß er die Indre Jakstat bekommen würde, hätte keiner geglaubt, denn um die rissen sich alle, und sie ging so blaß und sanft an ihnen vorbei, als ob sie eine Sonnentochter gewesen wäre.

Nun *hat* er sie aber und kann stolz auf sie sein. Sie hat ihm drei hübsche Kinder geboren, und sie sorgt für die Wirtschaft, als wäre sie mit der Laime, der freundlichen Göttin, im Bunde. Ihre Butter wird ihr von den Händlern schon weggerissen, wenn sie noch in der Milch steckt, ihr Johannisbeerwein ist der kräftigste weit und breit, und im Brautwinkel stehen seit vorigen Weihnachten zwei rote Plüschsessel. Man erzählt sich sogar, daß sie der kleinen Elske, wenn sie sieben Jahre alt sein wird, ein Klavier kaufen will.

Und dabei geht sie noch ebenso sanft und blaß ihres Wegs, wie sie es als Mädchen getan hat, und wird so rot wie ein Nelkenbeet, wenn man sie anspricht.

So ist die Indre Balczus. Und wenn *ich* der Ansas wäre, ich würde meine Hände zum Himmel heben, morgens und abends, daß *sie* meine Frau ist und keine andere.

Und so war es auch früher, aber seit die Busze als Magd ins Haus gekommen ist, hat es sich sehr verändert. So sehr verändert, daß die Nachbarfrauen schon lange die Köpfe zusammenstecken, wenn von dem Hof des Balczus Schimpfen und Weinen herüberschallt.

Das Schimpfen kommt von dem Ansas. *Die* Stimme kennt ein jeder. Aber weinen tut nicht die Indre — *wenn* sie's tut, so nur ganz leis und in der Nacht —, es sind die drei Kinder, die da weinen über all das Üble, das ihre Mutter erleiden muß. Und manchmal mischt sich auch ein Lachen darein, ein gar nicht gutes Lachen, hart wie Glas und schadenfroh wie Hähergeschrei.

Der Teufel hat diese Busze ins Haus gebracht. Wenn sie nicht selbst eine Besitzerstochter wäre und als solche stolzen und hoffärtigen Sinnes, hätte sie so viel Schaden gar nicht anrichten können. Warum muß die überhaupt dienen gehen mit ihren blinkernden Achataugen und dem Fleisch wie von Apfelblüten? Wer weiß, wie vielen die schon die Köpfe verdreht hat! Aber sie nimmt sie und läßt sie laufen, und wenn sie irgendwo einen ganz verrückt gemacht hat, dann lacht sie und geht in einen anderen Dienst.

Hier in dem Hause des Balczus sitzt sie nun als das leibhaftige Gegenteil der stillen und sanftmütigen Frau. Singt und schmeißt und rumort vom Morgenstern an bis in die späte Nacht, schafft für dreie und wird schon aufgebracht, wenn man ihr nur sagt, sie möchte sich schonen.

Seit nun gar der Wirt bei ihr in der Kammer gewesen ist, kennt sie überhaupt keinen Spaß mehr. Es ist ein Elend mitanzusehen, wie sie die Herrschaft mehr und mehr an sich reißt, und er ist schwach und tut, was sie will.

Sonst kommt das wohl in Wirtschaften vor, wo die Frau arm eingezogen ist oder aber kränklichen Leibes und darum die Dinge gehen läßt, wie sie gehen. Aber der Indre gegenüber, dem reichen Jakstat seiner schönen Tochter, die bloß zu fein und zu hochgeboren ist, um sich mit so einem Biest auflegen zu können, da versteht man die Welt nicht mehr.

Eines Tages, als er wieder betrunken gewesen ist und sie geschlagen hat, kommt die Nachbarin, die Ane Doczys, zu ihr und sagt: „Indre, wir können das nicht mehr mit ansehen, wir ringsum. Wir haben beschlossen, ich schreib's deinem Vater."

Die Indre wird noch blasser, als sie schon ist, und sagt: „Tut's nicht, sonst nimmt er mich mit, und was wird dann aus den Kindern?"

„Wir tun's doch," sagt die Doczene, „denn solch ein Frevel darf nicht sein auf der Welt."

Und die Indre bittet auch noch für ihren Mann und sagt: „Spricht es sich immer weiter herum, so kommt er ganz sicher ins Unglück. Heiraten darf er sie nicht wegen des Ehebruchs. Auf den müßt' ich klagen, denn nur so kann ich die Kinder zugesprochen kriegen. Schon jetzt betrinkt er sich immer häufiger. Was dann erst wird, das überlegt sich ein jeder."

„Aber soll denn das immer so fortgehen?" fragt die Doczene.

„Sie ist schon aus fünf Brotstellen weggelaufen, wenn sie genug gehabt hat," sagt die Indre, „und mit ihm wird sie's nicht anders machen."

Aber die Ane Doczys, mitleidigen Herzens, wie Nachbarinnen sind, denen es morgen ebenso gehen kann, warnt sie wieder und wieder.

„Wir haben uns auch erkundigt," sagt sie, „das sind dann immer Saufbengels gewesen und Duselköpfe. So einen wie deinen Mann läßt die nicht los."

Dies Wort führt der Indre so recht zu Gemüte, was für einen vortrefflichen Mann sie gehabt hat, ehe die Busze ins Haus kam. Aber sie weint und klagt nicht, denn es ist nicht ihre Art. Sie wendet nur ein wenig das eingefallene Gesicht und sagt: „Wie Gott will."

Nun, vorerst geht es so, wie die Doczene will.

Die kommt nach Hause und sagt zu ihrem

Mann, der auf der Ofenbank liegt und schläft: „Doczys," sagt sie, „hier sind die Wasserstiefel. Setz die Segel ins Mittelboot, wir fahren nach Minge."

„Aus welchem Grund fahren wir nach Minge?" fragt er ungehalten; denn wer schläft, will Ruhe haben.

Aber die Doczene, in Wut bei dem Gedanken, daß es ihr morgen ebenso gehen kann, fackelt nicht viel und stößt ihn herunter. Er bekommt auch noch die schweren Stiefel angezogen, und eine halbe Stunde später fahren die beiden nach Minge.

Am Tage darauf kommt der alte Jakſztat in Wilwischken an. Er ist nicht zu Kahn gekommen, das hätte zu armemannsmäßig ausgesehen, sondern hat den Umweg über Land nicht gescheut, um seinem Schwiegersohn mit dem Verdeckwagen und dem neusilbernen Kummetgeschirr unter die Nase zu reiben, welcherart das Haus ist, aus dem seine Frau herstammt.

Des reichen Jakſztat erinnern wir uns noch alle. Der o-beinige, kleine Mann mit dem lappigen Knochengesicht und den ewigen Rasiermesserkratzen war ja bekannt genug. Als er starb, ist er schließlich gar nicht so reich gewesen. Aber das tut nichts zur Sache.

Die Buſze, die ihre Augen überall hat, sieht als erste das Fuhrwerk vorfahren und tritt aus dem Hause.

Was er wünsche, fragt sie, die Arme einstemmend, und funkelt ihn an.

Er, nicht faul, nimmt seinem Kutscher die Peitsche aus der Hand und reißt ihr eins über. Lang übers Gesicht und den nackten rechten Arm herunter flammt die Strieme.

Und was tut sie? Sie packt den alten Mann, zieht ihn vom Wagen und fängt ihn mit den Fäusten zu verprügeln an. Der Kutscher springt vom Bock, der Ansas Balczus kommt aus dem Hause gestürzt, und beiden Männern zusammen gelingt es erst, ihn der wütenden Frauensperson zu entreißen. Weiß Gott, sie hätte ihn sonst vielleicht umgebracht.

So schlimm dies Vorkommnis an und für sich sein mag, in der nun folgenden Unterredung gibt es dem Alten Oberwasser. Denn so weit vom Wege abgekommen ist der Ansas Balczus doch noch nicht durch seine Kebserei, daß er nicht wüßte, welche Schande ein solcher Empfang dem Hause weit und breit bereiten muß.

Nun steht er in seiner ganzen Länge mit dem hinter die Ohren gestrichenen gelben Flachshaar und dem braunen Sommersprossengesicht vor dem Alten und weiß nicht, wo er die Augen lassen soll.

Der schnauft immerzu vor Zorn und weil ihm noch vom Herumrangen die Luft fehlt.

„Wo ist deine Frau?"

Wie soll der Ansas Balczus wissen, wo seine Frau ist? Die läuft in ihrer Ratlosigkeit oft genug aus dem Hause, dorthin, wo sie vor Schimpf und Schlägen sicher ist.

„Ich bin der reiche Jakstat!" schimpft der Alte. „Mir soll so was passieren!"

Der Ansas Balczus entschuldigt den Überfall, so gut es geht. Aber was kann er viel sagen?

„Diese Bestije, diese Patartschke muß sofort aus dem Hause!"

„Na, na," brummt der Ansas. Wäre das nicht eben geschehen, so hätte er wahrscheinlich die Brust ausgestemmt und geschrien, das sei *seine* Wirtschaft, hier hab' er allein was zu sagen, aber jetzt brummt er bloß: „Na, na."

Der Alte merkt sofort, daß sein Weizen blüht, und nun legt er los. Es gibt nicht viel Schimpfwörter im Litauischen, die der Ansas für sich und sein Frauenzimmer *nicht* zu hören gekriegt hat in dieser Stunde.

Und schließlich ist er ganz windelweich, sitzt auf der Ofenbank und weint.

Indre kommt nach Hause. Sie hat die beiden Ältesten aus der Schule geholt und geht über den Hof, den kleinen Willus auf dem Arm, schlank und rank, geradeso wie die katholische heilige Jungfrau.

Wie sie das väterliche Fuhrwerk sieht, schrickt sie zusammen, setzt das Kindchen auf die Erde und sieht sich um, als weiß sie nicht, wo sich am raschesten verstecken.

Aber noch rascher ist der Alte. Zur Tür hinaus — und sie packen — und sie hereinziehen — hast du nicht gesehen!

„Jetzt fällst du vor ihr auf die Knie," fährt er den Schwiegersohn an, „und küssest den Saum ihres Gewandes!"

So ohne Willen, wie der auch ist, das will er doch nicht. Aber der Alte hilft kräftig nach, und richtig, da liegt er vor ihr und sagt mit einem Schluchzer: „Ich weiß, ich bin ein Sünder vor dem Herrn."

„Steh auf, Ansas," sagt sie in ihrer milden Weise und legt die Hand auf seinen Kopf. „Wenn du dich jetzt zu sehr demütigst, vergißt du es mir nachher nicht, und es bleibt alles beim alten."

Ach, wie gut hat sie ihn gekannt!

Aber vorläufig geht er auf alles ein und verspricht dem Alten, daß die Busze mit seinem Willen den Hof nicht mehr betreten soll und daß sie jetzt auf der Stelle abgelohnt werden soll.

Die Indre warnt den Vater, so Hartes nicht zu verlangen. Aber er besteht darauf. Er hätte es lieber nicht sollen.

„Die Busze! Wo ist die Busze?"

Da kommt die Busze. Sie hat das Gesicht mit einem Taschentuch verbunden wie eine mit

Zahnschmerzen, und um den rechten Arm hat sie eine nasse Schürze gewickelt. Zum Kühlen.

Sie stellt sich in die Tür und sieht die drei ganz freundlich an.

„Na also, was ist?" sagt sie. „Ich hab' zu tun."

„Du hast hier nichts mehr zu tun," sagt der Alte, „und das wird dir dein Brotherr gleich klarmachen."

„Da bin ich doch neugierig," trumpft sie als eine, die ihrer Sache sicher ist.

Der Ansas Balczus weiß nicht, wo anfangen und wo aufhören. Aber weil sie mit ihrem verbundenen Gesicht nicht gerade sehr hübsch aussieht, wird es ihm leichter. Er stottert was von „Hausfrieden" und „man muß Opfer bringen" und so. Sehr würdereich sieht er nicht aus.

Sie lacht laut auf und lacht und lacht. „Haben sie dich richtig kleingekriegt, du Dreckfresser?" sagt sie. „Ums übrige wirst du ja bald wissen, wo du mich finden kannst."

Damit dreht sie sich um und schlägt die Tür hinter sich zu. — — —

Jetzt könnte der Friede wohl wiederkommen. Und anfangs scheint es auch so. Der Ansas tut freundlich zu seiner Frau, und als er mit Fischen auf den Heydekrüger Markt gefahren ist, bringt er ihr aus dem Hofmannschen Laden sogar ein Seidenkleid mit. Aber er hat einen schiefen

Blick, und wenn er kann, geht er ihr aus dem Wege.

Die Indre schreibt nach Hause: „Es ist alles wieder gut.“ Aber auf das Papier sind ihre Tränen gefallen.

Denn die Busze ist immer noch da. Sie hat sich bei den Pilkuhns eingemietet, die hinten am Abzugsgraben wohnen, und was das für Gesindel ist, das weiß in Wilwischken ein jeder. Sie tut so, als arbeitet sie in den Wiesen, aber man kann kaum ins Dorf gehen, dann trifft man sie irgendwo. Sie hat sogar die Dreistigkeit, den beiden Kindern, wenn sie aus der Schule kommen, Gerstenzucker zu schenken.

Und wohin geht der Ansas, wenn es dunkel wird? Kein Mensch weiß. Er geht an der Parwe entlang, wo die Weidensträucher so dicht stehen, daß sich kein Abendrot zum Wasser hinfindet. Und die Leute, die vor den Türen sitzen, reden leise hinter ihm drein: „Jetzt trifft er sich mit der Busze.“

Es ist eine Schande zu sagen: Er trifft sich wirklich mit der Busze.

Dort, wo sich kein Abendrot zum Wasser hinfindet, sitzen sie bis in die Nacht hinein und schmieden Pläne, wie es werden soll. Aber was sie auch übersinnen, — die Frau, die Indre, steht immer dazwischen.

„Laß dich scheiden!“

Laß dich scheiden! Leicht gesagt. Aber die Kinder! Der Endrik, der Älteste, soll einmal das Grundstück erben. Und die Elske, die ihm selbst aus den Augen geschnitten ist, wird demnächst gar Klavier spielen. Solche Kinder stößt man nicht von sich. Von dem kleinen Willus gar nicht zu reden. Außerdem hat der Schwiegervater, der reiche Jakszat, die zweite Hypothek hergegeben. Wo kriegt man die her, wenn er kündigt?

Aber die Indre muß fort! Die Indre muß aus dem Wege! Die Indre mit ihrem Buttergesicht. Die Indre, die ihm nachspioniert. Die Indre, die allabendlich von Tür zu Tür läuft, um ihn schlecht zu machen vor den Leuten. Die Pilkuhns wissen, daß es nichts Abscheuliches gibt, was sie nicht erzählt von ihm. Sogar daß er einen Bruchschaden hat, hat sie erzählt. Woher sollen es die Pilkuhns sonst wissen? Ja, so schlecht ist sie bei all ihrer Scheinheiligkeit.

Also die Indre muß fort. Das ist beschlossene Sache. Es fragt sich bloß, wie.

Er natürlich will nichts davon hören, aber es muß ja doch sein.

Manche Frauen sterben im Kindbett — man braucht kaum einmal nachzuhelfen, aber das kann lange dauern und bleibt eine unsichere Sache.

Gift? Das kommt aus. So sicher, wie zwei mal zwei vier ist. Und wer's dann getan hat, weiß heute schon das ganze Dorf. Ertrinken? Aber die Indre geht nicht aufs Wasser. Das ganze vorige Jahr ist sie nicht einmal auf dem Wasser gewesen.

Sie wird schon gehen — man muß ihr nur zureden.

Na, und dann? Wird sie etwa freiwillig 'reinspringen? Ja, selbst *wenn* sie's täte, wer würde es glauben? Kommt man ohne sie zurück, sitzt man auch schon in Untersuchung.

Gift oder Ertrinken — es ist ein und dasselbe.

Aber die Busze hat einen klugen Kopf, die Busze weiß Rat.

Ob er schwimmen kann.

Er kann schon schwimmen. Aber in den schweren Stiefeln nutzt das nichts. Da wird man auf den Grund gezogen wie die „Kulschen" — die kleinen Steine im Staknetz.

Dann muß man barfuß 'raus. Jetzt im Sommer fährt jeder barfuß 'raus.

Er, der Ansas, hat das nie getan, und das wissen die Leute.

Ob die Indre schwimmen kann.

Wie die bleiernen Entchen — so kann die Indre schwimmen.

„Also, es wird gehen," meint nachdenklich die Busze.

„*Was* wird gehen?"

Ob er sich des Unglücks erinnert, im vorigen

Sommer, an der Windenburger Ecke, wobei die zwei Fischer ums Leben gekommen sind?

Wie soll er sich dessen nicht erinnern. Der eine der Toten ist ja sein Vetter gewesen.

Ob er auch weiß, wie es geschehen ist.

Genau weiß es niemand, aber man nimmt an, daß sie betrunken gewesen sind und die gefährliche Stelle verschlafen haben, die Stelle hinter dem Leuchtturm, wo der Wind plötzlich einsetzt und wo man scharf aufpassen muß, will man nicht kentern wie ein zu hoch geladener Heukahn.

Ob man das Kentern nicht auch künstlich machen kann!

Ja, wenn man durchaus ersaufen will.

Ob man sich nicht aufs Schwimmen einrichten kann!

Bis an Land schwimmt keiner.

Ob man es nicht den Schuljungens nachmachen kann mit Binsen oder Schweinsblasen, die einen stundenlang über Wasser halten!

Man kann schon. Aber es ist ungebräuchlich und würde bemerkt werden.

Dann müßte man sie nach dem Gebrauch aus der Welt schaffen.

„Ja, aber wie?"

Die Busze wird nachdenken.

So reden und beraten sie Stunden und Stunden lang, Nacht für Nacht. Die Busze fragt, und er antwortet. Und aus dem Fragen und dem Antworten backen sie bei langsamem Feuer den Kuchen gar, an dem die Indre sich den Tod essen muß.

Eins bleibt immer noch das Schwerste: wie sie am besten zu dem Ausflug zu bringen ist. Mehrere müssen es sein, die glücklich verlaufen, ehe der Schlag geführt werden kann. Wo aber die Gründe hernehmen, um die häufigen Fahrten zu rechtfertigen? — Und wie selten auch weht der Süd oder der Südwest, bei dem allein das Unternehmen gelingen kann, und noch dazu in der gehörigen Stärke. Darum muß noch etwas Besonderes gefunden werden, ein Grund wie kein anderer. Einer, der jede Vorbereitung unnötig macht und gegen den es keinen Widerspruch gibt.

Bis dahin aber, das legt ihm Busze immer wieder ans Herz, heißt es freundlich zu der Indre sein, damit ihr jeder Verdacht genommen wird und auch die Nachbarn glauben können, es sei nun alles wieder in Ordnung.

Und er ist freundlich zu der Indre — so freundlich, wie's einer versteht, der sich nie im Leben verstellt hat. Er schlägt das Herdholz klein und trägt es ihr zu, er hilft ihr beim Garnkochen, er bessert den Stöpsel im Rauchfang, er küßt sie beim „Guten Tag" und „Gute Nacht", und er schläft sogar an ihrer Seite, aber er rührt sie nicht an.

Die Indre drückt sich still an die Wand, wenn er um Mitternacht heimkommt, um den Dunst der Magd nicht zu atmen, den er nach wie vor an sich herumträgt.

Und schließlich — die Buſze hat es so verlangt — bringt er auch das schwerste Opfer und geht des Abends nicht mehr ins Sumpfweidendickicht. Von nun an verkehren sie nur durch den Briefträger. Die Aufschriften sind von einem jungen Kanzlisten in Heydekrug, dem er weisgemacht hat, er könne nicht schreiben, auf Vorrat gefertigt, und drinnen stehen Zeichen, die nur sie beide verstehen.

So muß auch die Indre glauben, der heimliche Verkehr habe aufgehört. Aber täuschen läßt sie sich darum doch nicht. Ihr ist manchmal, als habe sie die Gabe des zweiten Gesichts, und oft, wenn er sich vor ihr wunder wie niedlich macht, denkt sie bei sich: „Wie seh' ich ihn doch durch und durch!"

Eines Tages kommt er besonders liebselig auf sie zu und sagt: „Mein Täubchen, mein Schwälbchen, du hast böse Tage gehabt, ich möchte dir gern etwas Gutes bereiten, such es dir aus."

Sie sieht ihn nur an und weiß schon, daß er Hinterhältiges im Sinne führt. Und sie sagt: „Ich brauche nichts Gutes. Ich hab' ja die Kinder."

„Nein, nein," sagt er, „es muß sein. Schon wegen der Nachbarn. Auch deinem Vater will ich einen Beweis meiner Sinnesänderung geben. Weißt du nichts, so denke nach, und auch ich werde mir den Kopf zerbrechen."

Am nächsten Tage kommt er wieder. Aber sie weiß noch immer nichts.

Da sagt er: „Nun, dann weiß ich es. Du hast noch nie die Eisenbahn gesehen. Laß uns nach Tilsit fahren, damit du einmal die Eisenbahn siehst."

Sie sagt darauf: „Die Leute erzählen sich, daß die Eisenbahn nächstens bis nach Memel geführt werden soll, und Heydekrug wird dann eine Station werden. Wenn es so weit ist, kann ich ja einmal zum Wochenmarkt mitfahren."

Aber er gibt sich nicht zufrieden.

„Tilsit ist eine schöne Stadt," sagt er, „wenn du nicht hinfahren willst, so weiß ich, daß du einen bösen Willen hast und an Versöhnung nicht denkst, während ich nichts Anderes im Sinne habe, als dir zu Gefallen zu leben."

Da fällt ihr ein, daß er die Zusammenkünfte mit der Magd wirklich aufgegeben hat, und sie beginnt in ihrer Meinung wankend zu werden.

Und sie sagt: „Ach Ansas, ich weiß ja, daß du es nicht aufrichtig meinst, aber ich werde dir wohl den Willen tun müssen. Außerdem sind wir ja alle in Gottes Hand."

Der Ansas hat die Gewohnheit, daß er rot werden kann wie irgend ein junges Ding. Und weil er das weiß, geht er rasch vor die Tür und schämt sich draußen. Aber ihm ist zumut, als m u ß er es tun und ein Zurück gebe es nicht. Als wenn ihn der Drache mit feuriger Gabel vorwärts schuppst, so ist ihm zumut. Und darum fängt er an demselben Tage noch einmal an.

„In Tilsit ist ein Kirchturm," sagt er, „der ruht auf acht Kugeln, und darum hat ihn der Napoleon immer nach Frankreich mitnehmen wollen. Er ist ihm aber zu schwer gewesen. Eine so merkwürdige Sache muß man doch sehen."

Die Indre lächelt ihn bloß so an, sagt aber nichts.

„Außerdem," fährt er fort, „gibt es ja ein Lied, das geht so:

Tilschen, mein Tilschen, wie schön bist du doch!
Ich liebe dich heute wie einst,
Die Sonne wär' nichts wie ein finsteres Loch,
Wenn du sie nicht manchmal bescheinst.

Nun weißt du hoffentlich, was für eine schöne Stadt Tilsit ist."

Wie er sich so zereifert, lächelt ihn Indre noch einmal an, und er wird wieder rot und redet rasch von anderen Dingen.

Am nächsten Morgen aber sagt er ganz obenhin: „Nun, wann werden wir fahren?" Als ob es längst eine abgemachte Sache wäre.

Sie denkt: „Will er mich los sein, so kann er es auf tausend Arten. Es ist das Beste, ich füge mich."

Und zu ihm sagt sie: „Wann du wirst wollen."

„Nun, dann je eher, je besser," sagt er.

Es wird also der nächste Morgen bestimmt.

Und wie die Buſze es ihm eingegeben hat, läuft er am Nachmittag von Wirtschaft zu Wirtschaft und sagt: „Ihr wißt, liebe Nachbarn, daß ich mich schlecht aufgeführt habe. Aber von nun an soll alles anders werden. Zum Zeichen dessen werde ich mit der Indre eine Vergnügungsfahrt nach Tilsit machen. Damit will ich sozusagen die Versöhnung festlich begehen."

Und die Nachbarn beglückwünschen ihn auch noch. Genau, wie die Buſze es vorhergesagt hat.

Was aber tut die Indre inzwischen?

Sie legt die Sachen der Kinder zurecht, schreibt auf ein Papier, was sie am Alltag und am Sonntag anziehen sollen und wie die Stücke Leinwand, die sie selber gewebt hat, künftig einmal zu verschneiden sind. Auch ihre Kleider verteilt sie. Das neue seidene kriegt die Ane Doczys, und die Erbstücke kommen an Elske. Dann legt sie noch ihr Leichenhemde bereit und was ihr sonst im Sarge angezogen werden soll. Und dann ist sie fertig.

Draußen auf dem Hof spielen die Kinder.

Sie denkt: „Ihr Armen werdet schlechte Tage haben, wenn die Busze erst da ist."

Dann geht sie hinüber zur Ane Doczys, kurz nachdem der Ansas dagewesen ist, und sagt: „Dem Menschen kann leicht etwas zustoßen. Ich weiß, daß ich von dieser Reise nicht wiederkommen werde."

Die Ane ist sehr erschrocken und sagt: „Warum sollst du nicht wiederkommen? Nach Tilsit ist bloß ein Katzensprung. Und es soll ja auch ein Versöhnungsfest sein."

Die Indre lächelt bloß und sagt: „Wir werden ja sehn. Darum versprich mir, daß du auf die Kinder achtgeben wirst und dem Großvater schreibst, wenn es ihnen nicht gut geht."

Die Ane weint und verspricht alles, und die Indre geht heim. Sie bringt die Kinder zu Bett und betet mit ihnen und stärkt sich in dem Herrn...

In der Frühe, lang' vor der Sonne, fahren sie ab.

Er, der Ansas, hat seine Sonntagskleider an, und auch sie hat sich geschmückt, denn es soll ja ein Versöhnungsfest sein. Sie trägt die rote, grüngestreifte Marginne, den selbstgewebten Rock, in dem sie vor neun Jahren mit ihm zur Versprechung nach der Kirche gefahren ist, und ein klares Mädchenkopftuch gegen die Sonnenstrahlen.

Auch zu essen und zu trinken hat sie mitgenommen und in dem vorderen Abschlag verstaut.

Er ist auf Klotzkorken und hat die leichten Wichsstiefel in der Hand. Im letzten Augenblick bringt er noch etwas angetragen, in Sackleinwand gepackt, das wirft er neben sich vor das Steuer und sieht sie verstohlen dabei an, als ob er eine Frage erwartet.

Aber sie fragt nichts.

Wie er das Großsegel setzt, gewahrt sie, daß ihm die Hände zittern. Er will sich nichts merken lassen und sagt: „Es ist ein hübsches kleines Windchen, wir können zu Mittag in Tilsit sein."

Sie sagt: „Mir ist es gleich."

Und er meint: „Ob es hin auch noch so rasch geht, zurück muß man kreuzen."

Dann wirft er das Schwert aus und setzt auch den Raginnis, das kleine Vorsegel. Er sitzt nun halb zugedeckt von all der Leinwand, so daß sie ihn kaum sehen kann.

Der Kahn fährt wie an der Leine, und rings in dem Wasser gluckſen die Fischchen.

Über das weite Haff hin ist es nach Westen wie eine blaugraue Decke gebreitet, nur drüben die Nehrung steht dunkelrot im Morgenschein.

Wie sie um die Windenburger Ecke herumkommen, dort, wo die Landzunge sich spitz in das Wasser hineinstreckt, lockert er erst die Segelleine und wirft dann mit raschem Griff das

Steuer um, denn von nun an geht es mit vollem Wind geradeswegs nach Osten.

So oft sie zum Vater nach Minge fuhr, vor dieser Stelle hat sie schon immer Angst gehabt, denn wenn irgend einmal ein Unglück geschehen ist, dann war es nur hier.

Und sie sucht in ihrer ungewissen Angst das liebe Minge, das in der Ferne ganz deutlich zu sehen ist, und denkt bei sich: „Ach Vater, wenn du wüßtest, was für einen schlimmen Weg die Indre fährt."

Aber sie ist still im Herrn. Nur die gefährliche Stelle macht ihr das Herz eng.

Und dann fährt der Kahn glatt auf die Mündung zu, die mit ihren Grasbändern rechts und links schon lang' auf sie zu warten scheint.

Da liegt nun vor ihr der breite Atmathstrom, breit wie die Memel selber, von der er ein Arm ist, und das hübsche kleine Windchen macht auf dem Wasser ein Reibeisen.

„Zwei Mundvoll mehr wären gut," sagt der Ansas halb abgewandt zu ihr herüber, „denn wenn der Gegenstrom auch schwach ist, der Kahn merkt ihn doch."

Sie denkt bloß: „Ich möchte nach Minge." Aber Minge liegt längst weit im Rücken. Denn drüben ist schon Kuwertshof, das einsam zwischen Wasserläufen gelegene Wiesengut, von dem die Leute sagen, daß, wer darauf wohnen will, sich

Schwimmhäute anschaffen muß, sonst kann er nicht vor und nicht zurück.

„Auch ich kann nicht vor und nicht zurück," denkt sie, „und muß stillhalten, wie er es bestimmt."

Nun macht der Strom den großen Ellbogen nach Süden hin, und die Segel schlagen zur Seite, so daß sie ihn mit seinem ganzen Körper sehen kann. Sie sitzt auf der Paragge, dem Abschlag vorn an der Spitze, und er hinten am Steuer. Der Mast steht zwischen ihnen.

Ihr ist, als will er sich vor ihren Blicken verstecken. Er rückt nach rechts, er rückt nach links, aber es hilft ihm nichts.

„Du armer Mann," denkt sie, „ich möchte nicht an deiner Stelle sein." Und sie lächelt ihn traurig an, so leid tut er ihr.

Auf der rechten Seite kommt nun Ruß, der große Herrenort, in dem so viel getrunken wird wie nirgends auf der Welt. Vor dem Rußner Wasserpunsch fürchten sich ja selbst die Herren von der Regierung.

Zuerst mit den vielen Flößen davor der Anckersche Holzplatz und eine Sägemühle und dann noch eine und noch eine.

Die Dzimken, die Flößer, die mit den Hölzern stromab aus Rußland kommen, sitzen in ihren langen, grauen Hemden auf der Floßkante und baden sich die Füße. Hinter ihnen rauchen die Kessel zum Frühstücksbrot.

„Er wird mir wohl Gift 'reintun," denkt sie. Aber noch hat sie das mitgebrachte Essen in ihrer Hand, und was Anderes wird sie nicht zu sich nehmen.

Die Insel Brionischken kommt mit ihrer neuen Sägemühle. Auch hier liegen Holztriften fest, und die Dzimken, die Tag und Nacht Musik machen müssen, fangen schon an, die Kehlen zu stimmen.

Eins von den Liedern kennt sie:

Lytus lyndju, rasà rasdju,
O mùdu abùdu lovò gulèju.

Sie denkt: „Wenn alles so wäre wie einst, dann würden wir jetzt mitsingen."

Die Dzimken winken ihnen auch einladend mit den Händen, aber keines von ihnen beiden grüßt wieder. Und viele andere haben ihnen während der Fahrt noch zugewinkt, aber niemals haben sie Antwort gegeben.

Hinter Ruß kommt, wie wir ja wissen, eine traurige Gegend. Links das Medszokel-Moor, wo die Ärmsten der Armen wohnen, rechts das Bredszuller Moor, das auch nicht viel wert ist. Aber dahinter erhebt sich auf Hügeln und Höhen der Ibenhorst, der weitberühmte Wald, in dem die wilden Elche hausen.

Und sie muß an jenen Frühlingstag denken, vor sieben Jahren. Sie trug damals die Elske im sechsten Monat und war in der Wirtschaft schon wenig mehr nütze. Da sagte er eines Tages zu ihr: „Wir wollen nach Ibenhorst fahren, vielleicht daß wir die Elche sehen." Aber er nahm nicht wie heute die Waltelle — das Mittelboot —, denn damit kommt man in den kleinen Seitenflüssen nicht vorwärts, sondern den Handkahn. In dem fuhren sie nun eng aneinander gedrückt durch das Gewirr der fließenden Gräben, durch Rohr und Binsen, stunden- und stundenlang. Und sie hatte den Kopf auf seinem Schoß liegen und sagte ein Mal über das andere: „Ach, was brauchen wir Elche zu sehen, es ist ja auch so ganz wunderschön." Und schließlich sahen sie doch einen. Es war ein mächtiger Bulle mit einem Geweih rein wie zwei Mühlenflügel. Der stand ganz nahe im Röhricht und kaute und sah sie an. Ansas sagte: „Sehr wild scheint der nicht zu sein, ich fahr' einfach auf ihn los." Aber die Elske in ihrem Leibe, die wollte das nicht und machte einen heftigen Sprung. Und als sie ihm das sagte, da wußte er nicht, wie rasch er umkehren sollte.

An jenen Frühlingstag also muß sie denken, und dabei kommt mitten aus ihrer Ergebung der Jammer plötzlich über sie, so daß sie die gefalteten Hände vor die Stirn legt und dreimal weinend sagt: „O Gott, o Gott, o Gott!"

Dann sieht sie, daß er das Ruder festmacht und über die Großmastbank zu ihr herübersteigt.

„Worüber klagst du eigentlich?" hört sie ihn sagen.

Sie hebt die Augen zu ihm auf und sagt: „Ach Ansas, Ansas, weißt du nicht besser als ich, warum ich klage?"

Da dreht er sich auf seinen Hacken um und geht stumm zum Hinterende zurück.

Auf einer der entgegenfahrenden Triften spielt ein Dzimke die Harmonika.

Sie denkt: „Nun wird die Elske wohl nie mehr Klavier spielen lernen ... und der Willus wird auch niemals ein Pfarrer werden." Denn das hat sie sich in ihrem Sinne vorgenommen, weil es ein gottgefälliges Werk ist.

Sie denkt weiter: „Ich werde es mir noch vorher von ihm versprechen lassen." Aber wie kann sie wissen, wann das Schreckliche kommen wird, so daß sie noch Zeit behält zum Bitten? Jeden Augenblick kann es kommen, denn oft ist alles menschenleer — auch an den Ufern weit und breit.

„Was mag er nur in der Sackleinwand haben?" denkt sie weiter. „Da drin muß es sein, womit er das Schreckliche ausüben will. Aber was kann es sein?" Das Paket ist rund und halbmannslang und etwa wie ein Milcheimer so stark. Als er es vor der Abfahrt auf den Boden warf, ist kein Schall zu hören gewesen. Es muß also leicht sein von Gewicht.

„Das Beste ist," denkt sie, „ich lasse es kommen, wie es kommt, und nutze die Zeit, um Frieden zu machen mit dem Herrn."

Aber der Herr hat ihr den Frieden längst gesandt. Sie weiß kaum einmal, um was sie beten soll. Denn um die Rettung zu beten, ziemt ihr nicht. Da braucht sie ja nur zu schreien, wenn irgendein Floß kommt. Und so betet sie für die Kinder. Immer der Reihe nach und dann wieder von vorne.

Wie lange Zeit so verflossen ist, kann sie nicht sagen. Aber die Sonne steht schon ganz hoch, da hört sie von drüben seine Stimme: „Bring mir zu essen, ich hab' Hunger!"

Das Herz schlägt ihr plötzlich oben im Halse. „Jetzt wird es geschehen," denkt sie. Aber wie sie ihm die Neunaugen und die Rauchwurst hinüberträgt und Brot und Butter dazu, da zittert sie nicht, denn jetzt denkt sie wieder: „Nein, so kann es n i c h t geschehen, er wird sich eine andere Art und Weise suchen."

Und dann, wie er fragt: „Ißt du denn nichts?", kommt ihr plötzlich der Gedanke: „Es wird g a r nicht geschehen. Und nur mein trüber Sinn malt es mir aus."

Aber sie braucht ihn nur anzusehen, wie er dasitzt, in sich zusammengekrochen und die Blicke irgendwohin ins Weite oder aufs Wasser gerichtet, bloß nicht auf sie, dann weiß sie: „Es wird d o ch geschehen."

Mit einmal faßt sie sich ein Herz und fragt: „Was hast du da in der Sackleinwand?"

Er zieht finster den Mund in die Höhe und antwortet: „Meine Wasserstiefel." Aber sie weiß, daß das nicht wahr sein kann, denn deren Absätze sind eisenbeschlagen und hätten beim Hinschmeißen geklappert.

Dann packt sie die Speisen zusammen und geht nach dem Vorderende zurück.

Die Sonne sticht nun sehr, und sie muß ihr Kopftuch tief in die Augen ziehen.

Längst haben sie die arme Moorgegend verlassen, auch der schwarze Rand des Ibenhorstes ist untergesunken, und hinter dem Damm dehnt sich die fruchtbare Niederung, wo der Morgen tausend Mark kostet und die Bauern Rotwein auf dem Tische haben.

Die Klokener Fähre kommt, hinter der Kaukehmen liegt, der große, reiche Marktort, in dessen bestem Gasthaus nur studierte Leute aus und ein gehen dürfen. „Wenn der Willus Pfarrer sein wird, wird er dort auch aus und ein gehen dürfen. Aber der Willus wird ja nie Pfarrer sein. Wird etwa die Busze ihn auf die hohe Schule gehen lassen?"

Nun dauert es noch etwa eine Stunde, dann kommt die Stelle, an der die Gilge sich abzweigt. Sie sieht das blanke Gewässer nach rechts hin im Grünen verschwinden, fragt aber nichts.

Da kriegt der Ansas mit einmal die Sprache wieder und sagt: „Du, Indre, von nun an heißt es nicht mehr der Rußstrom, jetzt ist es die Memel."

Sie bedankt sich für die Belehrung, und dann wird es wieder still. So lange still, bis Ansas plötzlich den Arm hebt und ganz erfreut nach vorne zeigt.

Sie wendet sich um und fragt: „Was ist?"

„Was wird sein?" sagt er. „Tilsit wird sein."

Sie sieht nicht nach Tilsit. Sie sieht bloß nach ihm. Er lacht übers ganze Gesicht, weil sie nun bald da sind.

„Es wird *nicht* geschehen," denkt sie. „*Der* Mensch kann sich nicht freuen, der so Schreckliches mit sich herumträgt."

Und dann wird er ganz ärgerlich, weil sie so gar keine Neugier zeigt.

„Da vorne bauen sie die große Eisenbahnbrücke," sagt er, „und hinten steht auch Napoleons Kirchturm, aber du siehst dich nicht einmal um."

Sie entschuldigt sich und läßt sich alles erklären. Und so kommen sie immer näher.

Die Mauerpfeiler, die aus dem Wasser wachsen, und die Eisengerüste hoch oben, die in der Luft hängen wie der Netzstiel beim Fischen — so was hat sie wirklich noch nie gesehen.

„Alles war Unsinn," denkt sie. „Es wird *nicht* geschehen."

Und dann kommen Holzplätze, so groß wie der Anckersche in Ruß, und Schornstein nach Schornstein, und dann die Stadt selber. Mit Wohnhäusern, noch höher als die Speicher in Memel. Denn Memel kennt sie. Dorthin ist sie früher manchmal zum Markt mitgefahren und um die See zu sehen.

Napoleons Kirchturm hätte sie sich wunderbarer vorgestellt. Die acht Kugeln sind wirklich da, aber das Mauerwerk steht darauf, als ob es gar nicht anders sein könnte.

Ansas zieht die Segel ein und lenkt dem steinernen Ufer zu. Dort, wo er festmacht, liegen schon ein paar andere Fischerkähne, mit deren Besitzern er sich begrüßt. Es sind Leute aus Tawe und Inse, die ihren Fang am Morgen verkauft haben.

„Kommt ihr Wilwischker jetzt auch schon hierher", sagt einer neidisch, „und verderbt uns die Preise?"

Ansas, der sich gerade die Wichsstiefel anzieht, antwortet ihm gar nicht. Für solche Gespräche ist er zu stolz.

Indre breitet das weiße Reisetuch über den vorderen Abschlag und setzt die Speisen darauf. Neben den Neunaugen und der Rauchwurst hat sie auch Soleier und selbstgeräucherten Lachs mit eingepackt. Und da sie seit halb vier in der Frühe nichts mehr gegessen hat, merkt sie jetzt, daß ihr schon längst vor Hunger ganz schwach ist.

Sie sitzen nun beide auf den Kanten des Bootes einander nahe gegenüber und essen das Mitgenommene als Mittagbrot. Geld, um in ein vornehmes Gasthaus zu gehen und sich auftafeln zu lassen vom Besten, hat Ansas wohl übergenug. Aber das ist nicht Fischergewohnheit.

Sie denkt nun gar nicht mehr an das Schreckliche, aber das Herz liegt ihr von all dem Fürchten noch wie ein Stein in der Brust.

Jetzt ist es der Ansas, der nicht viel essen kann, denn die Erwartung, ihr alles zu zeigen, läßt ihm keine Geduld. Er steht auf und sagt: „Nun kann es losgehen." Aber vorher kehrt er noch nach hinten zurück, das Hängeschloß zu holen, damit der Kahn nicht etwa inzwischen verschwindet.

Dabei kommt er mit einem Fuß zufällig unter den runden Sack, der vor dem Steuersitz liegt. Der fliegt wie von selber hoch, so leicht ist er, und sinkt dann wieder zurück. Sie sieht, wie er dabei erschrickt und zu ihr herüberglupt, ob sie's auch nicht bemerkt hat. Und der Stein in ihrer Brust wird schwerer.

Aber wie sie das Ufer hinanschreiten und er ihr alles erklärt, denkt sie wieder: „Es kann nicht sein, es muß eine andere Bewandtnis haben."

Dann biegen sie in die Deutsche Straße ein, die breit ist wie ein Strom und an ihren Rändern lauter Schlösser stehen hat. In den Schlössern kann man sich kaufen, was man will, und alles ist viel schöner und prächtiger als in Memel.

Der Ansas sagt: „Hier aber ist das Schönste," und weist auf ein Schild, das die Aufschrift trägt: „Konditorei von Dekomin".

Und da ein kaltes Mittagbrot nie ganz satt macht, so beschließen sie auch sogleich hineinzugehen und die leeren Stellen im Magen aufzufüllen.

Und wie sie eintreten, o Gott, was sieht die Indre da! In einer langen, schmalen Stube, in der es kühl und halbdunkel ist, steht nicht weit von der Wand ein Tisch, der von einem Ende bis zum andern reicht und der ganz bedeckt ist mit Kuchen und Torten und sonstigen Süßigkeiten aller Art.

„Da wollen wir nun schwelgen," sagt der Ansas und reckt sich.

Aber sie traut sich noch nicht, und er muß ihr die Stücke einzeln auf den Teller legen. Auch einen schönen Rosenlikör bestellt er. Der ist süß wie der Himmel und klebt an den Fingern, so daß man immerzu nachlecken muß.

„Darf ich nicht auch den Kindern was mitbringen?" fragt sie.

„Nun, das versteht sich," sagt er und lacht.

Da sticht ihr plötzlich der Gedanke ins Herz, daß sie die Kinder vielleicht niemals mehr sehen wird. Ganz abgeängstigt blickt sie ihn an — und siehe da! auch sein Gesicht hat sich verändert. Der Mund steht ihm offen, ganz hohl sind die Backen, und die Augen schielen an ihr vorbei.

„Es wird d o c h geschehen," denkt sie und legt den Teelöffel hin, ißt auch nicht einen Bissen mehr; nur die Krumen, die rings um den Teller verstreut auf dem Steintisch liegen, wischt sie mit den Fingerspitzen auf und denkt dabei — — ja, was denkt sie? Nichts denkt sie. Und auch er sitzt da wie vor den Kopf geschlagen und redet kein Wort.

Also wird es d o c h geschehen!

Dann, wie er aufsteht, sagt er: „Nun laß dir einpacken." Aber sie kann nicht. „Bring d u es ihnen," sagt sie, und er tritt an den Tisch und sucht aus. Aber er weiß nicht, was er aussucht, denn seine Augen gehen immer nach ihr zurück, als will er was sagen und traut sich nicht.

Dann, wie sie wieder auf die Straße hinaustreten, die von der Nachmittagssonne geheizt ist wie ein Backofen, gibt er sich einen Ruck und fängt von neuem mit dem Erklären an. Dies ist das und jenes ist das. Aber sie hört kaum mehr hin. Ganz benommen ist sie von neuer Angst. Die kommt und geht, wie die Haffwellen ans Ufer schlagen.

Dann stehen sie vor einem Kurzwarenladen, in dessen Schaufenster auch Kindersachen ausliegen. „Wir wollen 'reingehen," sagt sie. „Du kannst den Kindern ein Andenken mitbringen."

„Andenken? An wen?" fragt er und stottert dabei.

„An mich," sagt sie und sieht ihn fest an.

Da wird er wieder rot, wendet die Augen ab und fragt nichts weiter.

Es wird also ganz sicher geschehen.

Sie sucht für den Endrik eine Wachstuchschürze mit roten Rändern, damit er sich nicht schmutzig macht, wenn er im Sand spielt; für die Elske eine blaue Kappe gegen die Sonne und für den kleinen Willus — was kann es viel sein? — ein Sabberschlabbchen, unter das Kinn zu binden. „Vielleicht werden doch noch einmal Pfarrerbäffchen daraus," denkt sie und verbeißt ihre Tränen.

Der junge Mann, der die Sachen einwickelt, sagt zu Ansas gewandt: „Vielleicht haben Sie auch für die Frau Gemahlin einen Wunsch."

Er steht verlegen und geschmeichelt, weil man die Indre eine „Frau Gemahlin" nennt, was von einer litauischen Fischersfrau wohl nicht häufig gesagt wird.

Und der junge Mann fährt fort: „Vielleicht darf ich auf unsere echten Schleiertücher aufmerksam machen, denn, wenn ich mir die Bemerkung erlauben darf, das, welches die Frau Gemahlin augenblicklich trägt, ist etwas — durchgeschwitzt."

Indre erschrickt und sucht einen Spiegel, denn noch hat sie nicht den Mut gehabt, sich irgendwo zu besehen. Und der junge Mann breitet eilig seine Gewebe aus. Die sind rein wie aus Spinnweben gemacht und haben Muster wie die schönsten Mullgardinen.

Ansas wählt das teuerste von allen — er getraut sich gar nicht, ihr zu sagen, w i e teuer es ist —, und der junge Mann führt sie vor eine Wand, die ganz und gar ein Spiegel ist. Wie sie das Tuch am Halse geknotet hat, so daß es die Ohren bedeckt und die Augen verschattet, da weiß er sich vor Entzücken gar nicht zu lassen.

„Nein, wie schön die Frau Gemahlin ist!" ruft er ein Mal über das andere. „Nie hat dieser Spiegel etwas Schöneres gesehen!"

Und sie bemerkt fast erschrocken, wie der Ansas sich freut.

Im Rausgehen wendet er sich noch einmal um und fragt den jungen Mann, ob er wohl weiß, wie die Züge gehen.

„Zur Ankunft oder zur Abfahrt?" fragt der junge Mann.

Und Ansas meint, das wäre ganz gleich.

Da lächelt der junge Mann und sagt, bald

nach viere komme einer an, und gegen sechse fahre einer ab. Man habe also die Auswahl.

Ansas bedankt sich und sagt, als sie draußen sind: „Wir wollen lieber die Abfahrt nehmen, denn da sieht man ihn in der Ferne verschwinden."

Aber bis sechs ist noch viel Zeit. Was kann man da machen?

Der Indre ist alles egal. Sie denkt bloß: „Wenn es doch geschehen soll, warum hat er dann noch so viel Geld für mich ausgegeben?"

Und in ihr Herz kommt wieder einmal die Hoffnung zurück.

Ansas ist vor einer Mauer stehen geblieben, auf der ein Zettel klebt:

Jakobsruh
heute vier Uhr
Großes Militärkonzert
ausgeführt von der Kapelle
des litauischen Dragonerregiments Prinz Albrecht.

Und darunter steht alles gedruckt, was sie spielen werden.

Der Stein in Indres Brust ist nun ganz leicht geworden; kaum zu fühlen ist er. Aber sie hat Zweifel, ob bei einem solchen Vergnügen, das augenscheinlich für die Deutschen bestimmt ist, auch Litauer zugegen sein dürfen — und dazu noch in ihrer Landestracht.

Aber Ansas lacht sie aus. Wer sein Eintrittsgeld bezahlt, ist eingeladen, gleichgültig ob er „wokiszkai“ spricht oder „lietuwiszkai“.

Indre zweifelt noch immer, und nur der Gedanke, daß es ja ein litauisches Dragonerregiment ist, welches die Musiker hergibt, macht ihre Schamhaftigkeit etwas geringer.

So fahren sie also in einer Droschke nach Jakobsruh, jenem Lustort, der bekanntlich so schön ist wie nichts auf der Welt. Bäume so hoch und schattengebend wie diese hat Indre noch nie gesehen, auch nicht in Heydekrug und nicht in Memel. Am Haff, wo es nur kurze Weiden gibt und dünne Erlen, könnte man sich von einer solchen Blätterkirche erst recht keinen Begriff machen.

Aber trotz ihrer Freude ist ihr vor dem fremden Orte noch bange genug, denn ringsum sitzen an rotgedeckten Tischen lauter städtische Herrenleute, und als Ansas vorangeht, einen Platz zu suchen, recken alle die Hälse und sehen hinter ihnen her. Es ist, um in die Erde zu sinken.

Ansas dagegen fürchtet sich nicht im mindesten. Er findet auch gleich einen leeren Tisch, wischt mit dem Schnupftuch den Staub von den Stühlen und befiehlt einem feinen deutschen Herrn, ihm und ihr Kaffee und Kuchen zu bringen. Genau so, wie es die anderen machen.

So ein mutiger Mann ist der Ansas. Man

fühlt sich gut geborgen bei ihm, und alle die Angst war ein Unsinn.

Nicht weit von ihnen ist eine kleine Halle aufgebaut mit dünnen Eisenständern und einem runden Dachchen darauf. Die füllt sich mit hellblauen Soldaten. O Gott, so vielen und blanken Soldaten! Während es doch sonst nur drei oder vier schmutzige Vagabunden sind, die Musik machen.

Zuerst kommt ein Stück, das heißt „Der Rosenwalzer". So steht auf einem Blatt zu lesen, das Ansas von dem Kassierer gekauft hat. Wie das gespielt wird, ist es, als flöge man gleich in den Himmel. Dicht vor den Musikern haben sich zwei Kinderchen gegenseitig um den Leib gefaßt und drehen sich im Tanze. Da möchte man gleich mittanzen.

Und hat sich doch vor einer Stunde noch in Todesnöten gewunden!

Wie das Stück zu Ende ist, klatschen alle, und auch die Indre klatscht.

Rings wird es still, und die Kaffeetassen klappern.

Ansas sitzt da und rührt sich nicht. Wie sie ihn etwas fragen will — so gut ist sie schon wieder mit ihm —, da macht er ihr ein heimliches Zeichen nach links hin: sie soll horchen.

Am Nebentisch sprechen ein Herr und Dame von ihr.

„Wenn eine Litauerin hübsch ist, ist sie viel hübscher als wir deutschen Frauen,“ sagt die Dame.

Und der Herr sagt: „In ihrer blassen Lieblichkeit sieht sie aus wie eine Madonna von — —“

Und nun kommt ein Name, den sie nicht versteht. Auch was das ist: „Madonna“, weiß sie nicht. Für ihr Leben gern hätte sie den Ansas gefragt, der alles weiß, aber sie schämt sich.

Da fängt sie einen Blick des Ansas auf, mit dem er gleichsam zu ihr in die Höhe schaut, und nun weiß sie, was sie schon im Laden geahnt hat: er ist stolz auf sie, und sie braucht nie mehr Angst zu haben.

Dann hört die Pause auf, und es kommt ein neues Stück. Das heißt „Zar und Zimmermann“. Der Zar ist der russische Kaiser. Daß man von d e m Musik macht, läßt sich begreifen. Warum aber ein Zimmermann zu solchen Ehren kommt, ein Mensch, der schmutzige Pluderhosen trägt und immerzu Balken abmißt, bleibt ein Rätsel.

Dann kommt ein drittes Stück, das wenig hübsch ist und bloß den Kopf müde macht. Das hat sich ein gewisser Beethoven ausgedacht.

Aber dann kommt etwas! Daß es so was Schönes auf Erden gibt, hat man selbst im Traum nicht für möglich gehalten. Es heißt: „Die Post im Walde“. Ein Trompeter ist vorher weggegangen und spielt die Melodie ganz leise und sehnsüchtig von weit, weit her, während die andern ihn ebenso leise begleiten. Man bleibt gar nicht Mensch, wenn man das hört! Und weil die Fremden, die Deutschen, ringsum nicht sehen dürfen, wie sie sich hat, springt sie rasch auf und eilt durch den Haufen, der die Kapelle umgibt, und an vielen Tischen vorbei dorthin, wo es einsam ist und wo hinter den Bäumen versteckt noch leere Bänke stehen.

Dort setzt sie sich hin, schiebt das neue Kopftuch aus den Augen, damit es nicht naß wird, und weint, und weint sich all die — ach, all die ausgestandene Angst von der Seele.

Und dann setzt sich einer neben sie und nimmt ihre Hand. Sie weiß natürlich, daß es der Ansas ist, aber sie ist vor Tränen ganz blind. Sie lehnt den Kopf an seine Schulter und sagt immer schluchzend: „Mein Ansuttis, mein Ansaschen, bitte, bitte, tu mir nichts, tu mir nichts."

Sie weiß, daß er ihr nun nichts mehr tun wird, aber sie kann nicht anders — sie muß immerzu bitten.

Er zittert am ganzen Leibe, hält ihre Hand fest und sagt ein Mal über das andere: „Was redest du da nur? Was redest du da nur?"

Sie sagt: „Noch ist es nicht gut. Ehe du es nicht gestehst, ist es noch nicht ganz gut."

Er sagt: „Ich habe nichts zu gestehen."

Und sie streichelt seinen Arm und sagt: „Du wirst es schon noch gestehen. Ich weiß, daß du es gestehen wirst."

Er bleibt immer noch dabei, daß er nichts zu gestehen hat, und sie gibt sich zufrieden. Nur wenn sie daran denkt, daß daheim im Dorf die Busze sitzt und lauert, läuft es ihr ab und zu kalt über den Rücken.

Mit ineinandergelegten Händen gehen sie zu ihrem Tische zurück und kümmern sich nicht mehr um die Leute, die nicht satt werden können, ihnen nachzusehen.

Und weil nun ringsum die Kaffeetassen verschwunden sind und statt ihrer Biergläser stehen, bestellt sich Ansas auch was bei dem feinen Herrn — aber kein Bier bestellt er, sondern eine Flasche süßen Muskatwein, wie ihn die Litauer lieben.

Und beide trinken und sehen sich an, bis Indre sich ein Herz faßt und ihn fragt: „Mein Ansaschen, was heißt das — eine Madonna?"

„So nennt man die katholische heilige Jungfrau," sagt er.

Sie zieht die Lippen hoch und sagt verächtlich: „Wenn's weiter nichts ist." Denn die Neidischen, die sie ärgern wollten, haben sie schon als Mädchen so genannt, und sie ist doch stets eine fromme Lutheranerin gewesen.

Und sie trinken immer noch mehr, und Indre

fühlt, daß sie rote Backen bekommt, und weiß sich vor Fröhlichkeit gar nicht zu lassen.

Da plötzlich fällt dem Ansas ein: „O Gott — die Eisenbahn! Und die Uhr ist gleich sechse!"

Er ruft den feinen Herrn herbei und bezahlt mit zwei harten Talern. Dann fragt er noch nach dem kürzesten Wege zum Bahnhof. Aber wie sie nun eilends dorthin laufen wollen, ergibt es sich, daß sie nicht mehr ganz gerade stehen können.

Die Leute lachen hinter ihnen her, und die Dame am Nebentisch sagt bedauernd: „Daß diese Litauer sich doch immer betrinken müssen."

Hätte sie gewußt, w a s hier gefeiert wird, so hätte sie's wohl nicht gesagt.

Die Straße zum Bahnhof führt ziemlich nah an den Schienen entlang. Sie laufen und lachen und laufen.

Da mit einmal macht es irgendwo: „Puff, puff, puff."

O Gott — was für ein Ungeheuer kommt dort an! Und geradeswegs auf sie zu.

Indre kriegt den Ansas am Ärmel zu packen und fragt: „Ist sie das?"

Ja, das ist sie.

Wie kann es bloß so viel Scheußlichkeit geben! Der Pukys mit dem feurigen Schweif und der andere Drache, der Atwars, sind gar nichts dagegen. Sie schreit und hält sich die Augen zu und weiß nicht, ob sie weiterlachen oder noch einmal losweinen soll. Aber da der Ansas sie beschützt, entscheidet sie sich fürs Lachen und nimmt die Schürze vom Gesicht und macht: „Puff, Puff.“ Genau so kindisch, wie die Elske machen würde, wenn sie den Drachen sähe, mit dem die Leute spazieren fahren.

„Wohin fahren sie?“ fragt sie dann, als die letzten Wagen vorbei sind.

Und Ansas belehrt sie: „Zuerst nach Insterburg und dann nach Königsberg und dann immer weiter bis nach Berlin.“

„Wollen wir nicht auch nach Berlin fahren?“ bittet sie.

„Wenn alles geordnet ist,“ sagt er, „dann wollen wir nach Berlin fahren und den Kaiser sehen.“ Dabei wird er mit einmal steinernst, als ob er ein Gelübde tut.

O Gott, wie ist das Leben schön!

Und das Leben wird immer noch schöner.

Wie sie auf dem Wege zur inneren Stadt an dem „Anger“ vorbeikommen, jenem großen, häuserbestandenen Sandplatz, auf dem die Vieh- und Pferdemärkte abgehalten werden, da hören sie aus dem Gebüsch, das den einrahmenden Spazierweg umgibt, ein lustiges Leierkastengedudel und sehen den Glanz von Purpur und von Flittern durch die Zweige schimmern.

Nun möchte ich den Litauer kennen lernen,

der an einem Karussell vorbeigeht, ohne begierig stehen zu bleiben.

Die Sonne ist zwar bald hinter den Häusern, und morgen früh will Ansas beim Kuhfuttern sein, aber was kann der kleine Umweg viel schaden, da man ja so wie so an vierzehn Stunden kreuzen muß.

Und wie sie das runde, sammetbehangene Tempelchen vor sich sehen, dessen Prunksessel und Schlittensitze nur auf sie zu warten scheinen, da weist Ansas mit einmal fast erschrocken nach dem Leinwanddache, auf dessen Spitze ein goldener Wimpel weht.

Sie weiß nicht, was sie da kucken soll.

Er vergleicht den Wimpel mit den Wetterfahnen rings auf den Dächern. Es stimmt! Der Wind ist nach Süden umgeschlagen — und das Kreuzen unnötig geworden. In sieben Stunden kann der Kahn zu Hause sein.

Also 'rauf auf die Pferde! Die Indre wehrt sich wohl ein bißchen — eine Mutter von drei Kindern, wo schickt sich das? Aber in Tilsit kennt sie ja keiner. Also, fix, fix 'rauf auf die Pferde, sonst geht's am Ende noch los ohne sie beide.

Und sie reiten und fahren und reiten wieder, und dann fahren sie noch einmal und noch einmal, weil sie zum Reiten schon lange zu schwindlig sind. Die ganze Welt ist längst eine große Drehscheibe geworden, und der Himmel jagt rückwärts als ein feuriger Kreisel um sie herum. Aber sie fahren noch immer und singen dazu:

„Tilschen, mein Tilschen, wie schön bist du doch!
Ich liebe dich heute wie einst!
Die Sonne wär' nichts wie ein finsteres Loch,
Wenn du sie nicht manchmal bescheinst."

Und die umstehenden Kinder, die schon dreimal Freifahrt gehabt haben, singen dankbar mit, obwohl sie Text und Weise nicht begreifen können.

Aber schließlich wird der Indre übel. Sie muß ein Ende machen, ob sie will oder nicht. Und nun stehen sie beide lachend und betäubt unter den johlenden Kindern und streuen in die ausgestreckten Hände die Krümel der Konditorkuchen, die sie aus Versehen längst plattgesessen haben.

Ja, so schön kann das Leben sein, wenn man sich liebt und Karussell dazu fährt!

Dann nehmen sie Abschied von den Kindern und den Kindermädchen, von denen etliche sie noch ein Ende begleiten. Um ihnen den Weg zu zeigen, sagen sie, aber in Wahrheit wollen sie bei Gelegenheit noch ein Stück Kuchen erraffen. Und sie hätten auch richtig was gekriegt, wenn sie bis zur Dekominschen Konditorei ausgehalten hätten. Aber die liegt ja, wie wir wissen, am andern Ende der Stadt.

Daselbst lassen sie beide sich noch einmal ein schönes Paketchen zurechtmachen, aber diesmal sucht die Indre aus. Der Ansas bestellt derweilen noch zwei Gläschen von dem klebrigen Rosenlikör und nimmt zur Sicherheit für vorkommende Fälle gleich die ganze Flasche mit.

Wie sie zu ihrem Kahn hinabsteigen, ist die Sonne längst untergegangen. Aber das macht nichts, denn der Südwind hält fest, und der Mond steht schon bereit, um ihnen zu leuchten.

Unter solchen Umständen ist ja die Fahrt ein Kinderspiel.

Ansas schöpft mit der Pilte das Wasser aus, damit die Bodenbretter hübsch trocken sind, wenn die Indre sich etwa langlegen will. Aber sie will nicht. Sie setzt sich auf ihren alten Platz vorn auf die Paragge, damit sie dem Ansas zusehen und sich im stillen an ihm freuen kann.

Und dann geht es los.

Die Ufer werden dunkler, und eine große Stille breitet sich aus. Sie muß immerzu daran denken, in welcher Angsthaftigkeit das Herz sie drückte, als sie vor acht Stunden desselben Weges fuhr, und wie leicht sie jetzt Atem holen kann.

Sie möchte am liebsten ein Dankgebet sprechen, aber sie will es nicht allein tun, denn er gehört ja wieder zu ihr ... und nötig hat er es auch.

Aber er hat jetzt nur Blick für Segel und Steuer, denn die Brückenpfeiler sind da und viele Kähne, die auf beiden Seiten vor Anker liegen.

Manchmal nickt er ihr freundlich zu. Das ist alles.

Alsdann breitet sich der Strom, und der Mond fängt zu scheinen an. Die Wellchen sind ganz silbern in der Richtung auf ihn zu und setzen sich und fliegen auf wie kleine weiße Vögelchen.

Sie kann den Ansas gut erkennen, er sie aber nicht, denn der Mond steht hinter ihr. Darum sagt er auch plötzlich: „Warum sitzt du so weit von mir weg?"

„Ich sitze da, wo ich bei der Hinfahrt gesessen hab'," sagt sie.

„Hinfahrt und Rückfahrt sind so verschieden wie Tag und Nacht," sagt er.

Und sie denkt: „Bloß daß jetzt Tag ist und damals Nacht war."

„Darum komm herüber und setz dich neben mich," sagt er.

Ach, wie gerne sie das tut!

Aber als sie ihm näher kommt, da fällt ihr Blick auf die Sackleinwand, die zwischen seinen Füßen liegt und die sie bisher nicht bemerkt hat.

Wie sie die wiedersieht, wird ihr ganz schlecht. Sie sinkt auf die Mittelbank nieder und lehnt ihren Rücken gegen den Mast.

„Warum kommst du nicht?“ fragt er fast unwirsch.

Nun weiß sie nicht, was sie tun soll. Soll sie ihn fragen, soll sie's mit Stillschweigen übergehen? Aber das weiß sie: dorthin, wo prall und rund der Sack liegt, um dessen Inhalt er sie belügt, dorthin kann sie die Füße nicht setzen. Sie würde glauben, auf ein Nest von Schlangen zu treten.

Und da kommt ihr der Gedanke, Klarheit zu schaffen über das, was gewesen ist. Jetzt gleich im Augenblick. Denn später kommt sie vielleicht nie.

Sie faßt sich also ein Herz.

„Willst du mir nicht sagen, mein Ansaschen, was du in der Sackleinwand hast?“

Er fährt hoch, als hätte ihn eine aus dem Schlangennest in den Fuß gebissen, aber er schweigt und wendet den Kopf weg. Sie kann sehen, wie er zittert.

Da erhebt sie sich und legt die Hand auf seine Schulter, aber sie hütet sich wohl, der Sackleinwand zu nahe zu kommen.

„Mein Ansaschen,“ sagt sie, „es ist ja jetzt wieder ganz gut zwischen uns, aber ehe du nicht alles gestehst, geht die Erinnerung an das Böse nicht weg.“

Er bleibt ganz still, aber sie fühlt, wie es ihn schüttelt.

„Und dann, mein Ansaschen," sagt sie weiter, „geht es auch wegen des lieben Gottes nicht anders. Ich hab' vorhin beten wollen, aber die Worte blieben mir im Halse. Denn du standest mir nicht bei. Darum sag es schon, und dann beten wir beide zusammen."

Da fällt er vor ihr auf seine Kniee, schlingt die Arme um ihre Kniee und gesteht alles.

„Mein armes Ansaschen," sagt sie, als er zu Ende ist, und streichelt seinen Kopf. „Da müssen wir aber tüchtig beten, damit der liebe Gott uns verzeiht."

Und sie läßt sich neben ihm auf die Kniee nieder, faltet ihre Hände mit den seinen zusammen, und so beten sie lange. Nur manchmal muß er nach dem Steuer sehen, und dann wartet sie, bis er fertig ist.

Zum Schluß segnet sie ihn, und er segnet sie, und dann stehen sie wieder auf und sind guter Dinge.

Nur was in der Sackleinwand ist, hat er vergessen zu sagen.

Sie zeigt darauf hin und will es wissen.

Aber er wendet sich ab. Er schämt sich zu sehr.

Da sagt sie: „Ich werde selber öffnen." Und er wehrt ihr nicht.

Und wie sie den Sack aufreißt, was findet sie da? Zwei Bündel grüne Binsen findet sie, mit Bindfaden aneinander gebunden. Weiter nichts.

Sie lacht und sagt: „Ist das die ganze Zauberei?"

Aber er schämt sich noch immer.

Da errät sie langsam, daß er damit nach dem Umschlagen des Kahnes hat davonschwimmen wollen, wie die Schuljungens tun, wenn sie im tiefen Wasser paddeln.

„Solch ein Lunterus bin ich geworden!" sagt er und schlägt sich mit den Fäusten vor die Brust.

Aber sie lächelt und sagt: „Pfui doch, Ansaschen, der Mensch soll sich nicht zu hart schimpfen, sonst macht er sich selber zum Hundsdreck."

Und so hat sie ihm nicht nur verziehen, sondern richtet auch seine Seele wieder auf. — — —

Wie sie sich neben ihn setzt — denn er will sie nun ganz nahe haben —, da merkt sie, daß sie mit ihrem Leibe den Gang des Steuers behindert, darum breitet sie zu seinen Füßen das weiße Reisetuch aus, das sie im vorderen Abschlag verwahrt hat, und legt sich darauf — doch so, daß ihr Kopf auf seine Knie zu liegen kommt. Und nun ist es genau so wie damals in Ibenhorst, als die Elske noch unterwegs war.

Und so fahren sie dahin und wissen vor Glück nicht, was sie zueinander reden sollen.

Von den Uferwiesen her riecht das Schnittgras — man kann den Thymian unterscheiden und das Melissenkraut, auch den wilden Majoran und das Timotheegras — und was sonst noch starken Duft an sich hat ... Der Stromdamm zieht vorüber wie ein grünblaues Seidenband. Nur wo zufällig der Rasen den Abhang hinuntergeglitten ist, da leuchtet er wie ein Schneeberg. Und der Mondnebel liegt auf dem Wasser, so daß man immer ein wenig aufpassen muß.

Außer den plumpsenden Fischchen, die nach den Mücken jagen, ist nicht viel zu hören. Nur die Nachtvögel sind immer noch wach. Kommt ein Gehölz oder ein Garten, dann ist auch die Nachtigall da und singt ihr: „Jurgut — jurgut — jurgut — wažok, wažok, wažok" ... Und der Wachtelmann betet sein Liebesgebet: „Garbink Diewa". Sogar ein Kiebitz läßt sich noch ab und zu hören, obgleich der doch längst schlafen müßte.

Und dann kommt mit einemmal Musik. Das sind die Dzimken, die ihre Triften während der Nacht am Ternpfahl festbinden müssen. Aber Gott weiß, wann die schlafen! Bei Tage rudern sie und singen, und bei Nacht singen sie auch.

Ihr Feuerchen brennt, und dann liegen sie ringsum. Einer spielt die Harmonika, und sie singen.

Da hört man auch schon das hübsche Liedchen „Meine Tochter Symonene," das jeder kennt, in Preußen wie im Russischen drüben. Ja, ja, die Symonene! Die zu einem Knaben kam und wußte nicht wie! Das kann wohl mancher so gehen. Aber der Knabe ist schließlich ein Hetmann geworden, wenigstens hat die Symonene es so geträumt.

„Der Willus muß ein Pfarrer werden," bittet die Indre schmeichelnd zu Ansas empor.

„Der Willus wird ein Pfarrer werden," sagt er ganz feierlich, und die Indre freut sich. Denn was in solcher Stunde versprochen wird, das erfüllt sich gleichsam von selber.

So fahren sie an dem Floß vorbei, und bald kommt ein nächstes. Darauf spielt einer gar die Geige. Und die andern singen:

„Unterm Ahorn rinnt die Quelle,
Wo die Gottessöhne tanzen
Nächtlich in der Mondenhelle
Mit den Gottestöchtern."

Ansas und Indre singen mit. Die Dzimken erkennen die Frauenstimme und rufen ihnen ein „Labs wakars!" zu. Zum Dank für den Gutenachtgruß will Ansas ihnen was Freundliches antun und läßt sich die Mühe nicht verdrießen, das Segel einzuziehen und an dem Floß anzulegen.

Nun kommen sie alle heran — es sind ihrer fünfe —, und der Jude, dem die Trift gehört, kommt auch.

Ansas schenkt jedem etwas von dem Rosenlikör ein, und sie erklären, so was Schönes noch nie im Leben getrunken zu haben.

Und dann singen sie alle zusammen noch einmal das Lied von den Gottestöchtern, von dem Ring, der in die Tiefe fiel, und den zwei Schwänen, die das Wasser getrübt haben sollen.

Zum Abschied reicht Ansas allen die Hand, und die Indre auch. Und der Jude wünscht ihnen „noch hundert Johr"!

Wären's bloß hundert Stunden gewesen, der Ansas hätt' sie brauchen können.

Da die Flasche mit dem Rosenlikör nun einmal hervorgeholt ist, wäre es unklug gewesen, sie wieder zu verstauen. Sie trinken also ab und zu einen Tropfen und werden immer glücklicher.

Noch an mancher Trift kommen sie vorbei und singen mit, was sie nur singen können, aber halten tun sie nicht mehr. Dazu ist der Rosenlikör ihnen zu schade.

Manchmal will auch der Schlaf sie befallen, aber sie wehren sich tapfer. Denn sonst — weiß Gott, auf welcher Sandbank sie dann sitzen blieben!

Nur eins darf der Ansas sich gönnen — nämlich von dem Abschlag hernieder auf die Bodenbretter zu gleiten. So kann er die Indre in seinem linken Arm halten und mit dem rechten das Steuer versehen.

Und die Indre liegt mit dem Kopf auf seiner Brust und denkt selig: „Der Endrik — und die Elske — und der Willus — und nun sind wir alle fünfe wieder eins."

Mit einmal — sie wissen nicht wie — ist Ruß da. Sie erkennen es an dem Brionischker Schornstein, der wie ein warnender Finger zu ihnen sagt: „Paßt auf!"

Die Dzimken, die dort mit ihren Triften liegen, sind nun richtig schlafen gegangen. Auch ihr Kesselfeuer brennt nicht mehr. Aber ob die tausendmal stilleschweigen, was macht es aus? Von Ruß gibt es ein hübsches Liedchen:

„Zwei Fischer waren,
Zwei schöne Knaben,
Aus Ruß gen Westen
Zum Haff gefahren."

Das singen sie aus voller Kehle, und um hernach die Kehle anzufeuchten, wollen sie noch einen Schluck von dem Rosenlikör genehmigen, aber siehe da, — die Flasche ist leer.

Sie lachen furchtbar, und der Ansas wird immer zärtlicher.

„Ach, liebes Ansaschen," bittet die Indre, „gleich kommt der große Ellbogen, und dann geht es westwärts, bis dahin mußt du hübsch artig sein."

Ansas hört noch einmal auf sie, und da ist auch schon der blanke Szieszefluß, da wo die Krümmung beginnt. Er holt die Segelleine mehr an und steuert nach links. Es geht zwar schwer, aber es geht doch noch immer.

Bis nach Windenburg hin, die anderthalb Meilen, läuft der Strom nun so schnurgerade, wie nur die Eisenbahn läuft. Kaum daß man hinter der Mündung der Mole ein wenig auszuweichen braucht.

Bei Windenburg freilich, wo die gefährliche Stelle ist, dort, wo gerade bei Südwind der Wellendrang aus dem breiten, tiefen Haff seitlich stark einsetzt, dort muß man die Sinne doppelt beisammen halten — aber bis dahin ist noch lange, lange — — ach, wie lange Zeit!

„Indre, wenn du mir meine Sünden wirklich vergeben hast, dann mußt du's mir auch beweisen."

„Ansaschen, du mußt aufpassen."

„Ach was, aufpassen!" Wenn man so lange blind und verhext neben der Besten, der Schönsten, neben einer Gottestochter dahergegangen ist und die Augen sind wieder aufgetan, was heißt da aufpassen?

„*Meine* Indre!"

„*Mein* Ansaschen!" — — —

Und nun liegen sie in ruhiger Seligkeit wieder nebeneinander, und der Kahn fährt dahin, als säße die Laime selber am Steuer.

„Ansaschen — aber nicht einschlafen!"

„Ach, wo werd' ich einschlafen." — —

„Ansaschen — wer einschläft, den muß der andere wecken."

„Jawohl — den — muß — der andere wecken." — — —

„Ansaschen, du schläfst!“

„Wer so was — sagen kann, — der schläft — selber.“

„Ansaschen, wach auf!“

„Ich wach'. Wachst du?“

Und so schlafen sie ein.

— — — — — — — — — — — — — — — —

Die Ane Doczys hat keine Ruh in ihrem Bett. Sie weckt also ihren Mann und sagt: „Doczys, steh auf, wir wollen aufs Haff hinausfahren.“

„Warum sollen wir aufs Haff hinausfahren?“ fragt der Doczys, sich den Schlaf aus den Augen reibend. „Fischen tu' ich erst morgen.“

„Die Indre hat solche Reden geführt,“ sagt die Doczene, „es ist besser, wir fahren ihnen entgegen.“

Da fügt er sich mit Seufzen, zieht sich an und setzt die Segel.

Wie sie aufs Haff hinausfahren, wird es schon Tag, und der Frühnebel liegt so dicht, daß sie keine Handbreit vorauf sehen können.

„Wohin soll ich fahren?“ fragt der Doczys.

„Nach Windenburg zu,“ bestimmt die Doczene.

Der Südwind wirft ihnen kurze, harte Wellen entgegen, und sie müssen kreuzen.

Da, mit einmal horcht die Doczene hoch auf.

Eine Stimme ist hilferufend aus dem Nebel gedrungen — eine Frauenstimme.

„Gerade drauf zu!“ schreit die Doczene. Aber er muß ja kreuzen.

Und sie kommen schließlich doch näher — ganz nahe kommen sie.

Da finden sie die Indre auf dem Wasser liegen, wie die Wellen sie auf und nieder schaukeln.

Wie hat es zugehen können, daß sie nicht ertrunken ist?

Rechts und links von ihrer Brust ragen halb aus dem Wasser zwei Bündel von grünen Binsen, die sind mit einem Bindfaden auf dem Rücken zusammengebunden.

Sie ziehen sie in den Kahn, und sie schreit immerzu: „Rettet den Ansas! Rettet den Ansas!“

Ja — wo ist der Ansas?

Sie weiß von nichts. Zuletzt, als sie wieder hochgekommen ist, da hat sie seine Hände gefühlt, wie er wassertretend die Binsen an ihr befestigte. Und von da an weiß sie nichts mehr von ihm.

Sie rufen und suchen und rufen. Aber sie finden ihn nicht. Nur den umgeschlagenen Kahn finden sie. An dem hätte er sich wohl halten können, aber er ist ihm sicher davongeschwommen, dieweil er die Binsen an Indres Leibe befestigte.

Fünf Stunden lang suchen sie, und die Indre liegt auf den Knieen und betet um ein Wunder.

Aber das Wunder ist nicht geschehen. Zwei Tage später lag er oberwärts friedlich am Strande.

* * *

Neun Monate nach dem Tode des Ansas gebar ihm die Indre einen Sohn. Er wurde nach ihrem Wunsch in der heiligen Taufe Galas, das heißt „Abschluß" benannt. Doch weil der Name ungebräuchlich ist, hat man ihn meistens nach dem Vater gerufen. Und heute ist er ein ansehnlicher Mann.

Der Endrik hält die väterliche Wirtschaft in gutem Stande, die Elske hat einen wohlhabenden Besitzer geheiratet, und der Willus ist richtig ein Pfarrer geworden. Seine Gemeinde sieht in ihm einen Abgesandten des Herrn, und auch die Gebetsleute halten zu ihm.

Die Indre ist nun eine alte Frau und lebt im Ausgedinge bei dem ältesten Sohn. Wenn sie zur Kirche geht, neigen sich alle vor ihr. Sie weiß, daß sie nun bald im Himmel mit Ansas vereint sein wird, denn Gott ist den Sündern gnädig.

Und also gnädig sei er auch uns!

Miks Bumbullis

1

Der Grigas und die Eve waren zum Johannisfeuer gegangen, hatten sich dann beim Heimweg irgendwo im Gebüsch noch aufgehalten, wie das junger Menschenkinder gutes Recht ist, und als sie sich dem Försterhause näherten, verschämt und verstohlen, da war es fast schon heller Tag.

Der Grigas bemerkte als erster, daß die Lampe im Wohnzimmer des Herrn noch brannte. Er winkte der Eve rasch, sich von hinten herum ins Haus zu schleichen, und tat so, als sei er schon bei der Arbeit. Er machte sich an dem Holzlager zu schaffen und warf mit großem Gepolter etliche Erlenkloben zwecklos übereinander.

Damit begehrte er die Aufmerksamkeit des alten Hegemeisters auf sich zu lenken und der Eve den heimlichen Wiedereintritt zu erleichtern.

Aber der Anruf des strengen Brotherrn, den er erwartet hatte, blieb aus.

„Wird wohl auf dem Sofa eingeschlafen sein," dachte er und setzte erleichtert die Pfeife in Brand.

Aber da sah er, wie vom Giebelende her die Eve mit heftigen Gebärden nach ihm zu rufen schien. Er begab sich vorsichtig in ihre Nähe und erfuhr zu seinem lebhaften Erstaunen, daß sie beim Nachsehen das Bettchen der kleinen Anikke leer gefunden habe.

Anikke war das vierjährige Kind eines weitläufigen Neffen, das der Alte zu sich genommen hatte, seit der Vater verschollen und die Mutter aus Gram darüber dem Lungenhusten erlegen war. Als erster Gedanke stieg dem Grigas auf, daß nur eine der Laumen die Anikke entführt haben könne. Denn daß diese Feen sich mit dem Wegnehmen und Auswechseln von Kindern befassen, auch lange nachdem sie getauft sind, das weiß ja selbst der Dümmste.

Aber Eve, die sonst immer seiner Meinung war, wollte ihm nicht Recht geben. Die brennende Lampe — und die Stille im Haus — und dazu kam noch eins, was sie vorhin beim Näherkommen bemerkt haben wollte: Das Fenster war geschlossen gewesen, aber in einer der Rauten hatten die Scherben gehangen.

So faßte er sich denn ein Herz und machte sich dicht vor der erleuchteten Stube zu schaffen.

Und beim Hineinschielen — was sah er da? Der alte Wickelbart lag auf dem Boden in seinem Blute, und in dem seitlich ausgestreckten Arme schlief das Kind.

Weinen und Wehklagen machen keinen Totgeschossenen wieder lebendig. Sie wußten auch gleich, wer's getan hatte: „Miks Bumbullis" sagten sie fast in einem Atemzuge.

Der Miks Bumbullis war nämlich vor zwei Tagen von dem alten Hegemeister abgefaßt worden, wie er gerade ein frisch erlegtes Reh ausnahm und dazu ein „Tewe musso" betete. Denn das Vaterunser ist immer gut gegen das Abgefaßtwerden. Aber diesmal hatte es dem Miks nichts geholfen. Er hatte sogar noch seine Flinte hergeben müssen, und wenn der Alte ihn nicht gefangen mit sich führte, so geschah es nur darum, weil er genau wußte, daß sein Gefangener ihn während des Weges trotz seiner Schußwaffe überwältigen würde.

Und nun hatte er doch daran glauben müssen. Denn mit dem Miks Bumbullis war nicht zu spaßen. Wo man nachts beladen über die Grenze ging, wo dem Zamaiten das Fuhrwerk ausgespannt wurde, wo man dem Juden den Schnaps auf die Straße goß, — der Miks war überall dabei. Nun gar das verdammte Wilddieben!

Und er hätte es so gut haben können! Die Wirtstöchter weit und breit waren nach ihm aus. Auch eine junge Witfrau sogar! Und was für eine! Mit einem Hof von hundertzwanzig Morgen. — Die hatte schon zweimal den Vermittler zu ihm geschickt.

Aber er? Nun, da sah man's ja.

Der Grigas und die Eve hoben das Kind aus dem starr gewordenen Arm, und als sie ihm das blutige und tränennasse Hemdchen vom Leibe zogen, da wachte es nicht einmal auf.

Nun lag es zwischen den rotbunten Kissen und lächelte wie so ein Engelchen.

Dann wollten sie an die Arbeit gehen, den Leichnam abzuwaschen und auf die Totenbahre zu legen. Da fiel dem Grigas zur rechten Zeit noch ein, daß man jeden, der eines unnatürlichen Todes gestorben ist, liegen lassen muß, wie er gefunden wurde, bis die Herren vom Gericht dagewesen sind. Und so geschah es auch.

2

Der Miks Bumbullis war bald gefunden. Er trieb sich in den Krügen umher und erklärte in seiner Betrunkenheit jedem, der es wissen wollte, er sei von dem Hegemeister beklappt worden. Darum müsse er jetzt auf ein paar Jahr in die Kaluse. Aber von dem Morde wußte er nichts.

Dem Gendarm, der ihm Handschellen anlegte, streckte er die Zunge aus und bestand darauf, daß der Krüger sich das Geld für die Zeche selber aus der Hosentasche hole, denn er müsse die kostbaren Armbänder schonen, die der Staat ihm geschenkt habe.

Ein strammer, gedrungener Kerl war er mit einem blonden Unschuldsgesicht. Trug das Haar noch von der Soldatenzeit her glatt an der Seite gescheitelt und sah mit großen, ausgeblaßten Augen gelassen in die Runde.

Sein erstes Verhör verlief wesentlich anders, als der Untersuchungsrichter erwartet hatte. Der alte Hegemeister habe es zwar schon lange auf ihn abgesehen gehabt, im Walde Mann gegen Mann würde er auch sicherlich auf ihn abgedrückt haben, das hätte die Ehre von ihm gefordert; den Schuß durchs Fenster aber habe ein anderer getan.

Soweit war alles in Ordnung.

Wo er sich denn in der Mordnacht aufgehalten habe?

Und nun kam die merkwürdige Wendung.

Er sei irgendwo eingestiegen, sich eine neue Flinte zu beschaffen. Wo, sage er nicht.

Was er denn mit der Flinte habe anfangen wollen, da er doch sicher gewesen sei, alsbald verhaftet zu werden?

Er habe über die Grenze gehen wollen, und da drüben müsse man immer was in der Hand haben.

Der Untersuchungsrichter legte ihm ans Herz, daß, wenn er nicht angeben wolle, w o er den Einbruch verübt habe, sein Kopf sich schon als abgetan betrachten könne. Aber auch das half nichts.

Noch an demselben Tage wurde er zwischen zwei Gendarmen auf einen Bretterwagen gesetzt und die zwei Meilen weit zur Mordstätte gefahren. Das Publikum in Heydekrug sammelte sich am Wege und starrte ihn an. Das schien ihm großen Spaß zu machen.

Grigas und Eve empfingen die Gerichtskommission mit der dienstfertigen Würde des guten Gewissens, die heftig in Verlegenheit umschlug, als ihnen die näheren Umstände der frühmorgendlichen Heimkunft abgefragt wurden.

Der Tatbestand war klar. Der Bruch der Fensterscheibe schien auf einen Schrotschuß hinzuweisen, obwohl nur e i n e Wunde — dicht über dem Herzen — sich vorfand. Genaueres festzustellen blieb der Leichenöffnung vorbehalten. Fußspuren ließen sich nicht entdecken.

Als Miks Bumbullis vor die Leiche geführt wurde, tasteten ein halbes Dutzend Augenpaare gierig nach seinem Angesicht. Der große Augenblick, der so manches Geständnis aus der Seele reißt, verging ungenutzt. Ruhevoll — ein wenig neugierig fast — blickte Miks auf den liegenden Körper nieder und sah sich dann, als suche er irgend etwas, in der Stube um.

Die üblichen Vorhaltungen, die der Dolmetsch, ein kluger, kleiner Mann, der in der Seele des fremden Volkes zu lesen gewohnt war, noch eindrucksvoller übersetzte, verhallten ungehört.

„Ich weiß von rein gar nuscht," blieb die einzige Antwort.

Nur als hierauf die kleine Anikke weinend hereingeführt wurde, flog ein Schein wie von plötzlicher Ermüdung über die gestrafften Züge — einen Augenblick nur —, dann war er wieder der alte.

Aus dem Kinde ließ sich, wie natürlich, vor den fremden Männern nichts herausbringen. Eve trat für sie ein und berichtete, was sie im Zwiegespräch ausgeplaudert hatte.

Weil Eve nicht dagewesen sei, habe sie vor Angst nicht einschlafen können und immerzu geweint. Da sei der Großvater gekommen, habe sie aus dem Bettchen genommen und zu sich aufs Knie gesetzt. Mit einmal habe es draußen geknallt, der Großvater sei aufgesprungen, und dann habe er sich auf die Erde gelegt und sei eingeschlafen. Und dann sei auch sie eingeschlafen.

Der Untersuchungsrichter wandte sich an Miks.

„Als Sie auf den Hegemeister anlegten und das Kind auf seinem Schoß sitzen sahen, schlug Ihnen da nicht das Gewissen, daß Sie statt seiner das unschuldige Wesen treffen könnten?"

„Ich weiß von rein gar nuscht," war wie immer die Antwort. Aber etwas wie ein Schlucken oder Schluchzen lag darin. Und als das Kind hinausgeführt wurde, sah er ihm mit einem Blick nach, wie der Hund nach der Wurst.

Am nächsten Tag bequemte sich Miks zu dem Geständnis, wo er in der Johannisnacht eingebrochen war. Sonderbarerweise hatte er sich den Hof jener Witfrau ausgesucht, die seit eineinhalb Jahren auf ihn Jagd machte. Er habe gehört, daß ihr verstorbener Mann im Besitz einer Flinte gewesen sei, und die habe er sich holen wollen. Es sei aber nichts zu finden gewesen.

Woher er das Haus so genau kenne, daß er den Einbruch mit Aussicht auf Erfolg habe unternehmen können?

Darauf blieb er die Antwort schuldig.

3

Nun trat — vorgeladen — Frau Alute Lampsatis in die Erscheinung. Eine hübsche Dreißigerin mit breit ausladenden Hüften und einem sorgfältig weggeschnürten Busen. In dem roten, fleischigen Gesicht saß ein Paar unruhig sinnlicher Augen, und unter dem zurückgeschlagenen Kopftuche glitzerte eine Art von Schuhschnalle hervor, obwohl das reiche rotblonde Haar keines Schmuckes bedurfte.

In gebrochenem Deutsch, doch mit großem Wortschwall versicherte sie, sie sei eine anständige

Besitzerin, und niemand könne ihr etwas Schlechtes nachsagen.

Darauf komme es hier gar nicht an, belehrte sie der Richter. Sie habe nur zu bezeugen, ob sie in der Johannisnacht oder nachher etwas von einem bei ihr verübten Einbruche bemerkt habe.

Aber sie blieb dabei, sie sei eine anständige Besitzerin, und niemand könne ihr etwas Schlechtes nachsagen.

Der Richter wußte sich nicht anders zu helfen, als daß er den Dolmetsch holen ließ, der sie in ihrer Muttersprache so kräftig anschrie, daß ihr die Lust zu Ausflüchten verging.

Sie selbst habe zwar geschlafen, aber ihre Nichte — die Madlyne —, als die vom Johannisfeuer gekommen sei, da habe sie einen Mann aus dem Fenster der Klete steigen sehen, der in der Richtung nach dem Walde verschwunden sei.

Der Richter und der Dolmetsch lächelten sich an. Sie glaubten den Schlüssel zu den Aussagen der ehrbaren Witwe gefunden zu haben.

Es traf sich gut, daß Frau Alute ihre Nichte gleich mitgebracht hatte. Sie wurde heraufgeholt und stellte sich als ein achtzehnjähriges Püppchen dar mit wasserhellen Augen und einem Kirschenmund. Sie war im Sonntagsstaat, trug eine grünseidene Schürze über der selbstgewebten Marginne und blütenweiße Hemdärmel, die aus dem reichgestickten Mieder hervorquollen. Ein Bauernmädchen wie aus der Operette.

Mit ihr war nicht schwer zu verhandeln, denn sie sprach ein ausgezeichnetes Deutsch, gab kurze, klare Antworten und konnte auf der Stelle vereidigt werden.

Sie war — gleich Grigas und Eve — gegen Morgen vom Johannisfeuer gekommen —

„Allein?"

Sie senkte schämig die langwimprigen Lider.

„Ganz allein."

— da habe sie schon von weitem den Hund bellen hören und sich darum hinter dem Zaun versteckt gehalten. Und da sei auch richtig ein Mann aus dem Fenster der „Kleinen Stube" gestiegen.

„Ich denke, der Mann kam aus der Klete?" fragte der Richter.

Die Klete — der Raum, in dem die haltbaren Vorräte aufbewahrt werden — pflegt sich in älteren Wirtschaften unter einem gesonderten Dache zu befinden.

„Ak nei, ak nei," versicherte Madlyne, und vor lauter Bekenntniseifer schoß ihr das Blut in das Wachspuppengesicht. „Akkrat aus der Stubele is er gekommen, das kann ich beschwören."

„Und wo schläft deine Tante, Madlyne?"

„Die schläft in der Stuba — der Großen Stube — das kann ich beschwören."

Die Große und die Kleine Stube liegen stets auf derselben Seite des Hausflurs und sind durch eine Tür verbunden.

Der Richter und der Dolmetsch lächelten sich abermals an.

Madlyne wurde hinausgeschickt und statt ihrer Frau Alute wieder hereingerufen.

Nachdem der Richter ihr durch den Dolmetsch die schwerwiegenden Folgen eines etwaigen Meineides hatte ausmalen lassen, stellte er den Widerspruch klar, der zwischen der heutigen Aussage Madlynens und dem, was sie von ihr erfahren haben wollte, bestand.

Frau Alute behauptete abermals, sie sei eine anständige Besitzerin, und niemand könne ihr etwas Schlechtes nachsagen. Dabei blieb sie jetzt auch der Beredsamkeit des Dolmetsch gegenüber, der ihr sämtliche Höllenstrafen der Reihe nach vorführte.

Der Richter glaubte, weil er Madlynens Umfall fürchtete, auf eine Gegenüberstellung der beiden Verwandten verzichten zu sollen, und beschränkte sich darauf, das Motiv des angeblichen Einbruchs der Klärung näherzubringen.

Ob sie eine Flinte im Hause habe.

Sie verneinte heftig.

Oder gehabt habe.

Auch das nicht. Zu Lebzeiten ihres Mannes sei wohl ein Schießgewehr dagewesen, womit der

Selige die Karekles — die jungen Krähen — von den Fichten heruntergeholt habe, aber als er dann krank geworden sei, habe er es eines Tages an den Juden verkauft.

„An welchen Juden?"

Das konnte sie natürlich nicht wissen. „Der Jude ist der Jude, und einer sieht aus wie der andere."

Der Richter, der bisher den Kern der Angelegenheit sorgsam umgangen hatte, hielt den Augenblick für gekommen, den Namen des Beschuldigten ins Treffen zu führen.

Ob sie den Miks Bumbullis kenne.

Sie zeigte sich nicht im mindesten bestürzt oder auch nur befangen.

Wie sollte sie den Miks Bumbullis nicht kennen. Er war ja mit ihrem seligen Mann immer zusammen über die Grenze gegangen.

Der Dolmetsch sah den Richter verstehend an. Schmuggeln taten sie in den Grenzdörfern alle, und bewaffnet waren sie gelegentlich auch. Der Miks konnte sich also wohl der Flinte erinnert haben, die sein ehemaliger Kumpan mit sich geführt hatte. Wenn er von ihrem Verkauf nichts wußte, durfte er mit etlichem Recht annehmen, daß sie noch unbenutzt herumstand.

Ob der Miks Bumbullis bereits in ihrem Hause gewesen sei.

Aber ja doch. Er habe manches schöne Mal den seligen Mann des Abends abgeholt.

„Wozu abgeholt?"

„Nun, über die Grenze zu gehen."

Ob sie noch wisse, wo der selige Mann damals die Flinte aufbewahrt habe.

Sie stutzte und besann sich, als wittere sie den heimlichen Zusammenhang der scheinbar ziellos durcheinanderschwirrenden Fragen.

Und dann fing sie an zu wehklagen und zog sich auf die Plattform der anständigen Besitzerin zurück, der man nichts Schlechtes nachsagen könne.

Von diesem Augenblick an war nichts mehr aus ihr herauszuholen. Auf ihre Vereidigung wurde verzichtet.

4

Die Verhandlung vor dem Schwurgericht kam heran. Eine große Zeugenschar war aufgeboten. Das Bild des erschossenen Hegemeisters entwickelte sich als das eines rücksichtslos strengen Verfolgers, dem schon viele Rache geschworen hatten und dem es nie in den Sinn gekommen war, selbst harmlose Gelegenheitswilderer zu verschonen. So war zum Beispiel, wie sich zufällig herausstellte, auch der selige Mann der Frau Lampsatis durch ihn ins Gefängnis geraten. Der hatte also, wie es schien, seine Flinte nicht bloß zum Krähenschießen benutzt.

Jedenfalls ließ die Wahrscheinlichkeit sich nicht übersehen, daß, wenn Miks ein leidliches Alibi beibringen konnte, statt seiner ein anderer als Täter in Frage kam.

Er saß in seinem Sonntagsstaat schweigsam und häufig teilnahmlos auf der Armsünderbank. Weniger in seinen rosig gebliebenen Zügen als in den blaß hinstarrenden Augen malte sich die geistige Übermüdung, die diese des scharfen Denkens ungewohnten Naturkinder oft überfällt, wenn sie ihr Schicksal dem Spiel und Widerspiel der Zeugenschaften anheimgegeben sehen.

Frau Mute, unter deren Kopftuch sich heute keine Schuhschnalle hervorschob, war wieder ganz gekränkte Unschuld, und Madlynens wippende Appetitlichkeit erregte ein wohlgefälliges Schmunzeln selbst bei den Greisen der Geschworenenbank.

Zwischen den Aussagen der beiden Frauensleute ließ sich auch heute keine Einigung erzielen. Mute erinnerte sich aufs bestimmteste, daß ihre Nichte ihr am Morgen nach dem Einbruch erzählt hatte, der Mann, den sie gesehen habe, sei aus der Klete gekommen, und Madlyne behauptete, daß sie so etwas nie gesagt haben könne, denn es wäre ja nicht die Wahrheit gewesen.

Miks Bumbullis beschrieb nun selber den Weg, den er genommen haben wollte. Er habe die unverschlossene Haustür geöffnet, habe sich in die Große Stube hineingetastet —

In der G r o ß e n Stube schlief Frau Alute! Sie hätte bei seinem Kommen erwachen müssen!

Sie sei eben nicht erwacht. Dann habe er sich in die Kleine Stube geschlichen, habe Wände und Winkel abgetastet und sei schließlich, als das Gewehr nirgends zu finden gewesen, zum Fenster hinausgeklettert.

Warum er nicht den bequemeren Rückweg durch Große Stube und Hausflur gewählt habe.

Frau Alute habe sich in ihrem Bette gerührt.

Das klang einigermaßen glaubhaft und stimmte mit Madlynens Aussage überein. Aber der Widerspruch zwischen dem, was sie ihrer Tante erzählt haben sollte und ihrer beschworenen Aussage klaffte noch immer. Und dann war auch noch der Vermittler da, der bezeugt hatte, daß er in Frau Alutes Auftrag zweimal bei Miks gewesen war, ihm ihre Hand anzubieten.

Wie dem auch sein mochte, Frau Alute mußte vereidigt werden. Sie wurde noch einmal ausdrücklich ermahnt und streckte bereits die Schwurfinger in die Höhe, da geschah das Unerwartete, daß Miks in die Eidesworte hineinzusprechen anfing.

Der Präsident herrschte ihn an, aber er sprach

weiter. Schwerfällig, tropfenweise fielen die litauischen Worte aus seinem Munde.

Frau Alute horchte hoch auf und — brach dann weinend zusammen.

Was er ihr gesagt hatte, wurde verdolmetscht und lautete: „Ich habe dir zwar bei Gott und bei deinem Mann geschworen, auch vor Gericht nichts davon zu sagen, aber es ist doch besser, daß du deine Seele nicht mit einem Meineide beschwerst und mich aufs Schafott bringen läßt. Drum sage doch lieber die Wahrheit."

Unter Schreien und Händeringen kam, was geschehen war, nunmehr ans Tageslicht.

Alute Lampsatis lag abends halb eingeschlafen in ihrem Bette. Da wurde sie plötzlich durch Männerschritte aufgeschreckt, die im Hausflur näherkamen. Sie wußte, daß Schreien nichts helfen würde, denn Madlyne und die Magd und der Knecht waren zum Johannisfeuer gegangen. Da fing sie zu beten an und erwartete ihr Ende. Aber dann hörte sie plötzlich ihren Namen nennen und erkannte Miksens Stimme. „Geh weg," sagte sie, „wenn ich auch nach dir geschickt habe, ich bin eine anständige Besitzerin, und niemand soll mir was Schlechtes nachsagen können." — „Ich will gar nicht bei dir schlafen," antwortete er, „ich will bloß, daß du mir das Gewehr gibst, das deinem Mann gehört hat, denn der Hegemeister hat mir meines weggenommen." — „Das

Gewehr ist nicht mehr da," sagte sie, „und wenn es da wäre, würde ich es dir nicht geben, denn du willst damit bloß den Hegemeister umbringen." Das bestritt er, aber sie glaubte ihm nicht. Und als er sich daraufhin wieder entfernen wollte, sprang sie in ihrer Angst aus dem Bette und verlegte ihm den Weg. Da fühlte er, daß sie im Hemd war, und blieb bei ihr bis an den Morgen.

Die große Spannung löste sich. Die Unschuld Miksens schien erwiesen. Und auch die Frage, warum er, da er doch mit Wissen der Wirtsfrau da war, statt einfach durch die Haustür zu gehen, durch das Kleinestubenfenster geklettert war, wurde nach einigem Zaudern und Drumherumreden hinreichend aufgeklärt. Man war des Glaubens gewesen, Madlyne sei inzwischen heimgekommen, und da ihre Kammer auf der anderen Seite des Hauses lag, hätten die Männerschritte im Hausflur ihr nicht entgehen können.

„Das hättet ihr gleich sagen können," meinte der Vorsitzende. Und da auf weitere Zeugenvernehmungen verzichtet wurde, begann der Staatsanwalt gleich seine Rede.

Alles übrige rollte ohne Kampf und Zwischenfälle wie von selber dem Richterspruche zu. Der Losmann Miks Bumbullis wurde von der Anklage des Mordes freigesprochen und wegen Wilderns zu zwei Jahren Gefängnis verurteilt.

Miks Bumbullis verzog keine Miene. Auch als Frau Alute, die sich inzwischen von ihren Schreikrämpfen erholt hatte, glückwünschend auf ihn zutrat, ging kein Lächeln über sein Gesicht. Sein Blick hing wie erstarrt an einem Platze der Zeugenbank, wo neben Eve, der Magd, schmutzig und abgerissen die kleine Anikke saß, an den grünen Äpfeln nagend, die eine der Dorffrauen ihr geschenkt hatte. Sie war der Vollständigkeit halber mit vorgeladen worden, und Eve hatte für sie ausgesagt.

Als Miks abgeführt werden sollte — an Haftentlassung war natürlich nicht zu denken —, wandte er sich noch einmal nach dem Kinde um, als wollte er irgend etwas zu ihm hinübersagen. Aber der Gerichtsdiener stieß ihn hinaus.

5

Der Grabhügel des alten Hegemeisters begann zu verfallen, denn niemand war da, der sein Andenken hochhielt. Um das Schicksal der kleinen Anikke entspann sich ein Prozeß zwischen dem Forstfiskus und der Gemeinde, der ihr verschollener Vater angehört hatte. Beide wollten die Erziehungspflicht einander in die Schuhe schieben. Und da der Fiskus an allzuviel Gemüt nicht krankt und die Weitläufigkeit der Verwandtschaft zwischen dem Toten und dessen verwaistem Pflegling ihm als ausreichender Grund zustatten kam, so blieb die kleine Anikke als unwillkommener Gast an jener Gemeinde hängen, die ihrerseits froh war, sie für ein kleines Entgelt an den Ort abschieben zu können, an dem sie die letzte Zeit über gehaust hatte.

So wurde sie eines Tages beim Ortsschulzen öffentlich versteigert und kam an den Mindestfordernden, den Häusler Kibelka, einen wenig vertrauenerweckenden Zeitgenossen, der die paar Groschen brauchte, um sie in Branntwein anzulegen.

Wie so ein armes kleines Tierchen, von dem Gott und Menschheit die sorgenden Augen abgewandt haben, in seinem stummen Jammer leidet, das hat noch niemand erkannt und beschrieben, und niemand wird es je erkennen und beschreiben können. Was Hunger und Schmutz, was Prügel und Kälte, was vor allem das Fehlen jedes streichelnden Wortes in der noch nicht erschlossenen Seele ersticken und zerfressen, bis aus dem in unbewußter Zuversicht aufjauchzenden jungen Leben ein scheu zitterndes, in sich verkrochenes, kaum noch des Atmens fähiges Halbdasein geworden ist, das verliert sich in Dunkel und Schweigen. Alljährlich wird ein unermeßlicher Haufe von solchem Menschenkehricht ins

Grab geschaufelt, wo es zu seinem Besten hingehört. Und nur wie durch ein Wunder senkt sich bisweilen von der Sonne eine Hand hernieder und hebt eins oder das andere der schon fast abgestorbenen Kümmerlinge zum Licht empor.

Ja, wenn die Sonne nicht wäre! Und der Hofhund allenfalls!

Neben dem Hofhund zu liegen und sich wie er von einem gutgesinnten Mittagssonnenschein sanft anwärmen zu lassen, bleibt schließlich das einzige Glück so eines glücklosen Schattengeschöpfes. — — —

Und plötzlich spitzte der Hofhund die Ohren, sprang anschlagend auf und fegte mit schleppender Kette den Kreis des ihm zugewiesenen Reiches.

Anikke, die allein zu Hause war, sah einen Menschen durch das Hoftor kommen, der sich vorsichtig umsah und dann auf die Hundehütte zuschritt, an der sie sich schutzsuchend festhielt.

Dicht vor den Zähnen des Hundes machte er halt und sagte: „Ist der Wirt zu Hause?"

Anikke wußte wohl, daß alle draußen Kartoffeln gruben, aber um nichts in der Welt hätte sie antworten können.

„Wie heißt du?" fragte er weiter.

In ihrer Angst hatte sie den eigenen Namen vergessen.

Der Hund belferte dazwischen, und erst, als der fremde Mensch ihm mit seinem Stock eins überriß, zog er sich heulend gegen die Hütte zurück.

Dann kam der Fremde näher an sie heran, immer den Stock vorhaltend, in den der Hund sich verbiß. Sie wußte nun, daß sie geraubt werden sollte, und fing furchtbar zu weinen an.

Und dann fühlte sie sich am Arm erfaßt und mit jähem Rucke fortgezogen, während der Hund, von einem neuen Schlage getroffen, sich um und um kugelte.

„Wein nicht, wein nicht, ich tu' dir nichts," hörte sie seine Stimme. Denn vor lauter Tränen sah sie nichts mehr. Aber in dieser Stimme klang irgend etwas, dessen sie nicht gewohnt war. Sie hörte zu weinen auf.

„Bist du die Anikke?"

„Ja—a."

„Willst du ein Lakritzenholz haben?"

Lakritzenholz wollte sie gern, denn das aßen die großen Kinder manchmal, wenn die Schule aus war, aber sie bekam natürlich nichts davon ab.

Und dann gab der fremde Mensch ihr aus einer Tüte eine schöne gelbe Stange, in die sie auch gleich hineinbiß, denn sie hatte jetzt kaum noch Angst vor ihm.

Und nun wagte sie ihn sogar anzusehen. Böse sah er nicht aus. Viel guter als der Wirt. Und er roch auch nicht nach Schnaps. Sandfarbiges Haar hatte er und einen ebensolchen Schnurrbart. Und sie wußte jetzt auch, wo sie ihn schon gesehen hatte. Ein großer Saal war es gewesen wie in der Kirche. Aber statt e i n e s Pfarrers im Talar hatte gleich ein ganzer Tisch voll dagesessen.

„Wie alt bist du, Anikke?"

„Ich werd' sieben."

„Gehst du schon in die Schule?"

„Nein."

„Warum nicht?"

„Ich hab' nichts anzuziehen, sagt die Frau."

Nun blickte er an ihr nieder und betrachtete lange das Lumpengezottel, in das sie notdürftig gehüllt war. Dann fragte er, wo er den Wirt wohl finden könne. Sie zeigte ihm die Richtung des Feldes und geleitete ihn auch ein Stück, denn sie mochte nun gar nicht mehr von ihm gehen.

Als er die Arbeitenden gewahrte, schenkte er ihr die ganze Tüte, die er solange in der Hand gehalten hatte, und sagte: „Versteck's, daß die anderen es dir nicht wegessen."

Damit schickte er sie zurück und schritt in der Kartoffelfurche weiter, bis er auf den Wirt stieß, der mit Weib und drei Kindern kniend nach Kartoffeln wühlte. Und jedes von ihnen schimpfte und stöhnte auf seine Art.

Kibelka erkannte ihn gleich, und den Schmutz von den Hosen abschüttelnd stand er auf, ihm die Hand zu bieten. Denn wenn er auch nicht der Mörder war, so hätte er doch immer der Mörder sein können. Sich mit ihm gut zu stellen, war geraten.

„Du hast es natürlich immer sehr leicht gehabt," sagte er, „denn wen der Staat ernährt, der ist geborgen." Dabei lachte er höhnisch und einschmeichelnd zugleich, und das schwarzstoppelige Maul ging ihm bis an die Ohren.

„Ihr habt es hier um so schwerer," sagte Miks Bumbullis, die Fläche überblickend, die in ihrem dürren Kraut unausgegraben dalag.

Auch das Weib war aufgestanden und wischte sich die Hand an dem sacktuchenen Schurzfell. Sie war eine vermickerte, gelbe Ziege mit scharfen, mitleidlosen Augen. Und die drei Rotznasen gafften.

Die beiden Kibelkas hoben ein Klagelied an. Der nasse September — und schon alles im Faulen — und fremde Hilfe zu teuer.

„Wenn Ihr billige Hilfe braucht," sagte Miks, „ich wüßte wohl eine."

„Wer wird so dumm sein!" lachte der Wirt. „Selbst der Henker läßt sich bezahlen."

„Ich hab' mir einiges gespart," sagte Miks, „und wenn man mir sonst freie Hand läßt, bring' ich noch ab und zu was in die Wirtschaft."

Die beiden sahen sich an. Dann schlugen sie rasch und gierig ein und fragten nicht weiter.

So wurde Miks Bumbullis Knecht bei dem Pfleger Anikkes.

Anfangs schien er sich nicht viel um sie zu kümmern, und es vergingen drei Tage, ehe er sich erkundigte, was das für ein kleines Ungeziefer sei, das da immer im Hause herumkrieche.

Die beiden Kibelkas wollten nicht recht mit der Sprache heraus, denn der Mordverdacht saß ihnen stets in den Gliedern. Aber schließlich erzählten sie doch, wie sie zu dem Kinde gekommen waren und daß sie es eigentlich bloß um Gottes Barmherzigkeit willen bei sich behielten.

Er nahm die Nachricht sehr gleichmütig auf und sagte nur: „Der Vater soll in Amerika sein. Wenn der einmal reich zurückkommt, wird er jeden belohnen, der gut zu dem Kinde gewesen ist."

Das gab den Kibelkas zu denken. Am nächsten Mittag durfte das kleine, bleiche Lumpenbündelchen, das sonst von dem Ofenwinkel her stumm wartend herübersah, mit den Kindern zu Tische sitzen.

Als der Sonnabendabend kam, verschwand Miks Bumbullis und kam am Sonntagvormittag mit einer Flinte wieder, die sehr verrostet und in den Spalten mit Erde verklebt war.

Die Kibelkas fragten nicht, wo er sie hergeholt hatte, und alle standen ringsum und sahen voll Hochachtung zu, wie er mit dem Schraubenschlüssel die Teile auseinandernahm und jeden einzelnen putzte und ölte, bis die Waffe blitzblank und schußbereit wiedererstand.

Und wiederum am Sonntag gab es bei den Kibelkas ein Rehstück zu Mittag, was nicht passiert war, solange die Welt stand. Alle schwelgten, und selbst der Hofhund bekam seinen Knochen.

Die kleine Anikke saß in einem neuen, rotbunten Kleidchen da, das der Miks ihr mitgebracht hatte, wurde von den Hauskindern mit neidischen Liebkosungen versehen und wußte nicht, wie ihr geschah.

„Ich verstehe ja deine Meinung," sagte der Wirt, „aber wenn der Vater **nicht** aus Amerika kommt, dann hast du dich sehr verrechnet."

„Dann tu' ich's wie ihr um Gottes Lohn," erwiderte Miks, „man muß sich immer ein Beispiel nehmen."

Kibelka lachte geschmeichelt und prostete seinem Knecht zu, denn die Schnapsbuddel saß ihm allzeit locker.

„Nun solltet ihr sie aber auch zur Schule schicken," meinte Miks Bumbullis so nebenbei.

Die Frau hub wie gewöhnlich zu klagen an. Der Gendarm sei schon zweimal dagewesen, und sie schlafe nicht mehr bei dem Gedanken, man könne schließlich noch Strafe zahlen.

Diese Angst wurde nun überflüssig. Und als

Anikke am Montag morgen die Kinder zur Schule begleiten sollte, fand sich an ihrer Lagerstatt sogar eine Schiefertafel.

6

Der Winter kam. Miks Bumbullis war nun höchst angesehen im Hause. Er pflegte das Pferd blank, er fütterte die Kühe rund, und wenn die Dreschflegel gingen: „Ubags, ubags, ubags", — sein Schlag war immer herauszuhören.

Lohn forderte er nicht, und er hätte auch keinen bekommen, denn der Wirt vertrank jeden Groschen. Dafür sah keiner hin, wenn Miks sich ab und zu in der Morgen- oder der Abenddämmerung hinter der Scheune zu schaffen machte und vorläufig nicht mehr wiederkam.

Den drei Rangen hatte er neue Anzüge geschenkt, so daß sie nun ebenso fein aussahen wie Anikke, und sogar einen Lausekamm brachte er mit, dem einer nach dem anderen standhalten mußte. Kibelka meinte zwar, es sei sündhaft, es den Herrenkindern gleichtun zu wollen, aber schließlich lieh auch er sich den Kamm aus.

Die kleine Anikke ging umher wie im Traum. Die warme Schule — und das reichliche Essen — und fast gar keine Schläge mehr! Wohl bekam sie hie und da noch einen Stirnickfel, aber der tat kaum einmal weh, denn sie fühlte in seliger Geborgenheit, daß einer da war, der sie vor Schlimmerem beschützte.

Hinter dem Miks lief sie her wie ein Hündchen, aber ihm ganz nahe zu kommen wagte sie nicht, denn er ermunterte sie nie.

Bei den Mahlzeiten hing ihr Blick immer an seinem Gesicht, und als sie die Geschichte vom lieben Herrn Jesus lernte, wußte sie sogleich, daß der ebenso ausgesehen hatte wie er.

Eines Abends, als der Kienspan brannte, war er besonders vergnügt und sagte zum Ältesten, dem Jons: „Willst du reiten?" Der wollte natürlich gern, und er nahm ihn auf sein Knie und sang dazu: „Apappa, upappa." Dann kam die Katrike an die Reihe und dann der Jendrys. Und sie stand im Winkelchen und dachte, die Tränen verbeißend: „Ich bin ja nur das Ziehkind, und darum will er mich nicht."

Aber da sagte er auch schon: „Die Anikke muß auch."

Da kam sie ganz langsam auf ihn zu, denn sie traute sich nicht. Dann, als er sie hochhob, war es ihr, als flöge sie geradeswegs in die Wolken. So gründlich durfte sie nun reiten, daß ihr ganz schwindlig wurde, bis der Jons, abgünstig geworden, einmal über das andere schrie: „Ich will auch solange!"

Diese Augenblicke waren das Schönste, was sie je erlebt hatte, denn daß schon einmal einer dagewesen war, der sie auf dem Schoß gehalten hatte, das war ihr inzwischen aus dem Sinne verschwunden. Nur eines langen weißen Bartes erinnerte sie sich noch, aber sie glaubte, das sei der Weihnachtsmann gewesen, von dem der Lehrer erzählte.

Es war nun inzwischen sehr kalt geworden, und wenn man gegen den Schneesturm laufend bis zu der weitabgelegenen Schule mußte, kostete das manche Träne. Aber der gute Miks hatte Fausthandschuhe gekauft und eine wollengefütterte Mütze mit Ohrenklappen, die unter dem Kinn festzubinden sind. Die drei Hauskinder bekamen die gleichen, so daß ein Neid nicht entstehen konnte.

Nur die scharfblickende Frau ließ sich kein X für ein U machen und sagte mit süßsaurem Lächeln: „Meine Kinder haben es ja sehr gut bei dir, aber der liebe Gott wird schon wissen, was du damit verhehlen willst."

Miks sagte darauf: „Wenn einer Kinder liebhat, was braucht er da zu verhehlen?" und wandte sich ab.

Anikke schlief nicht mit den dreien zusammen in der Kleinen Stube, die gut geheizt wurde, sondern auf der anderen Seite des Hausflurs, wo es jetzt fürchterlich kalt war. Das hatte sich aus den Zeiten ihrer Zurücksetzung so erhalten, und sie wünschte es sich gar nicht anders, denn in der Kammer nebenbei schlief der Miks.

Aber nun der Winterfrost gekommen war, konnte sie gar nicht recht einschlafen und lag in ihren Kleidern unter der harten Pferdedecke frostbebend und halbwach zuweilen bis gegen Morgen.

Eines Nachts, wie sie so dalag, hörte sie von der Knechtskammer her ein leises Knirschen und Stöhnen. Es war, als wenn einer furchtbare Schmerzen hat und nicht weiß, wie er sich wenden soll.

Da faßte sie sich ein Herz. Sie schob mitten in ihrem Frieren die Decke vom Leibe, ging in die Kammer und sagte zitternd vor Furcht noch mehr als vor Kälte: „Miks, tut dir was weh?"

Aus der Finsternis kam etwas wie ein Freudenschrei. Und dann griffen zwei Arme nach ihr. In denen lag sie nun still und glücklich und wärmte sich auf und schlief auch bald ein.

Von nun an kroch sie jede Nacht zu ihm und war da wie in Abrahams Schoß.

Des Morgens weckte er sie zeitig, so daß niemand etwas davon merken konnte. Auch beachtete er sie bei Tage nicht häufiger als früher. Aber nun grämte sie sich nicht mehr darüber, denn sie wußte ja zu allen Zeiten, wie gut er's mit ihr meinte.

Und niemals mehr hatte sie ihn stöhnen hören. Manchmal schlief er sogar noch früher ein als sie selber.

7

Es war eines Abends um die Weihnachtszeit, da wurde Miks Bumbullis auf einem seiner Wege zum Walde von einer Frauensperson angerufen, die bis zur Nase eingemummelt auf dem Grabenrande im Schnee saß.

Er schrak hoch auf. Er hatte die Stimme gleich erkannt.

„Es ist gut, daß du da bist, Mute Lampsatis," sagte er. „Ich habe schon immer einmal zu dir kommen wollen."

„Du hast dir drei Monate Zeit gelassen," erwiderte sie, „und hätte ich dir nicht aufgelauert, so wären auch noch drei weitere verstrichen."

„Das ist wohl möglich," meinte er. „Was man nicht gern tut, verschiebt man immer wieder."

„Sagst du mir das ins Gesicht?" knirschte sie, und ihre Augen blitzten ihn an.

„Ich sage, was wahr ist," erwiderte er.

„Dann will ich dir auch sagen, was wahr ist!" schrie sie. „Daß du den Hegemeister erschossen hast — daß deine Flinte da, mit der du's getan hast, meine Flinte ist — und daß ich meine Seele dem ewigen Verderben verkauft habe — und Madlynens Seele dazu, die meine Schwestertochter ist und die mir zuliebe schwur, was ich wollte. Das ist die Wahrheit."

„Und dann ist die Wahrheit,“ fuhr er fort, „daß du mir die Flinte in die Hand gegeben hast und zu mir gesagt hast: ‚Mein Seliger hat es schon tun wollen, da hat ihn die Krankheit gehindert. Nun tu du es, sonst hast du keine Ehre im Leibe.‘ Das ist die Wahrheit.“

„Und ferner ist die Wahrheit,“ nahm sie ihm die Rede aus dem Munde, „daß ich einen Tag und eine Nacht lang nachgesonnen habe, wie ich dich am besten vor der Leibesstrafe bewahren konnte, denn wenn ich einfach ausgesagt hätte: ‚Er ist zu der Zeit bei mir gewesen,‘ dann hätte mir keiner geglaubt. Darum hab' ich der Madlyne eingegeben, sie habe dich aus dem Stubenfenster steigen sehen, während ich alles bestritt. Darum habe ich dir zehnmal vorgesprochen — alles — auch was du zu sagen hast, wenn ich die Schwurfinger erhebe. Denn du bist ja so dumm wie ein Deutscher.“

„Und du bist so klug wie der Teufel,“ erwiderte er.

„Es ist gut,“ sagte sie, in die Runde schauend, „daß uns hier niemand hören kann außer den Krähen, sonst wäre es um uns alle dreie geschehen. Aber man weiß nie, was noch werden kann, wenn sich einer im Zorn vergißt. Darum frage ich dich zum ersten und zum letzten Male: Willst du dein Versprechen halten?“

„Ich weiß von keinem Versprechen,“ stöhnte er.

„Natürlich weißt du von keinem Versprechen, aber i ch weiß, daß seit zwei Jahren die Menschen mit Fingern nach mir zeigen und daß sich kein Freiwerber mehr bei mir sehen läßt — nicht für mich und auch nicht für die Madlyne, und seit Michaeli treffe ich keinen, der nicht speilzahnig fragt: ‚Weißt du, wer in Wiszellen bei den Kibelkas den Knecht spielt?‘ Darum frage ich dich zum überletzten Mal: Wann wirst du einen schicken, der die Heirat zwischen uns in Ordnung bringt?"

Er wand sich wie ein Aal unter dem Messer.

„Laß mir Zeit bis nach Fastnacht," bat er.

„Jawohl," höhnte sie, „erst bis nach Fastnacht — und dann bis zum Palmsonntag — und dann immer so weiter. — Aber es soll gut sein. Bis nach Fastnacht werd' ich warten. Schickst du dann keinen, dann weiß ich, woran ich mit dir bin."

Und es klang noch fast wie ein Schöndank, was er da stammelte.

Schon im Gehen, kehrte sie sich noch einmal um und sagte: „Die Leute erzählen sich, daß du das Kind, das bei den Kibelkas in Pflege ist, hältst wie eine Prinzessin. Laß das lieber sein. Deine Seele kaufst du doch nicht los, und der Gendarm wird aufmerksam, wenn er es hört."

Damit schritt sie von dannen.

Miks Bumbullis war von dem allen zumute, als hätte er mit der Axt eins vor den Kopf bekommen. Er stand erst eine Weile ganz still, dann taumelte er in den Wald hinein. Aber er schoß nichts, und er sah auch nichts. Er dachte bloß immer das eine: „Ich bin bis heute sehr glücklich gewesen und habe es nicht gewußt."

Dann packte ihn ein heißes Verlangen, das Kind in der Nähe zu haben. Er sicherte die Flinte und wußte nicht, wie rasch er nach Hause kommen konnte.

Und als er auf seiner kalten Schlafstatt lag und die leisen, kleinen Schritte nähertappten und das weiche Gesichtchen sich in seinen Arm hineinschob, da war er wieder wie im Himmel. Er fing so bitterlich zu weinen an, wie ein Mann sonst nur in der Kirche tut.

Da weinte auch das Kind und wußte doch gar nicht, warum. Er tröstete sie, und sie streichelte ihn. Und ihm war beinahe, als hätte er es nicht getan.

8

Fastnacht kam heran. Aber er konnte sich zu keinem Handeln entschließen. Den Freiwerber zu schicken, wie es Sitte war, schämte er sich, denn jedermann wußte, wie die Dinge standen. Er mußte also den Gang schon selber machen. Wenn ein Sonntag da war, sagte er zu sich: „Also nächsten Sonntag." Und dabei blieb es.

Er ging auch nicht einmal in die Kirche, denn dort hätte er ihr ja begegnen können.

So war also richtig der Stillfreitag herangekommen. Er saß am Vormittag in seiner Kammer und schnitzelte für Anikke an einem Springbock. Da kam der Älteste, der Jons, eilfertig zu ihm herein und sagte: „Es ist eine draußen, die will dich sprechen — eine Feine.“

Ihm ahnte gleich nichts Gutes, aber er legte die Arbeit hin und ging.

Da stand vor dem Hofzaun mit einem schneeweißen Kopftuch und einer seidenen Schürze die Madlyne. Auch weiße, dünne Strümpfe hatte sie an, obgleich es noch ziemlich rauh war, und alles an ihr sah rund aus und quoll und wippte.

Sie lächelte ihn auch ganz freundlich an und fragte, ob er wohl einen kleinen Spaziergang mit ihr machen wolle.

„Ich will nicht, aber ich muß wohl,“ sagte er.

Und dann gingen sie zusammen zum Walde, dorthin, wo er vor einem Vierteljahr die Alute getroffen hatte, und keiner sprach ein Wort.

„Du wunderst dich wohl, warum ich noch nicht verheiratet bin,“ begann sie endlich. „Ich kann soviel Männer haben, wie ich will, aber ich will nicht.“

„Deine Mutterschwester sagt, es kommt keiner,“ erwiderte er, „und ich soll daran schuld sein.“

„Schuld magst du schon sein," erwiderte sie und lächelte, „aber anders, als sie denkt. Wenn du Wirt bei uns bist, wirst du mich schon mit durchfüttern müssen."

„Ich will gar nicht Wirt bei euch sein," sagte er.

„Nach menschlichem Willen geht es meistens nicht," erwiderte sie. „Und wenn du einen guten Rat annimmst, dann warte nicht mehr lange. Meiner Mutter Schwester macht falsche Redensarten. Es könnte sein, daß es eines Tages zu spät ist."

„Wenn sie mich angibt, gibt sie zugleich auch sich selber an," warf er ein.

„Und mich genau ebenso," erwiderte sie, immer in der gleichen lächelnden Weise. „Aber seit Fastnacht sitzt der Böse in ihr, und sie spricht allerhand von dem Kinde, das auf dem Schoß des Hegemeisters gesessen hat, als das Unglück geschah, und das jetzt immer auf deinem Schoße sitzt. Und wie das wohl zu erklären ist, fragt sie dazu. Und keiner weiß. Aber ein bedenkliches Gesicht macht ein jeder."

Er sah plötzlich in Tageshelle den Weg, den dieses rachsüchtige Geschwätz gehen würde. Und sah auch das Ende. Mute Lampsatis, die sonst so klug war, grub in ihrem sinnlosen Zorne ihm und sich selber die Grube.

„Ich werde ja noch am leichtesten wegkomnen," sagte Madlyne mit ihrem lieblichen und verschämten Lächeln, als ob sie von Blumen oder Singvögeln spräche statt vom Zuchthaus oder noch Schlimmerem gar. „Denn ich war ja noch sehr jung und bin auch dazu angestiftet worden. Aber du, Miks Bumbullis, tust mir leid. Darum bin ich der Meinung, du läßt keinen Tag mehr verstreichen und kommst heute nachmittag zu uns auf den Hof. Dann wird sie schon Ruhe geben."

„Wirt bei euch", sagte er, „kann ich nur sein unter einer Bedingung: daß Alute gut zu dem Kinde ist."

„Das willst du mitbringen?" fragte sie, und in ihrem Erschrecken verschwand zum ersten Male das Lächeln von ihrem Angesicht.

„Das will ich mitbringen," erwiderte er beinahe feierlich, „sonst komm' ich nie und nimmermehr."

Sie lehnte sich gegen einen Baumstamm und sah stumm in die Höhe. Und ihre wasserhellen Augen waren jetzt so blau wie der Osterhimmel. Dann sagte sie: „Zurzeit ist sie freilich dem Kinde noch bös gesinnt, denn sie meint, daß du es lieber hast als sie. Aber wenn du ihr den Willen tust und die Scham von ihr nimmst, wird sie sich wohl mit ihm versöhnen. Außerdem bin ich ja auch noch da, und ich hab' Kinder sehr lieb."

„Du wirst einen Mann nehmen und weggehen," entgegnete er finster.

„Wann hast du schon das Farnkraut blühen gesehen, daß du so allwissend tust?" fragte sie und sah ihn neckend von unten auf an.

In diesem Augenblick erschien ihm sein Schicksal und das des Kindes nicht gar so drohend mehr, und er sagte: „Ich werd' also kommen."

9

So geschah's, daß am Himmelfahrtstage Miks Bumbullis und Alute Lampsatis im Brautwinkel saßen und die Hochzeitsgäste in hellen Haufen um sie her. Auf dem Tische standen leckere Speisen in Menge, und über ihm hing von der Decke herab die künstlich geflochtene Krone, in der silberglänzende Vögel sich wiegten.

Die Ehrengäste waren mit Handtüchern und Spruchbändern reichlich beschenkt worden, und das biergefüllte Glas, in das die Gastgabe geworfen wird — denn niemand soll wissen, wieviel ein jeder gegeben —, dieser unwillkommene Mahner, machte so flüchtig die Runde, daß die meisten ihren guten Taler nicht loswerden konnten.

Das schuf natürlich eine wohlbehäbige Stimmung, die, was einst geschehen war, mit dem Mantel der Nächstenliebe bedeckte.

Die Kibelkas waren auch geladen, und der Ehemann lag schon längst in seligem Schlaf hinter der Scheune. Aber die kleine Anikke hatten sie nicht mitbringen dürfen. Das hatte Alute so bestimmt. Und sie erwies sich damit wieder einmal als die klügste von allen. Denn wenn die ortsarme Waise sich gleich wie ein Kind des Hauses unter den Gästen herumbewegt hätte, so wären Befremden und Verdacht alsbald am Werke gewesen, den verständnislosen Klatsch noch mehr ins Böse zu wenden.

Als nun aber die Brautsuppe kam, deren Branntwein Alute mit Kirschsaft und Honig üppig gesüßt hatte, und hierauf die Neckereien selbst unter den Frauen immer kühner aufflackerten, da wurde auch lächelnd des armen Kindes gedacht, das gestern noch ein Stein des Anstoßes gewesen war.

„Sonst bringt wohl eine Witfrau immer was Lebendiges mit in die Ehe," sagte eine der Nachbarinnen. „Hier tut es der Bräutigam, obwohl er noch Junggesell' ist."

Und eine andere sagte: „Ihr braucht euch gar nicht erst selbst zu bemühen. Euch fliegen die Kinder nur so vom Himmel."

Und eine dritte: „Kauft's den Kibelkas ab. Für eine Buddel Schnaps gibt er euch auch die drei eigenen dazu."

Alute, die heute das rotblonde Haar würdig unter dem Frauentuch versteckt hielt und auf deren Wiste eine goldene Brosche strahlte, so groß wie auf der Brust einer Königin, hörte das alles mit nachsichtigem Lächeln an und sagte dann gleichsam überlegend: „Ihr habt eigentlich Recht. Ich wollte es meinem Mann schon selber anbieten, aber ich glaube, er wird es nicht zugeben, weil es gar zu sonderbar aussieht."

Darauf erhob sich ein Widerspruch, der diesmal ganz harmlos und aufrichtig war. Was denn dabei sei! Und „wenn er das Kind doch nun einmal gern hat?"

Eine besonders Eifrige erbot sich sogar, anspannen zu lassen und die kleine Anikke sofort aus Wiszellen zum Feste zu holen.

Dem Miks Bumbullis, der in angstvoller Freude schweigend dasaß, stieg das Herz hoch, aber Alute winkte beruhigend ab. Dazu sei auch später noch Zeit, und niemand dürfe sich ihr zu Dank die Stunden des Festes verkürzen.

Madlyne, die als die oberste Ordnerin zwischen den Gästen herumhuschte und wegen ihrer niedlichen Fixigkeit und ihrer wippenden Röcke von den Burschen „Melinoji kielele" — das Bachstelzchen — gerufen wurde, war, als sie in dem Brautwinkel von dem Kinde reden hörte, lauschend stehen geblieben und sagte nun mit einem Lachen hinüber: „Wenn ihr es alle durchaus begehrt, dann bin ich die erste, die sich den Dank der Wirtin verdienen muß, und das werde ich morgen auch tun."

Frau Alute warf ihr einen Blick zu, in dem von Dank nicht viel zu lesen stand, aber sie war schon weiter gelaufen und wehrte sich fröhlich gegen drei Burschen, die ihre Mädchen im Stich gelassen hatten, um sich mit ihr ein bißchen herumzureißen.

Am nächsten Tage gab es noch Hochzeitstrubel genug auf dem Hofe und am dritten auch. Als aber alles still geworden war und die jungen Eheleute nicht zum Vorschein kamen, da machte sich Madlyne auf den Weg und kam zwei Stunden später mit der kleinen Anikke wieder, die ein neues, grüngesticktes Miederchen anhatte und mit großen, sehnsüchtig ängstlichen Augen der künftigen Heimat entgegensah.

Hinterher ging der zwölfjährige Jons mit einem Bündel, in dem die Siebensachen des Ziehkindes eingebunden waren. Als das Hoftor in Sicht kam, mußte er Schuhchen und Strümpfchen daraus hervorholen, damit sie nicht etwa barfuß ankam.

Es war nun wirklich so, als ob eine kleine Prinzessin ihren Einzug hielt.

Unter der Ulme vor der Tür saß das Ehepaar und aß dicke Milch mit Zucker, denn es war Vesperzeit.

Anikke löste sich von Madlynens Hand und wollte auf Miks zueilen, da sah sie ein Paar Augen, deren Blick sie mitten im Laufe erstarren machte; sie wußte nicht mehr, sollte sie vorwärts oder zurück.

Aber da kam auch schon die lustige Madlyne ihr nach und sagte: „Warum hast du Angst vor deiner Pflegemutter, mein Vögelchen? Die hat versprochen, sie tut dir nichts."

Anikke machte einen schönen Knicks, wie sie ihn in der Schule gelernt hatte, und wartete auf ein Willkommen.

Wenn sie noch lebte, würde sie auch heute noch darauf warten.

10

Wer aber nun glauben wollte, daß die kleine Anikke es schlecht gehabt hätte, der würde sehr im Irrtum sein. Frau Alute war eine viel zu kluge Frau, um nicht zu wissen, daß sie durch ein sichtbares Hervorkehren ihrer Abneigung dem Manne, mit dem sie nun einmal Tisch und Bettstatt teilte, die Lust an ihr selbst von vornherein verderben mußte. Sie tat darum so, als ob sie das Kind um seinetwillen nicht ungern duldete, und ließ sich jede Brosame ihrer Gutwilligkeit durch doppelte Liebesdienste von ihm bezahlen.

Miks Bumbullis war ein umsichtiger Wirt und ein treuer Verwalter. Er arbeitete von früh bis spät und dachte an alles. Die Kartoffeln gediehen, das Heu kam trocken in Käpsen, und als die Roggenaust begann, wurde beim Mähen sein Kreuz nicht müde. In seinem Wesen war eine große Veränderung vor sich gegangen. Er trieb sich nicht mehr in den Krügen herum und kam selbst vom Wochenmarkt nüchtern nach Hause. Auch das Wilddieben hatte er aufgegeben, und wenn die Versuchung an ihn herantrat, nachts über die Grenze zu gehen, so sagte er, seine Frau wünsche es nicht.

Das war aber keineswegs so. Im Gegenteil, was der Alute einst an ihm gefallen hatte, war sein ungebärdiges und zügelloses Treiben gewesen. Sie hatte gedacht, in ihm den Hitzigsten und Forschesten von allen zu eigen zu haben, und war nun bitter enttäuscht, daß er wie irgend ein Kopfhänger neben ihr herging.

Daß er auch spaßen und lustig sein konnte, blieb ihr freilich verborgen, denn das geschah nur, wenn er mit dem Kinde allein war. Dann spielte er mit ihm alle die Spiele, zu denen mehr als zweie nicht nötig sind, und ersann sich täglich neue dazu.

Da war eines, das hieß „die Katzenfalle". Dabei muß einer durch die hohlen Arme des anderen hindurchkriechen, und weil er natürlich für ihre Kinderärmchen viel zu dick war, so gab das des Lachens kein Ende. Und ein anderes „die Windmühle". Wenn man die darstellen will, muß man sich zwei Hopfenstangen kreuzweis am Leibe festbinden lassen und sich nun ganz rasch um sich selber drehen. Kann der andere eine der Stangen ergreifen und so die Mühle zum Stillstehen bringen, dann hat er gewonnen.

So trieben sie ihre Kurzweil oft bis in die Dämmerung hinein, aber beileibe nicht auf dem Hofe, sondern weit draußen, damit ihr Lachen nirgends zu hören war. Denn sie hatten immer ein Gefühl, als sei dies nicht wohlgelitten.

Nur vor Madlyne schämten sie sich nicht. Ja, die durfte sogar die dritte im Bunde sein. Und dann ging es erst recht hoch her.

Aber Madlyne war um die Abendzeit meistens wo anders heftig beschäftigt. Denn hinter dem Gartenzaun lauerten die Burschen von weit und breit, und immer war ein Gejacher um sie herum und ein Gegluckse, das nahm kein Ende.

Aber wenn es zum Heiraten kommen sollte und der Freiwerber die Stube betrat, dann konnte er auch bald wieder gehen. Kaum daß er noch den Kirschschnaps austrank, so sehr lachte Madlyne. Hinterher machte Alute ihr stets die heftigsten Vorwürfe, aber sie kehrte sich nicht im mindesten daran.

„Was willst du von mir?" sagte sie. „Arbeite ich nicht ebenso fleißig wie eine Magd? Und weil mein Mütterliches mit in der Wirtschaft steckt, so arbeite ich auch für mich selber."

Davon ließ sich nichts abdrehen, denn es war alles die Wahrheit.

Seit der Hochzeit hatte Madlyne drüben in der Klete geschlafen, denn sie meinte, die jungen Eheleute möchten im Hause am liebsten allein sein. Aber weil die Burschen ihr dort bis in den Morgen keine Ruhe ließen und der Hofhund aus dem Bellen nicht mehr herauskam, so siedelte sie wieder in die Kammer jenseits des Hausflurs über. Und Miks war neidisch auf sie, denn in dem Raume daneben schlief das Kind. Zudem nahm er an, daß die Burschen ihr selbst hierhin folgten, und er wollte nicht, daß Anikke erwachte, wenn ein Begünstigter zu ihr hereinstieg. Noch hatte er freilich keinen ertappt, aber wie sollte es anders sein.

Und so verliebter Natur war Madlyne, daß sie es nicht unterlassen konnte, selbst ihm von ihrer Zärtlichkeit hie und da ein Zeichen zu geben. Es lag nie etwas Grobes oder Dreistes darin. Wie ihr ganzes Wesen, so war auch dies von einer zarten und behutsamen Zierlichkeit, so daß man es sich gern gefallen ließ, auch wenn man nicht darauf eingehen wollte.

Ihr Lächeln und ihr Umihnsein wurde allgemach eine einzige große Liebkosung, die um so wohler tat, als man nicht nötig hatte, sie ernst zu nehmen. Denn die Lustigkeit, mit der sie sich an ihn heranschmeichelte, machte jeden Gedanken an künftige Buhlschaft zuschanden.

Dann einmal, als er unbemerkt dazukam, hörte er sie eine Daina singen, die lautete umgedeutscht etwa so:

Liegt mir ein Lämmlein
Im reißenden Strome,
Frag' ich nicht lange,
Ob ich's errette,
Nein doch, ich springe ihm nach.

Liegt der Geliebte
Im Arme der Muhme,
Frag' ich mich täglich,
Ob ihn erretten,
Und ich weiß doch nicht wie.

Gönn' ich den Lieben
Der bösen Muhme,
Die ihm mit Tränkchen,
Aus Giftkraut bereitet,
Zankend den Schlummer verdirbt?

Oder ich sage:
„Komm, lieber Schwager,
In meiner Kammer
Steht eine Bettstatt
— Ach, so schmal ist das Bett! —

Aber zur Mauer,
Der eiskalten Mauer,
Rück' ich geschwinde,
Daß du es warm hast
Und mich im Arm hast und schläfst."

Soll ich's ihm sagen,
Oder verschweig' ich's,
Bis einst der Kummer
Vom Lager der Muhme
Nach dem Strome ihn treibt?

Und hätt' ich tausend
Der Lämmlein errettet,
Ihn, den ich liebe,
Ließ ich verderben,
Und ich sprang ihm nicht nach.

Sachte schlich Miks sich aus ihrer Nähe, denn er wollte sie nicht wissen lassen, daß sie von ihm belauscht worden war. Und als er sie wiedersah und ihr lachendes, glattes Gesichtchen betrachtete, konnte er es nicht fassen, daß sie ein so finsteres und hitziges Lied gesungen hatte.

Und ein anderes Mal, als sie die kleine Anikke auf dem Schoße hielt, sang sie folgendes:

Kindchen, mein Kindchen, gehörtest du mir,
Ich schenkte dir Kleider und goldene Zier,

Ich schenkte dir Betten von Seide so weich
Und schenkte dir Gott und das Himmelreich.

Auch einen Liebsten schenkt' ich dir wohl,
Der dich zur Kirche hinführen soll.

Du aber, Kindchen, was schenktest du mir?
Ich lieg' alleine und bang' mich und frier',

Und der, der dich liebt wie sein Augenlicht,
Der siehet mich nicht und höret mich nicht.

Wenn der mich wollte und ließe von ihr,
Dann, Kindchen, mein Kindchen, gehörtest du mir.

Von nun an fing Miks an zu überlegen, ob er sie nicht einmal in die Arme nehmen sollte. Aber er bezwang sein Gelüste, denn wenn er an all die jungen Leute dachte, die bei ihr angeklopft hatten, erschien es ihm nicht gut genug, ein „Kuszbendris“ — ein Weibsteilhaber — zu sein; auch mochte er um des Kindes willen das Haus nicht mit Verdacht und Unfrieden erfüllen.

Aber der Unfriede kam auch ohne dies.

Als es kalt wurde, siedelte Madlyne mit dem Kinde von der anderen Seite des Hauses her in die gutgeheizte kleine Stube über, deren Zwischentür kein Schloß und keine Klinke hatte und darum immer ein wenig offen stand.

Von nun an schämte er sich, bei seiner Frau zu liegen, und machte allerlei Ausflüchte, um sich irgendwo anders einzuquartieren. Und da ihm nichts Besseres einfiel, fing er das Leben wieder an, das er einst geführt hatte, als das große Unglück noch nicht geschehen war. Denn nur so konnte er die Nacht zum Tage machen.

Er suchte die Krüge auf, von wo aus im Schutze der Dunkelheit der Schmuggel über die Grenze ging, und da es nicht immer was zu tragen gab, nahm er auf alle Fälle die Flinte mit, um das Frühmorgenlicht für einen Rehbock auszunutzen.

So konnte es nicht ausbleiben, daß er wieder

in schlechten Ruf kam, und Alute, die deswegen gerade einstmals ihr Herz an ihn gehängt und ihn noch kurz vorher einen „Schwanzeinkneifer" genannt hatte, schalt ihn nun heftig aus, weil ihre ehrliche Wirtschaft durch ihn zu einer Räuberhöhle würde.

Aber er kehrte sich nicht daran.

Eines Tages nahm ihn Madlyne beiseite und sagte: „Es tut nicht gut, Miks, daß du so oft unterwegs bist, du solltest dich mehr zum Hause halten."

„Aus welchem Grunde wünschst du mir das?" fragte er.

„Sieh dir das Kind an," erwiderte sie und wandte sich ab.

Er erschrak, denn er hatte es bisher für selbstverständlich genommen, daß es der kleinen Anikke gut ging. Tagsüber war sie in der Schule, die Nacht schlief Madlyne mit ihr. Zudem hatte seine Frau noch nie etwas Feindseliges gegen sie unternommen. Höchstens daß sie sie nicht beachtete.

Jetzt aber, da er das Kind im Auge behielt, fiel ihm auf, daß es ungerufen nicht mehr an ihn herankam, sondern sich zaghaft in den Winkeln herumdrückte. Auch sah es blaß und schwächlich aus und hatte doch während des Sommers geblüht wie ein Tausendschönchen.

Er versuchte, es ins Gebet zu nehmen,

aber es wollte nicht mit der Sprache heraus. Nur weinen tat es bitterlich.

Da legte er sich eines Abends auf die Lauer und mußte erleben, daß Alute das Kind mit einem Lederzaum schlug, in dem noch die messingnen Schnallen steckten.

Er stürzte aus seinem Versteck hervor, riß der Armen Kleider und Hemde herunter und fand das Körperchen von oben bis unten mit Striemen und blauen Flecken bedeckt.

Da hob er den Zaum auf, den das wütende Weib von sich geworfen hatte, und prügelte es so lange, bis es sich winselnd am Boden krümmte. Auch gegen Madlyne wandte er sich in seinem Zorn, und von nun an saß der Teufel im Hause.

Madlynens Lied wird Recht behalten, dachte er oft, wenn der Kummer ihn zur Nacht aus dem Hause trieb.

11

So geschah es eines Novembermorgens kurz vor dem roten Sonnenaufgang, als er durchfroren im jungen Schnee saß und gerade auf einen schönen Bock anlegen wollte, daß er rückschauend eine Flintenmündung auf sich gerichtet sah und einen grünbändrigen Hut dahinter, den er wohl kannte.

Er wollte sein Gewehr an die Backe reißen, aber er wußte: es war zu spät. Darum stand er ganz gemächlich auf und sagte: „Na, wieviel Jahr' wird es kosten?"

„Nicht halb so viel, wie du mich Nächte gekostet hast, Miks," erwiderte der stämmige Förster, der des erschossenen Hegemeisters Nachfolger war, und er fügte hinzu: „Die Flinte laß liegen. Die hol' ich mir später. Sonst könnte es passieren, daß du sie mir beim Transport wieder abnimmst und meine dazu."

„Ich bin gar nicht so schlimm, wie die Leute es machen," lachte Miks und schlug, ohne erst viel zu fragen, den Weg zum Gendarmen ein, dem er ja doch abgeliefert werden mußte. Der Förster ging zehn Schritt weit hinterdrein und hielt die Flinte schußbereit.

„Dreh dich lieber nicht um," sagte er ganz freundlich, als Miks das Gespräch fortsetzen wollte, „sonst sitzt dir doch gleich eine Kugel im Genick."

Miks hatte nun eine halbe Stunde Zeit, über das Geschehene nachzudenken. Daß er von der Alute wegkam, war eigentlich ein Segen. Aber dann plötzlich gab ihm das Herz einen Stoß bis in die Kniekehlen hinein. Das Kind! Was wird nun aus dem Kinde?

„Ich Dummerjan," dachte er, „schon wegen des Kindes allein hätt' ich es nicht dürfen."

Und er fing tausend Pläne zu schmieden an, wie er von der Untersuchungshaft aus die kleine

Anikke in andre Pflegschaft bringen könnte. Aber er verwarf sie alle. Wenn er die Aufmerksamkeit der Behörden auf das Kind zurücklenkte und in den Verhören irgend ein Widerspruch laut wurde, so konnte das künstliche Fachwerk, das Alute damals aufgebaut hatte, davon zusammenfallen wie eine Haferhocke.

Bald begegneten ihnen auch Leute, die halb mitleidig, halb schadenfroh den Zug begleiteten. Reden durften sie nicht mit ihm. Das verbat sich der Förster. So gingen sie in halblauten Gesprächen neben dem Miks daher, und weil sie wußten, daß der Förster kein Litauisch verstand, erwogen sie auch ohne Scheu, ob er nicht doch den Mord auf dem Gewissen habe.

Miks Bumbullis hörte das alles. Es war ein rechter Leidensweg.

Die Schar der Neugierigen wuchs mit jedem Schritte, und als er vor dem Hause des Gendarmen ankam, hatte er ein Gefolge wie ein König. — —

Miks bestritt natürlich alles. Von dem Bock wisse er nichts. Er habe nur ein paar Krähchen schießen wollen, und das könne unmöglich ein großes Verbrechen sein.

Ob er sich nicht schäme, so faule Ausreden zu machen, fragte der Richter.

O nein, er schämte sich nicht. Er wollte ja bei dem Kinde bleiben.

In der Hauptverhandlung kam er mit seinem Weibe und Madlyne wieder zusammen. Er hatte bisher in seinem Innern gewünscht, das Kind möchte nicht geladen sein, denn es war nun schon groß genug, um zu verstehen, welche Schande er ihm antat. Aber nun es wirklich nicht da war, tat ihm das Herz weh. Er hätte es so gern einmal wiedergesehen.

Madlyne gab sich lange nicht so adrett und fixniedlich wie dazumal, und ihre Augen waren klein und verheult. Aber ihre Antworten kamen auch diesmal wie aus der Pistole geschossen.

Die Flinte habe er wohl gehabt, aber nie in Gebrauch genommen. Ja richtig! Einmal habe er eine Eule geschossen. Das war alles.

Alute schien ihm die schlechte Behandlung längst wieder vergessen zu haben. Nie sei er zu ungewöhnlichen Zeiten aus dem Hause gewesen, nie habe er die Flinte vom Nagel geholt, nie habe er ein Stück Wild oder das Geld dafür von seinen Wegen nach Hause gebracht.

Schade, daß die Frauensleute nicht schwören durften!

Alute zögerte zwar keinen Augenblick, von ihrem Eidesrechte Gebrauch zu machen, aber der böse Staatsanwalt wußte es zu verhindern, ebenso wie bei Madlyne, die ihm als Hehlerin verdächtig schien, und so blieben beider Aussagen wirkungslos.

Doch auch die andern, die vereidigt wurden, hielten sich wacker. Selbst diejenigen, die ihn so und so viele Male wegen seiner Schießereien geneckt hatten, konnten sich nicht erinnern, je davon gehört, geschweige denn eine Flinte an ihm gesehen zu haben.

Aber was half das alles! Seine einstige Bestrafung richtete sich drohend hinter ihm auf, und der unaufgeklärte Mord schwebte mit dunklen Flügeln über ihm. Wenn auch nur der Staatsanwalt mit argwöhnischer Anspielung darauf Bezug nahm, ein jeder fühlte, daß um ihn herum Geheimnisse verborgen lagen, die nur eines rächenden Anlasses bedurften, um gegen ihn loszubrechen.

Als der Richterspruch verkündet wurde, der ihm drei Jahre Gefängnis zuerkannte, erhob sich Alute, die bis dahin vermieden hatte, seinem Auge zu begegnen, langsam von der Zeugenbank und nickte, den Kopf feierlich wiegend, eine ganze Weile lang zu ihm herüber.

Er schauderte noch Tags hinterher, wenn er dran dachte.

Trotzdem bezwang er sich und verlangte, daß, bevor er in die Strafanstalt überführt wurde, die Seinen ihn besuchten, denn er wußte, daß dies die einzige Möglichkeit war, die kleine Anikke noch einmal zu sehen.

Madlyne hatte ihn wohl verstanden. Denn als die Zellentür sich öffnete und hinter der

Alute auch sie hereintrat, da hielt sie richtig das Kind an der Hand.

Miks Bumbullis mußte sich sehr zusammennehmen, sonst wäre er vor dem Kinde niedergekniet und hätte geweint und geweint.

Nun aber sagte er bloß: „Da seid ihr ja alle," und begrüßte sie freundlich der Reihe nach.

Alute, die einen neuen, weißen Schafpelz trug und auch sonst sehr unternehmend aussah, sagte zu ihm: „Ich könnte mich jetzt von dir scheiden lassen, aber das werde ich nicht tun. Nein, das werde ich nicht tun."

Er antwortete: „Tu, was du für recht hältst. Wenn du nur gut zu dem Kinde sein willst."

„Ich bin gut zu dem Kinde gewesen," erwiderte sie, „aber da hast du alles verdorben."

Er demütigte sich vor ihr und sagte: „Ich werde meine Fehler bereuen und ablegen, wenn du mir nur versprichst, daß du gut zu dem Kinde sein willst."

Sie machte ein hochmütiges Gesicht und antwortete: „Ich verspreche es." Dann reichte sie ihm die Hand und verlangte von dem Aufseher, er möge sie hinauslassen.

Der Aufseher tat es und wollte auch die andern auffordern fortzugehen, da bemerkte er, daß Miks vor dem Kinde niedergekniet war und weinte und weinte. Und weil er ein guter und aufrichtiger Mann war, so schloß er die Tür noch einmal und ließ ihn gewähren.

Miks streichelte Madlynens Rock und sagte: „Erbarm dich des Kindes!“

Madlyne beugte sich zu ihm nieder und sagte: „Ich schwöre dir, daß ich auf das Kind achtgeben werde.“

„Und wenn du heiratest und weggehst, — schwöre mir, daß du das Kind mitnehmen wirst.“

Madlyne beugte sich noch tiefer zu ihm und sagte: „Ich werde nicht heiraten.“

Da wurde Miks wieder ruhig und küßte das Kind und küßte auch Madlyne.

Und dann war die Besuchszeit um.

12

Nach zwei Jahren erhielt Miks Bumbullis die Nachricht, daß das Kind gestorben war.

Er wunderte sich nicht, denn es war ihm schon einige Male im Traume erschienen.

Der Brief, in dem Alute ihm von dem Unglück Mitteilung machte, lautete so:

„Nunmehr will ich Dich wissen lassen, daß die kleine Anikke ein seliges Hinscheiden erlitten hat. Ich und Madlyne haben sie gepflegt, wie es unsre Schuldigkeit war. Um ihr die fallende Sucht zu vertreiben, habe ich Madlyne zu einer weisen Frau geschickt, die sie nach den Regeln besprochen hat. Auch eine Kreuzotter habe ich abgekocht und ihr den Saft mit getrockneten Quitschen zu trinken gegeben. Kurz, es ist nichts versäumt worden. Ein Begräbnis habe ich ihr ausgerichtet wie meinem eigenen Kinde. Die Festlichkeiten haben zwei Tage gedauert, und es sind dabei drei Fässer Alaus und zwanzig Stof Branntwein ausgetrunken worden. Nicht zu rechnen, was die Gäste alles aufgegessen haben. Einen Sarg habe ich ihr machen lassen, in dem sie sich ordentlich ausstrecken kann. Auch ist sie in ihren besten Sonntagskleidern beerdigt worden. Du siehst also, daß ich mein Versprechen gehalten habe, und wenn du die Madlyne fragen wirst, so kann sie es nicht anders sagen."

Von nun an erschien die kleine Anikke dem Miks Bumbullis in jeder Nacht. Er brauchte nur die Augen zuzumachen, und sie war da. Und in vielerlei Gestalt erschien sie ihm — manchmal im Sarge liegend, manchmal als eine Braut mit dem Rautenkranz im Haar, manchmal als ein Engelchen mit gläsernen Flügeln, manchmal auch im Hemdchen blutend oder mit einem Strick um den Hals. Und immer wieder in neuen Gestalten.

Als ein großes Glück empfand er es, daß Alute nun doch gut zu dem Kinde gewesen war. Auch das große Begräbnis sprach dafür. Denn wenn sie das Licht der Welt zu scheuen gehabt hätte, würde sie die Tote so heimlich wie möglich eingescharrt haben. Aber vor allem war ja Madlyne dagewesen, auf die er sich ganz verlassen konnte.

Und doch mußte etwas versäumt worden sein, sonst würde die kleine Anikke Ruhe im Grabe gehabt haben und ihm nicht immer von neuem erschienen sein.

Das ging so Nacht für Nacht, bis eines Tages der Anstaltsarzt zu ihm trat und ihn fragte, was ihm eigentlich fehle.

„Was soll mir fehlen?" erwiderte Miks. „Ich habe satt zu essen, und keiner ist schlecht zu mir."

Der Arzt befahl ihm darauf, sich auszuziehen. Miks tat es, aber der Arzt fand eine Krankheit nicht an ihm. Ob ihm vielleicht ein Kummer zugestoßen sei, fragte er dann.

„Ich habe ein Kind verloren," antwortete Miks. Aber von den Erscheinungen sagte er nichts, denn vor diesen Deutschen muß man sich immer in acht nehmen.

Einige Tage später besuchte ihn der Pfarrer, derselbe, der am Sonntag gewöhnlich predigte. Der fing ihm eine schöne Trostrede zu halten an, aber er hatte sich nicht einmal die Mühe genommen, die Akten durchzusehen, sonst würde er gewußt haben, daß Miks ein eigenes Kind gar nicht besaß.

Miks beließ ihn in seinem Irrtum und küßte ihm die Hand, um ihn glauben zu machen, daß er nun ganz getröstet sei. Er war nun so weit, daß er sich schon den ganzen Tag über auf die Erscheinung freute. Aber dann machte er sich wieder Vorwürfe um dieser Freude willen, denn wenn es der Anikke im Grabe an gar nichts fehlte, so würde sie ihm nicht erschienen sein. Entweder drückte sie der Sargdeckel, oder man hatte ihr etwas Erstickendes auf den Mund gelegt. Vielleicht gar auch war die Giltinne — die Todesgöttin — nicht versöhnt worden, wie es nach dem Glauben Vieler geschehen muß, so daß sie aus Rache die arme Tote allnächtlich aus ihrem Frieden scheuchte.

Er wollte der Alute deswegen schreiben, aber er schämte sich vor den Deutschen, die den Brief durchlesen und in ihrer Dummheit über ihn lachen würden.

Darum war es ihm ganz recht, daß der Anstaltsdirektor ihn eines Tages rufen ließ und ihm eröffnete, der Rest seiner Strafe sei ihm vorläufig erlassen, und wenn er sich ordentlich führe, brauche er sie auch später nicht mehr abzusitzen.

Er dachte: „Da kann ich nun selber nach dem Grabe sehen," und machte sich auf den Heimweg.

13

Die Kartoffeln wurden gerade gesetzt, und alle arbeiteten auf den Feldern. Kaum einer sah sich nach ihm um, und so kam er unbeachtet bis nach Haus.

Der Hofhund bellte ihm freudig entgegen, und er streichelte ihn, denn das Kind hatte ihn lieb gehabt.

Das Haus war leer und alles offen. Ihn hungerte, aber er wagte nicht, sich ein Stück Brot zu schneiden, so fremd kam er sich vor auf seinem eigenen Besitz. Er sah sich erst in der kleinen Stube um, wo das Bettchen zuletzt gestanden hatte. Aber nichts mehr war davon zu bemerken. Sie schien ganz ausgelöscht aus der Welt. Aber dann fand er auf Madlynens Brett ihre Schiefertafel stehen und eine Schnur mit Griffen daran zum Drüberspringen, wie er sie ihr einmal gemacht hatte.

Wenn er nicht so müde gewesen wäre, so wäre er auf den Kirchhof gegangen. Und so setzte er sich vor das Haus auf die Milcheimerbank, dort, wo die Sonne schien, und wartete. Dabei schlief er ein und wachte erst auf, als die Stimmen der Heimkehrenden im Hoftor laut wurden.

Die Alute war die erste, die ihn bemerkte. Sie richtete sich hoch auf und schritt in ihren Klotzkorken mit geraden Schritten auf ihn zu, während sie ihm ganz starr in die Augen sah. Sie freute sich nicht, aber sie hatte auch keine Furcht.

„Sie haben dich zur rechten Zeit freigelassen,"

sagte sie, ihm die Hand reichend, „der Wirt ist gerade sehr nötig im Hause."

„Ich werde schon arbeiten," entgegnete er.

Dann ging sie, das Abendbrot machen.

Madlyne war hinter ihr gekommen. Er bemerkte, daß sie ganz schmal geworden war und daß um ihren Mund herum allerhand kleine Falten standen.

Sie reichte ihm auch die Hand und lief dann rasch fort.

Ein fremder Knecht war da, ein ältlicher Mann, mit dem die Alute sicher nichts vorgehabt hatte — „drum werd' ich ihn ruhig behalten können", dachte er —, und eine Magd, die ihn schief ansah, weil sie nicht wußte, was sie aus ihm machen sollte.

Zum Abendbrot hatte die Alute rasch einen Hahn geschlachtet. „Damit alle erfahren, daß der Herr wieder da ist," sagte sie.

Sie war nun ganz freundlich und sah ihn immer von unten auf an, wie eine Bittende.

Er tunkte die Kartoffeln ins Fett, ließ aber das Fleisch auf dem Rande liegen.

„Warum ißt du nicht?" fragte die Madlyne, der immer die Augen voll Wasser standen.

„Ich will's mir bis nachher verwahren," erwiderte er, „denn ich hab' so was Gutes lang' nicht gehabt."

Auch ein Glas Alaus bat er sich aus, rührte es aber nicht an.

Nach dem Essen trug er beides in die Kammer hinüber, wo er sich still hinsetzte, bis es dunkel wurde. Dann holte er sich einen Topf von der Herdwand und eine leere Flasche, tat Essen und Trinken hinein und verbarg es unter seinem Rocke.

„Ich will nur noch einen kleinen Gang machen," sagte er, und die beiden Frauen fragten ihn nicht, wohin.

Das kleine Grab hatte er bald gefunden. Ein neues Holzkreuz stand zu Kopfenden mit einem Dachchen darauf, wie es die jungfräulich Entschlafenen haben sollen, und zwei Vögelchen an den schrägen Enden. Die hatte sicherlich die Madlyne angebracht als Spielzeug für die Tote in der langen Ewigkeit.

Er wühlte in dem Sande des Grabhügels eine kleine Kaule aus und stellte Topf und Flasche hinein. Dann glättete er den Sand wieder, so daß nicht das mindeste zu bemerken war.

Manche sind der Meinung, daß dies zur Nahrung für den Geist der Toten gut ist, andere aber — und die sind wohl in der Wahrheit — meinen, daß die böse Giltinne damit besänftigt wird, so daß sie der abgeschiedenen Seele die Ruhe nicht fortnimmt.

Und dann saß er noch eine Weile und dachte bei sich: „Hier ist gut sein." Und ihm war, als sei er erst jetzt in die Heimat gekommen.

Als er wieder im Hause war und alle sich zum Schlafengehen bereiteten, sann er darüber nach, wohin er sich wohl legen sollte. Er wußte genau, daß, wenn er sich absonderte, der Hader von neuem losgehen würde. Darum kroch er in seines Weibes Bett, und sie tat so, als sei er nie weggewesen.

Nun fing sie auch aus freien Stücken von dem Kinde zu reden an. Gegen Gottes allmächtigen Willen sei Menschenkraft ohnmächtig; man müsse zufrieden sein, wenn man sich nichts vorzuwerfen habe.

Und sie weinte.

Er sagte nur: „Erzähle mir nichts." Denn er wußte, daß er es nicht ertragen würde.

In dieser Nacht erschien der Geist des Kindes ihm nicht. Er freute sich, daß er mit der Gabe an die Giltinne das Rechte getroffen hatte.

Als er am nächsten Morgen den Spaten schulterte, um mit den andern in die Kartoffeln zu gehen, sagte die Madlyne zu ihm: „Ruh dich erst aus, du bist noch zu schwach."

Und er wunderte sich, daß sie so wenig von seinen Kräften hielt.

Aber als er eine Weile vorgegraben hatte, mußte er sich setzen, denn der Atem fing an, ihm zu fehlen, und die Madlyne sah ihn an wie die Mutter ihr krankes Kind. ———

Auch die Alute war von nun an immer gut

zu ihm. Sie brachte ihm Paradieskörner in Essig und andere stärkende Sachen, und er dachte: „Wenn das Kind noch lebte, was würde es jetzt für gute Tage haben!"

Die Erscheinung war nun nicht mehr wiedergekommen, und er begann schon, der Giltinne mit geringerer Ehrerbietung zu gedenken.

Und so vertraut war er inzwischen mit der Alute geworden, daß er sich eines Abends ein Herz faßte und zu ihr von den Erscheinungen sprach. Auch von dem Mittel, das sich dagegen bewährt hatte.

Sie lachte und sagte: „Wenn das so leicht ist, will ich dir Hähne schlachten, so viel du willst."

Ja, so gut war sie jetzt immer zu ihm. Und er fragte sich manches Mal, warum er sich früher eigentlich vor ihr gefürchtet hatte.

Auch von der Krankheit des Kindes wollte er jetzt Näheres wissen. Nicht daß sein Kummer geringer gewesen wäre als in der ersten Nacht, nur hielt er sie jetzt so wert, daß er glaubte, sie würde die richtige Teilnahme haben.

Aber Alute erwiderte: „Du Armer würdest es auch heute noch nicht ertragen, drum warte noch eine kleine Weile." Und so sagte sie immer aufs neue.

Da kam er auf den Gedanken, die Madlyne zu fragen. Aber die Madlyne war jetzt wie umgewandelt. Sie ging ihm aus dem Wege, wo sie nur konnte, sprach bei Tisch kein Wort und bohrte mit den Augen Löcher ins Holz.

Auch der Alute fiel das auf, und einmal sagte sie: „Die Madlyne muß aus dem Hause, und schickt sie auch die nächsten Freier zurück, die ich ihr aussuche, so setze ich ihr eines Tages Bettsack und Kasten vors Hoftor."

Er erschrak, daß er an einem so bösen Ende die Schuld tragen sollte, und beschloß, das Seine zu tun, um alles zum bessern zu wenden.

Darum ging er der Madlyne eines Morgens zum Melken nach und sagte: „Du mußt nicht denken, Madlyne, daß ich dir vom Tode des Kindes etwas nachtrage."

Sie stand von der Hocke auf und sagte: „Aber ich trage es mir nach."

Er antwortete, die Rede Alutens nachsprechend, daß gegen Gottes allmächtigen Willen Menschenkraft ohnmächtig sei, und man müsse zufrieden sein, wenn man sich nichts vorzuwerfen habe.

Da legte sie plötzlich beide Hände auf seine Schultern, sah ihn lange mit den bohrenden Augen an, die sie jetzt immer machte, und sagte dann: „Schlaf bei mir, Miks Bumbullis! Dann werd' ich dir etwas erzählen, was zu wissen dir nottut."

Er fühlte eine große Unruhe und antwortete:

„Mir ist nach lockeren Streichen nicht zumut. Erzähl es mir auch so.“

„Nein,“ sagte sie, „anders tu' ich es nicht.“

„Ich werd' es mir überlegen,“ antwortete er und ging aus dem Stalle.

In derselben Nacht kam die Erscheinung wieder. Sie war in ihrem Hemdchen, hatte auf jeder Achsel einen Vogel sitzen und trug einen Stengel in der Hand, aber das war ein Schierlingstengel.

Er sagte der Alute nichts davon. Und als der Abend kam, sparte er wieder sein Essen auf, holte sich heimlich einen Topf und trug es darin zum Kirchhof hinaus.

Er war des Glaubens, das alles sei unbemerkt geschehen, aber hinter dem Hofzaun stand Alute und sah ihm nach.

Diesmal gab die Giltinne sich nicht so leicht zufrieden, denn das Kind erschien ihm auch in der nächsten Nacht.

„Es wird wohl wieder ein Hahn sein müssen,“ dachte er, aber ein unbestimmtes Gefühl hielt ihn ab, Alute zu bitten, daß sie ihn schlachte.

Die Erscheinung kam immer wieder, und die Unruhe verließ ihn nicht mehr.

Da faßte er sich ein Herz, und während die Frau noch auf dem Felde war, ging er der Madlyne nach in die Kammer. Als sie ihn kommen sah, stieß sie einen Seufzer aus und faltete die

Hände wie eine, die sich bereit macht, selig zu sterben.

So schlief er also bei ihr, und als ihr Kopf an seiner Schulter lag, da kam es ihm zur Klarheit, daß er immer und immer nur nach ihr verlangt hatte.

Sie weinte ohne Aufhören und küßte ihm beide Hände.

Und dann ermahnte er sie, daß sie nun ihr Versprechen erfüllen solle.

Sie kniete vor dem Bette nieder und flehte: „Verlange es nicht! Verlange es nicht!“

Aber er verlangte es immer wieder.

Da sah sie, daß es kein Entrinnen mehr gab, und erzählte ihm, auf welche Art Alute das Kind umgebracht hatte. Und sie würde nie und nimmer zu überführen sein.

In seinem ersten Zorn griff er nach Madlynens Halse, um sie zu erwürgen, weil sie die Tat nicht verhindert hatte.

Sie sagte: „Drück nur zu! Drück nur zu! Oben am Hühnerbalken kannst du die Schlinge sehen, mit der ich mich aufhängen wollte. Und wärst du nicht so plötzlich gekommen, hätte ich es auch getan.“

Da sprang er aus dem Bette und lief nach dem Schleifstein. — — —

Alute arbeitete noch in den Kartoffeln, da sah sie einen Menschen auf sich zustürmen, der halb angezogen war und eine Axt schwang.

Und als sie ihren Mann erkannte, da wußte sie sofort, was geschehen war und daß es ihr nun ans Leben ging.

Sie rannte schreiend nach der Richtung des Dorfes hin, und er mit der erhobenen Axt hinter ihr drein.

Aber sie wagte nicht, nach einem der verstreuten Höfe einzubiegen, denn sie wußte, daß kein Türschloß und keine Menschenhand ihn hindern würde, die Tat zu begehen.

So lief sie weiter, und der Raum zwischen ihr und ihm verkürzte sich immer mehr.

Da sah sie nicht fern das Haus des Gendarmen und erkannte gleich, daß sie sich für heute und künftig nur retten konnte, wenn sie dem alles gestand. Die Anstiftung würde ihr niemand nachweisen, und der Meineid war bald gebüßt.

Als ihr Verfolger einsah, wohin sie steuerte, da ließ er von ihr ab, denn des Wachtmeisters Pistolen waren immer geladen. Er kehrte in seinen Fußtapfen um, und die Leute, die ihm gefolgt waren, gingen in großem Bogen um ihn herum.

Das Haus war jetzt so leer, wie er es bei seiner Heimkehr gefunden hatte. Auch nach Madlyne rief er umsonst.

Er zog sich einen warmen Rock an, steckte Geld in die Tasche, holte ein altes Gewehr hinter den Sparren hervor, das seit seiner Wilddiebszeit dort noch versteckt lag, und kroch auf dem Bauche von Graben zu Graben.

Als es finster geworden war, floh er über die Grenze. Rußland ist groß.

14

Der Gendarm erstattete die Anzeige.

Die Herren vom Gericht nahmen sich der Sache mit großem Eifer an. Ein Steckbrief wurde erlassen, Polizisten hielten Nachforschungen hüben und drüben, auch wurden Auslieferungsverhandlungen angebahnt, damit, wenn man ihn faßte, kein Aufschub entstand.

Alute, die trotz ihrer Selbstbezichtigung noch immer frei herumlief, lachte zu alledem und sagte: „Was gebt ihr euch für Müh'! Das Kind wird ihn schon holen gehn.“ Sie hütete sich wohl, in ihrem Hause zu bleiben, und selbst für kurze Zeit ging sie nur in Begleitung hinein, denn sie fürchtete, daß Miks ihr dort auflauern würde.

Nacht für Nacht hielt sie sich mit dem Gendarmen und ein paar Männern, die dazu aufgeboten waren, hinter dem Kirchhofzaune versteckt. Die Männer wechselten ab, denn keiner konnte für die Dauer die Nachtwachen vertragen. Sie aber war immer zur Stelle. Bei Tage streifte sie herum wie ein wildernder Jagdhund. Wo und wann sie schlief, wußte keiner.

Wenn einer von den fremden Gendarmen, die den hiesigen jede zweite Nacht ablösen kamen, gegen Morgen hin frierend und mißmutig sagte: „Ich denke, wir stellen die vergebliche Arbeit ein, denn er müßte schön dumm sein, uns freiwillig in die Arme zu laufen," dann wehklagte sie und flehte mit erhobenen Armen: „Erbarmen, Pons Wackmeisteris! Ich weiß, das Kind wird ihn schon holen gehn, — wird ihn schon holen gehn."

Was sie aber nicht wußte, war, daß zu gleicher Zeit und gar nicht weit vom Kirchhof Madlyne im Graben lag — dicht an dem Wege, der von der Grenze her auf das Dorf zuführte. Sie hielt sich heimlich in dem Hause eines früheren Bewerbers auf, dessen Frau ihr dankbar war, weil sie ihn nicht genommen hatte. Und allabendlich, wenn es dunkel wurde, schlich sie sich hinaus auf Wache für den Fall, daß er vorbeikommen sollte.

Manchmal war es noch kalt, und manchmal regnete es, aber sie fror nicht und ließ sich ruhig durchweichen. Nur gegen den Schlaf anzukämpfen fiel ihr schwer. Darum legte sie sich gewöhnlich eine ihrer Klotzkorken auf den Kopf, die ihr gegen die Kniee fiel, wenn sie ihn einschlafend nach vorn überneigte. Und von dem Schmerze wurde sie dann wieder ganz wach.

Ab und zu ließ vom Kirchhof her ein leises Stimmengeräusch oder ein Säbelklirren sich hören; ab und zu, wenn der Wind danach stand, zog auch ein Tabaksgeruch über sie hin. Dann lachte sie höhnisch und schüttelte die Fäuste in das Dunkel hinein. Solange sie wachte, war keine Gefahr.

Aber in einer Nacht — es mag die vierzehnte oder fünfzehnte ihres Dienstes gewesen sein —, da muß der Schlaf sie doch überwältigt haben, oder aber er war nicht auf dem Wege, sondern quer über die Felder gegangen, denn plötzlich hörte sie auffahrend vom Kirchhof her Knallen und Männergeschrei. Und die Stimme Alutens mischte sich keifend darein.

Da wußte sie: sie hatten ihn.

Weinend lief sie auf den Lichtschein los, der plötzlich aufgeflammt war.

Und da sah sie ihn auch schon kommen. Zwei Männer brachten ihn geführt, und Alute tanzte um ihn herum, indem sie ihm die Zähne zeigte und die Zunge ausstreckte.

In seinem Gürtel hing der Oberteil einer breithalsigen Flasche, die wohl beim Kampfe mitten durchgeschlagen war. Darin war das Opfer für die Giltinne gewesen, mit dem er dem Kinde noch einmal die ewige Ruhe hatte erkaufen wollen.

Madlyne warf sich ihm in den Weg und küßte die eisernen Ringe, in die sie seine blutigen Hände gesteckt hatten.

Er sah gleichsam mitten durch sie hindurch und schritt weiter — seinem Schicksal entgegen.

Jons und Erdme

1

Am Osternachmittag sitzen im Chausseegraben nicht weit vom Matzicker Walde zwei Liebesleute — der Jons Baltruschat und die Erdme Maurus.

Ach du gütiger Gott, was sich nicht alles lieben will auf Erden! Selbst die Aller-, Allerärmsten, die kaum das nackte Leben haben, möchten ein Nest bauen.

Der Jons ist das, was der Litauer einen „Antrininkas" nennt, der „Knecht eines Knechtes". Das sagt wohl genug.

Und die Erdme hat unter den Deutschen ihr Glück machen wollen. Vorläufig dient sie als Abwaschmädchen in dem Schlopsniesschen Gasthaus nicht weit vom Bahnhof, das die Leute in Heydekrug meistens das „Hotel Lausequetsch" nennen. Mit Unrecht übrigens, denn in der letzten Zeit hat es sich sehr gehoben. Sogar die besseren Viehverlader verkehren bisweilen darin.

Ausgeputzt sind sie beide. Der Jons hat seine blanken Kirchgangsstiefel an und die schwarze Tuchjacke mit dem türkischen Halstuch.

Und die Erdme — die ist nun gar eine Feine! Litauisch trägt sich die doch nicht mehr! Sie hat ein weißes Zephirwollentuch um den Kopf geknüpft und eine halbseidene Bluse an, die hinten zuzuhaken ist. Die hat ihr einmal die Kellnerin geschenkt, weil sie ihr in ihrem Fortkommen hinderlich war.

Jung, stark und hübsch sind sie beide. Aber das ist auch alles. Eltern mit Haus und Hof haben sie nicht. Überhaupt — wo sie herstammen, davon reden sie lieber gar nicht.

Die Erdme hat nicht viel Zeit. Denn um acht kommen die Handwerksburschen, die bringen Feiertagsfladen von der Walze mit und wollen reine Teller haben. Es geht da auch sonst sehr üppig zu. In der Küche werden jetzt sogar Ölsardinen gehalten, und das Öl darf man hinterher austrinken.

Der Jons fühlt sich dadurch gedemütigt. Wie wird eine Frau, die an so vornehme Lebensart gewöhnt ist, später neben ihm aushalten wollen?

Aber die Erdme beruhigt ihn gleich. Was hat das alles zu sagen gegen einen eigenen Besitz? Denn mit dem Besitzersein fängt das Leben doch erst eigentlich an.

Der Jons ist ganz ihrer Meinung. Jawohl — aber wie? Die Vögel, die ringsum Halme suchen, die haben's leicht. Denen liegt der Baustoff frei auf der Straße, und für ihren Nestplatz brauchen sie auch nichts zu zahlen.

Die Erdme, die einen fixen Geist hat, redet ihm Mut zu. Und so ganz ohne Vermögen sind sie ja beide nicht mehr. Nun holen sie rasch ihre Beutelchen vor und breiten die Schätze neben sich aus, geben aber sorgfältig acht, daß beide nicht untereinander geraten. Denn das kann erst nach der Trauung geschehen, wenn die Gütergemeinschaft erklärt ist.

Das Häufchen der Erdme ist viel größer als seines, so groß, daß er beinahe argwöhnisch wird und nach dem Ursprung fragt. Sechsundsechzig Mark, die kriegt man nicht leicht zusammen.

Die Erdme wird zwar etwas verlegen, aber sie kann doch Auskunft geben. Das goldne Zwanzigmarkstück, das den Hauptstock bildet, hat ihr einmal ein Betrunkener geschenkt, der hernach verhaftet wurde. Doch das macht ja nichts, wieder abgefordert hat es ihr niemand. Und auch das übrige ist nicht etwa der Lohn für Gefälligkeiten, wie sie Bräutigams nicht gerne sehen, sondern redlich verdient von ehrbaren Gästen, die höchstens einmal in die Küche kommen, um ein ehrbares Mädchen zu kneifen, wo es sich kneifen läßt. Zuguterletzt hat sie ein reicher Viehhändler durchaus an Kindesstatt annehmen wollen und sich erst nach vielem Zureden damit begnügt, ihr neun Mark funfzig zu schenken, denn mehr hat er gerade nicht bei sich gehabt.

Das alles ist also in guter Ordnung, aber die lumpigen fünfundzwanzig Mark, die er sich in zwei Jahren — und mit was für Opfern! — von seinem Lohne erspart hat, können sich daneben nicht sehen lassen.

„Ach was," sagt die Erdme, „zusammen sind das einundneunzig. Und für hundert kann man sich schon ein Haus bauen."

„Ja wo?" fragt er. „Etwa im Monde?"

„Durchaus nicht im Monde, sondern sogar ganz nah' von hier. Auf der anderen Seite von Heydekrug, nach Ruß zu, wo im Rupkalwer Moor die Kolonie Bismarck liegt."

„Ach so, in Kolonie Bismarck, wo die Diebe und die Mörder hausen," meint er, denn in gutem Ruf steht sie nicht, die Kolonie Bismarck.

Die Erdme wird ärgerlich. Erstens gibt es Diebe und Mörder überall, und zweitens kommt es zunächst darauf an, daß man ein Haus über dem Kopfe hat. Dort ist man sozusagen beim preußischen Staat zu Gaste, der Grund und Boden vergibt, und einen vornehmeren Herrn kann sich keiner erdenken.

Er zweifelt noch immer, daß es möglich ist, für hundert Mark ein Haus zu erbauen, aber sie weiß es genau.

„Natürlich, nachhelfen muß man ein bißchen,"

sagt sie und lacht ihm verstohlen zu. „Nachhelfen tut ein jeder, und der Moorvogt weiß viel, wo es herkommt."

Nun lacht auch er, und der Entschluß wird besiegelt.

Wie sie aufstehen und die Kleider abgeklopft haben, betrachten sie einander und finden, daß sie ein Paar sind, das sich sehen lassen kann.

Er — straff, breit, knorrig, mit wagerechten Trageschultern und zwei Fäusten, die nicht mehr loslassen, wo sie einmal zugepackt haben.

Sie — eine richtige Scharwerksmarjell, hochbusig mit federnden Armen und Schenkeln von Eisen, mit flinkem Halse und blanken Backen, in denen zwei Augen listig und lustig Nähe und Ferne nach Beute durchmustern.

Zwei richtige Lebenskämpfer, bereit, dem Schwersten Stand zu halten und das Widrigste mit Schlauheit zu umgehen.

2

Zuerst der Moorvogt.

Der Moorvogt ist der unumschränkte Herrscher der Kolonie, der zweitausend Lebensschicksale sorgsam und strenge an obrigkeitlicher Leine führt. Über ihm steht nur noch die Generalkommission; doch wer und was das eigentlich ist, ahnen nur wenige.

Drei Tage später gehen sie also zum Moorvogt.

Mit List und Gewalt haben sie sich beide aus ihren Dienststellungen freigemacht. Die Erdme hat sich von ihrer Herrin eine Scheuerbürste an den Kopf werfen lassen und hierauf mit einer Anzeige wegen Körperverletzung gedroht, so daß sie schließlich mit dem Zeugnis auch noch ein Schmerzensgeld bekommen hat, und der Jons, der weniger gerissen ist, hat seinem Brotherrn bloß einen etwaigen Totschlag in Aussicht gestellt, falls er ihn nicht auf der Stelle abziehen lasse. Manchmal hilft das, manchmal geht es auch schlimm aus. Aber diesmal hat es geholfen.

So wandern sie also wohlgemut auf der Rußner Chaussee zur Kolonie Bismarck hinaus, die bald hinter dem Szlaszner Kirchhof beginnt und sich so weit ins Moor hinausstreckt, daß man ihr Ende nirgends absehen kann.

Als sie an der langen Brücke sind, die über die Sumpfniederung führt, bleibt die Erdme an dem schwarz-weißen Geländer stehen und zeigt auf die Kuhblumen hinunter, die ihre buttergelben Köpfe aus dem Überschwemmungswasser stecken, und sie sagt: „Wie die Blumchen da vorwärts kommen, ohne zu ertrinken, so werden wir auch vorwärts kommen."

Und der Jons meint dasselbe.

Als sie aber vor dem ehemaligen Chausseehause stehen, in dem jetzt der Moorvogt wohnt, da fällt ihnen doch das Herz in die Schuhe.

Der Moorvogt ist ein starker Mann gegen die Vierzig, mit ernsten Augen und einem Munde, der ungern zu lächeln scheint. Eigentlich hart sieht er nicht aus, aber seine Rede ist scharf und gemessen. Angst muß man schon darum vor ihm haben, weil er so mächtig ist.

„Also anbauen wollt ihr euch?"

„Jawohl."

„Seid ihr verheiratet?"

Das sind sie nun eigentlich nicht, aber das Aufgebot kann jeden Augenblick bestellt werden. Jetzt gleich, wenn er will.

„Sind die Papiere in Ordnung?"

Alles tragen sie bei sich, vom Taufschein an.

„Sind die nötigen Mittel da?"

Ob die da sind! Und mit zaghaftem Stolze ziehen sie ihre Beutelchen. Das Goldstück, das bei ihr obenauf liegt, scheint ihm einen großen Eindruck zu machen denn zum ersten Male geht ein Lächeln über sein Gesicht.

Und er greift nach Mütze und Hakenstock und sagt: „Kommt mit."

Dann geht er ihnen voran auf einer Straße aus Knüppeln und Lehm, die geradeswegs von der hohen Chaussee weg ins Moor hinunterführt. Das sieht nun freilich fürs erste nach allem aus, nur nicht nach einem Moor. Rechts und links nichts wie Kartoffeläcker und Siedlungen bis in den grauen Dunst hinein. D i e Häuser haben etwas mehr als hundert Mark gekostet! Da reichen selbst tausend nicht! Und ringsum Ställe und Schuppen! Und Gärten sogar — die Zäune mit Ölfarbe gestrichen! Und jeder Zufahrtsweg hat seine kleine Allee, aus Quitschen und Birken — weiß wie Schnee und schnurgerade.

Das Herz wird ihnen immer schwerer, aber zu reden wagen sie nicht. Sonst wären sie vielleicht noch umgekehrt. Denn wie kann man je daran denken, solche Herrlichkeiten sein eigen zu nennen?

So gehen sie wohl eine halbe Stunde lang. Eine Wirtschaft folgt der anderen, ein Ackerfeld dem anderen. Nur hie und da auf höherem Boden, wie aus Versehen stehen geblieben, ein Gebüsch von krüppeligen Fichten, die kaum einmal die Kraft haben, Nadeln zu tragen.

Dann allmählich verändert sich das Bild. Die Wohnhäuser werden ärmlicher — demütiger, möchte man sagen —, die Wirtschaftsgebäude hören auf, und statt der beackerten Felder breiten sich kahle Moorheiden aus bis ins Endlose hin, von viereckigen schwarzen Teichen unterbrochen, die vom Torfstechen übriggeblieben sind. Auf denen sprießt ein junges Sumpfgrün. Sonst ist alles braun vor ihnen her. Wie beschorft ist alles.

Der Moorvogt hat den ganzen Weg über kein Wort zu ihnen gesprochen. Jetzt wendet er sich um und sagt: „Hier könnt ihr euch nun eine Baustelle aussuchen.“

Und er geht ihnen voran, seitwärts auf den Moorboden hinaus, der unter ihren Füßen quatscht und einsinkt. Und wo der Moorvogt den Stock einstößt, bleibt ein wasserglänzendes Löchelchen übrig.

Da endlich macht der Jons seinem bedrückten Herzen Luft und fragt beinahe schreiend: „Kann man denn hier überhaupt bauen?“

Der Moorvogt weist mit seinem Stocke zurück und in die Runde: „Die haben alle einmal so gebaut,“ sagt er. „Das Trockenmachen ist eure Sache.“

Jons und Erdme sehen sich an und denken: „Was die anderen gekonnt haben, müssen wir auch können.“ Und so suchen sie sich aufs Geratewohl einen Platz für Haus und Ackerland und sind dabei immer dem Weinen nahe.

Der Moorvogt umgeht mit ausgreifenden Schritten die ungefähr in Betracht kommende Fläche. „Diese Parzelle“, sagt er dann stehen bleibend, „gibt euch der Staat zur Bewirtschaftung. Sie wird natürlich genau ausgemessen werden und ist dann einen Hektar groß. Geht es euch gut, so dürft ihr später noch drei weitere dazu pachten. Auf dem Rückwege kommt bei mir an und gebt eure Unterschrift. Bis dahin überlegt es euch. Braucht ihr einen Rat, so bin ich dazu da. Viel Glück und guten Morgen!"

Damit gibt er ihnen die Hand, und weg ist er.

Nun stehen sie da und sehen sich wieder an.

Ja oder nein?

Nein — dann müssen sie zurück in Dienst — in einen härteren vielleicht, vielleicht auch niedrigeren, obgleich das kaum noch möglich ist, und die Hoffnung auf Haus und Herd versinkt für Jahre. Wozu sind sie jung und übervoll von unverbrauchten Kräften, die sich sonst für Fremde erschöpfen müssen? Also ja — dreimal und tausendmal ja.

„Was die anderen gekonnt haben, müssen wir auch können," wiederholt der Jons noch einmal laut, und die Erdme wiederholt es auch. Und damit sind sie fertig.

Das Nötigste, woran sie denken müssen, ist, sich für die nächsten Monate ein Obdach zu besorgen.

Sie gehen also an die ersten zwei Leute heran, die sie auf dem Acker arbeiten sehen, und sagen: „Wir wollen uns in der Nähe anbauen. Könnt ihr uns wohl so lange eine Kammer vermieten?"

Der Mann, der sanftblickende Augen hat

und dem um das magere, bartlose Gesicht langes, graues Haar bis auf die Schultern fällt, sieht sie lange an und fragt dann: „Seid ihr verheiratet?“

Erdme lügt rasch „ja“, denn sie überlegt sich, daß ihr wahrhafter Stand, mag er noch so kurze Zeit andauern, ihnen bei allen Gutgesinnten Hindernisse bereiten würde.

Und die Frau, die auch nicht mehr jung ist und die so aussieht, als muß sie immer Senf aufschmieren, hat aber keinen Senftopf, die sagt: „Wir sind nämlich Gebetsleute. Wer nicht nach den Geboten des Herrn lebt, den nehmen wir nicht auf.“

Erdme sagt: „Auch wir wollen uns den Erleuchteten zuwenden,“ denn sie weiß sofort, daß sie beide durch dieses Bekenntnis Freiwohnen erlangen werden.

Betten wird sie mitbringen, und so ist für Unterschlupf gesorgt.

Dann kehren sie wieder beim Moorvogt an.

Er hat einen großen Bogen ausgefertigt, sieht noch einmal ihre Papiere durch, und dann gibt Jons die Unterschrift.

Der Moorvogt ist zugleich auch der Standesbeamte und trägt sie als Brautleute in die Register ein.

Jons denkt an die Unwahrheit, die Erdme vorhin ausgesprochen hat, und fragt: „Die Zeit ist knapp. Werden wir als ledige Leute schon einziehen dürfen?"

Der Moorvogt lächelt, wie er damals getan hat, als er ihr Vermögen besah, und sagt: „Die Aushängebogen liest keiner."

Damit sind sie entlassen.

Nun aber bleibt noch eins zu ordnen, das wichtigste von allem — außer dem Pfarrer natürlich, bei dem das Aufgebot bestellt werden muß. Das ist für Jons, sich eine regelrechte Arbeit zu beschaffen, damit durch den Tagelohn für den künftigen Unterhalt gesorgt wird und ab und zu noch ein paar Groschen in die Baukasse kommen.

Man hat die Wahl zwischen der Torfstreufabrik und der Sägemühle, die beide jetzt zum Frühling Leute brauchen. Jons wählt die Sägemühle, weil er hoffen kann, dort am ehesten Gelegenheit zu billigem oder — wenn das Glück es will — auch kostenlosem Holzerwerb zu finden.

Sie gehen also den langen Weg nach Heydekrug zurück, — und siehe da! kaum nachgefragt, da hat er auch schon die Zusage in der Tasche, daß er am nächsten Morgen antreten kann.

Zwei Mark pro Tag — so viel hat er in seinem ganzen Leben noch nicht verdient.

Als die Dunkelheit gekommen ist, überlegen sie sich, daß noch nie ein Tag da war, der sie ein so großes Stück im Leben weiterführte. Aber er hat sie auch sehr hungrig gemacht. Und da sie beileibe kein Geld ausgeben wollen und zum Betteln zu jung und zu anständig aussehen, so scharren sie sich auf dem Weg nach dem neuen Zuhause ein paar Saatkartoffeln aus einer Miete, was gewiß eine große Sünde ist, aber der Besitzer hat noch genug, und so geschieht niemandem ein Schade.

Die Taschen voll kommen sie heim, und als sie beim Abkochen ein andächtiges Abendlied singen, schenkt ihnen der fromme Wirt sogar noch ein Stückchen Speck dazu.

3

Der Entwässerungsgraben ist das erste. Ohne den geht nichts.

Erdme hat ihn fast allein gezogen. Denn wenn Jons auch um drei aufsteht, um fünf muß er ja auf dem Weg zur Sägemühle sein, und abends ist sein Helfen auch nicht viel wert. Dann hängen ihm die Arme immer wie Säcke am Leibe.

Aber Erdme — die schafft es. Sie steht bis zu den Knieen im eiskalten Wasser und sticht und gräbt und gräbt und sticht — quer durch das widerspenstige Wurzelwerk, das manchmal durch keine Menschenkraft bezwingbar scheint.

Der fromme Taruttis — so heißt der Wirt — sieht von weitem ihr maßloses Mühen, und da sein mitleidiges Gemüt es ihm befiehlt, so läßt er oft die eigene Arbeit im Stich und kommt, ihr über die schwersten Stellen hinwegzuhelfen.

Dafür aber sieht sich Jons zu seinem bitteren Ärger genötigt, die kostbaren Freistunden des Sonntags mit Singen und Beten zu verschwenden. Frommsein ist gewiß eine schöne und notwendige Sache, aber man muß Zeit dazu haben. Sonst wird es zur Landplag'.

Die Arbeitsgelegenheit in der Sägemühle hat sich übrigens als ein Glücksfall erwiesen. Denn aus den Gesprächen mit den Fuhrleuten kann man auf unauffällige Weise tagtäglich erfahren, in welchem Walde und an welcher Stelle geeignetes Holz zu nächtlicher Abholung bereit liegt.

Aber Jons ist nicht der Mann dazu, sich mit gebundenen Händen irgend einem Aufseher auszuliefern, dem es beliebt, ihn anzuhalten.

Die erste der kräftigen vier Kieferstangen, die als Eckpfeiler eines zu erbauenden Hauses nun einmal unentbehrlich sind, kauft er sich für blankes Geld von einem Besitzer, der wegen leidiger Hypothekenzinsen ein schönes Eckchen seines Waldes niederlegt. Dabei bekommt er einen regelrechten Kaufschein, den er fortan als Schirm und Schutz in seiner Tasche mit sich führt.

Und als er mit Erdme in der übernächsten Nacht einen zweiten Stamm nach Hause bringt, der nicht ganz so rechtsgültig erworben ist, da kann er sich des guten Gewissens erfreuen, den solch ein Stückchen Papier seinem Träger verleiht.

Den Handwagen borgt der fromme Taruttis, der natürlich nichts Böses ahnt, und legt sogar noch einen goldumränderten Spruch hinein. Ob der nun hilft oder was Anderes, kurz, auch der dritte Stamm gelangt unangehalten nach Hause. Als aber der vierte an der Reihe ist, da kommt als ein unaufschiebbares Hindernis die Hochzeit dazwischen.

Die muß wegen der Wirtsleute in strengster Heimlichkeit vollzogen werden und kostet beim Standesamt allein zwei Funfzigpfennigstücke für die fremden Zeugen, die sich Jons von der Landstraße mitgebracht hat. Ein Glück ist, daß die sich bereit erklären, auch bei der Trauung am nächsten Sonntag das Zeugenamt zu versehen, vorausgesetzt, daß sie hernach drei süße Schnäpse bekommen.

Der Moorvogt verhält sich nicht im mindesten feierlich, er hat nicht einmal die Lichter angesteckt, so gering achtet er sie. Zum Schlusse reicht er ihnen die Hand und sagt: „Von nun an könnt ihr in Ehren beieinander wohnen."

Als ob das ohne den Pfarrer so ginge!

Der fromme Taruttis ist zwar wenig erfreut,

als er am Sonntag das junge Paar im besten Staate zur Kirche gehen sieht, denn ihm erscheint die Kanzelpredigt nur als ein heidnischer Tand; aber da sie schon halbwegs zu den Erleuchteten gehören, so hofft er, sie durch inbrünstiges Gebet bald ganz und gar bekehrt zu haben, und trägt es ihnen weiter nicht nach.

Heimlich pflücken sie sich im Garten ein paar jungsprossende Rautenblättchen, die sie als Merkmal ihrer Brautschaft nicht entbehren wollen, und treten dann den langen Weg zum Gotteshause an.

Die beiden Zeugen sind richtig zur Stelle, sie aber schämen sich, auf einer der vordersten Bänke Platz zu nehmen, wo immer die Hochzeitsleute sitzen, und verkriechen sich hinter einem der rückwärtigen Pfeiler. Nicht einmal die Rautensträußchen legen sie an, sondern bekneifen sie mit den heißen Fingern.

Der Gottesdienst ist zu Ende. Aber jetzt kommt erst eine große Hochzeitsgesellschaft, die mit ihren blumengeschmückten Wagen den halben Vorplatz erfüllt hat. Bebänderte Ordner laufen umher, und die Brautführer umgeben wie eine Königsgarde den Marschall.

Die beiden aber sitzen geduckt im Winkelchen, und ihre Zeugen riechen nach Mist.

Als der letzte von der großen Hochzeit den Kirchenraum verlassen hat, fassen sie sich ein

Herz und schieben sich bis nach dem Mittelgang.

Der Pfarrer — ein junger Mann, mit einem Traumdeutergesicht — blickt ihnen freundlich entgegen, und da sie wegen ihrer Armut nicht vor den Altar zu treten wagen, öffnet er die rotgepolsterten Schranken und schreitet auf sie zu, um sie an seinen eigenen Händen dorthin zu führen.

Er spricht auch nicht bloß die Worte, die im Buche stehen, sondern hält ihnen eine genau so schöne Rede, als ob sie vorher dafür bezahlt hätten.

Er preist sie glücklich, daß sie, erfüllt von Jugendkraft und Hoffnung, die gemeinsame Reise durchs Leben anzutreten entschlossen sind, malt ihnen aus, was sie alles erreichen können, wenn sie fleißig und beharrlich an ihrem Glücke arbeiten und vor allem — vor allem, vor allem! — den schmalen Weg der Redlichkeit niemals verlassen wollen.

Jons und Erdme weinen sehr, und jeder von ihnen schwört sich zu, die Ermahnungen des Pfarrers nicht zu vergessen.

Als aber die Zeugen ihre drei Schnäpse erhalten haben und es dunkel zu werden beginnt, da müssen sie doch daran gehen, den vierten der Stämme aus dem Walde zu holen, denn jeder Tag Aufschub kann von Nachteil sein.

Sie suchen sich den Handwagen, den sie schon gestern in sicherem Gewahrsam untergestellt haben, und anstatt wie andere bei fröhlichem Tanz und Gelage das neue Leben einzuweihen, ziehen sie beschämt und beklommen auf Raub aus.

„Wenn man so arm ist wie wir, dann kann das unmöglich eine Sünde sein," tröstet die Erdme sich und ihn.

„Eine Sünde ist es schon," antwortet der Jons, „das hat ja noch heute der Pfarrer gesagt. Aber wenn wir es nicht mehr nötig haben, dann wollen wir alles wieder gut machen, worin wir uns jetzt vergehen müssen."

Und das geloben sie einander, während sie im Chausseegraben die Nachtstille abwarten.

Und noch manches geloben sie. Keinen Hader wollen sie aufkommen lassen und keine giftigen Worte in den Mund nehmen und in allem den Kindern ein gutes Beispiel geben.

„Ja, unsere Kinder sollen es einmal gut haben," meint der Jons.

Und die Erdme gerät ins Schwärmen: „Wenn ich Töchter kriege, dann sollen sie in Samt und Seide gehen — und ihre Hochzeiten sollen acht Tage dauern — und der Bräutigamsvater soll nichts Geringeres sein als ein Gendarm."

Doch der Gedanke an den Gendarmen ist ihnen unbehaglich, darum spinnen sie ihn nicht weiter, sondern eilen, im Dunkel des Matzicker Waldes zu verschwinden, wo der vierte Pfosten ihres künftigen Glückes als frischgefällte Kiefer mattschimmernd am Boden liegt.

4

Hausbauen! Leicht gesagt, wenn man für den Winter noch nichts zu essen hat! Die Tage werden heiß. Erst muß die Kartoffelaussaat geschafft sein.

Jons berechnet die Bodenfläche, die im ersten Frühjahr allenfalls in Arbeit genommen werden kann, Erdme leiht sich eine Moorhacke aus, und nachdem die Quergräben gezogen sind, die die weitere Trockenlegung verlangt, kann das Urbarmachen beginnen.

Ein Freitagmorgen ist es zu Ende Mai — wenn man das Morgen nennen kann, denn noch stehen die Sterne am Himmel —, da schultern sie Hacke und Spaten und ziehen hinaus auf das kahle Moor, dorthin, wo die vier Kiefernstangen lang ausgestreckt für ihr künftiges Amt auf Vorrat schlafen.

Rohrhalme, gestern noch eingesteckt, bezeichnen die Grenzen des Ackers, der nun werden soll.

Den beiden ist bang und feierlich zumut. Gemeinsam zu beten getrauen sie sich nicht, weil sie ein schlechtes Gewissen haben, und darum spricht jeder von ihnen sein Vaterunser ganz im geheimen, als ob er Wunder was Unrechtes täte.

Und dann geht es los.

Die oberste Schicht des Moores, die aus lebendigen Pflanzenstoffen besteht, muß zerkleinert und heruntergeschält werden — „abplacken“ nennt man es —, weil der drunter liegende Boden erst dann, wenn sie mit ihm gemischt ist, die natürliche Fruchtbarkeit erhält, die eine Aussicht auf künftige — wenn auch spärliche — Ernten eröffnet.

Die paar Stunden der Frühe vergehen im Fluge. Dann muß er ja weg, um mit dem Taglohn Bargeld nach Hause zu bringen. Denn wo soll der Stoff zum Hausbau sonst herkommen?

Es ist gar nicht auszudenken, was alles fehlt. Zuerst die Latten oder Schwarten, mittels deren die Eckpfeiler verbunden werden, damit so das Viereck entsteht, das den Grundriß des Hauses bilden soll. Dann die Sparrbalken — die Sparren selbst — die Ziegel für die Feuerstätte und so noch vieles, was nur zum Teil gemaust werden kann.

Ein jeder sorgt auf seine Art, und keiner will hinter dem andern zurückstehn. Von einem, dessen Tagwerk um drei Uhr früh beginnt und um acht Uhr abends endet, kann niemand auf Erden sagen, er habe es sich zu knapp bemessen.

So kommt der Acker rasch voran.

Eines Vormittags, als Erdme sich aufrichtet, um sich den rieselnden Schweiß aus den Augen zu wischen, sieht sie den Moorvogt hinter sich stehen.

Sie erschrickt sehr, denn die zwölf Mark Pacht, die für das erste Jahr gezahlt werden sollen — später werden es dreißig —, sind noch nicht abgeliefert.

Er sagt: „Es ist spät im Jahr. Werdet ihr mit der Aussaat zurechtkommen?"

Und sie antwortet: „Wie Gott will."

„Gott will, wie der Mensch will," sagt er. „Wenn er erst weiß, daß ihr tüchtig seid, wird er euch nichts in den Weg legen."

Dann prüft er die vier Kiefernstämme, die, schon geschält, wie Silber in der Sonne funkeln.

„Schöne Stangen habt ihr da," sagt er und sieht Erdme dabei mit schiefem Munde halb von der Seite an, als sei ihm nicht einer ihrer nächtlichen Gänge verborgen geblieben.

In ihrer Verlegenheit streicht sie sich mit den Sohlen den schwarzen Schlamm von den Beinen, denn sie wartet, daß er nun nach dem Ursprung fragen werde; aber die Frage bleibt aus.

Auch ein Haufen Schwarten liegt schon da, die Jons sich für billiges Geld unter den Abfällen des Holzplatzes hat aussuchen dürfen.

Der Moorvogt betrachtet sie einzeln, und die untauglichen zeichnet er mit der Spitze seines Hakenstocks.

„Denen sieht man es an, daß sie redlich erworben sind,“ sagt er und wendet sich ohne Gruß wieder dem Wege zu.

„Da geht er hin wie der liebe Gott,“ denkt Erdme und ist sehr froh, mit heiler Haut davongekommen zu sein. Vieles an ihm begreift sie nicht, aber beim lieben Gott geht es einem ja ebenso. —

Auf dem Wochenmarkt hat Jons drei Scheffel Saatkartoffeln gekauft, glasblank und dünnschalig, wie sie für den Moorboden gut sind. Die werden in Hälften geschnitten und in die flachen Rücke gleichsam obenauf gelegt, denn nicht weit darunter sitzt immer noch das quatschende Wasser.

„Auch die sind redlich erworben,“ sagt Erdme mit Stolz. Und darum brauchen sie sich nicht zu schämen, über der frischen Saat ein Bittgebet zu tun.

Aber noch muß viel zusammengegrapscht werden!

Denn die Hölzer, aus denen man die Sparrbalken zurechthackt, mit blankem Gelde zu bezahlen, während sie freundlich in den Wäldern herumliegen, wäre ein Wahnsinn gewesen. Aber vorsichtig muß man schon sein, darum wird Jons auch diesmal die erste Ladung nach allen Regeln käuflich erstehen und ärgert sich bloß, daß er den Schein dafür nicht gleich vor den Mützenschirm stecken kann. Jetzt und auch bei den nächsten Fahrten hernach, wenn alles an Ort und Stelle ist, fragt niemand mehr. Höchstens der Moorvogt hätte ein Recht dazu, aber der fragt ja nicht, wie man weiß.

Eine Nacht um die andere ziehen sie los, denn ab und zu schlafen muß doch der Mensch.

Der fromme Taruttis ahnt immer noch nichts. Ihm hat der Kaufschein die Augen verblendet. Nur daß sie sich die nötige Zeit zum Beten nicht nehmen, quält sein mildes Gemüt, und darum betet er fleißig für sie, während sie auf seinem Handwagen das gestohlene Gut mit Hupp und Hopp nach Hause fahren.

Und die Taruttene, die unzufrieden ist, wenn sie ihn nicht übertrumpfen kann, steht sogar im Finstern schon auf, um ihnen was Warmes bereitzuhalten.

So nehmen die Dinge ihren guten Verlauf, und die Baukasse wird kaum einmal magerer.

Endlich ist auch der Tag nahe, an dem die Aufrichtung des Hauses vonstattengehen kann. Hierzu genügen die Kräfte zweier Menschen nun freilich nicht, und darum entschließt sich

Erdme auf des Taruttis Rat, bei den Nachbarn herumzugehen und sich eine Talka zusammenzubitten.

„Talka“ heißt auf deutsch „Arbeitsgesellschaft“, und auf solchen gemeinsamen Hilfeleistungen beruht vieles, was unter diesen armen Menschen, die gemietete Hände niemals bezahlen könnten, an Tüchtigem zustandekommt. Dafür erweist man sich dann später dankbar, wenn der Ruf an einen selber ergeht, und alles schließt mit einer fröhlichen Bewirtung, so viel oder so wenig der Bittende zu geben vermag.

Taruttis bezeichnet der Erdme mit der Hand die Häuser, in denen sie vorsprechen kann, und die, an denen sie vorbeigehen muß. Dort wohnt einer, der hilft n i c h t, aber dort wohnt einer, der hilft, weil man ihm selber geholfen hat.

Zu dem, der wohl hundert Schritt weit auf der anderen Seite des Weges sein kleines Anwesen hat, geht Erdme zuerst.

Er heißt Witkuhn, stammt aus dem Goldapschen und ist weit in der Welt herumgewesen. Sogar die Moorwirtschaft im Westen soll ihm bekannt sein, so daß er schon manchem der Langeingesessenen einen guten Ratschlag hat geben können.

Erdme findet einen blonden, scheuen Mann zu Mitte der Dreißig, der die Gewohnheit hat, beim Reden irgendwohin ins Leere zu blicken, und dabei zittert ihm immer der Unterkiefer. Wie er die Erdme daherkommen sieht, die frisch von der Arbeit weg, mit hochgebundenem Rock und aufgeschlagenen Ärmeln, über die Äcker schreitet, macht er große Augen vor ihrer Glieder Pracht, um dann erst — gleichsam erschrocken — den Blick von ihr wegzuwenden.

Er spricht ein richtiges, aber fremdklingendes Litauisch, etwa wie die Pfarrer sprechen, die es erst später gelernt haben, und sieht überhaupt aus wie ein verkappter Deutscher. Aber er ist gut und höflich zu ihr — nur, daß er sie nicht ansehen kann.

Seine Frau kommt später zum Vorschein. — Eine Halblitauerin ist auch sie, klein und kümmerlich — ach Gott, wie sehr! —, mit grauer Gesichtsfarbe und abgemüdeten Augen. Sie wirft einen neidischen Blick auf Erdmes kräftige Gestalt, begrüßt sie dann aber ganz freundlich.

„Wenn wir nun Nachbarn werden," sagt sie, „möge Gott geben, daß Frieden zwischen uns bleibt." Und dabei sieht sie nicht Erdme, sondern ihren Mann an, der auch vor ihr den Blick zur Seite wendet.

„An uns soll es wahrhaftig nicht liegen," sagt Erdme und verabschiedet sich. Sie fühlt sich zu den Leuten hingezogen, obgleich, wie man ja sehen kann, das Unglück im Hause sitzt.

Ein anderer, an den sie durch Taruttis gewiesen ist, hat sein Eigentum dicht neben dem kleinen Moorwalde, der auf einer Sandnase sitzt und so niedrig ist, daß man bloß auf eine Fußbank zu steigen braucht, um darüber hinwegzublicken. Diese Wirtschaft sieht schon etwas vorgeschrittener aus. Ein Stall ist da, und an den grünen Simsenbüscheln rupfen zwei magere Kühe.

Der Besitzer heißt Smailus und hat vor kurzem schon die zweite Frau begraben. Er ist ein großer, starker Mann, dem die Tür bis an die Schultern reicht, mit einem kühnen Polengesicht und langhängendem Hetmansschnurrbart, aber seine Augen haben einen stumpfen und schläfrigen Blick, als ob die ganze Welt ihn nichts anginge.

Um so luchterner kuckt das Marjellchen ins Leben, das sich dicht hinter ihm aus dem Hause drängt. Etwa zwölf Jahr kann sie sein, höchstens dreizehn, geht barfuß und ziemlich zerlumpt, aber unter dem Halse hat sie eine goldene Brosche sitzen. Sie mischt sich auch gleich ins Gespräch und sagt, sie sei zwar nur die Tochter von einem ganz kleinen Besitzer, aber eine Besitzerstochter sei sie immerhin, und was sie tun könne, um Frischzugezogenen das Leben zu erleichtern, das solle gewiß geschehen.

Erdme sieht ganz verblüfft auf das kleine Ding, das mit dem Maulwerk vorneweg ist wie eine Alte. Aber der Vater tut, als ob das nicht anders sein kann, und sagt bloß: „Ja, ja, das Bauen und das Begraben muß man schon immer gemeinsam verrichten."

„In dem Begraben hat er wohl Übung," denkt die Erdme, sich bedankend, und die Kleine begleitet sie noch ein Stück und schwatzt unaufhörlich.

Sie wird nun bald eingesegnet sein, sagt sie, und dann wird sie in die Stadt gehen und ihr Glück machen als Kellnerin oder als Ladenfräulein, wie es in der Kolonie schon viele getan haben. Vorerst aber muß sie dem Vater noch eine Frau besorgen. So eine schöne und starke wie Erdme wäre ihr schon recht — aber Geld muß sie haben —; die zweite, von der sie die Brosche trägt, hat auch Geld gehabt — bloß nicht genug —, und ob Erdme nicht eine weiß, damit sie selber bald auf die Reise kann.

Erdme weiß zwar keine, aber die Rede der Kleinen schlägt ihr aufs Herz wie ein starker Wein. Alles, was ihr einst als Ziel des eigenen Lebens vorgeschwebt hat, steckt ja darin. Doch ihr Schicksal liegt nun bereits so steinern fest, daß keiner auf der Welt mehr daran rühren kann. Wie eingesunken in diesen Moorschlamm liegt es, der keinen Grund und Boden hat und nichts mehr hergibt, was er einmal mit seinen Wurzelfäden umwindet.

Die Kleine heißt Ulele. „Das ist ein altertümlicher Name," sagt sie, „den ich natürlich nicht beibehalten werde, wenn meine Zeit gekommen sein wird."

Damit verabschiedet sie sich, und Erdme sieht ihr traurig und bewundernd nach, wie sie mit ihren nackten, dünnen Beinchen über das Erdreich flitzt, als ob sie es gar nicht berühre. Und die Lumpen flattern an ihr wie zwei Fledermausflügel.

„Für mich ist es nun schon zu spät," denkt Erdme. „Ich muß warten, bis ich Töchter kriege." — — —

Weiter links liegt ein Anwesen, das, wenn es auch schon älter scheint, doch noch zur Nachbarschaft gehört. Es macht aus der Ferne gesehen einen recht kläglichen Eindruck, und gerade darum möchte Erdme es kennen lernen, denn sie will wissen, wie man sich hier behelfen muß, wenn man ganz arm bleibt. Gleichsam als abschreckendes Beispiel will sie es kennen lernen.

Aber der fromme Taruttis hat daran vorbei gezeigt, und als sie ihn am Mittag noch einmal fragt, da wendet er sich ab und macht sich mit dem Sensenschärfer zu schaffen, obwohl es hier nichts zu mähen gibt.

So fragt sie also zum drittenmal. Da sagt er: „Über meine Nächsten rede ich nichts Böses, und wenn ich Böses reden müßte, so schweige ich lieber."

Sie nimmt sich vor, die Ulele zu fragen, aber als sie gegen den Abend desselben Tages wieder in den Kartoffeln kniet, wird sie vom Wege aus angerufen.

Sie sieht einen kleinen, alten Mann im Graben sitzen, der einen Arm voll Weidenruten neben sich liegen hat und einer gerade mit dem Taschenmesser die Haut abzieht.

„Was willst du von mir?" fragt sie, ohne sich stören zu lassen.

„Du bittest dir wohl heut eine Talka zusammen?" ruft er herüber.

„Das kann schon sein," sagt sie. „Arme zum Helfen kann man immer brauchen."

„Zwei Arme hab' ich auch," sagt er.

„Gehörst du zur Nachbarschaft?" fragt sie.

„Ich gehöre so sehr zur Nachbarschaft," sagt er, „daß du heute schon zweimal an meinem Haus vorbeigegangen bist."

Und er weist mit seinem Messer gerade auf das Anwesen hin, von dem der Taruttis durchaus nicht reden will.

Da legt sie neugierig das Schleifbrett nieder, mit dem sie die Rücke glättet, und tritt näher auf ihn zu. Und was sie da sieht, ist aus zusammengebettelten Kleidern sich streckend ein zahnloses, plieräugiges Greisengesicht, dem die

Brauen sowie die Wimpern fehlen und in dessen Furchen und Gruben eine Art von rotrandigem Aussatz klebt.

Man kann sich schütteln vor ihm, so sieht er aus.

Sie fragt: „Wer bist du denn?"

„Ich bin ein verdienter Mann," sagt er und fährt fort, seine Ruten zu schälen. „Durch fünfunddreißig Jahre bin ich für den Staat tätig gewesen, und nun prozessiere ich mit ihm, da er mir keine Altersversorgung zahlen will. Andere mästen ihre Ferkel, ich aber muß Ruten flechten, weil meine Leistungen nicht anerkannt werden, die ich ganz ohne Lohn vollbracht habe ... Übrigens bin ich noch stark bei Kräften, und wenn du mich mit zu der Gesellschaft bitten willst, so werde ich dir die Balken heben wie ein Spielzeug."

Schon will die Erdme Ja sagen, da besinnt sie sich auf die abweisenden Worte des milden Taruttis, wie auch auf den eigenen Abscheu, der sie beim Näherkommen befallen hat, und darum antwortet sie: „Ich danke dir, Nachbar, für guten Willen, aber unsere Gesellschaft hat schon ihre volle Zahl."

Da kriegt ihn die Wut zu packen; er springt vom Grabenrand auf und speit ihr seine wilde Bosheit sozusagen ins Gesicht.

„Also auch du willst mich nicht, du Giftschnauze?" schreit er. „Haben die Ohrenbläser dir schon den Kopf mit Ekel gefüllt? . . . Keiner will mich! Keiner will das Grauen des Scheuchhauses von mir nehmen! Aber ich werd' es euch antun! Wenn das Unglück kommen wird, die große Not, die Wassersnot, daß eure Häuser zerfließen werden zu Brei und euer Herd sinken wird in den Abgrund, wenn ihr eingeklemmt sitzen werdet im Schornstein und schreien um Gnade, dann werde ich lachend anspannen lassen die Arche Noah und vorüberfahren und lachen über das Todesquieken eurer Schweine und das Todesgebrüll eurer Kuh — am meisten aber werde ich lachen über euch selber, wenn der Schornstein zusammenfällt und das schwimmende Eis euch die Gurgel zerschneidet. So soll es sein. Amen."

Damit nimmt er sein Bündel Weidenruten auf, zieht die zerlumpten Beinlinge über den Hintern und geht seines Weges, aber immer noch kehrt er sich um und schüttelt die Faust und speilt die roten Gaumen.

Der Erdme ist zumut, als wäre ein Klumpen von dem höllischen Feuer auf sie niedergefallen. Wenn das das Ende sein soll, warum bauen sie dann erst? Und warum haben die anderen gebaut? Doch deren Häuser stehen ja noch weit und breit, und die Fenster karfunkeln in der Abendsonne. Es ist also wohl der böse

Feind selber gewesen, der ihr das Herz hat abschnüren wollen.

Aber sie bleibt still und bedrückt, auch als Jons von der Arbeit kommt und ihr mit Stolz zeigt, was er alles mitgebracht hat.

Zuerst sind da soundsoviel Pakete mit vierzölligen Drahtnägeln, denn ohne die geht's nicht. Dann aber zur Bewirtung zwei Flaschen Kornschnaps aus der Schmidtschen Destillation und alle die Zutaten zu einem süßen Fladen, der heute noch gebacken werden muß.

Die Taruttene liefert das Mehl und viele erbauliche Sprüche dazu, und als die Hähne krähen, bringt Erdme ihrem Mann das erste dampfende Abbruchsel auf den Bauplatz hinaus, wo er die Nacht über Balken behauen hat wie ein gelernter Zimmermann.

Aber von dem bösen alten Mann sagt sie ihm nichts.

5

Und nun ist es wieder Nacht geworden, und das Haus steht gerichtet. Die vier Kiefernstämme sind in den Boden hineingeschlagen, so tief, daß rund um sie das Wasser in schwarzem Gestrudel hochschoß wie ein Quell, und sind dann durch die aufgenagelten Latten verbunden. Oben darauf haben sich Sparren und Sparrbalken zum

Dachgerüst zusammengefügt, und die künftige Zimmerdecke ist genagelt.

Ringsum aber liegen wie Rasenbänke die viereckigen Stücke der obersten Moorschicht, die für den Hofplatz nicht nötig ist, um so nötiger aber, um später von außen her an die Latten geklatscht zu werden und so eine mauerähnliche Wand zu bilden, die für den Winter Abhalt und Wärme gibt.

Darauf sitzt nun die ganze Arbeitsgesellschaft und ruht sich aus. Der fromme Taruttis natürlich und die noch frömmere Frau, Witkuhn, der halbdeutsche Fremdling, und der lange Smailus mit seiner kleinen Ulele, die ihm meistens das Wort aus dem Munde nimmt. Vorhin aber hat sie wie ein Vogel hoch auf den Sparren gesessen, und wo keiner die Schlinge befestigen konnte zum Hochziehen, da war sie schon oben. Und niemand hat sie viel klettern gesehen. Fixes Ding!

Müde sind sie und warten voll Freuden des kleinen Festes, das der Besitzer ihnen zu bieten hat. Jedem liegt ein Fladenstück auf dem Schoße, und die spiegelnde Flasche geht manchmal reihum.

Nur die Frau des Witkuhn fehlt. „Sie ist immer elend,“ sagt er, „und muß mit den Hühnern zu Bette.“

„Da werd' ich mich dir wohl bald erkenntlich zeigen können, Nachbar,“ meint die Erdme.

Er antwortet nichts, aber über sein abgehärmtes Gesicht geht rot eine Flamme wie von verbotener Freude.

Die Nacht ist hell, wie im frühen Juni ja immer, und zum Überfluß steht der Mond ziemlich hoch.

Taruttis schlägt vor, ein geistliches Lied zu singen, damit die bösen Geister das unfertige Bauwerk nicht umschmeißen können, und das geschieht denn auch.

Noch sind sie mitten darin, da bemerkt Erdme, daß auf dem Wege, der wohl hundert Schritte abseits liegt, eine Gestalt sich unruhig hin und her bewegt.

Und sie erschrickt sehr, denn sie erkennt den bösen alten Mann von gestern. Die Stimme zum Singen verschlägt ihr, aber sie will den heiligen Gesang nicht stören, darum wartet sie, bis sie zu Ende sind, dann weist sie mit der Hand auf den Schatten hin, der in dem ungewissen Mondlicht zu tanzen scheint.

Alle wenden die Gesichter, aber keiner spricht ein Wort. Es scheint, sie fürchten sich alle.

Selbst der Jons braucht eine ganze Weile, bis er fragt, was da los ist.

„Scht" macht die Taruttene.

Der lange Smailus grunzt etwas vom „Kipszas", dem Satan, und seine Tochter, die Ulele, beugt sich zu Erdme hinüber und sagt leise:

„Es müßte doch sonderbar zugehen, wenn er dich nicht gebeten hätte, heute zur Talka zu kommen, denn die Zugezogenen wissen ja nichts von ihm."

Da erzählt Erdme ebenso leise, was ihr gestern mit ihm begegnet ist.

„So versucht er es immer aufs neue," sagt Taruttis, „denn der Arme kann es nicht verschmerzen, daß man sich nichts mit ihm zu schaffen macht."

Jons fragt: „Warum tut man es nicht?" Und Erdme meint, abscheulich genug sehe er ja aus, aber das könne unmöglich allein die Schuld daran tragen.

Und da erfahren sie beide seine furchtbare Geschichte. Sie ist weit furchtbarer, als Menschen sich ausdenken können.

Als ein überführter und geständiger Raubmörder hat er fast sein ganzes Leben im Zuchthaus zugebracht. Zuerst hat er einen zu Tode geschleift, mit dem er zusammen nächtlicherweile auf einem Wagen gefahren war, und zwar, indem er heimlich einen Lederriemen mit dem einen Ende um die Radfelge, mit dem anderen um dessen Arm geschlungen hatte. Dann, als er nach mehr als zwanzig Jahren freigekommen ist, hat er dasselbe Kunststück noch einmal probiert — an einem Fuhrmann, den er auf stillstehendem Wagen betrunken im Walde vorgefunden hatte. Aber diesmal ist es ihm mißglückt, denn dabei war ihm die eigene Hand ins Rad hineingeraten. Darum hat er auch den Dusel gehabt, trotz der Wiederholung solch einer Untat noch einmal herauszukommen. Und nun haust er wie ein Dachs in seiner Kate, die er sich als junger Mensch gebaut und in der Zeit nach den Strafen mit allerhand geheimnisvollen Vorrichtungen gegen die Überschwemmung versehen hat. Worin sie bestehen, weiß keiner, denn niemals geht einer zu ihm hinein; von außen aber liegt an der Wand eine schräg dagegen geschaufelte Mistschicht, die bis zum Fenster hinauf alles verbirgt.

Die Erdme fürchtet sich nicht so leicht, und doch läuft es ihr einmal nach dem anderen kalt über den Leib. Und während der alte Raubmörder in seiner Sehnsucht nach Menschen dort auf dem Wege herumtanzt, erzählt sie so leise wie die anderen, mit was für fürchterlichen Worten er ihr die künftige Wassersnot ausgemalt hat.

Jons horcht hoch auf und tut dann dieselbe Frage, die ihr seit gestern wie ein Mühlrad im Kopfe herumgeht: „Wenn die wirklich einmal kommen wird, warum bauen wir uns erst hier an?"

Da nimmt der Witkuhn, der doch von weit her ist, das Wort und sagt beinahe feierlich: „Wir bauen uns hier an, weil wir arme Leute sind und eine Zuflucht nötig haben. Wo anders gibt man uns keine, sondern hetzt uns herum."

Und dann erzählt er, wie schon zweimal das Hochwasser unermeßlichen Schaden verursacht hat und daß es für die Zukunft immer häufiger zu befürchten ist; denn das sei eben das Schlimme: durch die Urbarmachung sterbe das Torfmoos ab, und dann senke sich das Erdreich von Jahr zu Jahr. So werde der Segen der Arbeit selber zu einer Gefahr, die mit Vernichtung bedrohe, was im Schweiße seines Angesichts ein jeder sich geschaffen hat. „Aber darum arbeiten wir doch ruhig weiter," sagt er zum Schluß und zieht den Rock enger, wie einer, der sich endlich geborgen fühlt, „denn wir lieben dieses Stückchen Erde, das für die anderen zu schlecht ist und wo uns darum keiner verfolgt. Und wir lieben auch die, die das gleiche mit uns tun und erdulden."

„Und wir lieben auch den lieben Gott," sagt der fromme Taruttis, „der Gutes und Böses über uns verhängt und nach dessen Ratschluß der Mensch sogar ein Mörder wird."

Alle sehen erschrocken nach dem Wege hin, denn er hat lauter gesprochen als die anderen, aber da ist das graue Gespenst schon fort.

6

Wie macht man einen Herd? Wie baut man einen Ofen? Der Boden trägt ja nichts. Willst du ihm was Schweres anvertrauen, so gibt er nach und schluckt es langsam unter.

Aber der Witkuhn weiß Rat. Er kennt alle Nücken und Tücken des Moores. Und er ist immer da, wenn man ihn brauchen kann. Aber nicht etwa von selber kommt er. Wie ein furchtsamer Hund schleicht er sich um die Baustatt herum und wartet, daß man ihn herruft. Und ruft man ihn nicht, so geht er von dannen.

Wenn er auch ganz verdeutscht ist, wie einer von den Deutschen benimmt er sich nicht, die immer eine große Schnauze haben und die Litauer als Vieh ansehen. Und er verkehrt auch nicht mit ihnen, soviel ihrer auch auf der Kolonie herumwohnen, denn die nimmt jeden auf, dem eine Heimat fehlt.

Seine Frau ist wirklich ein Kummergewächs. Schleppt sich 'rum und tut ihre Arbeit mit Wehklag'. Wenn die flinke Ulele nicht hülfe, wäre das nötigste oft nicht getan.

Und nun ist ja auch die Erdme da. Die knapst sich manche Viertelstunde ab, um für sie Hausarbeit zu tun, während der Mann draußen auf dem Felde ist.

„Wenn mein Kindchen noch lebte," sagt sie, „dann könnte es mir schon in manchem behilflich sein."

Aber das war ja schon in der Geburt gestorben

und hatte dabei der Mutter den Leib zerrissen, so daß er nie mehr ganz heil ward.

Und nun kann sie ihrem Mann keine Frau mehr sein und ihrem Haus keine Wirtin.

Und dann ist noch das Unglück da, von dem *sie* nicht spricht und *er* nicht spricht und das man doch gleichsam riecht, wenn man dem Hof nur in die Nähe kommt.

„Ja also," sagt der Witkuhn eines Tages, „den Herd baut man so: Man kauft sich" — er sagt „kauft", „holen" sagt er nicht — „man kauft sich den Wurzelstubben von einer Tanne. Eine Kiefer darf es nicht sein, denn deren Wurzel ist geformt wie ein spitzer Pfahl und sinkt unter, als wäre er nicht gewesen. Eine Tanne muß es sein — deren Wurzel hat Querläufer nach allen Seiten — die legen sich wie Riegel vor, wenn der Stubben einsinken will. So trägt er vielleicht den Herd, und ein anderer trägt auch den Ofen."

Der Jons streift also nachts durch die Wälder und sucht die Stellen, wo Tannen gerodet werden. Solche Stellen sind selten, denn die Tanne ist ein kostbarer Baum, nicht so gemein wie die Kiefer.

Er sucht, und er findet. Und wieder leiht der Taruttis den Handwagen, und beide ziehen aus bis nach dem Norkaiter Forst, wohl zwei Meilen weit. Der preußische Staat ist reich. Ob der einen Stubben mehr oder weniger hat, was macht ihm das? Und auch den zweiten kann er noch leidlich entbehren.

Aber noch mehrere müssen daran glauben, denn die Schlammschicht ist tief. Einer muß über den anderen gelegt werden, und dann erst hält der Grund so fest, daß man mit Ziegeln und Lehm darauf arbeiten kann.

Aber die Ziegel kann man leider nicht „holen", denn der Herr Ökonomierat, dem der große Ringofen gehört, hält sich einen Wächter und hält sich auch Hunde. Ja, der kennt seine Leute.

Vielleicht versucht man es also mit Betteln. Denn weit und breit weiß jeder, welch ein guter und wohlmeinender Herr der Herr Ökonomierat ist.

Mit Zittern und Zagen stehen sie vor ihm in dem großen Saal, der mit Bücherregalen gefüllt ist von einem Ende bis zum anderen. Man kann sich nicht vorstellen, daß es so viele Bücher gibt auf der Welt. Aber es ist kein „Bagoszius" — kein Geldprotz —, der zu ihnen spricht, sondern er ist freundlich und leutselig und wischt sich mit der Zunge über die Zähne und schmunzelt sie an. Aber seinen Augen ist nicht zu trauen. Die sehen einen durch und durch.

„Schenken werd' ich euch die Ziegel nicht," sagt er, als sie ihre Bitte vorgebracht haben, „denn wer sich Häuser baut, der ist kein Pracher. Aber verkaufen werd' ich sie euch."

Sie machen lange Gesichter. Dazu hätten sie ja einfach aufs Kontor gehen können.

„Und ich werde euch auch gleich den Kaufpreis sagen."

Der Jons hält sein Beutelchen fest und denkt: Vielleicht probiert man es doch mit dem „Holen".

Sie verstehen seine Frage erst nicht, obwohl er litauisch spricht, beinahe so gut wie sie selber. Zweimal muß er sie wiederholen. Da erst lachen sie hell auf.

Ob sie singen können!

„Könnt ihr auch Märchen erzählen?"

Fünfhundert können sie erzählen. Tag und Nacht und noch einmal Tag und Nacht lang können sie erzählen.

„So viel will ich gar nicht wissen," sagt er. „Singt mir zehn Lieder und erzählt mir zehn Märchen. Vielleicht daß ich was Fremdes darunter finde. Und dann könnt ihr euch Ziegel auf die Karre laden, soviel ihr braucht."

Er gießt ihnen auch noch einen Schnaps ein, damit sie den nötigen Mut bekommen, und dann geht's los.

Die ersten drei kennt er, die dürfen sie gleich wieder abbrechen. Aber das vierte ist ihm neu, das schreibt er sich auf. Und von den Märchen, die die Erdme erzählt, schreibt er sich sogar zweie auf.

Dann gibt er ihnen einen Zettel für seinen Ziegelmeister, und damit haben sie sich Feuerstatt und Ofen ehrlich erworben. Der zugehörige Lehm muß ja freilich doch noch gemaust werden, aber den liefert zur Nachtzeit die Grube des Ökonomierats ohne viel Fragen, und das Strauchwerk, das als Halt in die Brandmauer gepackt werden muß, kann man sich ringsum von den Weidenbüschen schneiden.

So steigt die Mauer bald bis zur Decke.

Auf der einen Seite lehnt sich die Feuerstelle daran, auf der anderen der Ofen. Sehr schön sieht er nicht aus. Einer aus glasierten Kacheln würde sich sicher weit besser machen, und gerade steht er ja auch nicht, aber wärmen wird er vielleicht, wenn erst die Torfstücke drin prasseln.

Nun aber der Schornstein! Denn sonst erstickt man im Rauch.

Das Loch in der Zimmerdecke ist längst schon geschnitten. Wenn man nur weiter wüßte!

„Bei Schmidt auf dem Hofe", sagt der Witkuhn, „liegt ein Haufen von rostigen Kannen. In denen ist früher Petroleum gewesen. Da kostet jede zehn Pfennig. Davon kauft euch ein Dutzend."

Sie kaufen sich zehn und schmuggeln zwei noch mit durch.

Aber nun weiter!

Und der Witkuhn zeigt ihnen, wie man aus Latten eine vierseitige Röhre macht und sie mit dem Blech so dicht beschlägt, daß der Rauch durch die Ritzen nicht durchkann. Diese Röhre wird durch das Deckenloch geschoben und so hoch geführt, daß sie die Sparren noch überragt. Dann wird unten von Latten ein Mantel schräg darangenagelt, — und siehe da! der Schornstein ist fertig.

Das Anheizen will ausprobiert werden. Ach, wie qualmt das — und stinken tut es nicht weniger — vor allem nach Leim und Petroleum, aber das wird sich schon legen.

Und als der Rauch sich einige Zeit besonnen hat, findet er schließlich den richtigen Weg und entfernt sich gefälligst dorthin, wo es schnurgerade in den Himmel geht. Wenn er es im Winter ebenso macht, ist die Stubenwärme gesichert.

Vorausgesetzt natürlich, daß Hauswand und Dach das ihrige tun. Die Hauswand — das ist nun gar ein schwieriges Stück, und wäre der kluge Witkuhn nicht zur Stelle, man brächte sie niemals fertig.

Aber wie können kluge Leute so ängstlich sein? Er wartet ja bloß darauf, daß die Erdme ihn ruft. Aber bitten läßt er sich doch.

Die viereckigen Moorfladen, die man an die Bretterwand preßt, halten wohl fest, solange sie feucht sind; trocknen sie aber, so fallen sie ab, wie Sandbrocken fallen.

Da baut der Witkuhn aus dem Abfall der schlechtesten Latten noch eine zweite Wand — fünf bis sechs Zoll von der ersten entfernt. Die ist ganz luftig, nicht dichter als etwa ein Zaun. In dem Raum zwischen den beiden sackt sich die Moorschicht und kriegt Halt und lernt auf sich selber beruhen.

Nach ein paar Wochen kann man die Latten wieder entfernen. Nur zur besseren Sicherung läßt man ein paar zwischen Dachwand und Erde geklemmt, denn es werden die Winterstürme kommen, und der Sturzregen wird wühlen und der Rauhfrost klaffende Spalten hindurchziehen.

So warnt der kluge Witkuhn, der alles weiß und alles kennt, und sieht an Erdme vorbei, und das Kinn zittert ihm so, daß die Zähne oft klirren.

Wenn sie mit ihm allein ist — und das geschieht fast alltäglich —, dann hat sie stets ein Gefühl aus Mitleid und Neugier gemischt, zu dem noch was Anderes hinzukommt, das ihr das Herz beklemmt. Es ist, als hätte sie Angst vor *seiner* Angst, denn Angst hat er immer, das ist ganz klar. Wenn man nur wüßte, wovor. —

Aber dem Jons sagt sie nichts. Sie will sich den guten Nachbar erhalten.

Nach der Hauswand das Dach!

„Jons, bring Rohr!“ Es können auch Binsen sein — oder beides zusammen. — An Rohr und

Binsen ist die Gegend wahrhaftig nicht arm, wenn auch das Moor selbst sie nicht liebt — oder sie nicht das Moor, was auf dasselbe herauskommt. Ein Strom wächst ringsum aus dem anderen, und alle sind sie mit Röhricht umstanden.

Dem Taruttis sein kleiner Handwagen hat leichte Last, wenn er hochgetürmt vom Rußufer daherkommt, und der Gendarm fragt nicht viel, denn daß man sich dergleichen nimmt, wo man es findet, versteht sich von selber.

In der Julihitze trocknet das Rohr auch leicht, so daß man bald ans Dachdecken gehen kann. Der Taruttis borgt seine Leiter, die Querstangen werden genagelt, und nun steht Erdme Tag für Tag hoch auf den Sprossen und legt ein Bündel dicht neben das andere und preßt es zusammen und besichelt die Enden. Und unten lauert die kleine Ulele und reicht ihr zu, denn eine Mannsperson kann man dazu nicht brauchen, es sei denn der eigene.

O Gott, o Gott, du glaubst es nicht! Nun sieht es schon bald aus wie ein Haus. Aber noch fehlen die Türen, die Fenster — kein Mensch kann sich ausdenken, was alles noch fehlt.

Doch wer den Jons etwa für dumm nimmt, der irrt sich. Eines Tages bringt er zwei Fenster an, hellblau gestrichen und sogar mit Glas drin, nur daß die Rauten gebrochen und die Rahmen angekohlt sind. Vorige Nacht hat es nämlich in Trackseden gebrannt. Darauf ist er zu dem Besitzer gegangen und hat gesagt: „Verkauf mir den Kram für zwei Stof Schnaps. Dem Versicherungsinspektor erzählst du, es ist dir beim Retten verschwunden, und dann kriegst du neues dafür."

Dem Abgebrannten leuchtet der Vorschlag ein, er hilft sogar dem Jons in der Nacht darauf die noch stehenden Türgerüste ausbrechen und auf den Handwagen laden.

Das Schlimme ist nur, sie riechen auf zwanzig Schritt nach Feuersbrunst, und wer ihm begegnet, der lacht ihn an, denn er denkt, er habe es aus dem Brandschutt gestohlen.

So kann man selbst bei dem ehrlichsten Handel in schweren Verdacht kommen.

7

Wenn gegen Mitte August ein Fremder quer durch das Moor die Lynckerstraße heruntergeht und dann links um die Ecke biegt, so fragt er wohl seinen Begleiter: „Wer hat sich das hübsche kleine Hauschen gebaut?"

Und wenn der Ortskenntnis hat, so antwortet er: „Das ist der Losmann Jons Baltruschat, der mit seiner jungen Frau im Frühling zugezogen ist."

Und der Fremde sagt wohl: „Das müssen fleißige Leute sein."

Aber durch die himmelblaue Tür darf er bei Jesu Leibe nicht eintreten, denn drin sieht es fürchterlich aus. Nichts ist getan, rein gar nichts. Nicht einmal die Ritzen, die zwischen den Schwarten klaffen, und die Astaugen darin sind richtig verschmiert, und überall hängen die Fasern der Moorschicht.

Doch lange darf die Schande nicht dauern.

Vor allem der Fußboden! Viele wohnen ja auf dem nackten Moor, und das soll sogar trocken halten und im Winter gar nicht so kalt sein. Aber da kennt ihr die Erdme schlecht! Neuer Lehm wird im Finstern geholt und ein Estrich gewalzt, auf dem man tanzen könnte zu Fastnacht. Dann werden die Wände verklebt, und dann kommt das feinste: der Bildschmuck. Überall in den Heydekrüger Läden sind wunderschöne, bunte Bilder ausgehängt. Die preisen Zichorienpulver und Chinawein und Malzextrakt und Hühneraugenringe in der Uhr und tausend andere nützliche Sachen. Und immer kommen neue Plakate. Die alten aber, die auf dem Speicher herumliegen, die bettelt man sich zusammen. Und die jungen Gehilfen lachen und holen sie gern. Außerdem war doch — Erdme besinnt sich genau — in der Rumpelkammer der Frau Schlopsnies ein Haufen alter Blätter aufgestapelt mit Ansichten aus allen fünf Erdteilen. Der Niagarafall und die Pariser

Weltausstellung und die Spitze des Monte Rosa und so noch manches andere.

„Liebe Frau Schlopsnies, gute Frau Schlopsnies, ich hab' mich so sehr nach Ihnen gebangt! Und wenn ich ein Mädchen kriege, möcht' ich's fürs Leben gern nach Ihnen benennen."

Und dabei weiß sie gar nicht, wie die Frau Schlopsnies mit Vornamen eigentlich heißt. Aber die Blätter bekommt sie geschenkt, sogar die Kupferstiche aus einer Modenzeitung sind dabei, die Frau Schlopsnies sich einst gesammelt hat, als sie noch keine alte Schachtel war und als Kellnerin hochkommen wollte.

Die sind noch so gut wie neu. Und wenn die Erdme wirklich einmal Töchter kriegt, dann müssen sie genau so angezogen gehen wie alle diese schönen Damen, die einem das Herz vor Neid im Leibe umdrehen.

Und nun wird die Stube geschmückt! Bild neben Bild geklebt, und die buntesten kriegen die vornehmsten Plätze. Schließlich sind ihrer so viele, daß man den Niagarafall wegschmeißen muß, und die Spitze des Monte Rosa schon deshalb, weil es da oben so kalt ist.

So schön wie bei den Baltruschats ist es wohl nirgends. Der Taruttis hat ja auch Bilder geklebt, aber die sind bloß griesgrau und stammen aus Kindergeschichten und heiligen Büchern. Und bei Witkuhn hängt nur das Kaiserpaar mit dem Bismarck darunter, genau wie im Zimmer des Moorvogts.

Dem Witkuhn hat sie noch nichts gezeigt. Die Tage werden kürzer, und darum getraut sie sich nicht, ihn zum Helfen zu holen. Aber wie die Zimmerdecke gedichtet werden muß, da braucht sie ihn doch. Denn wenn der Jons heimkommt, dann ist es schon immer fast dunkel.

Erst will er gar nicht hereinkommen — gewiß hat er wieder mal Angst —, aber als er die Farbenpracht sieht, da geht doch ein Lächeln — ein Lächeln der Freude natürlich, daß es so schön ist — über sein stilles Gesicht.

Und der Erdme wird das Herz voll von Dankbarkeit.

„Ohne dich, Nachbar," sagt sie, „hätten wir's nie so weit gebracht." Und sie legt ihm die Hände auf beide Schultern.

Da plötzlich klappt er vor ihr zusammen wie ein Taschenmesser, sinkt auf den Bock, wo der Kleistertopf steht, schlägt die Hände vors Gesicht und weint.

„Was ist? Was ist?" fragt sie erschrocken.

Und weil sie ihn trösten will, beugt sie sich zu ihm nieder und streichelt ihn.

Und — was tut er? Er umschlingt ihre Hüften und küßt ihr den Rock und küßt ihr die wehrenden Hände und will sie gar zu sich niederziehen.

„Nicht doch, Nachbar," sagt sie mit einem Blick auf den Kleistertopf, „so was mußt du nicht tun."

Und er sagt, sie solle sich seiner erbarmen, sonst muß er ins Torfloch.

„Schade, Nachbar," sagt sie und lacht, wie sie immer gelacht hat, wenn sie einer hat haben wollen, „schade, daß du nicht früher gekommen bist. Als Mädchen nahm ich's nicht so genau. Da hat mich bald der geliebt und bald jener. Aber jetzt, wo wir uns so quälen müssen, der Jons und ich, da würde ich mich vor ihm schämen, wenn er des Abends nach Haus kommt. Außerdem, wenn du's wissen willst, in anderen Umständen bin ich wohl auch."

Da steht er langsam auf, greift nach der Wand, sich festzuhalten, und geht hinaus wie betrunken.

Dem Jons sagt sie auch hiervon nichts, denn innerlich hat sie den Nachbar gern. Und um so gerner, seit sie weiß, daß er so an ihr hängt. Und weil ihr ist, als habe sie was an ihm gutzumachen, so hält sie es mit der Frau und hilft ihr, wo sie nur irgend kann. Ihr eigenes Tagwerk kommt zwar dabei oftmals in Rückstand, aber über das Schwerste ist sie ja weg. Und die Frau kann kaum noch den Eimer tragen, wenn sie vom Melken kommt. Zur Dienstmagd aber reicht es auch dort nicht.

Und die Frau sieht sie immer mit großen, bittenden Augen an, als will sie was sagen.

Aber sie sagt es nicht, soviel die Erdme auch nachhilft.

Was kann es nur sein, was sie will? Manchmal denkt die Erdme: „Jetzt weiß ich's." Aber das geht wider Natur und Religion, und darum wirft sie es weit von sich weg.

Der Nachbar wagt sich ihr nun gar nicht mehr in die Nähe, und wenn er vom Felde kommt und hört auf dem Hof ihre Stimme, kehrt er lieber noch einmal um. Sie möchte ihm manchmal entgegengehen, aber das sähe ja aus, als ermuntere sie ihn, und darum läßt sie es lieber.

Das Haus ist nun so weit, daß es bezogen werden kann, aber alles Geräte fehlt. Nur die Bank an der Giebelwand, die in jedem litauischen Hause steht, ist gleich beim Bauen festgemacht worden.

Und der Jons kommt immer später. Er sagt, er habe Überstunden, aber das glaubt sie ihm nicht.

Der Winter steht vor der Tür, und noch ist die Bettstatt nicht da und auch kein Tisch und kein Kasten.

Sie mahnt ihn tagtäglich, er solle nun zimmern, aber er schüttelt bloß immer den Kopf.

„Mein Gott, mein Gott," denkt sie, denn sie geht mit der Katrike — so wird es heißen, wenn es ein Mädchen ist — nun schon im vierten Monat.

Ein Glück ist noch, daß die Kartoffeln gedeihen. Wie andere heimlich nach einem vergrabenen Schatze sehen, ob er noch da ist, so geht sie wohl dreimal am Tage zum Acker und kuckt sich erst um, ob niemand am Weg ist, und dann kniet sie rasch nieder und scharrt an der Stelle und jener, nicht mehr, als ein Hündchen mit dem Vorderfuß klaut, — und siehe da! überall sagt ihr ein junges Knollchen: „Labsriets" und „da bin ich". — Jetzt sind sie wie Walnüsse so groß und nach vierzehn Tagen schon, wie Katrikes künftige Fäustchen sein werden, und so wachsen sie immer noch weiter.

Aber der Jons tut, als gehe es ihn nicht das mindeste an. Für nichts hat er Sinn und Verstand, und nicht einmal den Wochenlohn liefert er ab. Er kommt und geht — das ist alles.

Da fängt sie an zu glauben, er habe sich nicht weit vom Wege was Liebes angekramt — und da sitzt er nun wohl die Abende über und wird sie zum Winter verlassen.

„Dann steck' ich das Haus in Brand", denkt sie, „und zieh' hinüber zum Nachbar."

Aber eines Abends so um die Michaeliszeit — da kommt nach Sonnenuntergang ein Einspänner den Weg entlang — beladen mit allerhand Zeug — man weiß nicht recht was. Und neben dem Fuhrmann sitzt einer — der hat so breite Schultern wie Jons — und sieht auch sonst aus wie Jons — und schließlich ist es auch Jons.

Und der Wagen hält vor dem Zufahrtssteg und tut, als will er aufs Moor einbiegen. Aber das trägt ja noch nicht. Das Pferd hat keine Schuhe an und würde versinken bis an den Leibgurt.

Und wie sie herzuläuft — um Gotteswillen, was sieht sie da? Hoch auf dem Wagen steht ein Schrank, schön grün gestrichen mit roten und gelben Blumchen, und eine Bettstatt ebenso grün, und ein Tisch mit kreuzweisen Füßen, und sogar — man kann es nicht fassen, ob auch das Abendrot draus in die Augen sticht wie mit feurigen Nadeln — ein Spiegel ist da! — Wahrhaftig, in goldblanker Leiste ein Spiegel!

Die Erdme denkt, sie muß in die Erde sinken, und das wäre auf dem Moor auch gar nicht so schwierig.

„Ist das für uns?" schreit sie ihn an.

Er lacht, wie er seit Wochen nicht mehr gelacht hat, und reicht ihr den Spiegel herunter. Sie solle ins Haus gehen, sich rasch das Haar zurechtmachen, sie sehe ja aus wie die Hexe, die Rágana selber.

Und sie kuckt in den Spiegel — der spiegelt zwar nicht — aber es ist doch ein Spiegel.

Der Schrank wird gleich in die Stube gestellt, aber die Bettstatt muß auseinandergenommen werden, denn die Tür ist zu schmal, und der Tisch geht erst recht nicht hindurch. Aber schließlich steht alles an seinem Platz, und der Fuhrmann kriegt seinen Freitrunk.

Nur schade! Stockfinster ist es geworden. Selbst die Blumchen der Schranktür sind nirgends mehr zu erkennen.

Da sagt der Jons: „Was du wohl denkst! Das Schönste ist immer noch draußen."

Er geht, und sie wartet gehorsam. Nie im Leben hat sie gedacht, daß man so klein dastehen könne neben dem eigenen Mann.

Da läuft ein Lichtschein über sie her. Und was bringt er getragen? Eine Lampe. Eine richtige Petroleumlampe mit Glasbehälter und Glocke, wie sie im Hoffmannschen Laden im Schaufenster stehen. Selbst in der Wirtsstube der Frau Schlopsnies hat es das niemals gegeben. Dort hatten sie alle bloß blecherne Schilder.

Der Fuhrmann fährt ab, und der Jons steht da und läßt sich bewundern.

Wie hat das zugehen können?

Ja, wie hat das zugehen können? Die Bretter sind aus der Sägemühle, das ist klar. Aber weiter? Als der Tischler Kuntze sich auf dem Holzplatz seinen Bedarf aussuchte, hat Jons ihn gefragt, wie man wohl am besten zu einer Einrichtung kommen könne. Da hat der Tischler sich erst umgesehen und dann gesagt: „Wer mir beim Aufladen behilflich ist, so daß ich nicht etwa zu kurz komme, dem werd' ich nach Feierabend zur Hand gehen und ihm zeigen, wie er es macht." Nun, der Tischler Kuntze ist n i c h t zu kurz gekommen. Im Gegenteil. Und zum Dank dafür hat der Jons sechs Wochen lang in seiner Werkstatt arbeiten dürfen bis in die Nacht hinein. Dann hat er noch zwanzig Mark zuzahlen müssen für Licht und für Ölfarbe, und noch heute können sie 'rüberziehen und im eigenen Heim wohnen wie jeder Besitzer.

So tüchtig ist der Jons und so gescheit. Es müßte wirklich mit unrechten Dingen zugehen, wenn zwei solche Eheleute nicht vorwärts kämen.

Und sie kommen vorwärts.

Die Kartoffelernte bringt zwanzig Scheffel. Davon kann neben ihnen noch ein Ferkelchen satt werden. An dem Giebelende, das fensterlos ist, erhebt sich alsbald ein Abschlag mit Schwarten als Dach und rohrgeflochtenen Wänden. Darin hat das Schweinchen Platz und später wohl auch eine Ziege, deren Milch man als Wöchnerin ungern entbehrt. Im Sommer nährt die sich selber am Wegrand, für den Winter aber muß vorgesorgt werden.

Das Heu rupft man sich, indem man in nächtlicher Finsternis hinter den Fudern daherläuft, die auf der Chaussee von den Wiesen kommen und Gott sei Dank blos in kurzem Trab fahren — sonst würde die Erdme in ihrem Zustand ihnen nicht folgen können. Das Verstreute sammelt man auf dem hinterher fahrenden Handwagen, so rasch es nur geht, denn unverschämte Diebe gibt es genug, die einem das sauer Erworbene vor der Nase wegschnappen wollen. Manchmal findet man die Plätze hinter den Fudern bereits von anderen Schatten besetzt; mit denen prügelt man sich herum, oder man einigt sich besser in Güte.

So wird allmählich der Bodenraum voll. Nur für die Heizung muß Platz bleiben. Um die zu beschaffen, hat man vom Moorvogt das Randstück eines Torflochs gepachtet und ist auch diese Pacht schuldig geblieben — genau so wie jene. Denn der merkwürdige Mensch mahnt ja nicht. Warum soll man ihm also entgegenkommen?

„Er wird schon mahnen," lacht die kleine Ulele. „Er hat ein dickes Buch. Darin steht alles geschrieben wie in dem Buch des ewigen Richters. Was ehrlich erworben ist und was nicht. Es steht alles darin."

Der Erdme zittern die Knie, sie quiekt wie eine Maus und sinkt nach hinten zurück. Aber das hängt ja mit ihrem Zustand zusammen. Und so entschuldigt sie's auch bei der kleinen Ulele.

8

Der Winter kommt wie alles Schlimme früher, als man sich's denkt.

Eines Morgens zu Anfang November ist das Moor gefroren wie ein Brett. Bis dahin hat man im Kalten gelebt, aber nun geht es nicht mehr.

Der Handwagen des frommen Taruttis, der so viel Unfrommes mit angesehen hat, ist ihm zurückgegeben. Statt dessen dient nun die Karre, die Jons vom Markte gebracht hat.

Das Torfloch trägt eine Eisdecke. Die wiegt sich und klingt, wenn man auf dem Moore daherkommt. Die Torfziegel, die Erdme alle selber gestochen hat, stehen in viereckigen Haufen geschichtet. Obwohl sie sie mit Rohr bedeckt hat gegen den Herbstregen, trocken sind sie noch immer nicht. Aber wenn man ihnen gut zuredet, brennen werden sie doch, und der Qualm geht zum Schornstein hinaus.

Ja, Kuchen! Wie der Jons des Abends nach Haus kommt, findet er die Stube so voller Rauch, daß von der Lampe gar nichts zu sehen ist. Und auf dem Bett liegt die Erdme kraftlos und hustet.

Aber die kleine Ulele, die jetzt immer dabei ist, lacht und sagt: „An den Rauch gewöhnt man sich wie ans Grundwasser. Oben ersticken wir, unten versinken wir und sind ganz lustig dabei."

Und sie hat Recht gehabt. Bald weiß man kaum mehr, ob es raucht oder nicht, wenn man's nur warm hat. Und das ist die Hauptsache.

Denn Tage brechen herein, so naß und so kalt, daß einem das Herz im Leibe erklammt, wenn man die Nase ins Freie steckt. Was schlimmer ist, der suppende Nebel oder der rotklare Frost, die fegenden Schneestürme oder der windstille Rauhreif, — man weiß es wahrhaftig kaum; nirgends friert man so wie hier auf dem Moor. Die Kälte auf der Spitze des Monte Rosa muß dagegen ein Kinderspiel sein.

Ein Glück ist, daß, noch ehe der erste Schnee kam, der Zufahrtssteg angelegt und mit kleinen Birken und Quitschen bepflanzt ist, sonst würde der Jons, wenn er in der Finsternis heimkehrt, nicht wissen, wo er abbiegen muß, so verstiemt ist alles in Weite und Breite. — Selbst das Fensterchen steckt manchmal tief unterm Schnee und muß am Morgen ausgeschaufelt werden, damit man weiß, daß es Tag ist.

Die Erdme geht nicht viel mehr ins Freie. Nur das Ferkelchen muß sie versehen, das prächtig gedeiht. Wenn man das schlachten dürfte, könnte man pökeln für Jahre. Aber so üppig leben wir nicht. Wir sind froh, wenn wir ab und zu einen Hering haben. Das Schwein wird, wenn es fett ist, an den Schlachter verkauft, und was dafür einkommt, bildet das Grundkapital für die künftige Kuh. Aber das sind noch Zukunftsträume. Fürs erste wollen wir mit der Ziege zufrieden sein.

Im Januar rückt sie an. Sie heißt Gertrud, frißt mit aus dem Schweinetrog und stößt, wenn man sie melken will.

Aber schließlich gewöhnt sie sich und gibt ihre Milch so großmütig her, wie nur eine kann, deren Haltung nichts kostet. —

Am schlimmsten in dieser schlimmen Zeit ist das Gefangensein. Man kuckt nach rechts — man kuckt nach links — alles ist weiß, alles ist weit, und nicht ein Fuhrwerk fährt auf dem Wege, um zu zeigen, daß es noch Dinge gibt auf der Welt, die anders aussehen als weiß. Die Häuser der Nachbarn stehen ja da, aber sie sind fast ganz in Schneefluchten versunken, und nur wo der Rauch sich niederschlägt, gibt's auf dem Dach einen graulichen Flecken.

Man kann sich kaum vorstellen, daß dort überall Menschen wohnen, denn niemals sieht man einen, und man geht auch nicht gerne hinüber.

Wäre die kleine Ulele nicht, man wüßte tagsüber kaum mehr, wie eine fremde Menschenstimme sich anhört.

Aber die kleine Ulele hat viel zu tun. Sie geht auf Freiersfüßen. Wenn sie zum Frühling eingesegnet wird, muß der Vater schon seine

Frau haben. Denn dann will sie in die große Welt, ihr Glück machen. Sie weiß eine, die hat dreihundert Taler, und eine andere, die hat noch mehr. Aber an der hängen zwei Kinder, deren Vater sie manchmal besucht. Und die Ulele meint mit Recht, das werde Streitigkeiten geben, wenn sie selbst als Vermittlerin nicht mehr im Lande ist. Sie wird also wohl die erste wählen, aber der muß noch viel zugeredet werden, denn sie fürchtet, der Weg der Vorgängerinnen werde alsbald auch der ihrige sein.

So hat man seine Sorgen, auch wenn man noch Kind ist.

Von dem Nachbar Witkuhn hat Erdme seit Monaten nichts mehr gesehen, und die Hilfeleistung bei seiner Frau muß die kleine Ulele für sie mit übernehmen.

Es bleibt also nur der fromme Taruttis, an den man sich halten kann. An jedem Sonntagabend gibt's eine Versammlung bei ihm. Zu der kommen die Gebetsleute weit und breit, und manchmal sind Stube und Vorflur so voll, daß die Haustür offen stehen muß, und dann zieht der eisige Wind wie mit Peitschenhieben über die Köpfe.

Aber schön ist es trotzdem. Andächtige Lieder werden gesungen, Sündenbekenntnisse abgegeben, und meistens kriegt der heilige Geist einen oder den anderen zu packen, so daß er aufsteht und mit Zungen redet, während die anderen horchen und weinen. Das ist dann ein rechtes Sonntagsvergnügen.

Zu der Gemeinde gehören Jons und Erdme noch nicht, denn das Abtun des Irdischen ist wenig nach ihrem Geschmack. Aber sie werden als Gäste geduldet, zumal der Tag der Erleuchtung auch ihnen nicht ausbleiben kann.

Zweimal hat es Tauzeit gegeben und Regen und Weststurm. Dann hat der Schnee sich gelöst, und die Welt ist zu Torfschmutz geworden. Dann riecht es nach Rauch und nach Pferdeurin, und doch sind gar wenige Pferde ringsum. Nur der Wohlhabende kann sich eins halten.

Aber Jons und Erdme wissen, daß, wenn die Zeit erfüllt ist, ihnen ihr Pferdchen nicht fehlen wird. Jahre und Jahre kann es dauern, aber kommen wird es gewiß, genau wie das Fettschwein gekommen ist, um das der Schlachter schon lange herumstreicht.

Aber vorerst wird was Anderes kommen — etwas, das einst in Samt und Seide gehen wird und wofür der Sohn eines Gendarmen schon längst nicht mehr gut genug ist. Ein großer Besitzer muß es sein, wie die reichen Herren der Niederung, die hundert Kühe halten und deren Käsereien mit Dampf betrieben werden. Billiger macht die Erdme es nicht, wenn selbst der Jons mit sich handeln läßt.

Um Mitte März kann das Kleine schon da sein. Und der März steht vor der Tür. Die Sonne bohrt Pockennarben tief in den Schnee, und wenn mittags die Eiszapfen tropfen, klingt es wie Frühlingsmusik.

Eines Tages kommt die Frau des Witkuhn. Mühselig schleppt sie sich ins Haus. Die Erdme ist noch ein Wiesel dagegen.

„Nachbarin," sagt sie. „Ich weiß, deine Stunde wird bald kommen. Ich hab' eine Bitte an dich."

„Was für eine Bitte?" fragt die Erdme.

„Sieh mich an," sagt sie darauf. „So quiem' ich nun schon an die zehn Jahr. Und die Wirtschaft kann nicht gedeihen. Hätte der liebe Gott ein Einsehen, so würd' er mich zu sich nehmen, damit der Witkuhn sich nach etwas Besserem umsehen kann. Aber so werd' ich ihm zur Last liegen, wer weiß wie lange."

Sie weint, und die Erdme sagt zu ihr, was man so sagen kann.

„Darum sollst du mir das Versprechen geben," fährt sie fort, „daß du es bei der Hebamme nicht bewenden läßt, sondern dir auch den Doktor bestellst aus Heydekrug oder aus Ruß."

„Um Gotteswillen!" schreit die Erdme ganz erschrocken. „Das kostet zehn Mark!"

„Das haben wir auch schon überlegt," meint die Nachbarin, „und der Witkuhn hat gesagt, wenn ihr es noch knapp habt, die zehn Mark gibt er mit Freuden."

Die Erdme wird heißrot, denn sie denkt an das, was im Frühherbst passiert ist. Und sie sagt: „Dank deinem Mann, Nachbarin, aber soviel haben wir selber. Nur sollt' es für die Kuh gespart bleiben."

„Die Kuh kann krepieren," sagt die Witkuhn, „und dann spart man sich eine neue. Aber wenn man selbst zuschanden ist, dann spart man sich keine mehr."

Die Wahrheit leuchtet der Erdme ein, und sie gibt das Versprechen. Sie kann es ruhig tun, auch für den Jons. Nur wie es mit dem Fuhrwerk werden wird, weiß sie noch nicht. Denn wenn der Doktor sich selbst eins bestellt, so kostet es weitere zehn Mark. Aber Witkuhn hat auch dafür schon Rat geschafft. Er hat mit einem der besseren Besitzer gesprochen, und der wird sein Pferdchen gerne hergeben, wenn es erst so weit ist.

Und jetzt ist es so weit. Die Erdme liegt und schreit wie ein Tier. Seit Stunden folgt eine Wehenwelle der anderen und will ihr das Gedärm aus dem Leibe reißen.

Da tritt ein deutscher Mann an ihr Bett, anzusehen wie ein rotbärtiger Riese — Perkuhn, der Donnergott, muß so ausgesehen haben —, und blickt aus großen, rollenden Gottesaugen auf sie herab und sagt mit einer Stimme, bullrig und gut wie abziehendes Ungewitter: „Na—a? Kommt es denn immer noch nicht?“

Nein, es kommt immer noch nicht. Und kommt auch die ganze Nacht hindurch nicht. Wenn eine Wehe heranjagt, dann kriegt sie seine Knie zu fassen und kneift sich darin fest, daß er lachend schreit: „Wirst du wohl loslassen!“ Aber sie kneift nur noch fester.

Zuerst, wie er gestanden hat, ist er weit höher gewesen als die Decke des Zimmers; nur ganz gebückt hat sein Kopf darunter Platz gehabt, und auch jetzt, wie er neben dem Bett auf der Hocke sitzt, erscheint er noch immer so groß wie etwa ein Pferd. Aber dann ist es ihr, als wird er langsam kleiner und kleiner. Mit jeder Nachtstunde wird er kleiner. —

Wie es gegen den Morgen geht, denkt sie mit einmal: „Für zehn Mark wird er das gar nicht machen.“ Und sie fängt vor Angst und Ungeduld zu weinen an, weil es so teuer wird.

Er wiederum denkt, daß es die ausgestandenen Schmerzen sind, die ihr die Tränen zum Fließen bringen. Und wie er ihr tröstend die Hand beklopft, da ist er schon ganz klein.

Und mit einem Male kriegt er das Übergewicht und kippt mit seinem mächtigen Schmerbauch nach hinten zurück, so daß die Beine hoch in der Luft herumrudern.

Da weiß sie, was es ist. Die Lehmschicht und der Moorboden haben dem mächtigen Körper nicht standhalten können, und die vier Beine der Hocke sind unter ihm in die Tiefe gesunken.

Und da befällt sie ein Lachen. Sie lacht und lacht, und aus dem Lachen heraus kreischt sie hell auf, denn ihr Leib wird plötzlich in Stücke geschnitten, und — wupp! — ist die Katrike da!

Nachher, wie er gehen will, dreht der Jons demütig die Mütze in der Hand und fragt ihn, was es wohl kostet.

Da sieht er sich in der Stube um, besieht den grünbunten Schrank und den goldrahmigen Spiegel und sagt: „Nun, nun, ihr scheint ja ganz wohlhabende Leute zu sein. Gebt mir also" — der Erdme steht das Herz still vor Angst — „gebt mir also — drei Mark."

Und die Erdme denkt jubelnd: „Wenn das so billig ist, krieg' ich nächsten Frühling ein zweites."

9

Man müßte lügen, wollte man sagen, daß das nun folgende Jahr für den Jons und die Erdme kein gesegnetes gewesen sei.

Das Schwein wird gut verkauft, und die Kuh zieht ein. — Sie ist die klügste, die schönstgefärbte, die milchreichste Kuh, die es auf Erden je gegeben hat. Die Milch muß morgens und abends zur Sammelstelle getragen werden und bringt manchen nützlichen Groschen. Das Schlimme ist nur, daß es an Futter fehlt, denn auf dem kalklosen Moor kommen die Wiesen erst, wenn es Jahre und Jahre bebaut ist, und seine Bewohner helfen sich dadurch, daß sie im Umkreis — bis über den großen Strom hin — jedes Rasenstück pachten, das irgend zu pachten ist.

So geht auch Jons auf die Suche, findet aber nichts, was nahe genug gelegen wäre, daß man das Heu auf der Karre heimschaffen könnte.

In all den Sorgen muß also wohl oder übel der Moorvogt heran, der ja am besten Bescheid weiß.

Sie tun also so, als hätten sie k e i n schlechtes Gewissen, stecken für alle Fälle die schuldig gebliebene Pacht in die Tasche und gehen zu ihm.

Er sieht sie lange und nachdenklich an, schlägt dann ein großes Buch auf — das Buch gewiß, in dem all ihre Sünden stehen — und sieht sie darauf wieder an.

Erdme gibt dem Jons einen heimlichen Stoß, und er denkt: „In Gottes Namen." Damit zieht er die Pachtschuld aus der Tasche und legt sie auf den Tisch. „Schad' um das schöne Geld," denkt die Erdme. Aber wenn man so angesehen wird, was kann man da machen?

„Es war Zeit," sagt der Moorvogt — weiter nichts — und schreibt ein Zeichen in das Buch.

Der Jons ist ganz geschwollen von dem plötzlichen Bewußtsein seiner Rechtlichkeit und sagt mit Würde: „Die Pacht fürs zweite Jahr wird auch bald da sein."

„D a s wär' nun nicht nötig gewesen," denkt die Erdme, aber weil es doch mal heraus ist, will sie sich auch nicht lumpen lassen und setzt hinzu: „Es fällt uns ja schwer, aber unsere Verpflichtungen erfüllen wir pünktlich."

Der Moorvogt kneift die Lippen ein, als will er ein Prusten verstecken, und der Erdme wird sehr verdrießlich zumut. Man weiß mit dem Manne nie, wie man dran ist.

Er breitet eine große Plankarte aus und fragt dann: „Wieviel Kartoffelland nehmt ihr dieses Jahr in Arbeit?"

„Wenn's Glück gut ist," sagt die Erdme, „wird die Hälfte von dem Gepachteten fertig."

Er wiegt langsam den Kopf, sieht sie wieder eine Weile an und sagt dann: „Für ordentliche Leute hab' ich immer noch ein Stückchen Wiese bereit, das nicht zu weit liegt."

„O Gott, o Gott," denkt die Erdme. „Wie erträgt der Mensch so viel Glück? Erst die Wiese und dann auch noch gelobt werden."

„Außerdem", fährt der Moorvogt fort, „ist der Fiskus bereit, Ansiedlern, die sich bewähren, zur Verbesserung des Bodens mit einigem Kalkmergel unter die Arme zu greifen. Das gibt dann die doppelte Ernte."

Das wird der Erdme zu viel. Sie kriegt das Heulen, rennt hinaus und rennt schnurstracks nach Hause. Der Jons kann sehen, wo er bleibt. Dann wirft sie sich über die Wiege der kleinen Katrike und erzählt ihr die ganze Geschichte. Und daß das Fräulein Tochter nun ganz sicher einmal in Samt und Seide gehen wird, erzählt sie ihr auch.

Wie der Jons nachkommt, der inzwischen alles festgemacht hat, fällt ihr ein, daß der Moorvogt, wenn er sie so sehr belobt, von ihren nächtlichen Fahrten unmöglich was wissen kann. Die kleine Ulele hat sie gewiß umsonst in Angst gejagt. Und ihr gutes Gewissen kennt keine Grenzen.

Unschuld liebt Blumen. Der Garten muß angelegt werden, sonst wird's für den Sommer zu spät. Zu Staketen ist das Geld noch nicht da, Weidenruten tun's auch. Wenn die bloß nicht immer von neuem losgrünen wollten. Tag für Tag muß man die jungen Triebe abschneiden, sogar die Brandmauer zwischen Kochherd und Ofen schlägt noch einmal aus, weil die Ruten, die ihr den Halt geben sollen, sich in dem Glauben befinden, sie seien zu neuem Wachstum in den fetten Lehm hineingepackt.

So will alles leben und gedeihen, selbst wenn es längst tot ist. Und der Jons und die Erdme sollten n i c h t gedeihen, in denen doch Leben steckt für zehne?

Sonnenblumen, Krauseminze, Schnittlauch und Fenchel werden gesät, vor allem aber die Raute, die Mädchenblume, die Brautblume. Denn wenn die Katrike heiratet, muß sie sich ihren Kranz aus dem eigenen Garten winden. Das schickt sich für eine Besitzerstochter nicht anders. — —

Um dieselbe Zeit macht der Vater Uleles zum dritten Mal Hochzeit. Die Kleine hat viel Plage gehabt, und erst die Überzeugung, die sie der künftigen Stiefmutter beibrachte, daß sie selbst einmal etwas sehr Reiches werden wird, hat, als sie noch zögerte, den Ausschlag gegeben.

Sie ist eine hübsche Person zu Ende der Zwanzig mit einem gutherzigen und gekränkten Gesicht. Und wie sie dasitzt in ihrem schwarzen deutschen Kleide und einer Jettbrosche unter dem Halse, sieht sie aus, als ob sie gekommen wäre, ihr eigenes Begräbnis zu feiern. Aber die kleine Ulele weicht ihr nicht von der Seite und erzählt ihr immer aufs neue, wie herrlich hier alles bestellt ist und was für vornehme Gäste die Stube erfüllen und daß es für ihre dreihundert Taler eine bessere Verwertung nicht gebe.

Der große Smailus dagegen streicht seinen rundbogigen Schnurrbart, sieht kühn in die Weite und berichtet jedem, der es längst weiß, dies sei nun schon seine Dritte. Und hernach, wie er betrunken ist, setzt er hinzu, wenn daraus eine Vierte und Fünfte würde, ihm wäre es ganz recht. Aber da hat ihn die Ulele bald beiseite geschafft.

Abends spät, wie viele der Gäste schon weg sind und die verlassene junge Frau aus dem Brautwinkel mit großen Augen zur Tür sieht, als möchte sie rasch wieder anspannen lassen, da nimmt die kleine Ulele die Erdme beiseite und sagt: „Ich wollte eigentlich jetzt gleich nach der Stadt, um das Nähen und die Putzmacherei zu erlernen, denn das muß immer das erste sein, weil man zugleich die Abendschule besuchen kann. Aber ich seh' ein, ich kann die Stiefmutter, bis sie ein Kindchen hat, nicht ganz allein lassen. Darum will ich fürs erste in Heydekrug bleiben. Von dort wutsch' ich des Abends manchmal herüber und red' ihr gut zu. Dich, Erdme, aber bitt' ich, daß du oft um sie bist. Der Vater meint es nicht schlecht, aber sein Wesen könnt' sie verschrecken."

Und die Erdme verspricht es und denkt: „Zusammen mit der kranken Witkuhn sind es schon zwei. Die Katrike noch gar nicht gerechnet."

Dann setzt sie sich auch gleich neben die junge Frau und erzählt, wie verzagt sie einmal gewesen ist, als sie aufs Moor hat hinausziehen sollen, und wie sie jetzt gar nicht mehr weg möchte.

Und die junge Frau meint traurig: „Aber deiner war jung und war auch kein Witmann."

Dagegen läßt sich nichts sagen. Darum küßt sie sie bloß und hält ihr die Hände. Und langsam beruhigt sie sich und ißt von dem dickbezuckerten Fladen.

Der Witkuhn ist auch da — ohne die Frau —, aber er spricht die Erdme nicht an. Sie muß selbst auf ihn zugehen und ihn an frühere Zeiten erinnern.

„Es war doch so hübsch, Nachbar," sagt sie, „darum komm nur immer herüber. Was nicht sein soll, das hab' ich vergessen."

Er sagt: „Du bist gut gegen die kranke Frau und darum auch gut gegen mich. Ich bete für dich am Morgen und Abend, aber kommen — das kann ich nicht."

Sie ärgert sich, daß es nicht nach ihrem Willen gehen soll, und nimmt sich vor, ihn nächstens kirre zu kriegen.

Wie sie nach Hause gehen, der Jons und sie — sie führt ihn natürlich, denn hätt' er sich nüchtern gehalten, so wär's eine schlechte Hochzeit gewesen —, da sieht sie auf dem Weg den grauen Schatten herumlaufen, der voriges Jahr, als sie das Haus gerichtet hatten und nun gemütlich ausruhen wollten, mit seinem Getanze dazwischen gefahren war.

Sie denkt an die Worte des frommen Taruttis und denkt auch an die Wassersnot, vor der sie manch liebes Mal zittert, wenn sie voll Stolz ihr wachsendes Eigen besieht. Sie weiß nicht, wie es geschieht —, sie hätt' es auch nicht für möglich gehalten, aber sie muß das Stück Fladen hervorziehen, das sie heimlich eingesteckt hat, und es ihm hinreichen. Und sagt: „Da nimm, Nachbar, und wenn d u Hochzeit machst, gibst du mir auch was."

Er greift zu wie ein Verhungernder und prustet und faucht und läuft rasch davon, als muß er den Raub in Sicherheit bringen.

Doch sie kann sich der Guttat nicht freuen. Denn sie denkt, er werde nun ein Recht an sie haben und verlangen, daß sie mit ihm redet, wenn er des Wegs kommt. Und es redet doch sonst niemand mit ihm. Selbst der fromme Taruttis tut es nicht.

Doch ihre Sorge ist unnütz gewesen. Nie hat er sie anzuhalten versucht, und manchmal ist er vor ihr sogar auf die Seite gegangen. — — —

Die Erdme hat mächtig zu tun. Kind und Kuh verlangen Wartung, eines so viel wie das andere. Und ein Ferkel ist auch wieder da.

Der Frau des Witkuhn fällt das Melken sehr

schwer, und die junge Frau Smailus muß eingewöhnt werden, sonst läuft sie womöglich wieder davon.

Jetzt sieht die Erdme erst, was sie an der kleinen Ulele gehabt hat. Aber klein ist die schon lange nicht mehr. Wenn sie zum Sonntagsbesuch kommt, dann trägt sie ein Fräuleinskleid und einen Strohhut mit Blumen. Sie nimmt die Stiefmutter unter den Arm und setzt sich mit ihr in das Kieferngestrüpp, das nicht höher ist als der Vater und dessen Nadeln büschelweis stehen wie Haare auf Warzen.

„Ach, wie ist es schön, so in einem grünen Walde zu sitzen", sagt sie dann, „und die gesegnete Flur zu erblicken!" Und dabei zeigt sie nach den struppigen Kartoffeln und auf das brandige Moor, auf dem nichts weiter wächst als Torf in kohlschwarzen Haufen.

Und alsbald hat sie die junge Frau für acht Tage wieder getröstet.

Eines Sonntags sagt sie zur Erdme: „Gott sei Dank, jetzt wird sie's leichter haben, denn es ist zugesät bei ihr."

Mit dem Leichterhaben irrt sie sich freilich. Oft muß die Erdme heran, der traurigen Frau den Kopf zu halten, wenn sie sich weinend erbricht und immer nach Hause will.

Und auch bei der Erdme ist es wieder so weit. Da heißt es, sich dreifach zusammennehmen und sich nichts merken lassen, sonst geht die Wirtschaft den Krebsgang.

Der Jons hat neben der Taglöhnerarbeit jetzt auch für die Wiese zu sorgen. Die Karre nimmt er des Morgens meist mit und schiebt sie des Abends mit Grünfutter beladen nach Hause. Dazu kommt noch die Heuaust, das Mähen, das Wenden, das Inhaufenbringen und Wiederausstreuen, wenn der Regen alles durchweicht hat.

Man kann es wohl verstehen, daß er maulfaul wird und kaum Antwort gibt, wenn man ihn fragt. Wäre die kleine Katrike nicht da, gäb's wenig Unterhaltung im Hause. Aber die lacht schon, macht Brummchen und zappelt, solange man Zeit hat zum Spielen.

Die Kartoffeln bringen in diesem Jahr funfzig Scheffel. Davon darf man sogar verkaufen. Milchgeld, Taglohn, Ertrag des Schweines kommen dazu. Man kann fürs nächste Jahr an eine weitere Pachtung denken.

Der zweite Winter vergeht wie der erste. Nur daß die Erdme ein Spielzeug hat und daß die Ulele den Kopf nicht mehr zur Tür hereinsteckt.

Im April kommt die kleine Urte zugereist. Ganz leicht und plötzlich ist sie gekommen. Der Doktor hat gar nicht geholt werden brauchen.

Nun sind es schon zweie, und darum wird Schluß gemacht. Das Nötige hat die Erdme als Mädchen gelernt.

Die Jahreszeit ist für die Entbindung günstig gewesen. Noch bleibt Zeit genug für die Frühjahrsbestellung. Am neunten Tage nach der Geburt hat die Erdme schon wieder bis an die Knie im eiskalten Schlamm gestanden. So ein Kerl ist die Erdme.

Nicht so leicht hat es die junge Frau Smailus gehabt, aber daran ist ihr Herzweh wohl schuld. Was wäre erst ohne die Ulele geworden! Mit einem Male ist sie dagewesen, hat Hebammendienste getan, hat das Kind gewartet so gut wie die Mutter und hat dabei noch in den Büchern gelesen.

Eines Tages kommt sie zur Erdme und sagt: „Nun wird es wohl gehen, daß ich weg kann. Wenn ihr das Kleine nicht hilft, hilft ihr nichts auf der Welt."

Die Erdme fragt sie, wo sie eigentlich hin will.

Und sie sagt: „Zuerst nach Königsberg und dann nach Berlin. Denn diese kleinen Nester sind nichts für mich. Nicht einmal, was ein kleidsamer Hut ist, versteht man da. Auch muß ich des Abends die Schreibmaschine erlernen sowie die Schnellschrift, die man Stenographie nennt. Dann muß ich noch einmal aufs Land, das heißt auf ein Rittergut, um die Wirtschaft zu lernen und die Verwaltung. Wenn ich das ordentlich verstehe, gehe ich in ein großes Getreidegeschäft und mach' mich dort unentbehrlich.

Vielleicht, daß der Prinzipal mich dann heiratet, weil er einsieht, daß ohne mich doch nichts mehr los ist. Aber im Grunde glaub' ich es nicht. Denn die Männer sehen mich nicht an."

„Du bist ja noch so jung," sagt die Erdme.

„Das ist wahr," sagt sie, „Busen hab' ich noch gar nicht. Vielleicht werd' ich auch nie einen kriegen. Ich hab' immer gedacht, ich werd' durch das Mannsvolk in die Höhe kommen, aber das muß ich mir wohl aus dem Kopf schlagen. Und es wird ja auch so gehen."

Und die Erdme lacht und sagt: „Du mit deinen fünfzehn — was kannst du da Großes verlangen?"

„Um mich herum liebt sich schon alles," gibt sie zur Antwort, „bloß mich wollen sie nicht."

Und Erdme, die erst sehr neidisch gewesen ist, sieht auf die Wiege, in der Kopf an Kopf die Urte und die Katrike liegen, beide mit Lutschpfropfen im Munde, und denkt: „Euch wird es nicht so gehen, denn ihr habt von meinem Blut in den Adern."

Und es ist, als ob die Ulele ihren Gedanken erriete, denn sie sagt seufzend: „Ja, wenn man so eine wäre wie du!"

„Was willst du damit sagen?" fragt die Erdme argwöhnisch. „Weißt du etwas von mir?"

„Das gerade nicht," sagt sie, „aber — aber —" Und sie druckst und druckst und kommt nicht zu Rande. Schließlich, wie sie gehen will, dreht sie sich noch einmal um und sagt: „Eine Bestellung ist es eigentlich nicht, das würde sie sich nicht getrauen. Aber wünschen tut sie gewiß, daß du es erfährst."

„Wer? Was?" fragt die Erdme ganz erstaunt.

Also: die Frau Witkuhn hat zu ihr gesprochen wie zu einer Alten. Das Elend mit ihrem Manne reißt ihr das Herz aus dem Leibe. Wenn er nicht da ist, sitzt sie in Angst, er könne sich ein Leid antun. Und ob es keine Möglichkeit gebe, daß die Erdme sich seiner erbarme.

Die Erdme erschrickt. Wenn die eigene Frau sich wirklich so an der Natur und der Religion versündigt, dann muß es wohl schlimm stehen.

„Warum hängt er sich gerade an mich?" fragt sie. „Mädchen, die ihm gern einen Gefallen täten, laufen genug herum auf dem Moor."

Die Ulele macht eine pfiffige Nase. „Das ist es gerade," sagt sie. „Ursprünglich wäre ihm wohl jede die Rechte gewesen, aber wenn eine ihm nah kommt, schrickt er zurück. Früher, als ich noch dümmer war und nicht wußte, warum, da hab' ich mich ihm manchmal auf den Schoß setzen wollen, aber da hat er mich von sich gewiesen wie das höllische Feuer. Nun aber hat er seine Sinne auf dich allein gesetzt. Ich verstehe ja nicht viel davon, aber ich meine, wenn der Jons nichts erfährt, könntest du ihm wohl einmal Mitleid erweisen. Wollte er mich, ich tät's, aber ich bin ihm wohl noch zu klein."

Die Erdme fühlt, daß sie heiß wird von Kopf bis zu Füßen. „Du verstehst wirklich noch nichts davon," sagt sie und schiebt die Ulele hinaus und nimmt auch keinen Abschied von ihr.

Aber der Gedanke an den Nachbar geht ihr nicht mehr aus dem Kopf. Sitzt der Jons ihr gegenüber, stumm und schwer, wie es seine Gewohnheit ist, dann sieht sie ihn immerzu an und denkt: „Soll ich — soll ich nicht?" Und ihr Entschluß ist dann stets: „Nein, ich soll nicht."

Aber wenn sie den Nachbar arbeiten sieht fernab auf dem Feld und sich sein feines, stilles Gesicht vorstellt und die zitternden Backenknochen, dann denkt sie doch wieder: „Ich soll."

Und ihr Mitleid wird so groß, daß sie nachts von ihm träumt und bei Tage auf dem Grabenrand sitzt und ihm nachsieht. Dabei leidet natürlich die Arbeit.

Schließlich denkt sie: „Komm's, wie es will, geschehen muß was."

Darum faßt sie sich eines Tages ein Herz und geht zu ihm 'rüber.

Als er sie kommen sieht, fällt ihm die Hacke aus der Hand. Er steht da und sieht sie an wie eine Himmelserscheinung, und dabei hat er sie doch immer vor Augen.

„Nachbar," sagt sie, als hätte sie noch gestern

mit ihm gesprochen, „willst du nicht einmal nach unserer Kuh sehen? Die frißt nicht.“

Er zieht die Klotzkorken über die nackten Füße und kommt. Er befühlt der Kuh den Leib, legt ihr die Hand auf die Schnauze und dreht die Augenhaut um. „Die Kuh ist gesund,“ sagt er. Weiter nichts.

Die Erdme schämt sich und fühlt, wie sie zittert. Aber sie weiß, so ein Augenblick kommt nicht wieder. Darum ladet sie ihn ein, noch ein wenig in die Stube zu treten.

„Was soll ich da drin?“ fragt er.

„Ich hab' schon lange einmal mit dir reden wollen,“ sagt sie.

Er streift die Klotzkorken ab und tritt ein. Die Wiege hat sie vorher auf den Hof gestellt, damit die Kinder nicht zusehen.

Und jetzt stehen sie da und zittern beide.

„Nachbar,“ sagt sie, „ich muß immer an die Stunde denken vor zwei Jahren, und mir ist, als habe ich dir ein Unrecht getan. Wenn ich es gutmachen kann, will ich es gerne.“

„Es ist nichts gutzumachen,“ sagt er und bekuckt sich die Bilder.

„Setz dich auf die Bank, Nachbar,“ sagt sie.

Er gehorcht, und sie setzt sich neben ihn. Mehr kann sie wahrhaftig nicht tun.

„Nachbar,“ sagt sie, „du hast ein seltsames Wesen. Nicht bloß gegen mich. Dir muß irgend was geschehen sein. Das Beste wär' schon, du sprichst dich aus."

„Jawohl," sagt er, „das will ich."

Und dann erzählt er ihr eine Geschichte, wie es ihm in der Jugend ergangen ist. Er ist ein froher Bursch gewesen, Besitzerssohn, ansehnlich und beliebt. Und die Mädchen haben ihn gern gewollt zum Heiraten sowohl wie zu dem anderen. Und eine — die war wild und heimlich zugleich. Wie wohl die wildesten sind. Und nichts war ihr heimlich genug. Und eines Nachts im Finstern trafen sie sich unter dem Kadigbusch auf der Heide, wo sonst kein Menschenfuß hintritt. Da wollte sie ihm zu Willen sein. Aber plötzlich sind ringsum Lichter aufgetaucht von Jägern, die sich schon im Finstern auf eine Jagd begaben. Da hat sie zu schreien angefangen, daß er ihr Gewalt antue. Als ob sie am Speer stak, so hat sie geschrieen. Und so ist er ins Unglück gekommen. Das hat ihn verfolgt von Ort zu Ort und ist stets offenbar geworden, wenn er ein Führungsattest gebraucht hat oder als Zeuge vor Gericht hat stehen müssen. Schließlich hat er im Moor eine Zuflucht gefunden, wo mancher bestraft ist und keinem viel Schaden daraus erwächst. Der Moorvogt weiß es und seine Frau. Sonst niemand. Bei der Frau hat er Rettung gesucht, aber die ist ja schon lang' keine Frau mehr. Und sobald eine andere ihm zugelächelt hat, ist ihm sofort der Gedanke gekommen: „Sie wird schreien.“ Immer hört er das Schreien. Und dann zittert ihm das Gesicht, wie es ihm damals gezittert hat, als er sich stumm und ohne Verteidigung hat abführen lassen. So vertattert ist er gewesen, und so ist er noch heute.

„Wie hast du dich dann aber an mir vergreifen können?“ fragt sie und lächelt ihn an.

„Das weiß ich selber nicht,“ sagt er und streicht sich übers Gesicht.

„Nun, ich hab' doch n i c h t geschrieen,“ sagt sie und lächelt ihn immerzu auffordernd an.

„Aber — abgewiesen hast du mich, und seitdem ist es schlimmer als je!“

Soll sie nun sagen: „Heute würd' ich dich n i c h t abweisen?“ Das kann sie nicht. Das bringt keine Frau über die Lippen. Bloß seinen Arm streichelt sie und sagt: „Armer Nachbar.“

Sie denkt, er wird sie nun umfassen, aber was tut er? Er zittert und rückt von ihr weg und stöhnt: „Laß man, mir hilft keiner mehr.“

„Gott wird helfen!“ sagt sie, wie man sagt: „Guten Tag“ und „Guten Weg“.

„Auch Gott hilft mir nicht,“ schluchzt er und ringt die Hände. „Ich hab' zu ihm gebetet bei Tag und bei Nacht, er soll die große Zuneigung von mir nehmen, aber geholfen hat er mir nicht.“

„Ich werd' für dich beten," sagt sie. Sündigen möcht' sie viel lieber, aber man muß doch so tun.

Er in seiner Not greift den Gedanken auf wie der Hungernde den Knochen, den man zum Fenster hinauswirft.

„Ja, bet für mich, bet für mich, oder wenn du mir eine große Gnade antun willst, dann laß uns zusammen beten. Vielleicht daß Gott mich dann hört."

Und richtig! Sie holt ihr Gesangbuch hervor und das von Jons, und jeder schlägt auf, und sie beten und beten.

Und siehe da! Immer frömmer wird ihr zumute. Sie denkt an die schlafenden Kinderchen draußen und an den Mann, der sich abschindet von früh bis spät, und bald begreift sie gar nicht mehr, daß sie eine so große Sünde hat begehen wollen.

Wie sie eine halbe Stunde gebetet haben, sagt sie: „Nun, Nachbar, fühlst du, daß es dir hilft?"

Er schüttelt blos den Kopf.

Sie denkt: „Aber mir hat es geholfen." Und nun — ganz aufrichtig gesonnen — redet sie ihm gut zu und meint, sie möchte ihm ja gerne den Wunsch erfüllen, aber es gehe nicht an. Die Kinderchen sind noch so klein, und der Jons hat sie alle dreie so lieb, wenn er es auch nicht recht ausdrücken kann. Aber vielleicht wird es später einmal anders werden, so daß sie sich dann wegen des Unrechts nicht mehr so zu schämen braucht. Es könnte ja sein, daß Jons einmal zu trinken anfängt und sie schlägt oder so. Dann würd' sie sich kein Gewissen draus machen.

Der Nachbar steht auf, tastet nach seiner Mütze und sagt im Gehen: „Ich werd' also warten."

Und sie denkt: „Schade! Aber wer weiß, wozu es gut ist?"

10

Wenn das Überschwemmung ist, das läßt sich ertragen!

Wohl stehen Hof und Garten zollhoch unter Wasser, auch ist der Knüppelweg zur Chaussee an vielen Stellen unbegehbar. Und der Estrich in der Stube fühlt sich an, als möchte er sich von neuem kneten lassen. Aber schließlich — zu seinem Vergnügen lebt man nicht im Moor, und alles geht vorüber. Die Wege trocknen, über Hof und Gräben legt man Bretter, und der Estrich wird wieder glatt gewalzt.

So ist es nun im Märzenmonat schon zweimal gewesen, und die Erdme denkt nicht mehr mit Angst an die finsteren Prophezeiungen, mit denen der alte Raubmörder einst ihre Hoffnungen vergiftete.

Manchmal fragt sie die Nachbarn, aber die scheinen ungern davon zu sprechen, und darum unterläßt sie es. — — —

Jetzt im vierten Jahre zeigt es sich, daß man stark genug ist, noch weitere Sprünge zu machen. Die Wiese liefert Heu genug, um eine zweite Kuh zu ernähren, und deshalb muß ein Stall gebaut werden. Der Abschlag am Giebelende reicht schon für die eine nicht aus, besonders wenn die Mastferkel an den Pfosten herumwühlen, so daß an manchem Morgen das ganze Dach der Kuh auf dem Rücken liegt.

Gespart ist ja, aber ob man ausreichen wird, ist zu bezweifeln. Und da zu gleicher Zeit wegen der Pachtung eines zweiten Hektars mit dem Moorvogt gesprochen werden muß, könnte man vielleicht aus dem Raiffeisenverein ein Darlehen von ihm erlangen.

Eines Sonntagnachmittags zu Anfang April stellen sie die Lampe hoch, verstecken die Streichhölzer, schließen die Kinder ein, und dann gehen sie zum Moorvogt.

Er hört ihnen schweigend zu und schlägt darauf sein großes Buch auf. Ach, dieses fürchterliche Buch! Je länger er darin liest, desto zittriger werden der Erdme die Beine, denn die Ulele hat ja einmal gesagt — — man wagt gar nicht auszudenken, was die Ulele gesagt hat.

Dann sieht er sie eine Weile an, gerade wie damals, und endlich macht er den Mund auf.

„Also alles in allem geht es euch gut?" fragt er.

Nun möchte ich den Landmann sehen — ob litauisch oder deutsch, ob Bauer oder Graf —, der auf eine solche Frage mit einem schlichten Ja geantwortet hätte.

Sie fangen also alle beide fürchterlich zu klagen an. Die Nachtfröste im vorigen Herbst — und die verschorften Kartoffeln — und die wartungsbedürftigen Kinder — und die Überschwemmung noch jüngst!

„Was wißt ihr von Überschwemmung!" sagt er, und ein bitteres, ein fast verzagtes Lächeln fliegt über sein starkes Gesicht.

„Jedenfalls geht es euch so gut," fährt er fort, „daß ihr eine erhebliche Vergrößerung eurer Wirtschaft in Angriff nehmen könnt. Es kommt mir das nicht unerwartet, denn ich habe euch natürlich im Auge behalten. Das zweite Hektar ist euch bewilligt, und auch für das Darlehen werde ich eintreten. Nur — nur —" er stockt und sieht sie wieder an, „nur scheint mir, daß ihr noch von der Bauzeit her dies und jenes in Ordnung zu bringen habt."

Jons und Erdme werfen sich einen heimlichen Blick zu. Was kann er nur meinen?

Und er sieht sie immer weiter an mit starren,

bohrenden Augen, als ob sie splinterfasernackig vor ihm stünden.

„O Gott, o Gott!" denkt die Erdme. Denn w a s hat die Ulele gesagt?

Und das Versprechen fällt ihr ein, das sie sich am Abend ihrer Trauung im Matzicker Chausseegraben gegeben haben. Ach, wie bald ist das vergessen gewesen!

„Es scheint, ihr wißt nicht, was ich meine," fährt der Moorvogt fort. „Geht also nach Hause und denkt darüber nach. Wenn ihr findet, daß ich Unrecht habe, dann kommt wieder, aber nicht früher."

Damit sind sie entlassen.

In stolzer Hoffnung waren sie gekommen. Stillschweigend, mit gesenkten Köpfen gehen sie wieder heim.

„Allwissend ist Gott allein," denkt die Erdme.

„Hier hilft bloß eines," sagt schließlich der Jons, „daß wir nun doch noch unter die Gebetsleute gehen."

„Warum?" fragt die Erdme. „Wir sind ja fromm genug."

„Wenn man unter die Gebetsleute geht," sagt der Jons, „kann man seine Sünden bekennen und alles gutmachen, ohne daß einem daraus ein Schade erwächst."

„Gutmachen kann man auch so," sagt die Erdme. „Wozu noch erst viel bekennen?"

„Das ist nicht das Richtige," sagt der Jons.

Sie beschließen also, den frommen Taruttis zu besuchen und zu sehen, ob es lohnt, sich in die Gemeinde der Erleuchteten aufnehmen zu lassen.

Der fromme Taruttis empfängt sie mit Freuden.

„Ich habe schon oft gebetet," sagt er, „daß ihr den Weg zum Heile finden möget, und nun ist mein Gebet erhört."

So mager und so sanft sieht er aus wie ein Sendbote des Herrn. Und seine Augen leuchten wie zwei weinende Sonnen. Er ruft auch die Taruttene, die ihnen Schmand mit Glumse vorsetzt. Sie ist nun ganz hutzlig geworden und will gleich zu singen anfangen. Sie hält es schon gar nicht mehr aus. Aber er beruhigt sie. Damit habe es bis zur nächsten Versammlung Zeit. Erst müsse ein Sündenverzeichnis hergestellt werden. Und bei dem öffentlichen Bekenntnis werde die ganze Gemeinde Gott auf den Knieen um Vergebung anflehen. Das habe noch immer geholfen.

Jons und Erdme sehen sich an. Sie haben es zwar oft schon mitgemacht, aber nun sie selbst daran glauben müssen, wird es ihnen doch fürchterlich sauer.

Der Taruttis legt auch gleich ein Blatt Papier auf den Tisch, macht eine römische Eins und sieht sie erwartungsvoll an. Da nimmt die Erdme das Wort und sagt: „Damit das Bekenntnis ganz vollständig wird, wollen wir uns vorerst im einsamen Kämmerlein gehörig kräftigen. Sonst könnte es geschehen, daß etwas fehlt, und das würden wir uns niemals verzeihen."

Der fromme Taruttis lobt den Ernst ihrer Bestrebungen und ladet sie zu der nächsten Versammlung. Und dann gehen sie heim.

„Nein," sagt die Erdme entschieden, „damit die Leute hernach mit Fingern auf uns weisen: ‚Da seht das verstohlene Pack'. Das könnte mir passen."

Der Jons meint zwar schüchtern, man könne das Bekenntnis so undeutlich sprechen — besonders wenn man zu zweit ist —, daß niemand was Rechtes versteht. Aber die Erdme bleibt fest. „Unsere Kinder sollen einmal in Samt und Seide gehen," sagt sie, „für die muß vorgesorgt werden."

Auf alle Fälle machen sie jetzt das Verzeichnis. Der Mann, dem sie die Saatkartoffeln ausbuddelten, bekommt die erste Nummer. Und dann folgt eine sehr lange Reihe. Einzelnes bietet Schwierigkeiten. Wem zum Beispiel sollen sie das Heu für die Ziege ersetzen, das sie im Dunkel der Nacht aus den fahrenden Fudern zupften? Oder: Wem hat der Jons Schaden getan, als er mit dem Abgebrannten wegen der Türen und Fenster den heimlichen Handel abschloß?

Denn was eine Versicherungsgesellschaft ist, wer kann sich das vorstellen? Und dann das Allerschlimmste: die Veruntreuungen auf dem Holzplatz, auf dem der Jons ja heute noch arbeitet! Der Möbeltischler ist nicht der Einzige gewesen. Gar manchem, der eine offene Hand hatte, ist beim Verladen eine oder die andere Planke mehr auf den Wagen geschmissen worden. Und der Aufseher hat dann den Rüffel gekriegt.

Schlimme Sache! Schlimme Sache!

Trotz alledem gehen sie ans Werk. Der Jons bringt Postanweisungen und Linienpapier, und nun schreiben sie einen Brief nach dem anderen, gerade so, als ob sie wirklich bei den Gebetsleuten eintreten wollten ... Und das tun sie aus Klugheit, denn sie wissen, deren Sündenbekenntnisse werden von den Deutschen mit Lustigkeit, von den Litauern mit Andacht aufgenommen und niemals weiter verfolgt. Aber in zweifelhaften Fällen vermeiden sie der Sicherheit halber, ihre Namen anzugeben.

Einer der Briefe lautet so:

„Wehrter Herr Hahn!

Da ich den Herrn Jesus gefunden und er mich eretet hat aus allen meinen Sünden. Bezeugt mir der Heilige Geist Gottes mein Ibelthat. Um mit Gott und Menschen ins reine zu komen, soll ich mihr reinigen wie auch der Herr Jesus rein war. Der Herr zeiget mir, daß ich auch

Ihnen währent meinem Hausbau beschädigt habe indem ich aus Ihrem Walde Holz stahl. Ich biete um Vergebung der Schuld, das sie mir nicht vor dem Throne Gottes verklagen wirde. Darum läge die 30 Mark für den Wert des Entwändeten Matirials. Der liebe Gott ist selber Richter und weis am bästen den Weg. Er hat meinem Gewissen soviel geurteilt. Ich biete nochmals um Verzeihung und vergebung der Schuld, das ich Frieden mit Gott häbe und mein Gewissen mich nicht verklagen wirde. Der Herr Jesus hat mir schon vergäben, als er am Kreuze auf Golgatha das Wort ausrief Es ist volbracht.

Achtungsvol

J. Baltruschat."

Und ein anderer lautete so:

„Hochgerter Herr!

Als ich in einen neien Abschnit meines Lebens mich mit meinem Gott versähnen wolte, fand ich unter den verbannten Gegenstenden, das ich mich auch an Ihnen vergangen habe. Zwar glaubte ich früher das wen man von einen reichen Herrn Kleinigkeit stiehlt, keine Sünde ist. Komme daher ihnen dankbar um Vergebung zu bieten, wenn Sie so gütig sind. Ich befand mich vor langer Zeit bei meinem bauen in großer Verlegenheit und da ging ich hin und holte mir aus ihre Grube den Lähm gleichwie es Gott gefiel. Daher sände Sie gefälligst 10 Mark. Biete wenn möglich um Sündenvergebung.

Hochachtend

ein Nachbar."

Diese beiden Briefe, den frömmeren und den weltlicheren, nehmen sie sich zum Muster und richten danach die übrigen ein.

So schreiben sie noch manchen Brief und berechnen genau die Beträge, die sie den Empfängern schuldig sind.

Der Abgebrannte, zu dem der Jons geht, um zu erfahren, an wen er sich wegen des Ersatzes zu wenden habe, wohnt in einem nagelneuen Hause. Dessen Türen und Fenster sind tausendmal schöner als die, die er damals beiseite geschafft hat. Er lacht zuerst fürchterlich, als er aber hört, daß Jons zu den Gebetsleuten gehen will, sieht er gleich ein, daß es sein muß, und gibt ihm genaueste Auskunft.

So bliebe also nur noch das Holzgeschäft übrig, denn das Ziegenheu kann auch von selber gefallen sein. Aber das Holzgeschäft!

„Das deutsche Schwein kann Wind auf dich kriegen und zeigt dich am Ende noch an," warnt die Erdme. „Selbst ohne Unterschrift kann es dir schlecht gehen."

Das sieht er auch ein und schreibt darum zur Sicherheit den Namen eines anderen Arbeiters, der vor kurzem nach Rußland zu den

Holzfällern gegangen ist und der ebenso gemaust hat wie er. So reinigt er zugleich auch dessen Gedenken, was als eine doppelte Guttat angesehen werden muß.

Als die Briefe und die Postanweisungen weg sind, wird ihnen beiden sehr wohl zumut. Die Ersparnisse haben sich zwar erheblich vermindert, aber statt dessen hilft ja der Moorvogt.

Darüber vergessen sie ganz, daß sie auf der nächsten Versammlung der Gebetsleute das Sündenbekenntnis ablegen sollen.

So kommt der Sonntagnachmittag heran. Sie sitzen vergnügt vor der Tür. Er raucht seine Pfeife, sie riecht an einem Marienblatt, und die Kinder spielen um sie herum. Da hören sie mit einen Male einen feierlichen Gesang.

„Es wird ein Begräbnis sein,“ meint die Erdme.

Aber der Gesang kommt immer näher, und was sehen sie? Der fromme Taruttis und zwei andere fromme Männer gehen zwischen den Kartoffeln geradeswegs auf sie zu, und jeder hält sein Gesangbuch in der einen Hand und sein Schnupftuch in der anderen, und eine Mütze hat keiner auf.

O Gott, wie wird ihnen da! Weglaufen können sie nicht, und Ausreden haben sie auch nicht.

Der Jons in seiner Verlegenheit heißt sie willkommen und fragt, ob er den werten Gästen vielleicht einen Schnaps anbieten kann. Wo er doch wissen muß, daß die Erleuchteten geistige Getränke nicht zu sich nehmen.

Der fromme Taruttis tut, als hat er die Frage gar nicht gehört, und sagt: „Teurer Bruder und geliebte Schwester. Die Stunde des Segens ist da. Die Pforten der Himmelsstadt sind aufgetan! Folget uns nach Jerusalem, wo ihr alsbald in weißen Kleidern dastehen werdet zur rechten Seite des Herrn."

Der Jons, der wie vor den Kopf geschlagen ist, will richtig schon gehen, aber die Erdme hält ihn gerad' noch am Ärmel.

„Lieber Nachbar und ihr anderen geehrten Gäste," sagt sie und macht ein scheinheiliges Gesicht, „seit wir unseren Entschluß kundgetan haben, prüfen wir uns unaufhörlich, aber es will uns gar keine Sünde einfallen. Nun müßten wir uns jedoch schämen, so selbstgerecht vor euch zu erscheinen, wo doch ein jeder sonst sein Bündelchen auspackt. Darum lasset uns Zeit, ein Monatchen oder ein Jahrchen — oder noch mehr, damit wir ein gehöriges Bekenntnis zusammenkriegen. Vielleicht sündigen wir inzwischen auch noch was Neues, und das ist dann gleich ein Abwaschen."

So einfältigen Glaubens der fromme Taruttis auch sein mag, — daß diese freche Person sich lustig macht, das sieht er doch ein.

„Warum seid ihr denn zu mir gekommen?" fragt er sie ganz verdutzt.

„Ihr seid ja auch zu uns gekommen," gibt sie zur Antwort.

Darauf wissen die frommen Männer nichts zu erwidern und heben sich wieder von hinnen. Und Jons geleitet sie bis an den Grenzgraben, dorthin, wo das Brett 'rüberführt.

Wie er zurückkommt, sieht er, daß Erdme die beiden Kleinen im Arm hat und liebkost.

Dann läßt sie sie fallen, hebt beide Fäuste hinter den Weggehenden her und ruft ganz laut:

„Meinen Töchtern die Heirat verderben, das wär' euer ganzer Segen, ihr Schufte!"

Der Jons ist beinahe erschrocken. Nie hätte er gedacht, daß sein Weib so böse sein kann.

11

Über den Nachbar Witkuhn scheint etwas wie Frieden gekommen. Er weicht der Erdme nicht mehr aus, bleibt ruhig zu Hause, wenn sie der kranken Frau beispringt, und kommt herüber, so oft es nottut. Ohne ihn wäre der Stall gar nicht zustande gekommen. Der ist nun viel prächtiger als das Wohnhaus und bietet Platz für zwei Kühe und zwei Schweine und sogar — der Himmel bewahr' uns vor Hochmut! — sogar für ein künftiges Pferd.

Der Nachbar Witkuhn weiß, daß er selber es nie so weit bringen wird. Um so eifriger ist er darauf bedacht, daß Jons und Erdme dahin gelangen.

Der Ankauf der zweiten Kuh ist auch sein Werk. Eine Holländerin ist sie, wollstirnig mit einem schwarzen und einem weißen Auge. Und Milch gibt sie — man schämt sich zu sagen, wieviel Milch sie gibt, aber die an der Ablieferungsstelle, die wissen's.

Jetzt kommt des Abends schon manchmal Butter auf den Tisch, und die Kleinen trinken frische Milch, soviel sie nur mögen.

Im Frühling des fünften Jahres geschieht das Große, daß Jons seine ständige Arbeitsstelle aufgeben muß, denn Erdme schafft es nicht mehr, selbst wenn er die Freistunden noch so sehr ausnutzt.

Der Sägemühlenbesitzer schenkt ihm zum Abschied zehn Mark und eine Kiste Zigarren wegen der Ehrlichkeit, die er immer bewiesen hat, im Gegensatz zu anderen, die sich jetzt in Rußland herumtreiben.

Nun kann sogar das dritte Hektar in Angriff genommen werden, zumal der am frühesten urbar gemachte Boden für Roggen bald reif ist.

Der Moorvogt gibt noch ein neues Stück Wiese dazu und verspricht sogar, den Jons bei der Entwässerung zu beschäftigen, wenn es ab und zu in der Wirtschaft zu still wird.

So ist für alles gesorgt, und die Zukunft liegt da wie ein blühendes Kleefeld.

Wenn Erdme bei ihrer Arbeit die schlammbespritzten Beine hebt und senkt, daß der federnde Grund schaukelt wie eine Wiege, und wenn das schwarze Wurzelwerk unter den Streichen der Hacke zerblättert, als wäre es Torfgrus, dann ist ihr zumut, als sei das ganze Moor nur geschaffen, um ihrem Glücke zu dienen. Und sie dehnt in lauter Wohlsein die starke Brust dem Gelingen entgegen.

Wenn es nur allen so ginge wie ihr! Aber ringsum sitzt Kummer genug. Von der hinfälligen Frau des Witkuhn gar nicht zu reden. Die wird sich vielleicht noch Jahre so schleppen, ohne daß Hoffnung kommt. Aber neben ihr lebt die junge Frau Smailus. Die ist sehnig von Gliedern und schafft auch, aber in ihrem Innern scheint sie noch kränker als jene.

Sie geht umher wie im Traum, gibt falsche Antwort, wenn man sie fragt, und ihre Brust hat nicht Milch für die Kinder.

„Was ihr fehlt, weiß ich lange,“ sagt der Nachbar Witkuhn. „Die Moorkrankheit hat sie.“

Die Erdme fragt, was das ist.

Und er sagt: „Die Moorkrankheit kommt wie durch ein Gift, das aus dem Boden aufsteigt.

Niemand weiß, wie es aussieht, und kein Doktor hat es gefunden. Es ist da und ist auch nicht da. Wie man will. Den einen wirft es nieder, dem anderen ist es Arznei. Und für den, der daran krankt, gibt es nur eine Rettung: 'raus aus dem Moor, rasch 'raus, ohne sich umzusehen. Aber für die meisten ist es zu spät."

Was die Erdme einst der Ulele versprochen hat, das hält sie getreulich. Sie steht der gemütskranken Frau zur Seite, wo sie nur kann. Nicht bei der Arbeit. Die macht sie allein. Aber des Sonntags oder zum Feierabend — denn Feierabend gibt es schon manchmal — geht sie hinüber zu ihr, legt den Arm um ihre Schulter und sagt: „Komm, Nachbarin, wir wollen uns was erzählen." Und sie führt sie die Sandnase hoch und in das Fichtengestrüpp. Da sitzt die kranke Frau am liebsten, denn es gemahnt sie an die verlorene Heide, von der sie herstammt.

Und dann seufzt sie und weint: „Ach, meine Heide, meine Heide!"

Die Erdme kann ihr die Heide noch so schlecht machen. „Ich bin ja auch von der Heide zu Hause", sagt sie, „und weiß: schinden tut man sich dort nicht weniger als hier. Auf dem Sand gedeiht nicht einmal Roggen, und der Hafer sieht aus, als hat er die Schwindsucht. Und Fichten — na ja — die stehen ja dort höher. Aber Schatten geben sie auch nicht. Und vorwärts kommt man hier besser als dort."

„Aber wenn dort das Heidekraut blüht", sagt die Frau und starrt sehnsüchtig ins Weite, „und alles ist rot von lauter Blumchen, und die Hummeln singen drum 'rum, und die Luft ist warm, und unter dem Kadig liegt man geborgen so wie im Himmel! Aber hier friert man ja selbst im August und ist stets am Versinken. Vier Wochen sind's her, da ist mir mit einmal der Herd eingesunken — vor meinen sehenden Augen ist er gesunken."

„Dann ist er eben zu schwer gewesen," tröstet die Erdme, „man muß ihm einen besseren Untergrund schaffen." Und um die Frau aufzuheitern, erzählt sie ihr die Geschichte von dem großen, rotbärtigen Doktor, der immer kleiner und kleiner wurde, weil die Schemelbeine ihm unter dem Leibe versanken.

Hätte sie gewußt, was für ein Unheil sie damit anrichtet, sie hätte es lieber nicht getan. Als sie das nächste Mal mit der Frau zusammenkommt, da krallt die sich an ihr fest und sagt: „Stell dir vor, Nachbarin, jetzt kann ich des Nachts gar nicht mehr schlafen, denn ich muß immerzu denken, daß die Bettfüße unter mir wegsinken, und das ganze Bett versinkt, und ich versink' mit."

In ihrem Mitleid fällt der Erdme das Mittel

ein, das der Nachbar Witkuhn die einzige Rettung genannt hat, und sie entschließt sich, die verängstigte Frau langsam an den Gedanken des Weggehens zu gewöhnen.

Ob ihr Mann, der Smailus, gut zu ihr ist.

Sie kann nicht klagen. Schläge kriegt sie keine, trinken tut er auch nicht, aber — und nun legt sie den Mund ganz dicht an Erdmes Ohr — „aber er wartet schon".

„Worauf wartet er denn?" fragt die Erdme.

Da macht die Frau die Augen weit auf — die richtigen Unglücksaugen macht sie — und sagt ganz leise ihr großes Geheimnis: „Er wartet schon auf die Vierte."

„Woher weißt du das?"

Sie weiß es nicht, aber das fühlt man.

Die Erdme wird dreister. „Da kannst du ihm aber behilflich sein," sagt sie.

„Womit?"

„Indem du gar nicht erst wartest, bis sie dich 'raustragen. Dann bist du das Moor los und gehst auf die Heide."

„Und die Kinder?"

Natürlich die Kinder! Als ob es für alles, was Mutter ist, einen anderen Gedanken gäbe.

„Die nimmst du mit."

„Und dann?"

Ja dann! Die dreihundert Taler, die sie mitgekriegt hat, die stecken hier in der Wirtschaft.

Das Väterliche hat längst der Bruder. Wenn sie nun wiederkommt — ohne einen Groschen und ein Kind an jeder Hand, — wer wird sie aufnehmen? Betteln kann sie gehen.

Die Erdme denkt: „Wenn das Herz ihr nicht längst gebrochen wär', würd' sie schon durchkommen."

Aber so! Wie Recht hat der Witkuhn gehabt! Auch die gehört zu den meisten, für die es zu spät ist.

Da hört die Erdme auf, in sie zu dringen, und denkt: „Dann werd' ich sie also zu Tode trösten."

Und das hat sie auch redlich getan. Ein Lungenhusten ist gekommen, und die Frau ist schwächer und schwächer geworden. Und erst, als gar nirgends mehr ein anderer Weg zu erblicken war als der, der auf den Kirchhof führt, da hat sie zu hoffen begonnen und hat Pläne gemacht. Der Smailus werde verkaufen, ihr zuliebe werd' er verkaufen — genau so ist der Smailus! —, dann werden sie auf die Heide ziehen, und sie wird sich unter den Kadigbusch legen, wo es ganz warm und ganz trocken ist — und dann wird sie schlafen und schlafen — alle Angst und alle Müdigkeit wird sie ausschlafen.

Und darüber ist sie auch eingeschlafen. Aber es hat doch noch zwei Jahre gedauert. — —

In der Nacht nach dem Tode, so gegen

Zwölfe, da gibt es ein Klopfen an Baltruschats Haus. Sie ziehen sich an. Der Nachbar Smailus ist da und weint dicke Tränen. Es ist ihm so graulich zu Haus, und ob sie ihn nicht behalten möchten bis gegen den Morgen.

„Da hast du's, Nachbar," sagt die Erdme. „Erst konntest du's nicht erwarten, und jetzt tut es dir weh."

„Es ist nicht ums Wehtun," sagt er, „aber ohne Frau kann man nicht sein. Wer wird mir jetzt die Schweine futtern und die Kuh?"

„Ich denk', die hast du schon lange gefuttert," sagt die Erdme.

„Das ist richtig," sagt er, „aber sie war doch da."

Und er sitzt und sitzt und trinkt einen Schnaps nach dem anderen. Und langsam wird er beredt. Was man beim Nachbar Smailus so nennen kann.

„Ich darf mich ja nicht beklagen," sagt er, „denn das Sprichwort heißt: ‚D e r Bauer hat Glück, dem die Pferde stehen und die Frauen sterben.' Pferde hab' ich ja keine, aber von Frauen ist mir nun schon die dritte gestorben. Also hab' ich doch Glück. Aber so was ist leicht gesagt. Denn wo krieg' ich nun gleich die Vierte her?"

„Damit hat's ja noch Zeit," tröstet die Erdme. „Laß sie doch erst unter der Erde sein."

„Nein, damit hat's keine Zeit," entgegnet er. „Die Trauerfrist werd' ich schon abwarten. Das versteht sich. Aber man muß sich doch umsehen. Und so eine, wie meine Dritte war, die findet sich nicht leicht. So sanft von Gemüt, und dreihundert Taler. Die hat mir auch noch die Ulele besorgt. Aber wo ist jetzt die Ulele?"

„Die Ulele ist doch leicht zu erreichen," sagt die Erdme. „Die hat ja noch unlängst Wein geschickt zur Stärkung und Ölsardinen."

Sie hat noch viel andere gute Sachen geschickt, die Ulele, aber die Ölsardinen haben der Erdme den stärksten Eindruck gemacht — in Erinnerung an den Glanz ihrer Mädchenzeit.

Und sie schlägt vor, der Ulele am nächsten Tage eine Depesche zu schicken. Berlin ist ja weit, aber denkbar wär's immerhin, daß sie käme.

„Wieviel kostet so eine Depesche?" fragt der Smailus. Und ob er womöglich auch noch die Reise bezahlen muß.

Die Erdme beruhigt ihn. Das Geld für die Depesche werde sie auslegen und sich später von der Ulele entrichten lassen. Was aber die Reise belangt, so sei die ohnehin viel, viel zu teuer für ihn.

Da willigt er ein und gibt auch gleich den Umschlag mit ihrer Adresse.

Ulele heißt sie nicht mehr. Sie heißt Adele.

Und wie sie zwei Tage später auf dem Bahnhof zu Heydekrug ankommt, da steigt sie aus einem Abteil mit roten Polstern und ist überhaupt eine Dame. In ganz Heydekrug gibt es nicht so eine Dame! Ganz in Schwarz mit langem Schleier und noch einem Schleier und noch einem Schleier. Nie im Leben hat die Erdme so viele schwarze Schleier gesehen.

Sie traut sich gar nicht an sie heran, obgleich sie den Wagen selber kutschiert, der die Nachbarstochter heimfahren soll. Die muß erst kommen und sie in die Arme schließen. Und das tut sie vor allen den Leuten und schämt sich nicht im geringsten.

Von nun ist der Erdme alles egal. Sie denkt nicht mehr an die tote Nachbarsfrau, nicht an den Sarg, nicht ans Begräbnis — wo sie doch selber alles herrichten soll, denn der Smailus ist wie ein hilfloses Kind, — sie sieht bloß die Ulele.

Der Inbegriff von allem, was sie hat werden wollen und nicht geworden ist, das Abbild, das Vorbild von sämtlichen schönen Mädchen der Modebilder, die bei ihr an den Wänden kleben, das Feinste, das Höchste auf und über der Erde, Milda, die Göttin der Liebe, Laime, die Göttin des Glücks: das ist die Ulele. Keine Königstochter, keine Kellnerin kann so schön sein wie die Ulele.

Und sie spricht sogar Litauisch. Nie hat man solch eine Dame Litauisch sprechen gehört. Es geht zwar etwas humplig, aber es ist doch noch Litauisch.

Sie fragt gleich nach allem: „Wo ist der Vater? Wer macht den Sarg? Wer trägt mir Koffer und Kranz auf den Wagen?"

Einen Kranz hat sie mitgebracht mit dreißig Lilien, und es ist doch noch Winter.

Dann wünscht sie sofort zum Tischler Werdermann zu fahren, um den Sarg zu besehen. Und zum Fleischer Steil und zur Schmidtschen Destillation wegen des Leichenschmauses.

Sie befiehlt und wirft das Geld hin, und alles ist da.

Das ist die Ulele.

Aber stolz ist sie eigentlich nicht.

Noch ehe die Begräbnisgäste kommen, hat sie all ihre Schleier abgetan und sieht nun in dem langen, schwarzen Kleide gar nicht viel anders aus als eine Deutsche auf dem Szibbener Kirchhof.

Und wie die Erdme sie fragt, warum sie das tut, da sagt sie: „Ich bin ein dummes Kalb gewesen. Ich hab' mich von euch bewundern lassen wollen, und darum hab' ich mir all das Gefunzel gekauft. Aber jetzt schäm' ich mich recht vor eurem bißchen Armut."

Und sie streichelt der, die im Sarge liegt, die gelben, knöchernen Hände und sagt: „Die hab' ich allein auf dem Gewissen."

„Wieso?" fragt die Erdme.

„Sie hat ja niemals zum Vater gewollt, und nur auf mein Zureden ist sie gekommen."

Während der Leichenfeier hält sie die Kinder auf dem Schoß und wischt ihnen die Näschen, aber sie sorgt auch für den Vater, daß der in seinem Kummer nicht nach hinten geht und zu viel trinkt. Und jedem der Gäste schenkt sie ein Stückchen Seife.

Nachdem nun alles vorbei ist, bleibt sie noch weitere acht Tage, ist aber selten zu sehen. Und wie die Erdme sie fragt, wo sie eigentlich immer steckt, da gibt sie zur Antwort: „Ich muß doch den Kindern eine Mutter besorgen."

Am Abend vor ihrer Abfahrt kommt sie und setzt sich mit der Erdme an den Feuerherd.

„Ich glaube, jetzt wird es auch ohne mich weiter gehen," sagt sie. „Sie ist aus Pagrienen und kennt die Moorwirtschaft schon. Auch etwas Geld hat sie, und das übrige leg' ich zu. Aber das darf der Vater nicht wissen. Damit er sie richtig in Ehren hält."

„Du bist wohl sehr reich?" fragt die Erdme bewundernd.

Sie lächelt und sagt: „Eigentlich bin ich ärmer als ihr, nur bei euch hat das Geld einen anderen Wert."

Und dann erzählt sie der Erdme ihre ganze Geschichte.

Sie hat alles genau so durchgeführt, wie es einmal in ihrem Kopf entstanden war. Hat die Wirtschaft gelernt, die Buchführung und die Verwaltung und ist jetzt mit ihren zwanzig Jahren Geschäftsleiterin in einer Seifenfabrik. Daß es kein Getreide ist, wie es einst ihr Vornehmen war, sondern bloß Seife, macht kaum einen Unterschied.

„Und wird Er dich heiraten?" fragt die Erdme begierig, denn sie hat jedes Wort im Gedächtnis behalten.

Die Ulele macht den Zeigefinger naß und streicht sich über die Augenbrauen. Das tut sie oft, wenn sie nachdenkt.

„Das geht nicht so leicht, wie man sich's vorgestellt hat," sagt sie und lächelt. „Denn meistens ist schon eine Frau da, und wenn die einen gar noch ins Haus zieht und auch sonst gut ist, dann begnügt man sich gerne damit, daß Er manchmal abends zu einem kommt und bis Mitternacht bleibt. Dann muß man Ihn heimschicken, damit die Frau nicht Verdacht schöpft."

„Aber Er gibt dir doch, was du willst?" fragt die Erdme mit blitzenden Augen.

„Was ich will, gibt Er mir schon," sagt die Ulele. „Aber viel darf es nicht sein, damit die anderen nicht denken, daß man sich 'rumtreibt."

Das begreift die Erdme nicht recht. Sie würde gegrapscht haben ohne Unterlaß, ohne Bedenken. So was versteht sich von selber.

„Und dann ist auch noch der Oberbuchhalter da," fährt die Ulele fort, „der mich durchaus heiraten will. Der darf natürlich nichts ahnen und niemand. Darum muß man immer hübsch einfach sein. Nun ist die Frage: soll ich darauf hinarbeiten, daß Er ihn als Teilhaber annimmt, oder mach' ich mit diesem ein Seifengeschäft auf? Das erstere wäre mir lieber, denn dann bliebe ich in der Fabrik. Aber gleich von Anfang an zwei Männer — das ist mir zuviel. Und schließlich kommt's einmal 'raus, und die ganze Blase platzt auseinander. Ich werd's aber trotzdem wohl tun, denn ich lieb' die Fabrik wie mein Kind."

„So hast du also doch durch das Mannsvolk dein Glück gemacht," sagt die Erdme mit Stolz.

Die Ulele schüttelt den Kopf. „Dann sieht die Geschichte ganz anders aus," sagt sie. „Stöckrig bin ich geblieben, und Busen hab' ich richtig auch heute noch nicht. Und wenn Er bei mir ist, reden wir vom Geschäft viel mehr als von Liebe. Durch Tätigkeit hab ich's gemacht und durch Nachdenken, — aber natürlich: das Mannsvolk muß mithelfen, sonst bleibt man im Mustopf."

Zum Abschied küßt sie die Erdme und küßt auch die Kinder. Und jedem schenkt sie ein Stückchen Seife, die riecht noch schöner als die beim Begräbnis.

An demselben Abend, nachdem Erdme die

Kinder zur Ruhe gebracht hat, kniet sie an ihren Betten nieder und schwört bei Gott und bei dem Erlöser und dem Heiligen Geist, daß die ebenso fein und ebenso vornehm werden sollen wie die Ulele, die jetzt Adele heißt.

Und die sollen g e r a d e durch das Mannsvolk ihr Glück machen.

12

Von der Katrike und der Urte hab' ich noch gar nichts erzählt.

Die sind nun schon längst zwei große Mädchen, gehen in die Schule und lernen ein vornehmes Deutsch. Und die Erdme spricht auch nur noch Deutsch mit ihnen, denn sie sollen ja in die weite Welt hinaus, dorthin, wo die Menschen nicht einmal wissen, daß es Litauer gibt. Sie ist unerbittlich, wenn sie das „h" nicht aussprechen können, und wie sie's endlich gelernt haben, da verwechseln sie „Ecke" und „Hecke" und sagen „der Uhn at Heier gelegt". Und manchmal weiß die Erdme es selbst nicht.

Tagtäglich hält sie ihnen vor, daß sie zu was Besserem geschaffen sind, als sich hier von dem Moorschlamm die Beine verderben zu lassen, denn das Moor beizt und macht Schrunden und Risse. Darum sollen sie in den Kartoffeln nur arbeiten, wenn die knappe Zeit es dringend verlangt. Am liebsten schickt sie sie in die Wiese. Dort dürfen sie auf den Heuhaufen liegen und den Schwalben nachgucken, soviel es ihnen gefällt. So wie die Schwalbchen werden sie auch einmal in andere Gegenden ziehen, aber heimkehren zum Nestbau, das werden sie nicht. Dafür sind sie zu schade.

Und die beiden Marjellen nutzen die Freizeit nach Kräften. Sie treiben sich weit und breit im Moore herum und entdecken allsommerlich neue Gebiete.

Der Fremde, der solch eine Öde durchwandert, wird nicht leicht glauben, wieviel es darin zu entdecken gibt. Da steht mit einem Male ein Birkengebüsch — von fern sah es nach gar nichts aus, aber steckt man die Nase hinein, dann ist es voll von heimlichen Wundern. Rauschbeeren wachsen darin, die sind giftig, aber gerade darum ißt man sie gern, denn sie schmecken noch schöner als die Blaubeeren, denen sie ähneln, und sie machen die Sinne wirr und heiß, so daß man taumelt und einschläft. Und der ledrige Porst treibt Büsche, in denen man sich verstecken kann, noch besser als in dem kitzelnden Heu.

Und manchmal findet man Blänken und Teiche — nicht die viereckigen mit dem kohlschwarzen Steilrand, die durch Torfstechen künstlich gemacht sind — o nein doch — diese hier stehen seit Erschaffung der Welt und stechen von weitem ins Auge wie verborgene Spiegel, die einer im Sonnenlicht hin und her dreht.

Aber hinzukommen ist schwer. Von Humpel zu Humpel muß man springen, sonst versinkt man womöglich im Schlamm, und wer einen dann noch herausholt, wie kann man das wissen? Aber ist man erst da, dann hat man Freude genug. Ringsherum kriecht wohl Nadelgestrüpp, wie Knäuel von Schlangen durcheinandergewunden. Darin klettert man 'rum und genießt das eigene Fürchten. Und noch was weit, weit Schöneres gibt es. Das ist der Rasen, der in das Wasser hineinwächst und auf dem man sich schaukeln kann, noch lustiger als zwischen zwei Birken. Aber fix muß man sein und das Fliegen verstehen, denn der Rasen schwimmt oben auf, und will man verweilen, dann sinkt er schwer in die Tiefe. Auch sind seine Ränder sehr böse gesinnt. Denn nie kann man wissen, wie weit er hält. Mit einem Male kann das Wasser an einem hochspritzen, und wie man dann 'rauskommt, das weiß man noch weniger.

Aber das macht nichts. Bisher hat man sich immer gerettet. Zwei so'nen Moorkröten wird das Moor doch nichts tun. Das wär' ja noch besser.

Im Winter freilich ist's schlimm — wenn man zur Schule muß und der Frost durch die Handschuhe durchbeißt, als wären sie leinene Lappen.

Und in den Schlorren erfrieren die Füße. Da muß die Mutter zur Nacht Terpentin auflegen. Das brennt wie das höllische Feuer.

Und schlimmer noch ist der Schneesturm, wenn man die Hand vor den Augen nicht sieht und vom Wege abkommt, ohne daß man es merkt, und plötzlich im Schnee steckt bis über die Achseln.

Dann möchte man wohl gerne zu Hause bleiben wie die anderen, deren Eltern ein solcher Gang zu gefährlich erscheint. Aber wie nachsichtig die Mutter sonst wohl auch ist, hierin kennt sie kein Mitleid.

„Die Schule *muß* sein," sagt sie, „denn wenn sie nicht lernen, können Besitzerstöchter niemals ihr Glück machen."

Daß sie Besitzerstöchter sind, hören sie morgens und abends und bei jeder Gelegenheit. Keine Prinzessin kann öfter an den Vorzug ihrer Geburt erinnert werden als sie. Auch daß sie einmal in Samt und Seide gehen werden, wissen sie längst und putzen zunächst an den Lumpen herum, die zum Schulgang immer noch taugen. Aber ihre Sonntagsröcke sind fein — bunter Kattun aus dem Hoffmannschen Laden, mit weißen Spitzen besetzt — dreißig Pfennig das Meter. Und blanke Schuhe haben sie auch und Zwickelstrümpfe, die hat die Mutter selber bestickt.

Der Vater läßt es gehen, wie es geht; nur

wenn sie mithelfen sollen und die Mutter meint, sie brauchen es nicht, dann trumpft er gelegentlich auf. Und dann muß sie klein beigeben. Wer weiß, ob er ihr sonst nicht eins überrisse.

Vom Vater wissen sie wenig. Meistens hockt er des Abends stumm auf der Ofenbank, oder, wenn er sich mit an den Tisch setzt, dann nimmt er ein Blatt Papier vor und rechnet.

Viel hat er zu rechnen, und viel hat er zu tun.

Das vierte Hektar ist nun schon gepachtet und damit der Höchststand erreicht. Das Pferd ist auch angeschafft, fährt Kartoffeln zu Markte und bringt von der Wiese Grünfutter mit. Es ist eine braune, struppige Kragge mit Spatbeinen und einem hohlen Kreuz, aber es hat immerhin achtzig Taler gekostet, und die will es verdienen. Darum läuft es trotz seiner vierzehn Jahre noch immer mit Ehrgeiz, und wenn man neben dem Leiterwagen einen Spazierwagen hätte, grüngestrichen mit einem Lehnensitz, man könnte sich unter den Herrenleuten schon sehen lassen.

Aber solche Sprünge machen wir lange noch nicht. Wir sammeln Pfennig für Pfennig und tragen das Geld auf die Sparkasse. Erst muß das Pracherhaus heruntergerissen und statt seiner ein anderes aufgebaut werden, wie es die Großbesitzer haben, mit Kammer und Klete, mit Kachelofen und Dielen unter den Füßen.

Das Beste wäre, man versicherte so hoch, wie

es geht, und steckte das Gekrassel dann an. Aber zwischen Versicherung und Brand müßten anstandshalber zwei Jahrchen liegen oder auch drei, sonst steigt einem womöglich der Staatsanwalt auf den Puckel. Versichern kann man ja immerhin schon des Stalls und des Viehzeugs wegen, das immer besser gedeiht und das auf dem Markte Preise kriegt, wie man sie niemals geträumt hat.

Ach, wie schön ist die Welt, wenn man darin vorwärts kommt und der liebe Gott seine Hände sichtbarlich ausstreckt, um Haus und Familie zu hüten!

Dann ist auch das Frommsein leicht, und die Kirchfahrt wird ein Vergnügen. Schon weil einen die Leute ansehen und sagen: „Das ist der Jons Baltruschat mit seiner Frau und zwei Töchtern. Der fing einmal ganz klein an und hat unlängst eine Belobigung bekommen für Mastvieh."

Der Taruttis freilich ist böse. Er kommt nicht mehr, und keiner geht jemals zu ihm.

Bis endlich die Erdme sagt: „Ich muß ihm die Kinder bringen, damit er sieht, wer wir sind."

Und sie putzt die Urte und die Katrike aus, steckt ihnen Kämme ins Haar und Schleifen unter den Halsrand und geht mit ihnen hinüber.

Er ist nun ein Greis, und die Taruttene pappelt wer weiß was.

„Nachbar," sagt die Erdme, „du hast uns einmal Obdach gegeben, als wir jung waren und arm. Jetzt geht es uns gut, und darum kommen die Mädchen schön Dank sagen."

Die Urte, die auch schon zwölfe ist, küßt ihm die Hand, und die Katrike will nicht, aber sie muß.

Der fromme Taruttis scheint inzwischen ganz übersinnig geworden. Er muß erst nachdenken, wer sie wohl sind, dann sagt er: „Ja ja — ja ja. Der Mensch ist boshaft von Anbeginn und bösen Trachtens voll. Und keine Reue hilft und keine Demütigung und kein Gebet. Darum soll er sich züchtigen mit Geißeln und den Kopf im Staube bergen vor seinem Gott."

Die Erdme sagt gekränkt: „Wenn ich gewußt hätte, daß du so nachtragend bist, Nachbar, dann wär' ich nicht zu dir gekommen."

Er versteht sie erst nicht und besinnt sich von neuem. Dann sagt er: „Es will mir scheinen, Nachbarin, du beziehst meine Worte auf dich, während ich doch nur mich selber im Sinne habe."

„Wieso?" fragt die Erdme verwundert.

„Es gab einmal einen Tag, an dem habt ihr mich und meine gottgefälligen Freunde mit Kränkung von dannen gehen heißen. Da habe ich Lieblosigkeit gegen euch aufgesammelt in meinem Herzen und habe euch Übles antun wollen. Ich habe zwar nie gewußt, wie, und wenn ich es gewußt hätte, hätte ich es auch nicht gekonnt, aber daß ich bösem Willen eine Herberge geben konnte in meiner Seele, das ist eine schwere Sünde. Die bitte ich Gott ab, indem ich sie dir abbitte, Nachbarin."

Und da geschieht das Wunderbare: der arme alte Mann kniet mühsam vor ihr nieder und hebt die Arme zu ihr auf, so daß sie Arbeit genug hat, ihn wieder hochzuziehen.

Die beiden Marjellen aber lachen sich eins und machen, daß sie hinauskommen. Und wenn Jahre nachher eine der anderen einen Schabernack spielt, dann verlangt sie von ihr noch dazu, daß sie niederkniet und Abbitte leistet, sonst sei sie kein gottgefälliges Mädchen.

Und dann vertragen sie sich und lachen immer aufs neue.

Aber über Einen lachen sie nicht. Der geht als der Baubau — „der Baboszius", wie die Litauer sagen — durch ihre ganze Kinderzeit. Vor dem zittern sie, wenn sie nur an ihn denken.

Das ist der alte Raubmörder drüben in der baufälligen Kate, der korbflechtend am Wege sitzt und sie mit rotem Gaumen angrinst, wenn sie, aus der Schule kommend, vorbeimüssen. Dann nehmen sie die Röcke zwischen die Beine, und heidi! jagen sie quer übers Moor — über Kartoffeläcker und Gräben der schützenden Heimat entgegen.

Und doch hat er ihnen nie was getan.

Der Nachbar Witkuhn hingegen ist ihnen ein gütiger Onkel, bringt Gerstenzucker und Walnüsse mit und schenkt ihnen deutsche Bücher. Darin stehen Geschichten von Königstöchtern und Prinzen und anderen vornehmen Leuten, zu denen sie hingehören. Seine siechende Frau lebt immer noch und läßt sich von der Mutter betreuen. Aber ihnen sollte es einfallen, für fremde Leute Magddienste zu tun!

Und möchte die Urte noch allenfalls, die Katrike ließ' es nicht zu, denn warum so was Unnützes überhaupt lebt, dafür gibt es keine Erklärung.

Die Frau des Smailus — die vierte — ist ihnen nicht grün und will kaum einmal, daß die Kinder mit ihnen spielen. Sie ist eine spitze Person, die ihren Mann hält, als wär' er ihr Knecht.

Aber die Wirtschaft gedeiht. Nur kommt der Smailus bisweilen und klagt: „Was können die Pferde mir helfen, die jetzt im Stalle stehen, und die gestorbenen Frauen? Denn ich bang' mich so sehr nach der Dritten."

Und dann sagt die Mutter bloß: „Siehst du, Nachbar, da hast du's." — — —

Urte hat weiße Glieder und einen anschlägigen Kopf und soll drum in der Fremde ihr Glück machen.

Die Katrike wird nächstens zum Unterricht gehn. Sie wächst und wächst dem lieben Gott ein Loch in den Himmel. Und darum wird sie „das Katzchen" genannt. Faul ist sie wie die Pest. Sie muß daher ein Rittergut haben. Und so ist alles aufs beste bestellt.

13

Joijoi! Wassersnot! Joijoi! Wassersnot! Wassersnot!

Was heißt Wassersnot? Das bißchen Wasser wird man doch noch aushalten können. Das ist doch fast in jedem Frühling so gewesen.

Aber man hat erzählt, die Leute, die vom großen Strom herkommen, haben Vieh angebunden und Betten aufgeladen. In langer Reihe stehen die Wagen auf dem Rußner Chausseedamm, und vor der langen Brücke sollen sie aufeinandergefahren sein und nicht mehr weiter können. Der Heydekrüger Markt sei übervoll, und nirgends mehr geb' es ein Obdach.

Die Erdme sagt zum Jons: „Sieh doch mal nach, was dran wahr ist."

Der zieht die langen Stiefel an und planscht drauf los.

Der Hof steht unter Wasser. Das will am Ende nicht viel sagen. Der Knüppelweg steht auch unter Wasser, aber der Boden darunter ist noch steif gefroren. Man kann vom Fenster aus sehen, daß er fest hält. Wie der Jons marschiert, macht das Wasser spielende Wellchen über dem Fußgelenk. Sänke er ein, dann würde es spritzen.

Die Nachbarhäuser drüben stehen im grauen Nebel und scheinen so weit weg, daß man meinen könnte, sie seien aus einer anderen Welt.

Alles ist still, und kein Windchen rührt sich, und die Dächer tropfen.

Dann hebt im Stall die Rotbunte zu brüllen an. Die Kühe haben heute früh noch kein Heu gekriegt, und die Schweine quaksen.

Die Erdme sagt zu den beiden Marjellen: „Wir müssen abfuttern gehen." Aber die wollen nicht 'ran, denn das Wasser ist naß.

So zieht sie sich also die Strümpfe aus, schnürt die Röcke hoch und geht auf Klotzkorken nach dem Hof.

Die Bretter, die bis zum Stall gelegt sind, schwimmen schon, und wenn man von einem zum anderen springt, dann knallt das Wasser nur so in die Höhe.

Aber man kommt doch noch hin.

Den Schweinen geht das Wasser schon an die Läufe. Sie sind unruhig und fressen nicht. Die Schwarzweiße hingegen hat Hunger. Die kommt aus der Niederung und kennt den Dienst. Aber die Rotbunte macht Sperenzchen. Die will trocken stehen. Brav ist natürlich das Pferdchen, obwohl ihm die nasse Streu kein Vergnügen bereitet. Die Erdme hilft, so gut sie kann, aber sie müßte den Stallboden um einen Fuß höher legen, und dazu gehört eine Sommerarbeit von vierzehn Tagen.

Sie will sich von den Tieren nicht trennen, läuft von einem zum anderen und klopft ihnen beruhigend die Hälse. Mehr kann sie nicht tun.

Da hört sie vom Wohnhaus her schreien: „Mamma! Mamma!"

„Was ist?"

„Das Wasser ist in der Stube!"

Also zurück.

Jetzt wollen die Bretter schon nicht mehr halten. Tritt man darauf, so gleiten sie seitwärts, und man sieht sich im Wasser bis über die Waden. Aber man kommt doch noch immer zurück.

Richtig! Das Wasser steht in der Stube. Gar nicht wie ein Gast, der nicht hingehört. Hat sich ganz häuslich eingerichtet. Und man kann sich drin spiegeln.

Die Marjellen sehen sie vorwurfsvoll an und sagen: „Wo sollen wir nun sitzen?"

„Setzt euch auf den Tisch," sagt die Erdme. Ihr sind die Beine wie Eis. Sie sucht einen Wollenlappen, um sie zu reiben, und öffnet den Kasten. Da ist das Wasser schon an den Kleidern hochgeklettert und hat alles verfeuchtet. So setzt sie sich auf die Ofenbank und hebt die Beine an der heißen Ziegelwand hoch, denn geheizt ist noch worden. Das wärmt sie wieder ein bißchen.

Die Marjellen haben sich richtig auf den Tisch gehuckt, wo das Frühstück noch 'rumsteht. Sie brechen sich Brotkampen ab und stupsen sie in die Schmalzschüssel. Zum Schmieren sind sie zu träge ...

Die Erdme will die Füße zur Erde sinken lassen, aber erschrocken zieht sie sie wieder zurück, denn das Wasser reicht auch hier schon bis über die Knöchel. Und von unter dem Bett her kommen Kartoffeln geschwommen und der Schmandtopf zum Buttern.

Den fischt sich die Urte glücklich auf, und da nun doch nicht gebuttert wird, so trinken sie ihn umzech aus, und jede freut sich an dem weißen Schnurrbart der anderen.

„Mamma," sagt die Katrike, „wenn wir hier 'raus müssen, wer wird uns dann abholen kommen?"

„Der König wird einen Prinzen schicken," sagt die Erdme, die sich zu ärgern anfängt.

Und sie wollen sich schief lachen.

Aber da fällt ihnen ein, daß ihre Wichsschuhe in dem Kleiderschrank auf dem Boden stehen und notwendig naß werden müssen.

„Ach, Mamma," sagt die Katrike, „du hast ja schon sowieso kalte Füße. Sei so gut und hol uns die Schuhe."

„Holt sie euch selber," sagt die Erdme, die immer noch zittert.

Darüber sind sie sehr ungehalten, aber da die Katrike am Mittwoch zum Unterricht muß, so gibt sie sich drein und schiebt mit dem Fuß einen Stuhl bis in die Gegend des Schrankes. Auf dem Sitz kniet sie nieder und öffnet die Schranktür. Die Schuhe schwimmen schon längst, und einer ist umgekippt, so daß beim Hochheben das Wasser im Bogen herausläuft.

Nun fangen sie an zu heulen, als ob jetzt erst ein Unglück geschehen ist. Wenn die eine Ahnung hätten, was ihnen bevorsteht!

Die Erdme fühlt sich immer ratloser werden.

„Paßt auf, ob der Vater kommt," sagt sie zu den Marjellen.

Die kucken zum Fenster 'raus und sagen nach einer Weile: „Der Nachbar Witkuhn will das Vieh auf den Weg treiben, aber sie gehen nicht."

„Ist es schon so weit?" denkt die Erdme, und das Herz steigt ihr hoch. Doch dann gibt sie sich einen Stoß und springt von der Ofenbank 'runter. Wie oft hat sie im eiskalten Grabenwasser gestanden, stundenlang — sie wird auch das aushalten können.

„Kommt mit in den Stall," sagt sie.

Die beiden glauben nicht recht gehört zu haben. Quer durch die Überschwemmung — o pfui doch!

„Dann ersauft meinetwegen hier," sagt sie.

Da leuchtet es ihnen schon eher ein.

Draußen reicht das Wasser bereits bis an die Knie, und den Marjellen noch höher. Sie heulen und schimpfen, aber hinterher laufen sie doch.

Das Vieh ist ganz wie verrückt. Die Schweine drehen sich quiekend im Kreise, und die Kühe reißen ihr mit den Halftern die Hände wund. Nur das Pferdchen steht voll Ergebung und zittert.

Mein Gott, und der Vater kommt immer noch nicht!

Da plötzlich steht der Nachbar Witkuhn hinter ihr — naß bis gegen den Nabel.

„Ich hab' mein Vieh dem Smailus mitgegeben," sagt er. „Die Schweine sind in den Graben geraten und werden ertrinken. Eure kriegt ihr schon nicht mehr heraus."

„Was wird werden, Nachbar?" Sie ringt die Hände.

„Euer Heuboden hat Raum. Es ist das Beste, ihr schafft die Kühe hinauf."

Die Erdme glaubt nicht recht gehört zu haben. Seit wann kann eine Kuh die Leiter hochklettern?

„Bringt Säge und Schaufeln," sagt er.

„Auch Mistgabeln bringt, ich werd's euch zeigen. Dann muß ich 'rüber, meine Frau auf den Boden tragen. Die liegt im Bett und kann sich nicht rühren."

Säge und Schaufeln sind da. Auch zwei Mistgabeln.

„Draußen liegen Ziegel vom Bau her," sagt er weiter, „die klaut aus dem Wasser und schafft sie herein."

Und wie die Marjellen nicht wollen, da gibt er jeder einen Stoß gegen den Hintern. Das hilft. Nun bringen sie auf nassen Armen die Ziegel, und die Katrike schimpft, sie wird sich erkälten.

Der Nachbar Witkuhn breitet eine Schicht auf dem Estrich aus, gerade unter der Luke, und dann noch eine. Darauf stellt er die Rotbunte, die ihm willig folgt. Und dann fängt er Mist zu staken an, der Kuh immer unter die Hufe, so daß sie höher steigt, ob sie will oder nicht.

„So macht's weiter," sagt er und schwingt sich hinauf durch die Luke. Deren Bretter sägt er ringsum entzwei und macht das Loch so groß, daß eine Kuh ohne Beschwerde hindurch kann.

Die Rotbunte reicht mit dem Kopf schon gegen die Decke, aber unten weicht das Wasser die Mistschicht auf, so daß sie wegfließen will.

„Stemmt Bretter gegen!" sagt er. Die Marjellen tun's. Nun sie naß sind bis gegen den

Hals hin, arbeiten sie kräftig. Denn das ist das einzige, was sie vor dem Erstarren bewahrt.

Die Schweine stehen auf den Hinterläufen und trippeln an der Wand entlang wie große Ratten im Käfig.

Wer wird sie heben können? Denn um stille zu halten, sind sie zu dumm.

„Manneskraft fehlt," sagt der Nachbar. Dann, sich vor die Stirn fassend, stöhnt er leise: „Und sie liegt und kann sich nicht rühren."

Man sieht, ihm schlägt das Gewissen, aber er bleibt. Es ist ja die Erdme, die ihn braucht.

Und wie die Rotbunte eben schon oben ist, da steht der Jons mit einem Male da — naß wie eine ertränkte Katze.

„Ich hatt' einen Kahn beschafft für euch," sagt er, „da haben die anderen mich 'rausgeschmissen. Im Kampf ist der Kahn umgeschlagen, und ein Kind ist ertrunken. Von nun kommt keiner mehr zu Fuß bis an den Chausseedamm."

Die Erdme befühlt ihn. Seine Glieder sind starr. Nur ein Rucken zeigt, daß noch Leben in ihnen ist.

„Nachbar," sagt der Witkuhn, „die eine Kuh ist oben. Versuch's mit der anderen. Die Erdme weiß, wie. Das Pferd laß 'raus, das schwimmt zum Damm von alleine. Aber die Schweine müssen ersaufen."

„Vielleicht krieg' ich sie auch noch 'rauf," sagt der Jons.

„Unmöglich ist nichts," sagt der Nachbar und planscht zur Tür.

„Wo willst du hin?" fragt der Jons.

„Meine Frau liegt im Bett und kann sich nicht rühren!"

„Dann bet ein Vaterunser für sie," sagt der Jons. „Jenseits des Wegs ist jetzt Strömung. Durch die kannst du nicht durch. Und erklammen tust du auch."

„Ich muß!" sagt der Nachbar und geht. —

Sie tragen den Misthaufen ab. Dessen Stücke schwimmen nun 'rum. Auch die Schwarzweiße folgt willig auf die Ziegelerhöhung, doch der Mist will unter dem Wasser jetzt nicht mehr halten. Der Jons bricht die Raufen entzwei und nimmt den Schweinen die Tröge weg. So kommt Festigkeit in den Bau.

Die Schweine in ihrer Todesangst klettern jetzt an den Menschen hoch — man muß sie mit Mühe abwehren —, und auch das Pferdchen wird unruhig.

Jons führt es hinaus, und richtig! Nachdem es eine Weile lang in den Stall zurückgewollt hat, begibt es sich klug auf die Reise.

Sie schaufeln und staken und staken und schaufeln und nutzen jeden Eimer und jede Tonne, um selber so hoch wie möglich zu stehen.

Wie sie auch die Schwarzweiße oben haben, da liegt schon das eine der Schweine regungslos auf dem Wasser. Das andere, das immer noch quiekt, schieben sie den Mistberg hoch, so daß es halb erwürgt oben ankommt.

Essen fehlt. Trockene Kleider fehlen.

Der Jons kann nicht mehr. Er liegt im Heu und hat Krämpfe.

„Ich geh' ins Haus und hole, was nötig ist," sagt die Erdme.

Die Marjellen schreien: „Du wirst ertrinken!" Aber sie macht sich nichts draus.

Das Wasser auf dem Hofe geht ihr bis an die Brust. Es steht nicht mehr still wie zuvor. Wirbel kreisen und führen Eisstücke mit sich, dicker als Torfziegel. Die kommen sicher vom Strome. Es muß also ein Dammbruch geschehen sein.

Aber die Luft ist ruhig. Es scheint frieren zu wollen über Nacht. Aus der Gegend der Chaussee kommt ein dumpfes Gebrause von Menschen und Tieren. Ab und zu ein Schrei wie aus Todesnot. Aber ringsum ist alles still. Wie längst gestorben ist alles.

Im Hause reicht das Wasser schon bis gegen die Tischplatte. Die Stühle schwimmen. Die im Schranke verwahrten Kleider sind oben noch trocken. Nur das unterste Stück hängt ins Wasser.

Sie rafft, was sie raffen kann. Ein Glück ist's, daß dem Jons sein Schafpelz zum Trocknen noch auf dem Ofen liegt. Er wenigstens wird Wärme haben.

Zwei-, dreimal geht sie beladen hin und her, die Arme hochhaltend, und immer schwieriger werden die Wirbel.

Dann zieht sie sich aus, reibt sich mit Heu die Glieder warm und wühlt sich nackt in den Haufen. Und während die Marjellen kreischen und Jons im Fieber sich schüttelt, schläft sie ein und schläft die ganze Nacht durch wie ein Sack. —

— — — — — — — — — — — — — —

Die Dämmerung ist rot, und auf dem Wasser glänzt eine dünne, blaßblaue Eisschicht, in die schneegraue Blöcke eingefroren sind.

Sie denkt an die Prophezeiung des alten Raubmörders. Wer jetzt noch gegen das Wasser an wollte, dem würde das haarscharfe Eis mit tausend Messern das Fleisch zerschneiden.

Nun hat sich alles erfüllt, womit der Alte ihr einstmals drohte. Nur daß sie nicht im Schornstein stecken. Freilich wären sie drüben im Hause geblieben, weiß Gott, wie es dann aussähe! Das, was dort Dach heißt, hätte sie niemals getragen. Die Pfosten stehen windschief, das Haus sieht aus wie eine Roggenhocke kurz vor dem Umfall. —

Sie steht auf und zieht sich an. — Die Röck von gestern sind noch patschnaß, aber die mi gebrachten scheinen fast trocken.

Die Marjellen schlafen, und Jons in seiner Fieber redet Dummzeug. Die Kühe haben sic eingerichtet, und das Schwein will sein Früh stück.

Wie sie ordentlich auftritt, merkt sie, daß auc der Stall nicht mehr festhält. Und der war doc wie für die Ewigkeit gebaut.

Wie geht's denn mit den Häusern ringsum Heute ist klare Luft. Man sieht sie, als wär man dicht davor. Beim Nachbar Witkuhn läuf das Wasser zur Bodenluke heraus. Ob er heim gekommen sein mag? Ob die Frau wohl noc lebt? Beim Nachbar Smailus hat der Schorn stein das Dach durchschlagen, denn der bestan bis hoch oben aus Ziegeln.

Und dicht daneben? Was ist das? Da steh ja ein anderes Haus, das gestern nicht da war! – Wie kommt das dahin? Dafür ist die Kate de alten Raubmörders von ihrem Platze ver schwunden.

Um Himmelswillen — das fremde Hau dicht neben dem Hofe des Smailus, das ist sie ja

Und sie steht auch da nicht einmal fest. Lang sam, langsam treibt sie der Wasserdrang vor sic her. In jedem Augenblick verschiebt sich di Richtung gegen den Hof hin.

Oder ist es am Ende gar nicht das Wasser, das sie weiter bewegt? So viel Kraft kann das kaum haben, denn dann gäb' es ja keine Eisschicht. Und was bedeutet die Stange, die sich am hinteren Ende hebt und senkt?

Das ist gar keine Kate mehr, das ist ein Kahn. — Ein Kahn, der sich fortbewegt, ein Kahn, der gelenkt wird.

Und hat das alte Schreckgespenst nicht einst von einer Arche Noah gesprochen?

Das ist sie ja. Da kommt sie ja. Langsam kommt sie, aber sie kommt. Kommt sie nicht gar auf ihr Haus zu, oder fährt sie vorbei?

Erdme streckt die Arme zur Luke hinaus und schreit: „Hierher! Hierher!"

Die beiden Marjellen fahren hoch: „Mamma, was ist?"

„Schreit, schreit, schreit!"

Und alle drei schreien: „Hierher! Hierher! Hierher!"

Jetzt ist sie schon nah an dem Zufahrtsweg, dort, wo die Birken bis an die Kronen im Eise stehen.

Wahrhaftig, es ist ein richtiger Prahm mit hochstehenden Rändern. Die hat er all die Jahre mit Mist zugedeckt, damit die Nachbarn nichts ahnen.

„Hierher! Hierher!"

Und jetzt hört man schon das Zerspellen des Eises, das sich am Holze hochschiebt und klingende Risse voraufwirft.

Und jetzt wird der Alte selber sichtbar. Die Lumpen eines Schafpelzes hängen an ihm herum. Er schwingt die Stange und lacht — lacht — lacht.

„Nachbar, hierher!"

„Jetzt bin ich mit einmal der Nachbar — hä? — Der geliebte Nachbar! Der wertvolle Nachbar — hä? Wenn wir jetzt eine Talka machen wollten, dann wär' ich euch nicht zu schlecht — hä?"

„Nachbar — vergiß und hilf!"

„Nichts wird vergessen! Keine Ehrenkränkung! Und kein Abseitsrücken! Jetzt wird spazierengefahren an allen vorbei, die ertrinken, und gelacht wird wie bei einer Hochzeit."

„Nachbar — erbarm dich!"

„Hast *du* dich erbarmt? Ja, du *hast* dich erbarmt! Du hast mir einmal ein Stück Hochzeitsfladen hingeworfen. Hast es wohl längst vergessen. Aber ich nicht. Darum bist du eingeladen, Hochzeit zu feiern bei mir. — Du und was mit dir da drin ist."

„Jons, steh auf!"

Der Jons ist wer weiß wo. Der träumt von Sommerwiesen und Heuaust. Und die Marjellen schreien, sie wollen nicht. Sie wollen lieber ertrinken als zu dem Raubmörder ins Haus.

Aber die Erdme fackelt nicht lang'. Sie kriegt die Urte zu packen und wirft sie dem Alten aufs Dach, so daß die Rohrschicht beinahe entzweiknallt. Und mit der Katrike macht sie's nicht anders.

Aber der Jons! Der Jons! „Jons, steh auf, wir müssen in die Wiesen!"

Und wahrhaftigen Gott, er steht auf. Er läßt sich auch den Pelz anziehen, mit dem er über Nacht bedeckt war.

Aber nun 'runter. Wie schafft man ihn 'runter? Denn auch ihn aufs Dach werfen — das geht nicht. Er würde abrutschen und ins Wasser stürzen.

„Jons, spring! Nimm Vernunft an und spring!"

Aber das tut er nicht. Er muß ja in die Wiesen.

Da kommt sie auf den Gedanken, Heu durch die Luft zu werfen, so daß es das Rohrdach in Haufen bedeckt.

„Jons, sieh, da steht das Fuder! Spring 'rauf, sonst fahren wir ohne dich nach Haus."

Heufuder! Das leuchtet ihm ein. Und — Gott sei gesegnet! Er springt. Bleibt in dem Rohrloch stecken, und da ist er geborgen!

Das Vieh kann natürlich nicht mitgeführt

werden. Die Kühe haben Futter, aber das Schwein muß verhungern, wenn es sich nicht von dem Miste ernährt.

Also los!

Und der Alte wendet und stakt dem Chausseedamm entgegen.

„Willst du denn keinem sonst helfen, Nachbar?"

„Wer hat mir geholfen — hä?"

„Der Taruttis hat für dich gebetet."

„Aber gesprochen hat er nicht mit mir — und der Taruttis ist auch schon weg."

„Aber der Witkuhn ist noch da und seine todkranke Frau."

„Der Witkuhn soll ersaufen. Ersaufen sollen sie alle."

„Der Witkuhn wird nicht ersaufen. Und wenn du mir nicht gehorchst — ich bin stärker als du und schmeiß' dich ins Wasser."

„Ist das der Dank, du Bestije?"

„Ob Dank oder nicht — ich schmeiß' dich ins Wasser."

Sie hat Fäuste wie Eisen — das merkt er sofort und läßt schimpfend die Stake in ihrer Hand.

Und sie lenkt hinüber zum Weg — an den eingefrorenen Birken entlang und über den Weg hinweg. Langsam geht es — o Gott, wie langsam! — Das Eis knirscht, als fletscht es ihr tausend grimmige Zähne entgegen, und der

Alte tanzt hin und her und droht, er wird die Axt holen und sie erschlagen; aber sie lacht nur und stakt, bis die Witkuhnsche Wirtschaft dicht vor ihr liegt.

„Nachbar! Nachbar Witkuhn!"

Nichts rührt sich. Keine Seele scheint mehr lebendig. Nur die Katze sitzt auf dem Dachfirst und knaut. Und das Wasser spült über das zersplitterte Eis weg rund um den Giebel.

„Nachbar Witkuhn!"

Da — was schiebt sich aus der schwarzen Luke langsam ins Helle? Ein Bett kommt gekrochen, und in dem Bett liegt mit Stricken beschnürt die tote Frau, und der Nachbar geht hinterher und schiebt.

Das Bett planscht ins Wasser, und der Nachbar schwimmt hinterher. Und schließlich kommt auch die Katze gesprungen. Wie das Bett hinten festgebunden ist, klettert der Nachbar zu ihnen herein.

„Wie fandst du sie?"

„Ob sie ertrunken ist oder erfroren, das weiß ich nicht. Als ich sie auf den Boden hob, war sie längst tot."

Weiterfahren!

Der Nachbar Witkuhn reicht dem Alten dankbar die Hand. Und der nimmt sie auch und hält sie ganz gierig, als hätte er die Rettung vollbracht.

Und nun will er auch wieder staken. Er verspricht, an keiner Wirtschaft vorbeizufahren, aus der noch Rufe erschallen. Er hat am Retten Geschmack gefunden, seitdem eine Menschenhand in der seinigen lag.

Aber Erdme gibt die Stange dem Nachbar Witkuhn, denn er ist naß und darf nicht erklammen. Jetzt erst hat sie Zeit, sich umzusehen. Die beiden Marjellen sitzen zusammengekrochen im Winkel, und der Jons stöhnt oben im Rohrdach.

Komisch ist die Behausung. Nicht viel geräumiger als ein Ziegenverschlag. Der Fußboden besteht aus langen Rudern, den Putschinen, mit denen die Flößer ihre Holztriften lenken. Die hat er dicht neben einander gelegt und die Ritzen mit Sorgfalt verstopft und verteert. Ein Bett und ein eiserner Ofen — viel mehr steht nicht drin. Und da kein Herd da ist, der einen Untergrund braucht, so kann das Ganze vom steigenden Wasser sich hochheben lassen, wie irgend ein Floß oder Prahm.

Noch aus drei Häusern holen sie die nassen und steifgefrorenen Bewohner. Die dürfen ins Innere kriechen und sich erwärmen, denn Kohlen zum Heizen sind auch da.

Der alte Raubmörder geht immer von einem zum andern und kriegt nicht genug Hände zu schütteln. Wer es nicht will, den beschimpft er.

So kommen sie näher und näher an den Chausseedamm, an dessen Höhe dem Wasser kaum noch ein Zoll fehlt.

Das Vieh steht dort und brüllt nach Stall und nach Fütterung, und auf den Wagen weinen die frierenden Kinder, und Frauen rennen herum mit Eimern voll dampfendem Kaffee.

Und überall die Stimme des Moorvogts. Vorne und hinten, in Streit und in Jammer — überall ist der Moorvogt und schlichtet und hilft und schiebt die Achsen und halftert das Vieh und ordnet die allmähliche Abfahrt.

Er ist auch der erste, der das Haus heranschwimmen sieht und den Bootshaken streckt, an dem man sich festhält.

„Also das war dein Kunststück," sagt er zu dem aussteigenden Alten. Und der nicht faul, verlangt sofort seine Pension.

„Erst geht in mein Haus und wärmt euch," sagt der Moorvogt. Da gewahrt er das Bett mit der toten Frau, das immer noch hinterherschwimmt. Sein Gesicht, das von dem zweinächtigen Tagewerk wild gedunsen und rot ist, wird lang und grau. Er schlägt sich mit den Fäusten vor die Stirn, und wie einer, den beim letzten kleinen Anlaß Verzweiflung überkommt, sagt er leis' vor sich hin:

„Alles umsonst. Zwanzig Jahre Arbeit umsonst."

Aber in demselben Augenblick hat er sich schon einen Ruck gegeben und ist obenauf. Niemand als die Erdme hat den heimlichen Aufschrei gehört.

Das Bett wird losgemacht und an den Chausseedamm herangefischt. Und während es langsam dem Wasser entsteigt, ziehen die Männer die Mützen vom Kopf. Einer stimmt an, und alle bis weit in die Ferne hinein, auch jene, die noch nicht wissen können, was los ist, singen das alte Begräbnislied:

Jau su Diewu gywenkite
Jus mylimi, ne werkite,
Kunelí manó dekite
I zemé ir pakaskite.

Das heißt auf deutsch:

„Lebt in Gottes Schutz, ihr Lieben,
Weint nicht, nun ich selig werde,
Und den Leib, der hier geblieben,
Senket in die dunkle Erde."

Laut und andächtig singen sie, denn wenn es, Gott sei gedankt, auch nur wenig Tote gab, jeder hat ja eine Hoffnung begraben.

Bloß einem geht es so gut wie noch nie.

Das ist der alte Raubmörder.

Der sitzt in der guten Stube des Moorvogts mitten auf dem gestreiften Sofa, hat die Hände um einen Topf mit heißem Kaffee gelegt, keift, speit, zeigt die Gaumen und erzählt allen, die ihn voll Achtung umstehen, wie klug vorausschauend er einst sein Haus umgebaut hat und wie vielen durch seine Guttat heute das Leben erhalten blieb. Darum und aus noch vielen anderen Gründen wird er jetzt auch vom Staat eine Pension bekommen und hochgeehrt seine Tage beschließen.

14

Wie kann der Frühling so unbarmherzig sein!

Je wärmer die Tage werden, desto frostigere Nebel haucht das durchkältete Moor; je heller die Sonne scheint, desto mehr Elend bringt sie zutage.

Der Jons ist von seiner Lungenentzündung aufgestanden und schleicht am Stock wie ein nichtsnutziger Greis. Im Kreislazarett hat er gelegen, und Erdme mitsamt den Marjellen ist derweilen bei Fremden in Pflege gewesen.

Nun sich das Wasser verläuft, können die Moorleute endlich wieder zurück.

Aber Gott behüte uns vor dem, was sie da finden!

Das Wohnhaus, das Jons und Erdme vor fünfzehn Jahren erbauten, das steht zwar noch — aber nur dem Scheine nach steht es. Wenn einer stark schüttelt, dann fällt die Kabache zusammen. Tritt man ein, so stinkt es nach Moder und

Verwesung. Der Estrich ist aufgequollen, der Herd auseinandergespellt, und was von dem Ofen übrig blieb, sieht aus wie ein mächtiger Maulwurfshaufen. Die ganze Stube füllt es mit Lehm und mit Ziegeln bis in die Tischecke hin.

Ein Wohnen darin ist unmöglich.

Darum beschließt die Erdme, mit dem noch krankenden Mann und den Töchtern zum Stall hin überzusiedeln. Das Vieh ist von den Pionieren geholt worden, die an jenem Tage im Extrazug aus Königsberg kamen. Und das Pferdchen fand sich richtig auf dem Chausseedamm. Die müssen sich alle mit der linken Seite behelfen, die rechte, wo früher die Schweine hausten, wird Wohnung.

Jons ist mit allem zufrieden, aber die Marjellen wollen nicht 'ran. In einem Schweinestall zu wohnen, hätten Besitzerstöchter nicht nötig. Das sei eine Entwürdigung. Besonders wenn man dicht vor der Fräuleinschaft steht.

Doch das Bösesein hilft ihnen nichts, und der trostlose Zustand dauert nicht ewig. Denn dort, wo vor jenen Zeiten Jons und Erdme sich mühten, um mit Hilfe der Nachbarn aus vier Kieferstangen und vier Dutzend Schwarten ein Haus zu errichten, rücken eines Tages die Zimmerleute an, und langgestreckte Gefährte bringen Balken und Bretter.

Das ist nun freilich ein anderer Hausbau als damals! — Der Raiffeisenverein hilft, und was noch fehlen mag, liegt auf der Sparbank.

Der Meister hat einen Grundriß gemacht für eine Große und eine Kleine Stube, für Kammern und Klete, und statt des lehmbeschmierten Ziegelgestells wird ein glitzernder Kachelofen herrlich erstehen.

In die gleiche Zeit fällt ein Ereignis, das den Stolz der Familie noch weiter in die Höhe hebt.

Das Unglück, das dem Moor widerfuhr, ist in der weiten Welt nicht unbemerkt geblieben. Die Zeitungen der Hauptstadt haben lange Schilderungen gebracht, und sowohl die rettende Arche Noah als auch die Frauenleiche im schwimmenden Bett sind beschrieben und abgebildet gewesen. Wenn die arme Frau Witkuhn, die auf Erden so lange und so still gelitten hat, vom Himmel herabschauen könnte, so sähe sie sich zu ihrem Erstaunen als eine Berühmtheit gefeiert.

In den großen Städten haben die schönen jungen Damen zugunsten der Überschwemmten getanzt, gegessen, gesungen und Theater gespielt. Haben Bonbons, Ansichtskarten, Hutnadeln, Schaumwein und Küsse verkauft und sind, wenn das Glück gut war, dabei zu einem Gatten gekommen.

Vor allem aber hat man seine Schränke durchwühlt und dabei vielerlei Sachen gefunden, die den ihrer Habe beraubten Moorleuten von höchstem Werte sein mußten: Festkleider von vor sechs Jahren, durchgescheuerte Unterröcke, zerpliesertes Pelzwerk, Sportjacken mit Mottenlöchern, vertanzte Seiden-, vertretene Lackschuhe, gespenstische Bademäntel und zu alledem Hüte für jede Jahreszeit, verblaßt, verbogen, verbeult, verregnet, aber jenen Hinterwäldlern gewiß der Inbegriff aller irdischen Pracht.

Auch die feinen Herren haben das ihre getan. Die einen haben alte Hochgebirgskostüme geliefert, weil ihnen etwas vom Hochmoor erinnerlich war. Die anderen haben weißen Flanell bevorzugt, weil so ein Moor doch nahe am Seestrand liegt. Aber fast alle haben dem ländlichen Wesen der Notleidenden entsprechend ihren Gaben den Charakter der Sommerfrische gegeben. Nur einzelne meinten, so auf gute Weise ihr altes Ballzeug loswerden zu können.

Kisten und Kisten wurden verfrachtet und gingen per Eilzug an den Heydekrüger Frauenverein. Endlich, endlich werden die armen, nackten Moorleute was anzuziehen kriegen!

Wie die Vorstandsdamen den bunten Tand vor sich liegen sehen, schlagen sie voll Entsetzen die Arme über dem Kopf zusammen und meinen, ihn ihren Pflegebefohlenen gar nicht erst anbieten zu dürfen. Sie kramen alles heraus, was sich allenfalls brauchen läßt, und wollen das andere verstecken. Aber da kennen sie unsere Moorleute schlecht.

Kaum haben die erfahren, was für Herrlichkeiten für sie ins Land geflogen sind, da stürmen sie den Schmidtschen Speicher und suchen mit List und Gewalt das Feinste des Feinen für sich zu erraffen. Wunder auch! Wer, der sein Lebtag mit schmutzigen Lumpen behängt den schwarzen Erdenschlamm knetet, wird es sich nehmen lassen, des Abglanzes fernher leuchtender Paradiese teilhaftig zu werden?

Ein neidisches Hadern erhebt sich um jeden flittrigen Fetzen. Wer was Warmes und Dunkles in Händen hält, fühlt sich verachtet, betrogen. Schandworte fliegen herum, und draußen kommen Tauschgeschäfte zustande, die wohl zehnmal zurückgehen und erst mit sinkender Nacht in einer Tracht Prügel ein Ende nehmen.

Auf dem Heimwege ziehen viele schon an, was das Glück ihnen zuschanzte, und haben ein Aussehen, als kämen sie stracks aus dem Tollhaus. Manche spiegeln sich nach jedem hundertsten Schritte im Wasser der Gräben, und alle fürchten sich voreinander, denn keiner ist sicher, ob ihm in der Dämmerung nicht was weggegrapscht wird. Den alten Raubmörder will einer gesehen haben, wie er, gegen einen Chausseebaum gelehnt, barhäuptig dastand und einen geheimnisvollen Zylinderhut bald auf der Brust plattdrückte, bald wieder nachdenklich hochknallen ließ.

Auch die Erdme und ihre zwei Töchter kommen reich beladen nach Hause. Sie haben die lichten und leichten Gewebe verschmäht und sich mehr an das Schwere und Feierliche gehalten, denn Erdme war ihres alten Schwures gedenk, daß ihre Kinder dereinst in Samt und Seide einhergehen sollen.

Und das können sie fortan wirklich.

Da ist unter anderem ein Kleid von himmelblauem Samt, tiefausgeschnitten und mit glitzernden Perlen bestickt.

Das soll die Katrike zur Einsegnung tragen und damit selbst die vornehmsten Töchter der Deutschen ausstechen, die immer zum Ärger des Volkes in weißen Mullkleidern um den Altar herumstehen.

Da die frühere Eigentümerin von mächtigem Leibesumfang gewesen sein muß, so können beim Zurechtschneiden so viele Breiten herausgenommen werden, daß sich auch für die Urte ein Staatskleid ergibt. Und als das fertig ist, bleiben noch immer Streifen und Flicken genug, daß Erdme die eigene Bluse reichlich damit besetzen kann.

So fahren sie also am Einsegnungstage alle drei in himmelblauem Samt zur Kirche. Und die Heydekrüger sind neidisch und lachen hinterher.

Aber wer nicht lacht, das ist die Frau Pfarrerin.

Kaum kriegt sie die Katrike zu sehen, die lichterziehend und wie ein Paradiesvogel bunt in dem Haufen der Einsegnungskinder auftaucht, da packt sie sie an dem Samtschlafittchen und schiebt sie ins Pfarrhaus.

„Wie hat deine Mutter sich unterstehen können, Marjell, dich in solchem Aufzug vor den Altar Gottes treten zu lassen?"

Und sie will sie wahrhaftig nach Hause schicken.

Aber wie die Katrike bittet und weint, da fühlt sie ein menschliches Rühren, holt aus dem Schranke ein schwarzwollenes Tuch und wirft es ihr um die Schultern.

Und so kann sie denn eingesegnet werden.

Gleich auf einer der vordersten Bänke sitzen die Baltruschats, von neidischem Staunen umgeben. Nur des Jons muß man sich etwas schämen, weil er nicht fein genug ist.

Die Erdme fühlt sich wohl bitter enttäuscht, wie sie den Stolz der Familie zu schwarzer Unscheinbarkeit verdammt hinter dem Pfarrer herkommen sieht, aber sie tröstet sich bald.

Steckt auch der Glanz noch in schlichtem Futteral, er ist doch schon da. Und das ganze kommende Leben soll nur dazu dienen, ihn zu entfalten.

Sie umfaßt die Urte, deren Augen noch

blauer sind als der Samt, den sie anhat, und denkt beim Singen und Beten an die künftigen Bräutigams.

Und der Jons denkt beim Singen und Beten an das wachsende Haus, dessen glatt behobelte Wände schon über das Moor hinleuchten.

Wer hätte vor jenen Jahren an so viel Pracht zu denken gewagt?

Und alles durch fleißiger Hände Arbeit aus dem Moorschlamm herausgeholt, der zäh und unfruchtbar über dem schwarzen Grundwasser lagert, bereit zu verschlingen, was sich ihm anvertraut.

Die Erdme faßt unter dem Tisch dem Jons seine zerarbeitete Hand und denkt: Hat es zwischen uns keinen Hader gegeben, als wir es schwer hatten, haben wir selbst die große Not einträchtiglich überstanden, — wo sollte er herkommen, nun es leichter und leichter wird?

Und beide fühlen in Seligkeit, daß ihr Erntetag nah ist.

15

So! Nun mach' ich einen langen Atemzug — der dauert volle zehn Jahre lang —, und dann erzähl' ich, was aus dem Jons und der Erdme und den zwei hoch hinaus wollenden Töchtern weiter noch wird.

Von der jüngeren, der Urte, ist freilich vorderhand nicht viel zu berichten. Als sie mit siebzehn Jahren nach Königsberg ging, um als Kellnerin einzutreten — denn das sollte die Schwelle sein zu dem künftigen Glück —, da war sie ein appetitliches Marjellchen mit kornblumenblauen Augen und einem süßen Schnauzchen, rund und feucht wie eine betaute und gespaltene Pflaume; aber die Bilder von ihr, die sie inzwischen geschickt hat, zeigen, daß sie schlank und hoch geworden ist und überhaupt wie eine von den schönen Damen, die in dem früheren Hause an den Wänden klebten. Sie schreibt bald von der Pariser Weltausstellung, bald aus dem schönen Italien, sogar von der Spitze des Monte Rosa hat sie eine Ansichtskarte geschickt, obgleich einem dort von der großen Kälte die Finger erklammen.

Sie heißt jetzt auch nicht mehr Urte, sondern Ortrud, und auch Baltruschat heißt sie nicht mehr — so ein litauischer Name ist viel zu gemein für sie —, sondern einmal schreibt sie sich Baltés, ein andermal Baldamus und ein drittes Mal sogar wie der katholische heilige Balthasar.

Kurz: man weiß sich vor Stolz nicht zu lassen, wenn man ihrer gedenkt.

Die Katrike allerdings — die ist noch etwas im Rückstand. Sie hat keine Lust gehabt, sich ihr Glück aus der weiten Welt zu holen, und auch daheim läßt es warten, denn ihren Rittergutsbesitzer hat sie immer noch nicht. Woran das liegt, ist schwer zu sagen.

An Schönheit fehlt es ihr nicht. Etwas lang ist sie geraten — das wissen wir schon —, und die Straßenjungen in Heydekrug schreien hinter ihr her: „Kiek — die lange Latte!" Dafür ruft man sie zu Hause auch „Pusze, Pusze", das heißt „Miesekatzchen", und dieser liebliche Name macht viel wieder gut.

An Bildung fehlt es ihr auch nicht. Sie spricht ein sehr feines Deutsch und spitzt den Mund dabei, soviel sie nur kann. Sie sagt zum Beispiel: „Ych bün eune reuche Besützerstochter." Und das soll ihr mal einer nachmachen!

Viel tun — tut sie nicht. Hat sie auch nicht nötig. Dafür ist jetzt die Jette da, die Dienstmagd. Eine niederträchtige Kröt' übrigens. Die spottet der Katrike doch immer nach. Wenn sie über den Hof geht, faßt sie den Unterrock mit zwei Fingerspitzen, wackelt mit dem Hintern und dreht den Kopf wie ein Truthahn. Aber man kann ihr nichts nachweisen.

Zum Dienengehen ist die Katrike natürlich zu schade. Eine Stelle als Stütze oder Gesellschafterin müßte es sein. Aber sie will nicht. Sie will lieber vor dem kleinen Handspiegel sitzen und sich mit der Brennschere — die hat ihr einmal die Urte geschickt — die Haare in Wickel drehen. Manchmal ist alles so kraus und so fettig und so graugelb wie bei einem Mutterschaf auf der Scherbank.

Für das Überirdische ist sie sehr eingenommen. Sie liebt die Traumbücher und die Zaubersprüche und liest darin morgens und abends.

Viel hat sie unter den Flöhen zu leiden, und die bespricht sie fortwährend. An einem Ostermorgen ist sie sogar früh aufgestanden, hat splitterfasernackt das Haus ausgefegt und das Gemüll ebenso nackt über die Grenze getragen. Aber geholfen hat auch das nur für kurze Zeit. Die Jette meint, sie solle es machen wie sie und die Flöhe mit einem Spirituslappen betupfen, so daß sie nicht hoch können. Aber diese Fangart ist ihr zu umständlich. Darum versucht sie es lieber mit Zaubern.

Dem Jons paßt die Nichtstuerei der Katrike sehr wenig. Aber was soll er machen? Die Erdme stellt sich vor sie, wo sie nur kann. Barfuß gehen darf sie nicht, und die Hände zerreißen darf sie sich auch nicht, denn wenn der reiche Freier kommt und findet sie nicht wie ein Fräulein, dann zieht er sofort wieder ab.

Inzwischen ist der dicke kleine Tuleweit, der Allerweltsfreiwerber, schon zweimal im Hause gewesen, hat das Glockenspiel gezeigt an seiner Uhr und den Mohrenkopf auf seinem Spazierstock die Zunge ausstrecken lassen und was er sonst noch für Kunststücke weiß, aber die Bräutigams, die er anbot, waren bloß Kroppzeug. Nicht e i n richtiger deutscher Besitzer ist darunter gewesen. Aber die Erdme hat's ihm auch vergolten. Kaum soviel Schnaps bekam er vorgesetzt, um sich die Nase zu begießen.

Ja, die Erdme! Nun lebt sie mit dem Jons schon an die fünfundzwanzig Jahr. Sehr schön ist sie nicht mehr, und ihr Fleisch hat auch nachgelassen. Jetzt würde sich kein Nachbar mehr in sie verlieben. Hart und knochig ist sie geworden, und einen bösen Blick hat sie gekriegt von dem ewigen Sorgen und Bemißtrauen.

Denn es ist gar nicht auszusagen, wie viele ihnen ihr bißchen Wohlstand beneiden und ihnen jede erdenkliche Heimsuchung an den Hals wünschen. Schon manches liebe Mal hat sie einen Zauberbesen in den Quitschen hängen gefunden, und wie oft der weiße Hexenspeichel an den Zaunlatten hing, ist gar nicht zu zählen. Einer hat sogar bei dem katholischen Pfarrer in Szibben für den Jons eine Totenmesse bestellt; es hat ihm aber, Gott sei Dank, nichts geschadet, außer daß er das Reißen bekam.

Der Jons ist ein ziemlich alter Mann geworden. Sein Haar ist grau, und sein Gesicht sieht aus wie ein dürrer Kartoffelacker bei Nachtfrost.

Was hat der Mann aber nicht alles in seinem Kopfe! Allein das viele Geld zu verwalten! Denn es liegen fünftausend Mark auf der Sparbank. Und die Wirtschaft wird staatsmäßiger Jahr für Jahr.

Das Wohnhaus mit seinen gehobelten Wänden glänzt in der Sonne wie Silber, und der massive Schornstein zeigt jedem, der es versteht, was der Moorgrund schon aushalten kann. Auch drinnen ist alles aufs beste. Der Herd steht noch an der alten Stelle, aber der Hausflur, in dem er den Platz hat, ist hoch und weit und voll von bemalten Türen.

Links geht's in die Große und in die Kleine Stube und rechts in die Kammern. In keinem litauischen Hause kann es geräumiger sein. Wollte ich erst den Hausrat schildern, die Kaiserbilder in goldenen Rahmen und den glasierten, doppelten Ofen, — von der Tapete mit ihren blanken Sternchen gar nicht zu reden, — weiß Gott, ich würde kein Ende finden! Winklig zum Stall ist jetzt auch noch eine Scheune gekommen mit Wagenschauer und Anklapp zum Trocknen des Torfes. Der Garten hat einen richtigen Staketenzaun, und nicht bloß Raute und Riechblatt wachsen darin und was man an Buntem wohl liebhat, sondern auch Möhren, Salat und mannshohe Schoten, wovon man essen kann, soviel man nur will, selbst wenn man Dienstags Körbe voll auf den Markt bringt.

So sieht es jetzt bei den Baltruschats aus, und keiner der Nachbarn kann sich mit ihnen vergleichen.

Übrigens: der fromme Taruttis ist tot. Die Taruttene auch. Beide starben am gleichen Tage, und als man ihnen die Leichenhemden anzog, hat der Flachs in der Leinwand noch einmal zu blühen begonnen. Überall saßen die blauen Sternchen. So fromm sind sie beide gewesen.

Der alte Raubmörder hat richtig seine Pension gekriegt, und als er zu Grabe getragen wurde, sind ihm nicht weniger als drei Gendarmen gefolgt. Ob aus Hochachtung oder zur besseren Bewachung, hat niemand zu sagen gewußt.

Der lange Smailus ist nun auch schon alt. Seine Vierte, von der niemand was Gutes weiß, soll sich schließlich an ihm krank geärgert haben, und wenn das Glück es will, kommt er dazu und nimmt sich noch eine Fünfte. Die Ulele schreibt ein paarmal im Jahr, und die Seife, die sie schickt, riecht immer noch schöner. Sie hat längst ihren Oberbuchhalter geheiratet. Der ist Teilhaber an der Fabrik, und die beiden Besitzer vertragen sich prächtig. — Da sieht man, was ein tüchtiges Mädchen kann!

Und der Nachbar Witkuhn? Mein Gottchen, wie ist der zusammengefallen! Eine Dienstmagd besorgt ihm den Haushalt, und er selber robotet von früh bis spät mit krummem Puckel und unkräftigen Armen und sucht aus dem Boden herauszuschlagen, daß er gerade zu leben hat.

Aber raten und helfen, das tut er noch immer, und sieht an der Erdme noch immer vorbei, und das Kinn zittert ihm. Doch das ist nun ganz und gar seine Gewohnheit geworden, das wird wohl so bleiben, bis auch das andere stille steht.

Wie ein treuer Wächter ist er, der heimlich über den Weg hin aufpaßt, und wenn er gleich fremden Reichtum behütet, nicht danach fragt, ob ihn selber friert oder schläfert.

16

Der Jons und die Erdme sitzen im Garten zwischen den eingefaßten Beeten und haben sich lieb — denn es ist ihr Silberner Hochzeitstag.

Fladen ist gebacken worden und ein Mohnstriezel, aber außer der Katrike weiß keiner, weshalb.

Die Katrike hat ihnen einen Myrtenkranz aus Silberpapier schenken wollen, hat auch schon Maß genommen und so, aber dann ist es doch unterblieben, weil das Besorgen zu schwer war.

Und es ist gut so, denn nun kann es kein Gerede geben unter den Leuten.

Die liebe Frühlingssonne sticht ihnen auf die dünnbehaarten Köpfe. Jons nimmt die Mütze, die neben ihm auf der Bank liegt, und setzt sie ihr auf. Sie muß furchtbar lachen, denn solch einen Scherz hat er in all den fünfundzwanzig

Jahren nicht gemacht. Und sie fühlt so recht im innersten Herzen, wie sehr sie ihn lieb hat.

Fünfundzwanzig Jahre sind sie nun fleißig und glücklich nebeneinander hergegangen, und nie hat ein Zank ihren Frieden gestört. Betrunken hat er sich nie — außer bei Hochzeiten natürlich und ab und zu wohl am Markttag, aber das gehört ja zum Leben, — und geschlagen hat er sie auch nicht.

Sie hat einen guten Mann gehabt, und dafür dankt sie ihm mit Tränen. Und auch er weint ein bißchen, denn so ein Tag kommt nicht wieder.

Und sie gedenken des jungen Pfarrers mit den Traumdeuteraugen und der zwei Trauzeugen, die auch am Sonntag nach Mist rochen. Und der Abendstunde im Matzicker Chausseegraben gedenken sie auch und sehen sich um, ob niemand sie hört.

„Denkst du daran," sagt die Erdme, „was wir uns damals alles gelobt haben? Leicht war es nicht, es zu halten, aber nun haben wir es doch getan, denn nie hat ein Hader unseren Frieden gestört."

Und er sagt: „Das ist dein Verdienst."

Sie sagt: „Deins ist es auch."

Und sie freuen sich, wie zweie wohl tun, denen ein guter Streich geglückt ist wider Erwarten.

„Gott sei gelobt!" sagt die Erdme; „jetzt sind

wir über den Berg, denn was kann uns nun noch Böses geschehen?"

Und er sagt: „Ein Dreck kann uns geschehen."

Bei der Hand gefaßt sitzen sie noch ein Weilchen im blanken Sonnenschein und denken: „Schöner kann es eigentlich gar nicht mehr kommen."

Aber es kommt doch noch schöner! Viel schöner kommt es.

Als sie gerade wieder an die Arbeit gehen wollen wie alle Tage, da bemerkt die Erdme, daß ein Wagen auf der Knüppelstraße daherfährt, ein Herrschaftswagen, wie er hier selten zu sehen ist.

Und Jons erkennt die zwei Braunen aus der „Germania" und denkt natürlich, es sind Herren von der Regierung, die im Moor nach dem Rechten sehen wollen.

Aber wie der Wagen immer noch näher kommt, erkennen sie beide, daß keine Herren darin sitzen, sondern bloß eine Dame. Und eigentlich sitzt sie auch nicht, sondern steht und hält einen weißen Sonnenschirm in der Hand — mit dem winkt sie und winkt sie und winkt.

„O Jezau!" sagt die Erdme und fällt wie leblos auf die Bank zurück.

Da biegt der Wagen auch schon nach dem Zufahrtsweg ein und hält vor dem Hoftor.

Die Katrike kommt aus dem Hause gestürzt,

Brennschere und Seidenpapier noch in der Hand, und rings um die Stirn sitzen die gewickelten Knötchen.

Also wirklich: es ist die Urte, die jetzt Ortrud heißt. In einem feinen graukarierten Wollenkleide springt sie aus dem Wagen, und hinter ihr her springt ein Hund, wie ihn noch nie eines Menschen Auge sah. Mit schneeweißen Locken, größer noch als ein Wolf und magerer als ein Schmalreh.

Doch daß die Urte mager ist, kann man nicht sagen. Einen Busen hat sie — der ist kein Leichenbrett! Und der Veilchenstrauß im dritten Knopfloch wiegt sich wie auf der Schaukel. Und die blauen Kornblumenaugen hat sie noch immer, aber goldene Haare hat sie inzwischen gekriegt und Lippen so rot wie Rübensaft.

Nachdem die Erdme sie abgeküßt hat, da kniet sie vor ihr und befühlt das Kleid und betastet die Schuhe, und wie sie das Kleid ein wenig hebt, was kommt da zum Vorschein? Ein Unterrock von lauter — du wagst es gar nicht auszusprechen, nicht auszudenken wagst du es! — ein Unterrock von lauter Seide, von resedagrüner, ruschelnder, klingender Seide.

Wie wenn der Wind durch die Quitschen geht, so klingt bei jeder Bewegung die Seide.

Der Jons steht eingeklemmt zwischen Hoftor und Zaun und traut sich an die hochgeborene

Tochter gar nicht heran. Sie muß ihn selber bei der Hand nehmen und aus dem Winkel hervorziehen. Und sie küßt auch ihn, aber man sieht: sehr gerne tut sie es nicht.

Die Katrike ist rasch einmal ins Haus gelaufen, sich die gebrannten Wickel auszukämmen, und wie sie wiederkommt, hat sie das Rotgeblümte an und möchte auch für sich was Bewunderndes hören, doch das sagt ihr heut keiner.

Der weißgelockte Hund, von dem man glauben könnte, man zerbricht ihn, wenn man ihn anfaßt, steht in der Mitte des Hofes, sieht mit erstaunten Menschenaugen um sich und streckt den witternden Schlangenkopf bald nach rechts und bald nach links, als kann er sich nicht erklären, wie er plötzlich in eine so schlecht riechende Gesellschaft geraten ist. Den belfernden Köter, der mit seiner Kette wie verrückt über die Bude springt, würdigt er keines Blickes. —

Der Koffer wird ausgepackt. Es ist ein lackglänzender Lederkoffer, hoch wie ein Haus und wohlriechend wie russische Gurten.

Und wenn die Urte sich bückt in ihrer vollbrüstigen Anmutigkeit und ihrer rundhüftigen Ruhe, dann weiß man, daß sie die Männer führen kann, wie man die Lämmer zu Markte führt.

Der Jons bekommt einen Tabakskasten, der

ist von poliertem Holz und hat silberne Einlagen. Auch etwas zum Essen bekommt er, und das soll noch viel feiner sein als Ölsardinen. Es sieht aus wie schwarze, runde Graupenkörner und schmeckt nach gesalzenen Fischen.

Für die Erdme kommt ein dunkles Seidenkleid zum Vorschein mit einem Spitzeneinsatz und Rüschen am Hals und an Ärmeln. Und auch die Katrike kriegt ein Kleid, ein hellblaues Jungmädchenkleid mit einer Tüllbluse und einem hellgelben Strohhut dazu, der biegt sich und federt, wenn man ihn anrührt.

Und das Allerschönste hab' ich noch gar nicht genannt: das ist der Silberkranz. Kein Silberkranz aus Papierblättern, wie ihn die Katrike beinahe geschenkt hätte, sondern aus wirklichem schweren, klirrenden Silber, und ein gleiches Sträußchen noch außerdem, dem Jons ins Knopfloch zu stecken.

Von nun an ist's mit den Heimlichkeiten vorbei. Die Erdme muß das seidene Kleid anziehen und den silbernen Myrtenkranz aufsetzen, Jons bekommt das Sträußchen wirklich ins Knopfloch gesteckt, und nun sitzen sie beide im Brautwinkel, trinken fremden, süßen Wein und lassen sich's gut sein.

Die Töchter sind um sie herum, und sogar die Jette, die abscheuliche Kröt', tut sich lieblich, wer weiß wie. Sie hat aber auch eine grüne

Schürze geschenkt gekriegt und Wollenschuhe, damit sie des Morgens nicht klappert.

Nur einer ist nicht zufrieden — das ist der große, magere, weißlockige Hund. Der schnüffelt und schnobert, und wenn man ihn 'reinzieht, läuft er wieder hinaus. Auch das vorgesetzte Fressen rührt er nicht an. Die Urte muß ihm von dem mitgebrachten Hundekuchen was geben, sonst würde er am Ende verhungern.

Die Urte erklärt: „Das ist ein sibirischer Windhund, Barsoi genannt, aus einer ganz alten vornehmen Zucht mit einem Stammbaum, der reicht wohl hundert Jahre zurück."

Sie hat ihn von einem russischen Grafen bekommen, der mit ihrem Freunde befreundet war und auch mit ihr. Er hat den Namen Petruschka, und alle lachen sehr, als sie ihn hören, denn Petruschka heißt „Petersilie".

Erdme kann nichts den ganzen Tag lang, als die nach Hause gekommene Tochter ansehen und ansehen.

Wenn die auf dem harten Bretterstuhle sitzt — einen besseren gibt es ja nicht — und mit den dunkelroten Lippen lächelt und die goldenen Haare geben Feuerstrahlen um sie herum, dann ist der Erdme, als muß sie in einen finsteren Winkel kriechen und weinen und beten, daß Gott sie nicht strafen wolle für dieses allzu große Glück.

17

Der Urte — die jetzt Ortrud heißt — ist in der kleinen Stube ein Lager bereitet, und Jons und Erdme wagen beim Aufstehen kaum, sich zu rühren — aus Angst, sie möchten die Tochter erwecken.

Aber die läßt sich nicht stören. Die schläft in Frieden bis in den blanken Vormittag. Eine Stunde dauert ihr Anziehen, und wenn der Vater zum Essen vom Felde kommt, ist sie seit kurzem erst fertig.

Die Erdme hat Kaffee gekauft, das Pfund zu zwei Mark, und läuft zwischen Herd und Stubentür hin und her, um zu horchen, wann die Zeit zum Frühstück gekommen ist. Dann trägt sie ihr alles ans Bett und sieht mit Sorgen, ob die Urte sich's wohl schmecken läßt.

Wie ein Engelchen liegt sie da in ihrem weißen Spitzenhemd, mit dem ruscheligen Goldhaar und den Grübchen unter dem Halse, und die Ringe, die sie bloß zum Waschen abnimmt, blitzen wie rote und blaue Sonnen auf der gewürfelten Decke.

Dies ist die Stunde, in der sie was zu erzählen pflegt. Aber viel ist es nicht. Und lange Zeiten übergeht sie mit Schweigen. Daß sie weit in der Welt herumgekommen ist, weiß die Erdme schon aus den Briefen, aber was sie da überall getan hat, läßt sie im Dunkeln.

Viele Männer haben sie heiraten wollen, aber es ist nie etwas daraus geworden. Bei den Reichen und Hochgestellten haben die Eltern es nicht erlaubt, und den anderen hat sie selber den Laufpaß gegeben. Als sie in Königsberg Kellnerin war, sind alle Studenten hinter ihr hergelaufen. .Viele haben sich duelliert, und einige haben sich totgeschossen. Schließlich hat sie das große Blutvergießen nicht mehr mit ansehen können und ist nach Berlin ausgerückt. Und dort hat das Leben erst recht begonnen.

Wenn die Erdme sie fragt, was sie in Zukunft zu machen gedenkt, lächelt sie mit ihren Blauaugen bloß so verschwommen ins Weite und sagt: „Mach dir keine Sorgen, Mamusze. Für eine wie mich liegt der Reichtum nur auf der Straße. Aber erst möcht' ich mich hier noch ein bißchen ausruhen."

Und das tut sie auch gründlich. Niemals faßt sie mit an oder kümmert sich um was. Sie sitzt bald drin im Fensterwinkel, bald draußen auf der Gartenbank, blickt nach dem Himmel und lächelt. Nur ihre Kleider hält sie in Ordnung, steckt die Schuhe auf Leisten und bürstet und bügelt, und ihre Finger, die rund und lecker aussehen wie marzipanene Würstchen, führen die Nadel schnell und mit Ruhe.

Die Erdme ist noch immer wie von einem Zauber befallen.

Was sie auch arbeitet, immer denkt sie an das heimgekommene Kind, macht sich in ihrer Nähe zu schaffen und schleicht um sie 'rum, bloß um sie still und andächtig zu betrachten. Oft ist ihr bange vor lauter Stolz, so daß sie sagen möchte: „Sei doch einmal wieder wie früher." Aber sie weiß, das kann die Urte nicht mehr, dazu ist sie zu lange weggewesen und hat zu viel deutsche Lehrer gehabt. Denn daß sie Schönschreiben kann und Französisch, das hat die Urte erzählt, sogar Ballettstunden hat sie gehabt. Erdme weiß zwar nicht recht, was das ist, aber es muß wohl das Feinste sein, was auf der Welt gelehrt werden kann.

Manchmal nimmt sie den Jons bei der Hand und sagt: „Ach, freu dich doch! Freu dich doch!"

Aber er freut sich nicht. Ihm ist es ängstlich, mit der Tochter zusammenzusein, und er schämt sich vor ihr. Weiß nicht, was er mit ihr reden und wie er den Löffel halten soll, und das Brot schneidet er heimlich unter dem Tisch.

Anfangs hat sie ihn zu umschmeicheln gesucht, hat ihn „lieb Väterchen" genannt und so. Wie er aber nicht darauf einging und wegsah, ist auch sie ängstlich geworden und spricht bloß, was nottut. Es liegt noch nicht Übles zwischen ihnen, bloß fremd sind sie sich und werden sich fremder Tag für Tag.

Die Erdme sieht es mit Kummer. Das Herz

will ihr zerbrechen bei seinem stillschweigenden Abseitsstehen, aber man kann ihn doch nicht zwingen, daß er sie lieb hat.

Ganz verrückt ist die Katrike. Die will der Schwester alles nachmachen und versteht es doch nicht. Putzt an den Nägeln, bepinselt die Lippen und wäscht das Haar mit Kamillen. Aber die Nägel werden bloß noch dreckiger, der Mund sieht aus wie ein Blutfleck, und das Haar steht ab wie vertrocknetes Krummstroh.

Nur das lange Bettliegen gelingt ihr ohne Beschwerde.

Die Erdme erkennt den Unterschied wohl und macht sich ihre Gedanken. Nicht daß sie die Katrike nun weniger liebte. Im Gegenteil, es ist wie ein Vorwurf für sie, daß die so vernachlässigt dasitzt und sich in rein gar nichts mit der Schwester vergleichen kann. Denn auch, wenn sie das Hellblaue angezogen und den großen Strohhut aufgesetzt hat, ist es noch immer wie Tag und Nacht.

Und sie zerquält sich, wie ihr zu helfen ist.

Die Schwestern stehen nicht schlecht miteinander. Die Urte unterweist die Katrike in allem, was sie wohl wissen will, und schenkt ihr Kämme und Rüschen und sonst alles mögliche Kleinzeug, so daß der Neid in ihr nicht hochwachsen kann.

Aber auch die Urte sieht ein, daß es nicht länger so mit ihr geht.

„Wenn du die Ulele wärst," sagt die Mutter, „dann würdest du jetzt einen Mann für sie suchen."

„Ich kann ebensoviel wie die Ulele," sagt die Urte.

Und da sie's verlangt, wird eines Tages, als der Jons in die Wiesen gefahren ist, der kleine Tuleweit bestellt, der schon für hundert Vermittlungen seine Prozente gekriegt hat.

Der in seinem langen Pfarrersrock und den knallengen Hosen kommt forsch herein und denkt, er wird hier wieder einmal den spaßigen Onkel spielen; wie er aber die Urte zu sehen kriegt, die ihn in ihrer rosenfarbenen Fleischlichkeit ankuckt, da wird ihm schon ganz anders.

„Aus was für 'nem Himmel ist denn das hierher geflogen?" fragt er.

Und die Urte sagt: „Nehmen Sie Platz, Herr Tuleweit." Und sie, die Erdme, bringt von dem fremden, süßen Wein, von dem noch immer was da ist.

Und die Urte sagt weiter: „Sie sehen es mir vielleicht nicht an, Herr Tuleweit, daß ich aus diesen kleinen Verhältnissen stamme, aber das macht nichts." Und dann lobt sie ihn, weil ihr bekannt ist, daß er bei seinen Vorschlägen immer das Richtige trifft.

Er bedankt sich und dienert.

„Nun bin ich aber drauf und dran," sagt sie weiter, „eine große Partie zu machen. Eine wirklich große Partie. Und da wär' es mir natürlich angenehm, wenn ich durch meine Schwester nicht in Verlegenheit käme. Ein Deutscher müßte es sein, und sein Eigenes müßte er haben, so daß man sagen könnte: ‚Meine Schwester ist an einen Gutsbesitzer verheiratet.' Das würde dann schon den richtigen Eindruck machen."

Die Erdme denkt: „Sie ist noch klüger als die Ulele." Und der ganze Herr Tuleweit schwimmt wie Öl auf Zuckerwasser.

Was an seinen bescheidenen Kräften liege, das werde sicher geschehen, aber letzten Endes sei es ja leider Sache der Mitgift.

„Natürlich, natürlich," sagt die Urte. Und wäre sie schon verheiratet, so würde es ihr auch nicht darauf ankommen, die Schwester reichlich auszustatten. Aber für jetzt müßte man schon mit etwas Bescheidenem vorlieb nehmen.

„Was heißt bei Ihnen ‚bescheiden'?" fragt der kleine Herr Tuleweit und dienert nicht mehr.

Der Erdme schlägt das Herz hoch. Was wird sie sagen?

Und sie sagt: „Nun, etwa fünftausend Mark."

Fünftausend Mark hat der Jons auf der Sparbank. Die hat er mit ihr in zwanzig Jahren zusammengekratzt. Aber die kann die Urte nicht meinen. Die sollen ihnen ja Stütze und Zuflucht sein für das kommende Alter. Gewiß will sie aus eigener Tasche geben, was fehlt. Und es fehlt womöglich noch mehr, denn der Herr Tuleweit macht eine hängende Nase und sagt, bei einem so kleinen Anerbieten werde man leicht behandelt wie ein nichtsnutziger Schwätzer, aber er wolle schon sehen, er wolle schon Rat schaffen und hoffe auf spätere reiche Belohnung.

Damit trinkt er sein Weinglas leer und verspricht, in acht Tagen wiederzukommen.

„Willst du die Fünftausend wirklich aus Eigenem geben?" fragt die Erdme voll Dankbarkeit.

„Sehr gern wollt' ich sie geben," sagt die Urte und lächelt; „nur, wenn ich sie hätte, dann braucht' ich sie selber."

„Wo sollen sie denn aber herkommen?"

„Von da, wo der Vater sie hingetragen hat," erwidert die Urte. „Ist es nicht schon genug, daß ich auf meine Hälfte verzichte?"

Die Erdme will reden, aber ihr ist, als sitzt ihr ein Klumpen Heede im Schlund.

Alles soll hin! Alles soll weg! Bloß damit die Katrike ein Nest kriegt.

Und die, die solange in der Kammer gelauert hat, kommt begierig gelaufen.

„Wer wird es? Wer ist es? Wieviel Hufen hat er? Wieviel Pferde stehen im Stalle? Wieviel Rindvieh weidet am Ufer?"

Da kriegt die Erdme die Sprache wieder. „Wenn es um *den* Preis geht, dann schlag dir die Heirat nur aus dem Kopf. All sein Gespartes gibt der Vater dir nie."

Und die Katrike heult und wälzt sich am Boden. Ihren Besitzer will sie nicht lassen. Der ist ihr versprochen, seit sie ein Kind war. Der kommt ihr zu. Der gehört ihr zu eigen.

Der Erdme dreht sich das Herz im Leib um. Ihr Kind ist im Recht. Nie ist von was Anderem die Rede gewesen. Nie hat sie selbst es sich anders gedacht.

Sie hebt die Katrike auf und liebkost sie und verspricht ihr das Blaue vom Himmel.

Der Jons kommt aus den Wiesen, sieht die dickgeweinten Gesichter und wundert sich. Aber fragen tut er nichts. Das hat er sich lange schon abgewöhnt.

Die Erdme, deren Gewissen nicht das reinste ist, geht ihm aus dem Wege, so viel sie nur kann, aber begegnen muß sie ihm doch, und schließlich versucht sie's mit Vorwürfen.

„Du hast kein Herz für deine Töchter," sagt sie, „und du achtest sie wie einen Strick um den Hals."

Er fragt: „Wer hat dir das zu wissen getan?"

Und sie sagt: „Das ersieht man aus deinem Benehmen. Schon die Katrike hast du nicht leiden mögen, und seit die Urte wieder da ist, ist es noch schlimmer. Du bist eben ein Kúmetis" — ein gemeiner Mann — „und bleibst ein Kúmetis, und alles Hochgeborene ist dir zuwider."

Er sagt: „Ich habe nie erfahren, daß du von besserer Herkunft wärest als ich. Als wir anfingen, Pracher waren wir da alle beide."

„Ich habe doch wenigstens meine Betten gehabt," entgegnet sie drauf, „und sechsundsechzig Mark hatt' ich auch, aber du hattest so gut wie gar nichts."

Und er sagt: „Zu meinem bißchen habe ich zwei Jahre Arbeit gebraucht, aber wo du deine Reichtümer herhattest, darüber weiß man nichts Rechtes."

Ihr ist, als schlägt ihr einer mit der Axt vor die Stirn. „Ich habe dir vorgerechnet auf Heller und Pfennig," sagt sie, wie mit Blut übergossen, und wendet sich ab.

Sie ist nun so wütend auf ihn — sie könnt' ihn beinahe vergiften.

18

Acht Tage später ist der kleine Tuleweit wieder da. Er hat einen, der wäre nicht abgeneigt. Schmidt heißt er, ist aber nicht verwandt mit dem Kaufmann in Heydekrug. Sein Vater hat eine verschuldete Wirtschaft nicht weit von Mineiken, und er ist der Dritte von Fünfen, hat eben gedient und hält bereits Umschau unter den Töchtern der Gegend. Ob man nach deutscher Art sich mit ihm treffen wolle. Auf dem Markt oder auf dem Gericht oder sonst irgendwo, als käm' es durch Zufall.

Die Erdme versteht von diesen Sachen nichts, aber ihre Tochter, die Urte, will alles schön in die Hand nehmen.

Beim nächsten Pferdemarkt soll es geschehen. Dort wird der junge Herr Schmidt einen Schimmel seines Vaters am Halfter führen, und die Schwestern sollen herzutreten und ihn bewundern. Und was dann folgt, wird Herr Tuleweit bestens besorgen.

Das wird von nun durch und durch geredet, stundenlang, tagelang. Für die drei Frauensleute gibt es rein nichts mehr sonst auf der Welt. Kaum daß die Hausarbeit notdürftig besorgt wird zwischen all dem Getuschel.

Der Jons geht still nebenher wie ein Fremder. Wenn er nicht einen neuen Freund bekommen hätte, wäre er im Leben noch nie so mutterseelenallein gewesen.

Und dieser Freund ist Urtes weißer, vornehmer Hund. Du glaubst es nicht, wie sich das langsam gemacht hat. Zuerst hat er auf dem Hof gestanden und ist still zur Seite gewichen, wenn ihn einer hat anrühren wollen. Keinen hat er angeknurrt oder gar angefletscht, aber wer ihn zu streicheln meinte, der griff in die Luft. Ins Haus hat ihn keiner 'reinholen können, selbst seine Herrin, die Urte, nicht, und wenn sie ihn am Halsband hereinzog, dann ist er wohl mit ihr gegangen, aber beim nächsten Wupp war er schon draußen. Einen Schlafplatz hat er sich ausgesucht dort, wo in dem offenen Abschlag die Arbeitswagen stehen und etwas Heu immer verstreut liegt. Dorthin hat die Urte ihm auch sein Fressen gebracht, und da lag er und blickte still um sich.

Der einzige, der nie versucht hatte, ihm mit Locken und mit Betatschen zu nahe zu kommen, war der Jons. Dazu schien ihm der Hund zu fein und zu herrschaftlich. Aber siehe da! Eines Frühmorgens, wie der Jons als erster aus dem Hause trat, um zur Arbeit auf das Moor zu gehen, wer ist da in etlicher Entfernung vorsichtig hinterhergeschlichen und hat sich zukuckend auf die Grabenkante gelegt? Und wer ist da stillschweigend geblieben ohne Trunk und ohne Frühstück, bis der Jons zum Mittagessen nach Hause ging? Und wer ist allmählich näher gekommen und hat sich mit leisem, langem Bisse das Brot aus den Fingern geholt? Und wer ist schließlich sogar, wenn der Jons in die Wiesen fuhr, mit kugelnden Sprüngen dem Wagen vorausgetollt und hat bei ihm Wache gehalten stundenlang, bis er beladen zurückkehrte?

Die Urte wundert sich des Todes, aber Windhunde sollen ja immer untreu sein, sagen die Leute. Und darum läßt sie ihn ruhig dem Vater;

nur wenn sie spazieren geht auf der Chaussee nach Heydekrug oder nach Ruß hin, dann nimmt sie ihn mit sich, damit die Begegnenden etwas zum Staunen haben.

Bis Heydekrug ist es fast eine Stunde, aber das macht nichts. Denn dort sieht man doch Menschen, die stehen bleiben und aufgeregt hinterherraten, weil sie das plötzliche Wunder nicht zu fassen vermögen. Und Urte fühlt sich als Ortrud und als Botin der größeren Welt, die erst mit Berlin ihren Anfang nimmt und auf die alle sehnsüchtig hinstarren, denen im Hinterwalde zu hausen bestimmt ist.

Bisweilen trifft man auch junge Männer mit Schmissen, die sicherlich in Königsberg studiert haben und denen man vielleicht einmal auf dem Schoße gesessen hat.

Denen wirft man gelegentlich einen lockenden Blick zu und bringt sie zum Rasen. Denn irgend eine Kleinigkeit fürs Herz muß man doch haben in der torfschwarzen Öde.

Nur an dem Hause des Moorvogts geht man ungern vorbei. Man weiß es nicht, aber man spürt's in den Gliedern, daß dort hinter den Fensterscheiben zwei Augen forschend und unbestechlich sie und ihr Leben durchmustern. — —

So kommt der große Vieh- und Pferdemarkt heran, auf dem die Besitzer von weit und breit zu Kauf und Trunk sich treffen.

Der Jons hat in der ersten Frühe eine Kuh hingebracht, die demnächst stehen soll und die darum eingetauscht werden muß.

Die Schwestern melden sich erst, als er weg ist, denn mit dem Vater zusammen einzuziehen, hätte die Hochachtung der anderen nicht sehr gefördert. Wenn alles gut geht, gleitet man im Gedränge an ihm vorbei und braucht ihn nicht einmal anzureden.

Die Katrike wird heute von der Urte extra zurechtgemacht. Sie darf die Haare nicht brennen und die Lippen nicht färben, und das Miesekatzchen faucht, die Schwester sei nichts weiter als neidisch. Aber die lächelt nur und ist nicht einmal böse, wie zwei Paar ihrer schneeweißen Handschuhe auf den Pranken der Schwester zerplatzen.

Dann ziehen sie los, und die Erdme weint und betet hinter ihnen her.

Der Vormittag vergeht in Arbeit und Bangen.

Gegen zwei kommt der Jons zurück. Er hat einen guten Handel gemacht. Die neue Kuh gibt laut Bescheinigung zehn Liter, und kaum einmal zuzahlen hat er dürfen.

Aber in freundlicher Stimmung ist er nicht. Er schlingt finster sein Mittagbrot und fragt mit keinem Wort nach den Töchtern.

Dann geht er hinaus zu der Petruschka, die heute früh hat angebunden werden müssen, weil sie bei dem Kuhhandel durchaus zugegen sein wollte.

Erdme sieht, wie er den langen, spitzen Kopf in seine Arme nimmt und leise zu ihm herniederredet.

Das will ihr das Herz abdrücken. Sie geht hinter ihm her und sagt: „Mit dem unvernünftigen Tier sprichst du, aber mir, deiner Frau, gönnst du kein gutes Wort."

Und er sagt: „Ich habe die beiden Marjellen getroffen, ausgeputzt und mit fremden Männern. Als sie mich sahen, haben sie den Kopf zur Seite gedreht. Ist das nicht etwa genug?"

Sie nimmt natürlich die Töchter in Schutz. „Wer kann seine Augen überall haben?" sagt sie.

Aber er bleibt dabei. Sogar umgekehrt hätten sie sich, ob er nicht endlich schon weg sei.

„Und *wenn* auch," sagt sie. „Was kann *ich* dafür?"

Da läuft ihm die Galle über, und alles, was er in sich verborgen hat seit Jahren, kommt ans Tageslicht.

„Was du dafür kannst?" schreit er. „Du hast zwei Faulenzerinnen erzogen, zwei Rumtreibersche hast du erzogen, die kein Verlangen tragen nach Arbeit, die bloß Pyragge essen wollen und sich den Rücken wundschlafen bis Mittag — die es mit den Deutschen halten und ihren Vater achten, als wär' er ein Schnodder. Soviel kannst du dafür, wie die Stute kann, daß ein Fohlen aus ihrem Leibe kommt und nicht eine Ziege!"

Die Erdme denkt an das, was sie neulich heruntergeschluckt hat. Eine so zornige Rede darf sie nicht ohne Antwort lassen.

„Schon einmal hast du mit mir Hader gesucht," sagt sie „aber da kommst du gerad' an die Rechte." Und dann wirft sie ihm vor, daß sie es war, die den ganzen Wohlstand geschaffen hat, daß er nichts Anderes gewesen ist als ihr Knecht, der nach ihren Anordnungen gearbeitet hat fünfundzwanzig Jahre lang und den jeder andere Knecht ersetzen kann, wenn es ihr paßt, ihn zu mieten.

Die Augen schwellen ihm zu und glupen nach rechts und glupen nach links, als sucht er was und kann es nicht finden.

„Was du sagst, mag wohl so sein," sagt er, „nur in einem könnt' er mich nicht ersetzen, nämlich dir jetzt eine gehörige Tracht Prügel zu geben."

Und da er nichts Anderes sieht, reißt er den Pfahl aus der Erde, an dem die Petruschka angebunden ist, und schlägt damit die Erdme über den Rücken.

Sie schreit und fällt in die Knie und nimmt die flachen Hände als Stütze. Die Jette, die grienend zugehört hat, schreit auch und springt auf ihn zu, ihm den Arm hochzuhalten, denn der Pfahl ist zu dick, als daß menschliche Glieder unter ihm ganz bleiben könnten.

Darum wirft er ihn auch weg und holt aus dem Stalle die Peitsche. Die Petruschka läuft winselnd neben ihm her und leckt ihm bittend die Hände, aber er achtet ihrer nicht, schlingt die hanfene Schnur um den Stiel und läßt ihn im Bogen durch die Luft hinpfeifen.

So kommt er zurück; dorthin, wo die Erdme noch kniet.

Aber da steht mit einem Male der Nachbar Witkuhn vor ihm da — bleich und zusammengefallen wie immer—umpusten könnte man ihn—, aber in seiner rechten Hand hält er das Teschin, mit dem er sich sonst die Spatzen vom Kirschbaume schießt.

Ihm das Gewehr zu entreißen, wär' leicht, aber was dann? Wie kann man sein Weib noch bestrafen, wenn zweie dazwischenstehen?

Drum bleibt er ruhig und sagt: „Nachbar, hast du mal was von Hausfriedensbruch gehört und Bedrohung mit tödlichen Waffen?"

Der Nachbar Witkuhn antwortet nicht und stellt sich so vor die Erdme, daß er sie mit dem Leibe deckt.

„Ich fordere dich also auf, meinen Grund und Boden zu verlassen — zum ersten, zum zweiten und zum dritten Male."

Der Nachbar Witkuhn rührt sich nicht. Sein rechter Zeigefinger liegt dicht vor dem Abzug.

„Gut," sagt der Jons, „ich geh' jetzt zum Rechtsanwalt, der wird die Anzeige erstatten. Aber die Peitsche nehm' ich mit, und treff' ich unterwegs die beiden Marjellen, dann werden sie die Prügel kriegen, die ihrer Mutter noch zustehen."

Die Erdme schluchzt hell auf und sinkt dann völlig zu Boden. Er aber kehrt sich nicht daran und geht seiner Wege ...

Er ist bei keinem Rechtsanwalt gewesen, und die beiden Marjellen hat er auch nicht getroffen. Er hat mit der Petruschka auf einem Heuhaufen geschlafen, und wie er morgens um die Abfutterungszeit zu Hause angelangt ist, da hat er das Nest leer gefunden. — Keine Frau, keine Töchter, keine Magd.

Die sitzen alle drüben beim Nachbar. Man kann ihre Stimmen hören über den Weg hin.

Und das Sparkassenbuch ist auch weg.

Von allem, was gestern zu ihm gehörte, ist bloß der fremde Hund da, der aus traurigen Menschenaugen zu ihm aufblickt, als wolle er die Übeltat gutmachen, die man ihm angetan hat und die im Grunde genommen seine eigene Übeltat ist.

19

Dreiundzwanzig Jahre hat der Nachbar Wittkuhn auf die Erdme gewartet.

Und nun sie da ist, ist er ein alter Mann.

Er sitzt und sieht sie an und sieht sie wieder und wieder an. Sie ist die Schönste, die Jüngste, die Kräftigste geblieben, aber er ist ein alter Mann.

Ihre Töchter läßt er lachen und laufen und schwatzen, wie sie nur mögen, und achtet ihrer nicht. Sie sind ihm wie zwei fremde Tiere, die die Erdme mitgebracht hat und denen er Obdach geben muß, weil sie nun einmal zu ihr gehören. Und die Jette wirtschaftet draußen mit seiner Magd.

Die Urte und die Katrike haben gestern Großes erlebt, und das erzählen sie immer von neuem: Kaum daß der junge Herr Schmidt sie gesehen hat, da ist er gleich ganz hingenommen gewesen. Zuerst hat er freilich gedacht, die Urte sei ihm als Zukünftige bestimmt, und da hat er sich zurückziehen wollen, denn er ist sich nicht gut genug erschienen für sie; wie er aber gehört hat, daß die Katrike es ist, da hat er um so freudiger zugegriffen und hat mit ihnen beiden und dem Herrn Tuleweit in der „Germania" gesessen bis in den späten Nachmittag. Herr Tuleweit weiß auch schon eine Wirtschaft für ihn, die mit Fünftausend Anzahlung wohl zu haben wäre, nur das Viehzeug müßte beschafft werden, denn sein Vater gibt ihm rein gar nichts.

Wie vom Viehzeug die Rede ist, da horcht die Erdme hoch auf, denn von ihrem Eigenen her kommt kläglich das Brüllen der Kühe, die nicht gemolken, vielleicht auch nicht gefuttert sind in der Frühe.

Darum sagt sie der Jette, sie soll mit einem Eimer hinübergehen. Die wehrt sich erst, denn sie glaubt, sie kriegt Prügel, aber schließlich tut sie's doch, und wie sie zurückkommt, erzählt sie, der Wirt habe auf der Häckselbank gesessen, den Kopf in die Hände gestützt, und die Petruschka vor ihm, und keines habe sich auch nur nach ihr umgesehen.

Und die Urte erzählt weiter: Um drei nachmittags habe der junge Herr Schmidt weggemußt, aber am Nebentisch — da hätten ein paar vornehme junge Herren gesessen mit Schmissen und goldenen Kneifern, die wären schon lange bemüht gewesen, sich mit ihnen bekannt zu machen, und hätten ihr zugeprostet und so. Und schließlich wären sie alle zueinander gerückt und hätten fröhlich getrunken bis an den Abend. Den kleinen Herrn Tuleweit hätten die fremden Herren erst für den Vater gehalten; als sie aber hörten, daß er bloß ein Heiratsvermittler sei, da wäre des Neckens kein Ende gewesen, so daß er nichts Besseres zu tun gewußt habe, als bald zu verschwinden. Und von nun an sei es erst recht hoch hergegangen.

Und sie kichern und blinzen sich zu und kommen mit Heimlichtun nicht zu Ende.

Die Erdme will dem Nachbar Witkuhn den Haushalt besorgen, aber das Kreuz ist ihr wie gebrochen von dem Streiche des Pfahls. Darum redet die Urte ihr auch zu, sich beizeiten ein Attest zu beschaffen wegen der künftigen Scheidung.

Um vier Uhr nachmittags wird drüben der gute Wagen angespannt, und Jons fährt weg, ohne das Gesicht nach ihr hinzudrehen.

Nun ist die Zeit da, herüberzuholen, was gestern zur Nacht nicht mitgebracht werden konnte.

Vor die Haustür, deren Schlüssel die Erdme bei sich trägt, hat der Jons zum Schutze vor Einbruch ein paar Bretter genagelt. Mit zwei Fingern kann man die losreißen. Es ist wahrhaftig zum Lachen.

Die Urte, die Katrike packen rasch ihre Sachen, und auch sie selber gibt an, was sie für Sonntags wohl braucht. Ebenso muß jeder sein Bettzeug haben, denn wie kann der Nachbar Witkuhn soviel Gäste versorgen?

Mag der Jons sehen, womit er sich zudeckt! Die Federbetten gehen mit, und so noch vieles andere, so daß der Handwagen des Nachbars viermal hochbeladen den Knüppelweg überquert.

Schwer wird der Abschied von den Kühen, die die Erdme nicht einmal melken kann, so weh tut ihr das Kreuz. Sie streichelt sie nur und wirft ihnen Heu hin und denkt: „Wie gut wär's, wenn ich sie drüben hätte!" Auch die Neue ist ihr bereits ans Herz gewachsen, und doch hat sie sie kaum schon gesehen.

Dann kriegen noch die Schweine ihr Futter, und dann geht es heim.

— — — — — — — — — — — — — —

Gegen Mitternacht erhebt sich vor dem Hause des Nachbars ein furchtbarer Lärm. Schwere Schläge fallen gegen die Läden, und des Jons betrunkene Stimme schreit: „Ihr Diebe! Ihr Räuber! Kommt 'raus! Ich schlag' euch tot, ihr Räuber! Das verhurte Weib zuerst! Und dann ihren" — „Liebhaber" sagt er nicht, es ist ein viel schlimmeres Wort, das er sagt. Und ebenso beschimpft er die Töchter und die Magd und droht, sie alle zu erschlagen.

Die Urte und die Katrike knien im Hemd an der Mutter Bett und kreischen bei jedem Schlage, der das Ladenholz zersplittern will. Und vor der Stubentür steht der Nachbar Witkuhn und ruft durchs Schlüsselloch, sie möchten ganz ruhig sein, er halte das Teschin in der Hand, und wenn der draußen einbräche, so sei es um ihn geschehen.

Aber schließlich entfernt sich der Wüterich, und auch das Winseln und Heulen Petruschkas verstummt nach und nach.

Am nächsten Morgen gibt es ein langes Gespräch zwischen dem Nachbar Witkuhn und der Erdme.

„Gestern dachte ich noch, du würdest zurückkönnen," sagt der Nachbar, „aber heute seh' ich ein, daß die Brücke zerbrochen ist. Nun tu, was du für richtig hältst. Ich werde dir in allem zu Diensten sein, was dein Wunsch ist."

„Ich weiß nicht aus, nicht ein," sagt die Erdme.

Und der Nachbar sagt: „Ich habe es mein Lebenlang für das größte Glück auf Erden gehalten, daß du einmal meine Frau würdest. Aber nun mir plötzlich die Möglichkeit gegeben ist, daß es so werden könnte, da seh' ich ein, ich bring' es nicht übers Herz. Denn jeder wird sagen, wie Er es ausschrie heute nacht, daß wir in Buhlschaft gelebt haben alle die Jahre."

„Beinahe wär' es ja so gewesen," sagt die Erdme.

„Wenn es so gewesen wäre," erwidert der Nachbar, „dann hätten wir längst kein Gewissen mehr und keine Scham und würden lachen, wenn die Leute mit Fingern auf uns zeigen. Aber nun schreck' ich schon zurück bei dem Gedanken, Ihm auf dem Weg zu begegnen."

„Ich dränge mich niemandem auf," sagt die Erdme gekränkt.

„Und ich bin ein alter Mann," sagt der Nachbar. „Ich möchte nicht, daß du mir fluchst, wenn du mich auf den Kirchhof trägst."

„So bleibt mir als einziges," sagt die Erdme, „daß ich in Ausgedinge zu der Katrike zieh', wenn die jetzt heiratet."

„Ist es denn schon so weit?" fragt der Nachbar.

„Wenn ich alles hergebe," sagt die Erdme und drückt die Hand gegen das Sparkassenbuch, das sie auf nackigem Leibe trägt, „dann ist es so weit."

„Er wird das Geld schon gesperrt haben," sagt der Nachbar.

„Vielleicht auch nicht," sagt die Erdme, und weil sie sowieso nach Heydekrug muß wegen des Doktorattestes, wird sie auch gleich die Fünftausend abheben, die ihr nicht weniger gehören als ihm.

Der Nachbar beschafft ein Fuhrwerk, denn er selber hat immer noch keins, und wie sie aufsteigen will, muß sie von zweien gehoben werden, so verschwollen ist alles.

Als der Doktor sie untersucht hat, macht er ein ernstes Gesicht und sagt: „Schlimm genug sieht es aus, und schlimm wird auch, was ich schreiben muß, aber ich rat' euch trotzdem: Vertragt euch!"

Bisher ist der Erdme noch alles gewesen wie ein ängstlicher Traum, und oft hat sie gedacht: „Wenn er jetzt käme und sagte: ‚Laß gut sein' — weiß Gott, ich ginge zurück." Wie der Doktor aber sagt: „Es sieht schlimm aus," da wird ihr Sinn wie von Stein, und sie denkt bloß, daß sie sich Recht verschaffen muß vor Gott und den Menschen.

Der Beamte der Sparkasse kennt sie seit langem und zahlt ihr das Geld ohne Bedenken. „Ja ja," sagt er, „wenn man Töchter verheiraten will."

Und da hat sie's auch schon in den Händen.

Die Katrike, die mitgefahren ist, denn sie selber kann sich nicht an- und nicht ausziehen, weiß sich vor Liebe gar nicht zu lassen. Sie nennt sie „Mamusze" und „Mammelyte", was sonst nur die Urte sagt, und „Mane Baltgalwele" — mein Weißköpfchen — nennt sie sie, wie die alten Mütter in den Liedern heißen, ob auch ihr Haar noch fast braun ist.

Auf dem Heimweg denkt die Erdme immerzu, jetzt wird sie dem Jons begegnen, aber sie begegnet ihm nicht. Doch auf ihrer Wiese, die wohl fünfhundert Schritt weit auf der anderen Seite der Chaussee gelegen ist, sieht sie was Helles. Das ist die Petruschka. Die sitzt und bewacht ihn, denn er ist wohl wieder betrunken.

Von weitem schon hört man das Brüllen der Kühe. Die müssen verkommen, wenn man sie da läßt.

„Hast du Platz im Stalle für sie?" fragt die Erdme.

„Ich habe Platz für alles, was dein ist," sagt der Nachbar.

Darum schickt sie auch gleich die Jette und die Witkuhnsche Magd hinüber, die Kühe zu holen.

Und die Katrike tanzt herum wie eine Besessene. — Das Geld und das Vieh — alles ist da. Nun kann geheiratet werden.

Und noch am selben Abend macht sie sich auf, zum kleinen Tuleweit zu gehen, damit er so rasch wie möglich alles in Ordnung bringt.

Die Urte will sie begleiten, um einen Abstecher nach Heydekrug zu machen, wo irgendwo am Spazierweg die jungen Herren von gestern schon warten. Sie ärgert sich bloß, daß die Petruschka nicht bei ihr ist — dann wäre ihr Anblick zehnmal so vornehm gewesen. Und darum bleibt sie schließlich zu Hause.

Die Erdme liegt und zittert vor Angst, daß der Spektakel von voriger Nacht heut wegen der Kühe noch einmal losgehen wird.

Aber nichts regt sich fortan.

Sie muß im Bette bleiben wohl eine Woche lang, und wenn sie sich aufrichten will, kriegt sie ein Handtuch anzufassen, woran sie sich hochzieht.

Die Marjellen aber nützen die Zeit und holen herüber, was für die Aussteuer irgend von Wert ist — den großen Ecktisch und den buntblumigen Schrank und noch vieles andere.

Niemand hindert sie dran, denn morgens fährt er weg, und mit der Dunkelheit kommt er wieder, und die Petruschka läuft nebenher. Was er macht und wo er sich aufhält, weiß keiner.

Am fünften Tage von Erdmes Bettlägerigkeit tritt ein junger Mensch in die Kammer. Der hat einen deutschen Backenbart und schiefe, ängstliche Augen. Und hinterher schiebt sich mit heißem Gesicht und frisch gebranntem Strohhaar die Katrike. Sie ist fast einen Kopf größer als er und sieht aus, als möcht' sie ihn auf den Arm nehmen.

Das ist der junge Herr Schmidt, ihrer Tochter künftiger Bräutigam.

Er spricht die Erdme in stolprigem Litauisch an, und sie richtet sich auf und sagt auf Deutsch:

„Was Sie sich wohl denken, Ponusze! Wir reden das Deutsche genau so wie Sie. Und im Bett liege ich nur, weil ich das Gliederreißen habe. Gewöhnlich arbeit' ich wie sonst nur die Jüngste."

Die Katrike und der junge Mensch sehen sich verstohlen an, woraus sie schließen muß, daß ihm die Tochter schon alles gesagt hat. Und noch etwas Anderes will sie daraus schließen, aber das drängt sie sofort von sich ab.

Er möchte am liebsten das Geld gleich mit sich nehmen, aber sie weiß, daß es ihr wohlgeborgen unter dem Leibe liegt, und erst müßte man sie totschlagen, ehe sie es hergäbe.

„In dem Kontrakt soll stehen," sagt sie, „daß ich eine Altsitzerstelle bekomme mit so und so viel Korn und Kartoffeln und dem Recht, Hühner zu halten, und noch anderen Rechten, die ich alle bezeichnen werde. Sonst wird aus dem Kaufe nichts."

Die Katrike fängt sofort an zu weinen und klagt sie an, sie steh' ihrem Glücke entgegen. Der junge Herr Schmidt aber sagt: „Es wird auch alles in dem Kontrakte stehen, aber das ist ein ganz anderer Kontrakt als der, den ich mit dem Besitzer abschließen werde. Denn den geht es nichts an, was wir miteinander ausmachen wollen."

Da sieht sie ein, daß der dumme Deutsche klüger ist als sie selbst, und schickt sich in das, was verlangt wird.

Aber erst will sie gesund sein und mit aufs Gericht gehen und alles bewachen können bis in das kleinste.

Die Katrike und der junge Herr Schmidt sehen sich schon wieder an. Dann aber geben sie sich die Hand und knien am Bette nieder und bitten um ihren Segen.

Sie weint und küßt und segnet die beiden, aber in ihrem Innern denkt sie dabei: „Ich will doch erst den Rechtsanwalt fragen."

20

Der Moorvogt sitzt über seinen Schreibereien, und wenn einer am Chausseehaus vorübergeht, sieht er zum Fenster hinaus. Das ist seine Art, über die Leute, die ihm anvertraut sind, ins klare zu kommen. Aus ihrem Aussehen, ihrem Gang und der Stunde, die sie sich aussuchen, und den Lasten, die sie tragen, kann er genau erkennen, wie er mit ihnen dran ist, ob sie vorwärts kommen oder ob sie ins Lüdern geraten sind.

Der Moorvogt ist nun auch kein Jüngling mehr, und die dreißig Jahre, die er dem Moor geopfert hat, fangen an, seine Haare zu bleichen. Aber sein Auge sieht noch so scharf wie je, und noch immer hält er zweitausend Schicksale straff an der Leine.

Eines schönen Sommerabends sieht er den Jons Baltruschat zu Fuß nach Hause gehen, und doch ist er des Morgens im Leiterwagen vorübergefahren. Der Jons Baltruschat ist ihm schon seit einiger Zeit auffällig gewesen. Morgens macht er sich auf nach der Wiese, und abends fährt er betrunken zurück. Und der fremde weiße Hund, der dem Weibsbild von Tochter gehört, läuft nebenher.

Aber heute kommt er zu Fuß. Auch schwanken tut er. Aber seine Gangart ist mehr wie die eines Kranken als die eines Betrunkenen.

Darum macht der Moorvogt das kleine Fensterchen auf, durch das früher die Stange mit dem Lederbeutel geschoben wurde, und ruft ihm nach: „Jons, komm doch mal 'rein!"

Der Jons erschrickt und tut, als hat er nichts gehört, doch wie der Moorvogt nicht nachläßt, da muß er sich wohl bequemen, kehrt um und tritt in das Zimmer. Die Petruschka mit ihm. Sie läuft sofort zu dem Moorvogt, steckt die Schlangenschnauze in seine Hand und schlägt die nassen Augen zu ihm auf, als will sie sagen: „Wenn du nicht hilfst!"

Der Moorvogt braucht nur einen Blick, um zu sehen: Der Jons ist so gut wie ein verlorener Mann; aber er weiß, große Worte verschrecken bloß und verschüchtern, darum sagt er gleichsam so nebenher: „Mir war doch, als bist du heut früh mit Fuhrwerk gewesen. Hast du das irgendwo stehen gelassen?"

„Ja," sagt der Jons, „das hab' ich stehen gelassen."

„Na, wo denn?"

„Auf — der — Chaussee."

„Aber warum denn?"

„Ja — na." Mehr ist nicht aus ihm 'rauszukriegen.

„Dann wollen wir's doch gleich einmal holen gehen," sagt der Moorvogt und greift nach der Mütze.

Aber der Jons will nicht. „Wenn es 'n Zweck hätt'," sagt er.

„Warum hat's keinen Zweck?"

„Weil das Pferd gar nich mehr da is."

„Wo ist es denn?"

„Wer kann wissen?"

„Ach so," sagt der Moorvogt. „Du bist betrunken gewesen, hast dich in'n Chausseegraben gelegt, und unterdessen hat's dir einer ausgespannt."

„Wer kann wissen?" sagt der Jons.

„Und da gehst du hier vorbei und machst keine Anzeige? Möchtest du den hübschen Braunen gar nicht mehr wiederhaben?"

„Is ja alles egal," sagt der Jons.

„Sonst war dir sowas durchaus nicht egal."

„Da waren auch noch die Kühe da."

„Sind die denn *nicht* mehr da?"

„Nichts is mehr da. Die Schweine werden sie heute auch wohl geholt haben."

„Wer denn?"

„Na, die Erdme und die Marjellen."

„Und das läßt du dir ruhig gefallen?"

„Is ja alles egal." Und dabei bleibt er.

Die Petruschka sieht immer zum Moorvogt auf, wie der Mensch zum rettenden Herrgott. Der streichelt ihr den hohlen Rücken, dessen Fell verfilzt ist und verschorft von Wunden und schwarzgrau. Und er sagt: „Wie kommt's, daß der fremde Hund sich an dich gewöhnt hat?"

„Das is so gekommen," sagt der Jons.

„Weißt du, was deine Tochter für eine ist?" fragt der Moorvogt.

„Ich will es auch gar nicht wissen," sagt der Jons.

Damit geht er.

Der Moorvogt telephoniert an alle Amtsvorsteher wegen des Braunen und hat dann eine schlaflose Nacht.

Am nächsten Morgen läßt er sich den Smailus kommen. Der bibbert am Krückstock, und seine Augen sind ganz und gar wie verglast, aber das kühne Polengesicht hat er noch immer, und sein Schnurrbart wölbt sich forsch, als will er den Moskauern demnächst eine Schlacht ansagen.

Doch Schlachten schlägt der nicht mehr. Dafür hat seine Vierte reichlich gesorgt. Wenn es Gott will und sie stirbt, die ist imstande und verleidet ihm vorher die Fünfte.

„Was ist also mit den Baltruschats los?" fragt der Moorvogt. Und nun erfährt er das Nötige.

„Warum bist du nicht freiwillig zu mir gekommen und hast es erzählt?"

Seine Frau hat es nicht gewollt.

„W a r u m hat deine Frau es nicht gewollt?"

Der Jons hat ihr einmal eine Ziege gepfändet, und dafür muß sie sich rächen.

„Und was hat sie ihm gepfändet?"

Der Smailus lacht schadenfroh. „Das ist gar nicht zu zählen," sagt er. Überhaupt d a s Weib! Aber davon will der Moorvogt nichts wissen.

„Glaubst du, daß die Erdme mit dem Witkuhn mal was vorgehabt hat?"

Diese Frage ist ihm zu schwer. Daß seine eigenen vier Weiber ihm treu gewesen sind, das weiß er, bei den anderen kann man niemals drauf schwören.

„Aber bemerkt hast du nichts?"

Nein, bemerkt hat er nichts. Und darum wird er entlassen. — — —

Der Moorvogt ist sich noch ungewiß. Soll er die Erdme in dem Witkuhnschen Hause besuchen oder soll er sie zu sich bestellen? Da sieht er sie eben vorbeigehen. Sie lahmt zwar noch, und Kreuz und Kopf trägt sie bewickelt, aber kriechen kann sie doch schon.

„Du — komm mal 'rein!"

Sie steht da und sieht ihn böse an.

„Schöne Geschichten hör' ich von dir."

Sie schweigt und sieht ihn böse an.

„Nach fünfundzwanzigjährigem Leben — schämst du dich nicht?"

Da legt sie los: mit dem Zaunspfahl hat er sie geschlagen — beinahe das Rückgrat hat er ihr gebrochen — mit Schmutznamen hat er sie belegt — ihren ehelichen Wandel hat er bekotzt — die ehr- und tugendsamen Töchter hat er mißhandeln wollen, und was das Schlimmste ist, das Vieh hat er verhungern lassen, so daß sie es nur durch Rüberholen mit knapper Not errettet hat.

Der Moorvogt sieht sofort: die Sache liegt schlimm für den Jons, und s i e ist eine Furie geworden. Mit gut Zureden wird der nicht beizukommen sein. So versucht er es also mit böse: „Weißt du, was ich jetzt tun werde? Ich werd' dich durch den Gendarm in die Kaluse bringen lassen."

Aber sie lacht ihn nur aus. „Das können Sie ja. Bloß morgen werd' ich schon wieder bei Ihnen vorbeigehen."

„Wenn du dich nur nicht irrst."

„Warum soll ich mich irren? Er hat ja keinen Antrag gestellt. Und er wird auch gar keinen stellen. Denn hier unter der Wiste hab' ich das Doktorattest. Darin steht geschrieben, wie schlimm es gewesen ist und daß ich nur durch ein Wunder am Leben bin. Wenn einer in die Kalus' fliegt, dann ist er es. Und ich zieh' jetzt zu meiner älteren Tochter. Die wird eine reiche Besitzersfrau. Und morgen wird sie das Aufgebot bestellen kommen. Und wenn ich erst hier 'raus bin, dann kann man mir sonst was."

Das ist nicht Trotz mehr, das ist offene Auflehnung. Im Laufe der Jahre haben nur wenige ihm so entgegenzutreten gewagt.

„Was du eben gesagt hast, Erdme Baltruschat, das will ich nicht verstanden haben. Aber eins prophezei' ich dir: der Tag wird kommen, und er ist gar nicht weit, da wirst du dich glücklich preisen, bei dem Jons noch einmal unterkriechen zu können. Wir wollen hoffen, daß er dich dann auch aufnimmt."

Sie beißt die Zähne zusammen und schwört bei Gott dem Allmächtigen: „Eher geh' ich und ertränk' mich im Torfloch."

Und damit humpelt sie wieder hinaus nach Heydekrug zu, wo der Rechtsanwalt ihr raten soll, wie sie sich sichert, wenn Tochter und Schwiegersohn, denen sie alles opfert, sie übervorteilen wollen.

21

Das Geld muß hergegeben werden. Da ist nichts zu machen. Denn ohne Anzahlung kommt das Grundstück nicht in ihren Besitz. Es wird aus Vorsicht auf den Namen der Tochter geschrieben, damit der junge Herr Schmidt vor der Hochzeit nicht etwa noch abschnappt.

Die Kühe und die Schweine und alles, was vom Hausrat herübergetragen ist, sollen mit in die Wirtschaft kommen, denn es fehlt ja nicht weniger als alles.

Der Kontrakt wird unterschrieben, und das Geld ist weg — so schnell, wie man eine Fliege in der Hand sterben läßt. Den Kauftrunk spendiert die Erdme, aber gemütlich ist er nicht. Der bisherige Besitzer behauptet, er hätte sein Hab und Gut wegwerfen müssen, und der junge Herr

Schmidt ist der Ansicht, die Hälfte des Preises wäre auch noch reichlich gewesen. Daß es zum Prügeln nicht kommt, daran ist nur die Urte schuld, die nach beiden Seiten schöne Augen macht und dadurch das Schlimmste verhindert.

Hierfür belohnt sie sich, indem sie hernach noch ein bißchen spazieren geht, wobei sie alsbald die jungen Herren mit den Schmissen trifft, die ihr vorsichtig folgen, bis man sich auf der leeren Chaussee freundschaftlich einigen kann.

Die Katrike will mit dem jungen Herrn Schmidt über Nacht zu den Schwiegereltern fahren, was ihr nicht zu verdenken ist, und darum geht die Erdme allein nach Hause.

Nach Hause? — Als ob sie ein „Zuhause" hätte — das soll erst morgen kommen. Denn für morgen hat der Rechtsanwalt den Ausgedingevertrag bereitgelegt. Darin steht aufs genaueste geschrieben, was ihr bis zu ihrem seligen Tode zukommen wird — ja sogar für die Zeit n a ch dem Tode hat sie gesorgt. Nicht weniger als zehn Fladen und sechs Achtel Bier müssen den Begräbnisgästen vorgesetzt werden, und das Kreuz auf ihrem Grabe muß aus Gußeisen sein.

So ist alles aufs beste geordnet. Aber wohl ist ihr doch nicht zumut. Wenn jetzt zum Beispiel der Jons des Weges käme, wie könnte sie ohne ein Wort an ihm vorübergehen?

Da ist nun die lange Brücke, die über die

Sumpfniederung führt! Und sie muß des Frühlingstages gedenken, an dem sie vor fünfundzwanzig Jahren mit Jons zum Moor hinauszog. Da kuckten die Kuhblumen vergnügt aus dem blauen Stauwasser, und sie sagte zu ihm: „Wie die Blumchen da vorwärts kommen, ohne zu ertrinken, so werden auch wir vorwärts kommen."

Genau so sagte sie. Ihr ist, als wäre es gestern gewesen.

„Aber was hilft das Vorwärtskommen," denkt sie, „wenn einem zuguterletzt alles wieder zunichte wird."

In ihrer Unwissenheit hat sie gemeint, sie seien längst über den Berg, und Hader könnt's gar nicht mehr geben; da ist er mit einmal da gewesen wie der Dieb in der Nacht und hat alles — aber auch alles — zunichte gemacht.

Übrigens: eine Wut hat sie auf die Katrike, die ihr das Geld aus den Händen riß! Kaum einmal warten konnte die Kröt', bis sie die Wiste aufgehakt hatte!

„Aber morgen," denkt sie, „morgen wird alles festgemacht werden." Aus dem Hause wird sie keiner fortekeln können, dafür hat der Rechtsanwalt schon gesorgt, und das Brautpaar hat wohl oder übel seine Zustimmung geben müssen.

Bloß daß die Unterschrift fehlt. Morgen

um elf werden sie sich wieder in Heydekrug treffen, und übernächsten Sonntag kann dann die Hochzeit sein.

Wie sie beim Nachbar anlangt, ist ihr zumut, als muß sie sich wieder krank hinlegen, so zerschlagen fühlt sie sich. Aber das kommt nicht vom Rücken her, das ist das Herzweh, weil sie alles hergeben muß.

Der Nachbar erkennt ihren Zustand wohl und redet ihr Trost zu. Aber was kann er viel sagen?

Zwei Stunden nach ihr kommt die Urte. Sie hat heiße Backen und sieht versucht und verjachert aus. Sie ist dem Moorvogt begegnet, und der unverschämte Kerl hat sie angehalten und verlangt, sie soll ein Führungsattest beibringen. Was der sich wohl denkt?

Sie macht sich viel an ihrem Koffer zu schaffen, aber zu der ermatteten Mutter ist sie voll Zärtlichkeit und besteht darauf, daß der Nachbar einen Wagen besorgt und sie morgen selber nach Heydekrug fährt. Denn der weite Gang zwei Tage gleich nach einander könnte zu viel für sie sein.

Spät abends kniet sie noch vor der Mutter Bett und streichelt und küßt ihr die Hände und bittet ihr alles ab, was sie ihr Böses getan hat und weiter noch tun muß. Die Erdme weiß zwar nicht, was sie meint, aber von solcher

Weichherzigkeit ist sie heut, daß sie den Kissenbezug ganz naß weint.

Und morgens, wie sie mit dem Nachbar davonfährt, fängt die Urte von neuem an, gerade so, als wär' es ein Abschied für immer.

Heut achtet sie nicht darauf. Sie hat nur Augen für drüben. Ob nicht der Jons sich irgendwo sehen läßt. Aber drüben ist alles leer und still. Auch keine Petruschka blitzt irgendwo auf. Freilich, blitzen tut die nicht mehr, denn die ist jetzt dreckig, wer weiß wie.

Pünktlich um elf hält der Wagen vor dem Rechtsanwaltshaus. Sie denkt, die Brautleute schon lauernd zu finden, aber keiner ist da. Auch um halb zwölfe noch nicht und um zwölfe ebensowenig.

Der Rechtsanwalt hat auf dem Gerichte Termin und sagt im Vorbeigehen, jetzt müßte sie warten bis zwei, denn früher käm' er nicht wieder.

Und wie er um zwei wiederkommt, sind die Brautleute noch immer nicht da.

„Jetzt ist Büroschluß bis um halb vier," sagt er. „Inzwischen können sie immer noch kommen."

Der Erdme, die auf der Schwelle sitzt, tut seit langem das Kreuz weh, und der Nachbar redet ihr zu, in die nächste Schenke zu gehen. Dort kann sie sich wenigstens ausstrecken. Aber sie will nicht. Sie könnte das Brautpaar am Ende verfehlen.

Der Nachbar kauft ihr Semmel und Schnaps, und dann geht es ja wieder.

Wie die Uhr sechs schlägt, kommt der Bürovorsteher heraus und sagt, für heute sei es nun leider zu spät, aber der Schriftsatz liege ja da und der Herr Rechtsanwalt werde morgen oder auch sonst wann zur Beglaubigung gerne bereit sein.

So fahren sie wieder zurück. Die Erdme hat das Kopftuch um Mund und Backen gebunden und redet kein Wort. Was soll sie auch reden? Man muß sich ja fürchten zu denken — um wieviel mehr noch zu reden!

Auch dem Nachbar ist die Kehle erfroren. Und so kommen sie an.

Was sie da finden, glaubt keiner. Ich kann es euch zehnmal erzählen, ihr glaubt es mir doch nicht.

Die Kühe sind weg. Die Schweine sind weg, die Betten sind weg. Auch der andere Hausrat von drüben ist weg. Die Urte ist ebenso weg. Und selbst die kröt'sche Marjell, die Jette, ist weg.

Dem Nachbar Witkuhn Seine, die ein ordentliches Mädchen ist, sieht die erschreckten Gesichter und fängt hell zu weinen an. Sie haben gesagt, es geschehe im Auftrag der Erdme, sonst hätte sie den Nachbar Smailus gerufen oder sonst wen — und sie schielt hinüber nach Baltruschats Haus.

Was bei Jesu Namen i st also geschehen?

Bald nach elfe ist ein Leiterwagen vorgefahren. Darauf haben die Brautleute gesessen und haben erklärt, sie wollten jetzt alles überführen, was in die künftige Wirtschaft gehört. Und die Mutter wäre schon dort, um einzurichten, und käme nur später noch einmal, die eigenen Sachen zu holen.

Und dann haben sie vorne das Hausgerät aufgeladen und hinten die Schweine. Und die Kühe haben sie angebunden, und so sind sie davongefahren. Und die Urte hat ihr noch fünf Mark geschenkt für die gute Bedienung.

Ja richtig! Zwei Briefe haben sie auf den Tisch gelegt. An wen die sind, weiß sie nicht, denn Aufschrift hat keiner.

Der Erdme wird das Kreuz ganz steif und gefühllos. Der Nachbar und die Magd müssen sie in die Stube tragen.

Da liegen die Briefe.

Die Katrike schreibt so:

„Mein geliebtes Mütterlein!

Es bereitet mir einen großen Schmerz, mich von Dir zu trennen. Mein Bräutigam, der junge Herr Schmidt und seine Familie wollen es aber so. Die Deutschen sagen, es ist bei ihnen nicht Sitte, daß gleich die Mutter als Altsitzerin in die Wirtschaft mitgeschleppt wird. Und sie sagen, sie wollen dann lieber zurücktreten. Die Hochzeit wird in kleinstem Kreise gefeiert werden, und darum kann ich Dich nicht dazu einladen. Was mir auch gewißlich einen großen Schmerz bereitet. Das Vieh und die anderen Sachen habe ich gleich mitgenommen, denn mein Bräutigam, der junge Herr Schmidt, hat es schriftlich. Eine Klage würde also nichts nutzen. Ich bedanke mich auch sehr für alles, womit Du mich beschenkt hast, und werde Dich lieben in Ewigkeit.

Deine treue Tochter Katrike."

Und die Urte schreibt so:

„Meine Mamusze!

Ich weiß, ich habe schlecht an Dir gehandelt, aber die Katrike bestand darauf. Darum habe ich Dich gestern und heute auch immerfort um Verzeihung gebeten. Bei der Katrike bleibe ich nicht, sondern fahre von Jugnaten aus gleich nach Berlin. Wenn ich trotz meiner schönen Kleider nicht arm wäre wie eine Kirchenmaus, noch weit ärmer, als die Ulele einst war, dann würde ich Dich jetzt mit mir nehmen. Aber so würden wir uns beide gegenseitig nur hinderlich sein. Darum rate ich Dir, laß Dich rasch scheiden und heirate den Nachbar Witkuhn, der Dich ja immer geliebt hat. Wenn man daran denkt, scheint es einem wie ein trauriges Buch, und das muß doch wenigstens einen befriedigenden Schluß haben. Zu dem bösen Vater kannst Du ja doch nicht zurück. Die untreue Petruschka mag bei ihm bleiben. Ich will sie nicht mehr. Lebe wohl, meine Mamusze, und sei mir nicht böse. Ich schicke Dir bald etwas Schönes.

Deine Urte."

So lauten die Abschiedsbriefe der beiden Töchter.

22

Die Erdme will sich ins Bett legen, denn die Beine tragen sie nicht.

Da tritt der Nachbar Witkuhn zu ihr in die Kammer. Er hat seinen Mantel auf dem Arme und sagt: „Bis heute waren die Töchter da. Ich könnte ja jetzt die Magd bei dir schlafen lassen, aber vor Gericht glauben sie ihr am Ende nicht, weil sie doch von mir abhängig ist. Und wenn ich auch ein alter Mann bin, da ich nun einmal mit dir im Verdacht stehe, so möchte ich dir das künftige Leben nicht erschweren, indem ich mit dir zur Nacht allein unter einem Dache verweile. Oder doch so gut wie allein. Ich werde darum den Nachbar Smailus um eine Schlafgelegenheit bitten und darin fortfahren, solange dein Ruf es verlangt."

Da sieht die Erdme ein, daß sie kein Dach mehr über dem Kopfe hat, denn den Nachbar aus seinem Hause vertreiben, das kann sie nicht.

Weil sie aber weiß, daß er von seiner Meinung nicht abzubringen sein wird, so willigt sie zum Scheine darein, gibt ihm auch ihre Danksagung mit auf den Weg und sagt, sie wird gleich zur Ruhe gehn.

Sowie er aber weg ist, ergreift sie den Stock, auf den sie sich stützen muß, — und siehe da! jetzt tragen die Beine sie wieder.

Der Magd sagt sie, sie will an die frische Luft, und damit verläßt sie den Hof.

Es ist ein lieblicher Abend, nur — Gott sei's geklagt — sie weiß nicht, wohin.

Dem Moorvogt hat sie geschworen: ins Torfloch. So ein Schwur ist leicht gegeben, will man ihn aber erfüllen, dann fällt es einem recht schwer.

Trotzdem wird es ja wohl das Torfloch sein müssen, denn was bleibt ihr sonst übrig?

Auf dem Knüppelweg hält sie an und blickt noch einmal nach ihrem Eigenen hinüber.

„Es ist merkwürdig," denkt sie, „daß man nie etwas von ihm sieht oder hört." Seit sie ihm das Pferd gestohlen haben, kann er nicht mehr wegfahren. Und zu Fuß kommt er auch nicht vorbei. Selbst die Petruschka ist wie in die Erde gesunken.

Sie wirft einen Blick auf die Quitschenbäume, deren Beeren schon halb und halb rot sind, und auch den Garten besieht sie von ferne. Viel erkennt sie nicht mehr, denn die Dunkelheit ist schon im Fallen, aber daß die Sonnenblumen im Aufblühen sind und daß der Wind die Stangen der Zuckerschoten umgeschmissen hat, das bemerkt man auch von dem Weg her.

„Wenn ich nicht so kreuzlahm wäre," denkt sie, „so würd' ich nachher über den Zaun klettern und sie noch aufrichten."

Und dann macht sie sich auf — nach dem Torfloch.

Die Ziegel, die schwarz und wie mit Fett übergossen an seinem Rande stehen, hat sie noch selber gestochen. Aber nicht mehr allein wie einst in den Jahren der Jugend. Mit der Magd waren sie drei, so wie es die Regel verlangt. Und der Jons hatte den schwersten, den Stechplatz.

Der Abendschein liegt feuerrot auf dem Wasser.

„Wenn ich jetzt hier 'reinspringe," denkt sie, „dann wird er sein Lebtag glauben, ich sei mit dem Nachbar Witkuhn im Verschwiegenen einig gewesen. Denn wer soll es ihm sagen? Will der Nachbar ihn anreden, so schlägt er ihn tot."

Und dabei fällt ihr auf, daß das Totgeschlagenwerden gar nicht so schlimm ist. Hier 'reinzuspringen ist schlimmer.

„Wie wär's," denkt sie weiter, „wenn ich vorher noch mit ihm spreche und alles ins klare bringe? Mehr als mich totschlagen kann er ja auch nicht."

Und so froh wird ihr dabei zumut, als wenn das noch ein Segen wär'. Bloß hier nicht 'reinspringen müssen!

Darum macht sie sich gleich auf den Rückweg.

Um die weggelaufenen Töchter klagt sie schon gar nicht mehr, nur daß das Vieh weg ist, erfüllt sie mit Kummer.

„Hätt' ich bloß eine einzige Kuh an die Leine zu nehmen," denkt sie, „dann könnte ich mich schon vor ihm sehen lassen. Aber so ganz als Bettlerin auf seiner Schwelle zu stehen, fällt doch recht schwer."

Und nun möchte sie wieder lieber ins Torfloch. — — —

Wie sie von neuem am Quitschenweg steht, ist es schon Nacht, aber richtig Nacht wird es im Juli ja doch nicht.

„Find' ich ihn nicht zu Hause," denkt sie, „so setz' ich mich an die Feuerstelle und warte, bis er zurückkommt."

Und so geht sie langsam den Zufahrtsweg hinauf und bis an das Hoftor. Der Kettenhund rührt sich nicht. Ja richtig, den hat er vergiftet, weil er sich losgemacht und die Petruschka zerbissen hat. So hat es der Magd die Smailene erzählt.

Das Tor steht offen. Warum auch nicht? Das Vieh ist längst fort, das hat sie ja selber gestohlen.

Ob er wenigstens die Haustür verschlossen hat?

Aber wie kann er? Sie selber hat ja den Schlüssel.

So drückt sie also die Klinke auf zum Vorflur.

Da kommt aus dem Finstern was Helles gesprungen und riecht an ihr hoch und riecht und riecht und stellt sich dann vor sie hin und fängt zu heulen an, wie ein Mensch heult.

Heult er vor Freude? Heult er vor Jammer? Wer kann es wissen?

Ihre Augen haben sich schon an das Dunkel gewöhnt, und wie der Jons in seinen Kleidern aus der Stubentür tritt, erkennt sie ihn deutlich. Sie sieht auch gleich, daß er nüchtern ist. Bloß verschlafen scheint er zu sein.

Und wie er fragt, wer da ist, gibt sie gar nicht erst Antwort, sondern fällt vor der Feuerstelle zusammen. Sie denkt, nun wird er die Schaufel nehmen oder die Axt.

Aber was tut er?

Er macht die Haustür weit auf, damit er sie besser besehen kann, und dann stellt er sich neben sie hin und fragt: „Ist es noch immer das Kreuz, daß du nicht aufkannst?“

Nein, das Kreuz ist es nicht mehr, auch die Angst ist es nicht mehr, jetzt sind es die Tränen, daß sie nicht aufkann.

Und sie kniet vor der Feuerstelle und legt die

Stirn auf die Kante und weint und weint, weil sie da ist und weil er die Axt nicht nimmt oder die Schaufel.

Wie wird sie's ihm aber bloß beibringen von dem Sparkassenbuch und dem Vieh? Und dann auch, wie sie mit dem Nachbar steht und gestanden hat, treu nach der Wahrheit?

Und weil sie nicht weiß, was sie reden soll, liegt sie da und weint.

Da sagt der Jons: „Die Marjellens sind ja, Gott sei Dank, auch weg."

„Das weißt du?" sagt sie und richtet sich auf.

„Ich hab' ja alles aufladen sehen heute mittag," sagt er.

„Und du hast sie nicht zuschanden geprügelt?"

„Ich hab' schon eine zuschanden geprügelt," sagt er und setzt sich neben sie auf den Herd.

Da hebt sie den Kopf und legt ihn ihm zwischen die Knie, und er legt die Hand auf ihr Haar, und so sitzen sie lange.

Aber endlich muß sie es ihm doch sagen — das mit dem Nachbar zuerst.

Sie druckst und druckst, doch es will nicht recht losgehen. „Der Nachbar —" sagt sie, „der Nachbar —" und dabei bleibt es.

„Is ja alles egal mit dem Nachbar," sagt er, „wenn du bloß da bist."

Nun weiß sie, daß er ihr alles verziehen hat, wenn es auch noch so schlimm wäre. Aber sie will es nicht auf sich sitzen lassen — nicht eine Stunde mehr.

Und da kann sie mit einem Male ganz fix in die Höhe und setzt sich neben ihn und erzählt ihm von dem Gesangbuch — wie wundertätig sich das in der Jugend an ihr erwiesen hat. Nun aber sind sie längst angejahrt und drüber hinweg. Und daß der Nachbar heut für die Nacht zum Nachbar Smailus gegangen ist, erzählt sie ihm auch.

Er sagt: „Wenn du bloß da bist." Und sonst sagt er nichts. — — — — —

Nun wollen sie schlafen gehen. Doch es sind keine Betten da.

„Ich lieg' sonst auf dem Stroh," sagt er, „und bedecken tu' ich mich mit dem Woilach."

Das Pferd ist weg, aber sein Woilach dient weiter.

„Wie wir anfingen," sagt sie und schämt sich, „da hatten wir wenigstens Bettzeug."

„Ach Gott," sagt er, „das Vieh ist ja weg und viel von dem Hausrat und alles Gesparte" — wie er sagt „alles Gesparte", da schluckt er doch, und ihr zerreißt es das Herz —, „aber die schönen Gebäude sind da, und die Wiese haben wir auch, und die Kartoffeln gedeihen — und der Moorvogt sagt: ‚Das Pferd wird sich finden,' und fürs übrige leiht er. Wir fangen eben noch einmal von vorne an, das ist alles."

Wie er das sagt, da kommt die Erdme sich wieder ganz jung vor.

Und dann kriechen sie still in das kahle Bett und decken sich zu, so viel die kurze Pferdedecke nur hergibt. Und sie frieren auch nicht, denn die Nacht ist ja mild, und sie können sich gegenseitig erwärmen.

Wie die Erdme da liegt, denkt sie: „O Gott, o Gott, wie liegt es sich schön hier!" Und ihr Kreuz wird bald heil sein, und dann wird sie arbeiten wieder für dreie. Und der Segen wird kommen, wie er das erstemal kam. Nein, er ist schon gekommen, denn der Jons liegt ja bei ihr und sagt halb im Schlaf: „Wenn du bloß da bist."

Die Petruschka hat den Kopf zwischen die Pfoten gesteckt und träumt von einer Wanne mit lauwarmem Seifenwasser und einem tüchtigen Schrubber.

Und wie ich die Erdme kenne, wird der Traum sich morgen erfüllen. —

Die Magd

1

Es war am ersten Juli und schon Feierabend, als die Marinke Tamoszus im Dorfe einfuhr. Der Vater hatte sie in seinem Wagen selber gebracht. Trotzdem kam sie nicht aus dem Elternhause. Sie kam von dem Gute des Herrn Westphal, wo sie erst ein Jahr im Haushalt gedient und dann zwei Jahre lang die Meierei verwaltet hatte.

Dort war sie dem alten Enskys aus Ussainen in die Augen gefallen. Er hatte beim Milchabliefern die fleißige Wirtin in ihr erkannt und erst seine Frau und dann auch seinen Sohn, den Jurris, auf sie aufmerksam gemacht. Hierauf, als beide freudig Ja sagten, hatte er sich mit ihrem Vater verständigt, und das Ende vom Liede war, daß sie dem Herrn Westphal kündigte und vom alten Enskys den Mietstaler nahm.

Aber nein doch, das Ende war es nicht! Es sollte vielmehr ein glücklicher Anfang sein.

Denn wenn man sich gegenseitig gefiel, so konnte nach den letzten Kartoffeln, um Mitte Oktober etwa, die Hochzeit gefeiert werden.

Wenigstens war es mit dem Vater so abgemacht worden. Und sie, die Marinke, hatte sich nicht gewehrt. Denn nach Hause konnte sie nicht, weil dort eine böse Stiefmutter schaltete, und ewig auf dem großen Gute zu scharwerken, hatte erst recht keinen Zweck. Man kam schließlich bloß ins Gerede.

Sie saß in ihren Sonntagskleidern mit gründurchflochtenen Zöpfen und brauner Taftschürze, blond und rund und schüchtern neben dem dürrgearbeiteten Vater, der auf seine Gäule losprügelte, denn er wollte forsch vorgefahren kommen.

Er kannte die Enskysche Wirtschaft schon, sie hingegen war noch niemals dort gewesen und fuhr ins neue Leben hinein, wie man aufs Meer hinausfährt.

Sie blickte nicht vorwärts und nicht in die Runde, und von freudiger Erwartung stand wenig auf ihrem Gesichte zu lesen. Sie fragte auch nicht: „Ist es hier? Ist es dort?" Aber wenn der Wagen an einem neuen Zugangswege vorbeifuhr, atmete sie erleichtert auf, weil ihr noch eine Galgenfrist blieb.

Endlich bog er doch um die Ecke, und im Abendschein lag die künftige Heimat vor ihr. Vier schwarz-weiße Kühe weideten im Roßgarten. Daß die tüchtige Milchgeberinnen waren, das wußte sie schon von der Meierei her. Der

Garten mit Blumen voll. Der Hofraum gepflastert. Der Stumpf einer Dreschmaschine vor der massiven Scheune. In ihrem Herzensbangen fiel ihr sonst nicht viel auf. Nur die braunen Netze, die zum Trocknen über den Staketen hingen, gewahrte sie mit etlichem Staunen, denn noch nie war sie in einer Fischergegend gewesen.

Vor der Tür standen die Alten mitsamt dem Jurris. Auch ein Knecht war da und eine Taglöhnerfrau. Um derentwillen durfte der Willkomm nicht allzu herzlich sein. Aber sie dachten sich doch ihr Teil, denn sie grieflachten heimlich zusammen.

Wenn ein junger Sohn im Hause ist und die Magd kommt zweispännig angefahren, und der eigene Vater kutschiert!

Der Jurris war ebenso schüchtern wie sie. Man hätte es nicht von ihm glauben sollen, denn er war unlängst von den Kürassieren nach Hause gekommen, und die blau-weiße Mütze saß ihm noch auf dem linken Ohr. Aber als er ihr kaum die Hand gegeben hatte, machte er sich schon eifrig an dem Kasten zu schaffen, den er mit Hilfe des Knechts über die Sprossen hob. Nur um nicht mit ihr reden zu müssen.

Eigentlich wie ein Kürassier sah er nicht aus. Nach seiner Gestalt hätte man ihn eher bei den Ulanen vermutet. Lang und biegsam und von sinkendem Schulterbau. Die Augen blau und still. Viel von Bart noch nicht auf den Lippen.

Das Ausspannen verbat sich der alte Tamoszus. Denn bis nach Piktaten, wo seine Wirtschaft lag, sind es mehr als drei Meilen, und er wollte nachts schon zu Hause sein. Aber einen Bissen geräucherten Aal aß er doch und trank den Himbeer dazu, der nicht im mindesten kratzte. Er fühlte es mit Zufriedenheit: die Marinke kam in ein gutes Haus, und die fünfhundert Taler, die er ihr mitgeben konnte, würden gut angewandt sein.

So fuhr er also von dannen, und die Marinke saß in der Kammer und weinte.

Aber da man bei fleißiger Arbeit eher ans Lachen als ans Weinen denkt, so war sie am nächsten Morgen schon wieder ganz fröhlich. Die Kühe standen über dem Melkeimer so still, als hätte sie sie schon seit Wochen geliebkost, und der Schweinetrank schwippte in weitem Bogen gerade unter die hungernden Rüssel.

Die Enskene ging ihr nach auf Schritt und Tritt, aber so, daß sie von ihr nicht gesehen werden konnte, und als das Frühstücksbrot kam, sagte sie leise zu ihrem Mann: „Wir haben gut gewählt. Sie ist eine Gesegnete."

Der alte Enskys faltete die rissigen Hände und sagte noch zweifelnd: „Geb' Gott!"

Und beide dachten daran, wie sie nun im

Herbste sich zur Ruhe setzen könnten, waren dabei aber erst um die Funfzig.

Die Marinke tat, als merke sie nichts von dem Beobachtetwerden und dem Getuschel, und machte ihre Arbeit als eine, die das Arbeiten liebt und nicht nach rechts und nach links sieht.

Die Schwiegermutter gefiel ihr. Bequem und gütigen Herzens und nicht gewillt, sie ihre Herrschaft fühlen zu lassen.

Aus dem Schwiegervater war vorderhand noch nicht klug zu werden. Bescheiden im Wesen, als wär' er ein Instmann, aber pfiffigen Blicks und im kleinen ein Quengler. Denn er gemahnte sie zwei-, dreimal an etwas, was sie noch gar nicht wissen konnte. Aber das mochte auch Unvernunft sein.

Der Jurris saß steif neben ihr da und sprach sie nicht an. Und so blieb es Tage und Tage lang, so daß der Knecht und die Taglöhnerin ihren Verdacht bald wieder fahren ließen.

Der Marinke war es recht so, denn ihre Gedanken weilten ganz, ganz wo anders als bei dem Jurris. Nur neugierig war sie auf ihn und wollte wissen, wie er es anfangen würde. Aber er fing es lieber gar nicht an. Und mit der Zeit begann sie zu fürchten, sie könnte wieder heimgeschickt werden. Und noch etwas Schlimmeres fürchtete sie, doch daran ging das Denken gerne vorüber.

2

Um ihre Milch am besten zu verwerten, hatten die fünf größten Wirte des Dorfes mit Herrn Westphal einen Pachtvertrag abgeschlossen und lieferten ihm so und so viel Liter täglich für seine Meierei. Im Hinfahren wechselten sie sich allwöchentlich ab, und daher kannte die Marinke sie alle. Und besser noch kannte sie ihre Frauen und Kinder, denn die Besitzer spielten den Kutscher meistens nur dann, wenn sie in Augustenhof sonst noch zu tun hatten.

In der Woche nach Marinkes Ankunft war der Jozup an der Reihe. Der Jozup Wilkat, der mit seiner Mutter die Wirtschaft führte. Ein dunkler junger Mensch von Dreiviertelgröße mit buschigem Schnurrbart und zusammengewachsenen Brauen, die ihm ein finsteres und fremdartiges Aussehen gaben. Den Hof, der übrigens wohlhabend und gutgehalten war, nannte man in der Gegend die „Wilkija", das Wolfsnest. Zuerst natürlich des Namens wegen, denn Wilkat heißt im Deutschen der „Werwolf". Dann aber auch, weil die drei Söhne, die vaterlos herangewachsen waren, sich von früher Jugend an in den Haaren gelegen hatten, bis die Mutter, deren Liebling der Jozup war, die beiden Älteren herausbiß, so daß sie nun in Berlin auf Beförderung dienten. Der Jozup aber wartete nur auf eine passende Frau, um dann die Wirtschaft zu übernehmen.

In Augustenhof waren alle Mägde hinter ihm her, aber er kümmerte sich wenig um sie. Selbst die Marinke hatte er immer bloß stumm angeglupt, hatte seine Milch aufschreiben lassen — und weg war er.

Man sagte von ihm, er sei ein „Bedraugis", das ist einer, der keinen Freund hat, und das mochte früher vielleicht gestimmt haben; wenn er jetzt aber abends die Milch abholen kam, machte er sich lange im Stall bei dem Jurris zu schaffen, rauchte eine Zigarre mit ihm und versäumte womöglich die Abfahrt. Denn bis Augustenhof sind es im Schritt immerhin doch anderthalb Stunden. Es schien, als wären sie Herzensfreunde immer gewesen.

Am vierten Abend mochte es sein, da trat er zu der Marinke, die eben die Milchkannen auflud, und redete sie mit den Worten an: „Gestern hat mich der Herr Westphal halten lassen und hat gesagt, ich möchte dir sagen, du möchtest doch bei Gelegenheit einmal nach Augustenhof kommen."

Die Marinke wurde rot und sagte: „Was soll ich in Augustenhof? Ich bin nicht mehr in Dienst dort."

Und der Jozup entgegnete: „Es ist noch etwas abzurechnen, hat er gesagt."

Die Marinke antwortete: „Ich habe abgerechnet," und ging ihrer Wege.

Aber am Sonnabend kam er noch einmal und sagte: „Der Herr Westphal ist gestern auf der Meierei gewesen und hat gesagt, er würde aus einem Posten nicht klug und er müsse durchaus mit dir reden. Morgen am Sonntag ist mein letzter Abend. Vielleicht erweist du mir das Vertrauen und fährst mit mir."

Der Marinke gab es einen Stoß gegen das Herz. Sie sah den Jurris an, der still nebenbei stand, und sagte: „Wenn ich durchaus fahren muß, so fahr' ich doch lieber, wenn wir an der Reihe sind. Die acht Tage wird der Herr Westphal sich wohl noch gedulden."

Der Jozup zog die Brauenhaare noch finsterer zusammen, stieg auf und fuhr vom Hofe herunter.

Der Jurris stand da und sah ihm nach, und die Marinke grämte sich, daß er noch immer nicht zu ihr sprach. Schließlich war sie doch „auf Prob'" hier. Was sollte werden, wenn es so blieb?

Darum tat sie etwas, was ihrem schüchternen Sinne ganz zuwider war und wozu sie bisher den Mut noch nie gefunden hatte. Sie stellte sich neben ihn und sagte: „Vielleicht bist du so gut und nimmst mich dann einmal mit."

Hätte er nun eine kurze und unwirsche Antwort gegeben oder ihr sonst sein Mißfallen gezeigt, dann hätte sie gewußt, daß sie ihren Kasten bald würde packen müssen. Aber was tat er?

Er drehte sich nach ihr um; ein gutes, man konnte sagen, ein glückliches Lächeln ging über sein ganzes Gesicht, und er entgegnete: „Wirst du dann auch einmal mit mir fischen kommen?"

Nun wußte sie, wie sie mit ihm dran war und daß sie mit ihrem Kasten würde hierbleiben können für ihre ganze Lebenszeit. Am liebsten wäre sie gleich davongelaufen und hätte im Winkel geweint, aber sie bezwang sich und lächelte nur und sagte: „Du h a s t ja bisher noch gar nicht gefischt."

„Ich habe immer auf dich gewartet," entgegnete er.

„Wenn du die Mutter gebeten hättest, hätte sie mich wohl freigelassen," sagte sie.

„Ja, das hätte ich eigentlich tun können," entgegnete er, „aber ich dachte immer, du hättest zu viel zu tun."

„Zu tun habe ich wohl genug," war ihre Antwort, „aber wie man fischt, das sähe ich gar zu gerne."

Da führte er sie vor die braunen, nach Teer riechenden Netze, die über die Stakete gehängt waren, und erklärte ihr alles.

Sie hörte ihm zu und hörte doch nichts. Vor lauter Glück hörte sie nichts. Das Schwere, das

Dunkle, das sonst über ihr Denken gebreitet war, löste sich auf.

Nichts war um sie und in ihr als ein milder Sommerabend mit braunen Netzen und grünen Staketen und vielen Blumen dahinter, und Vögelchen, die sie ansangen, und einem Hofhund, der sie anwedelte, und einem lieben, guten Menschen, der fortan der Ihre war.

Sie ging neben ihm hin wie ein seliger Geist, und hätte er ihre Hand gefaßt und wäre mit ihr in den Himmel geflogen, sie hätte sich nicht im geringsten gewundert.

Daß sie nun auch gemeinsam den Garten besuchten, geschah wie von selbst. Er zeigte ihr den Goldlack und den Reiherschnabel, und sie zeigte ihm den Ehrenpreis und die Studentennelke, und nur an dem Rautenbeet gingen sie schweigend vorüber.

3

Zwei Tage später am frühen Morgen sagte der Jurris zur Marinke: „Die Mutter hat erlaubt, daß wir zusammen fischen dürfen."

Sie fragte: „Wer wird die Kühe melken?"

Und er erwiderte: „Sie wird es selber tun."

Als sie mit ihm das Netz auf den Handwagen lud, schämte sie sich sehr vor den Blicken, die sie auf sich gerichtet fühlte. Sie nahm sich auch nichts zu essen mit und sagte zu keinem: „Ich geh' nun." Wie eine Übeltäterin machte sie, daß sie davonkam.

Er zog den Handwagen, und sie schob nach. Aber zu schieben war eigentlich nichts, denn die Räder drehten sich wie von selber.

Bis zum Haff geht man quer durch die Felder mehr als eine halbe Stunde. Zuerst war nichts davon zu sehen als ein rötlicher Nebel, wie er morgens wohl auf den Wiesen liegt, dann aber brach das blaue Wasser durch, hoch über dem Rohr und dem Buschwerk, und zwischen Wasser und Himmel blänkerten in der Ferne die Sandberge der Nehrung, anzusehen wie ein Gürtelband von weißgelber Seide.

Marinke dachte: „Wie schön wird meine Heimat sein!" Sie wollte was sagen, aber sie traute sich nicht, denn er, der vor ihr ging, drehte sich nie nach ihr um.

Und so kamen sie dem Ufer immer näher.

Dort standen Schuppen errichtet, um die Kähne aufzunehmen, wenn die Zeit der Stürme drohte. Jetzt aber, bei stillem Sommerwetter, waren sie nicht einmal auf den Strand gezogen und schaukelten sich, an Pfähle gebunden, zwischen Grasbank und Röhricht.

Keiner von den andern, die die Fischgerechtsamkeit haben, war am Ufer zu sehen. Denn jetzt bei beginnender Ernte gab es zu viel auf den Feldern zu tun.

Und Marinke fühlte in beklommener Seele, daß auch *seine* Ausfahrt nur ihr zuliebe geschah.

Nun lud er das Netz aus dem Wagen, und sie half ihm dabei, obgleich es auch hier nichts zu helfen gab. Erst wie sie schon draußen waren, weit draußen im Blauen, wo nur die Ruder klatschten und die Kielwellen schälten, da forderte er sie auf, ihm beim Auswerfen zur Hand zu gehen.

Und sie verstand auch gleich, was zu tun war, so daß alsbald die „Pluden“ — das sind die leichten Hölzer, die das Netz obenhalten — in schönem Bogen rings um sie herschwammen.

Nun kam eine Zeit der Ausruhe, und die Sonne fing etwas zu stechen an.

„Du hast kein Tuch,“ sagte er, „du wirst Kopfschmerzen kriegen.“ Und er holte eine Ölkappe hervor, die sollte sie aufsetzen. Aber sie wollte nicht, denn sie fürchtete, er werde über ihr Aussehen lachen müssen. Und das sagte sie ihm auch.

Aber da begann er schon im voraus zu lachen und rief: „Hundertmal reichen nicht, daß ich dich in der Ölkappe sehen werde.“

Und ohne sich zu besinnen, *was* sie da sagte, entgegnete sie: „Aber dann werden wir auch verheiratet sein.“

Noch wie das Wort kaum heraus war, da schämte sie sich schon so sehr, daß sie sich am liebsten ins Wasser gestürzt hätte. „O Gott, o Gott," dachte sie, „jetzt wird er mich für dreist und für zudringlich halten." Und weil sie fühlte, daß sie ganz glutrot geworden war und immer noch röter wurde, drehte sie ihm den Rücken und machte sich klein.

Er — vom Steuer her — sagte: „Marinke, dreh dich doch um."

Aber sie vermochte es nicht. Denn plötzlich stieg der Gedanke in ihr auf: „Es wird nicht sein — es kann nicht sein. Es ist zu schön für mich — und ich bin es nicht wert."

Wie ein Herzbruch kam es über sie, so daß sie bitterlich zu weinen begann.

Der Jurris stand von seinem Platze auf und setzte sich neben sie, so dicht, daß ihr Rücken an seine Brust stieß.

Und er fragte sie, ob sie ihn denn wirklich nicht wolle, da sonst ja die Heirat kein Grund zu solchen Tränen sei.

Aber sie weinte nur um so heftiger.

Da schlang er von hinten her die Arme um ihren Hals, so daß ihr Kopf auf seine Schulter zu liegen kam. Sie drehte sich ein wenig nach ihm um, damit sie ihr nasses Gesicht nicht dem hellen Tage preiszugeben brauchte, und so lag sie an seine Jacke gedrückt und wurde wieder ganz still.

„Ach wenn er mich doch küssen möchte!" dachte sie.

Aber er küßte sie nicht.

Und dann war es Zeit, nach dem Netze zu sehen. Viel brachte der Fang nicht. Ein paar Bleie, ein paar Plötze. Das war alles. Aber sie kümmerten sich nicht darum, und schließlich lachten sie gar darüber.

Als sie den Wagen heimwärts fuhren, schob sie nicht mehr wie in der Frühe, sondern schritt an seiner Seite und zog mit ihm. Aber da es beim besten Willen auch jetzt nichts zu ziehen gab, legte er seinen freien Arm um ihre Hüfte, so daß er ihren Arm von der Deichsel abdrängte. Und darum gab es des Lachens kein Ende.

Doch zu Hause taten sie wieder ganz ernst, und als die künftige Schwiegermutter ihnen das Frühstück auftischte, wollte sie es nicht dulden und küßte ihr Ärmel und Rocksaum.

Da sagte die Enskene mit einem freundlichen Lächeln: „Was ihr gefischt habt, ist ja nicht viel, und doch hat mein Jurris einen guten Fang gemacht."

Der alte Enskys aber ging mit mißtrauischen und ängstlichen Blicken um beide herum, so daß auch der Marinke wieder ganz angst ward.

„Ob er was weiß?" dachte sie.

Aber dann hätte er wohl nicht gewollt, daß sie „auf Prob'" ins Haus kam.

Und darum ging sie wieder beruhigt an ihre Arbeit.

4

In dieser Woche hatte der Jozup Wilkat eigentlich nichts mehr auf dem Hofe zu tun, denn das Milchabholen besorgte ein anderer. Aber trotzdem sah man ihn morgens und abends. Einmal hatte er sich einen Bohrer geborgt, den er zurückbringen mußte, ein andermal war ihm die Wagenschmiere ausgegangen, und schließlich kam er ganz ohne Grund, setzte sich neben den Jurris auf eine Deichsel und rauchte manchmal drei Pfeifen aus.

Daß man den jemals einen „Bedraugis" genannt hatte, war zum Verwundern.

Der Jurris wußte nicht recht, wie er zu der neuen Freundschaft gekommen war, die eigentlich schon seit zwanzig Jahren hätte bestehen müssen, aber da sie ihm plötzlich vom Himmel fiel, ließ er es sich gefallen. Der Jozup, den alle für störrisch und abstoßend gehalten hatten, war gar nicht so schlimm. Er wußte Geschichten und Lieder die Menge, und wenn man die Auflösungen seiner Rätsel erfuhr, konnte man sich vor Lachen den Bauch halten.

Darum kamen auch die beiden Alten häufig dazu, und nur die Marinke machte sich ungern in seiner Nähe zu schaffen. Nicht daß er ihr einen Widerwillen eingeflößt hätte. Wenn sie ihn kommen und gehen sah mit seinen strammen

Beinen und seiner pröpschen Kopfhaltung, gefiel er ihr immer ganz gut, aber die Herzbeklommenheit, die sie schon in Augustenhof manchmal befallen hatte, wenn er auf dem Milchwagen vorfuhr, verließ sie auch jetzt nicht.

Zuweilen dachte sie: „Der wird mir gewiß einmal ein Leid antun.“ Aber ein bißchen Angst vor den Männern hatte sie ja wohl immer, seitdem sie erfahren hatte, wie wenig ein armes Mädchen vor ihrem starken Willen vermag.

Und sie brauchte auch nur nach dem Jurris hinüberzublicken, um zu wissen, wie gut geborgen sie war und daß jener ihr niemals würde zu nah kommen können.

Eines Spätabends beim Weggehen blieb der Jozup am Gartenzaun stehen und rief zu ihr herein: „Du, richt dich mal auf!“

Sie wollte erst nicht, denn sie zog gerade Mohrrüben aus der Erde für morgen Mittag, aber sie mußte es doch tun.

„Warum hältst du dich so weit ab von mir?“ war seine Frage. „Ich beiß' dich nicht. Ich beiß' bloß in Rindfleisch.“

„Ich bin die Magd hier,“ gab sie zur Antwort, „und ich habe zu tun.“

„Wenn du von Magd sprichst,“ sagte er, „dann lachen die Hühner. Ich weiß am besten, wie bald du hier Herrin sein wirst.“

„Wenn du das weißt,“ entgegnete sie, „dann

wart hübsch, bis ich das Recht hab', mit dir zu reden."

„Ich glaube nicht, daß dir Stummheit auferlegt ist," sagte er, „und ich habe auch eine Bestellung an dich."

Sie erschrak, aber sie nahm sich zusammen. „Wenn es wieder von Herrn Westphal ist," entgegnete sie, „dann sag ihm nur, sobald die Reihe an uns ist, würde ich kommen — und früher nicht!"

Aber diesmal war es was Anderes.

„Meine Mutter leidet an der Knochenkrankheit," sagte er. „Sie hat gehört, daß du eine heilkräftige Hand hast, und bittet dich, sie ihr einmal aufzulegen. Bei d e r Gelegenheit könntest du dir gleich unsere Wirtschaft besehn."

Ihr wurde ganz heiß von dem allen.

„Wer das gesagt hat von meiner Hand," entgegnete sie, „der erfindet sich Lügen, denn ich weiß nichts davon. Und was ich an eurer Wirtschaft zu sehen hätte, das weiß ich noch weniger."

Damit bückte sie sich nach dem Gelbrübenbeet hinunter und sah ihn nicht mehr an.

Er stand noch eine kleine Weile, und ihr war, als fühle sie seine Blicke auf ihrer Haut; dann wünschte er „Guten Abend" und ging von hinnen.

„Mein Gott, mein Gott!" dachte sie. „Trachtet

der auch nach mir?" Aber das konnte nicht sein! Würde er sich alsdann den Jurris zum Freunde ausgesucht haben?

Nach einer Weile hörte sie dessen Schritte den Mittelsteg herabkommen, und ihr Herz flog ihm entgegen. Sie dachte: „Wie kann man einen bloß so rasch liebhaben!" Aber sie blickte nicht auf und beklopfte die Möhren nur um so fleißiger.

Er blieb hinter ihr stehen und sagte: „Kannst du dir denn gar nicht genug tun? Es ist halbdunkel und Schlafenszeit, und du arbeitest noch immer."

Sie stand auf und wischte das Schrapmesser an ihrer Schürze ab. „Du mußt nicht glauben," sagte sie, „daß ich mich zeigen will vor dir oder den Eltern. Aber wenn ich daran denke, daß es vielleicht auch bald m e i n e Erde ist, auf der ich da kniee, dann wird mir der Abend zum Morgen und die Arbeit zum Spiel."

Er sagte: „Wir haben uns immer noch nicht richtig miteinander versprochen."

„Nein," sagte sie, „das haben wir noch nicht."

Und sie schickte sich an, den Korb mit den Gelbrüben ins Haus zu tragen.

Aber er nahm ihn ihr aus der Hand und führte sie den Mittelsteg weiter zu dem Eschenbaum, unter dem die Bank stand für Mittagsruh' und für Feierabend.

Dort unter den hängenden Zweigen war es fast Nacht, und wer einen auffinden wollte, den sah man schon lang' auf dem helleren Stege daherkommen.

Der Jurris stellte den Korb auf die Erde und setzte sich neben sie. Ihre Hand ließ er nicht los und nahm auch die andere dazu.

„Weißt du, was der Jozup heute gesagt hat?" begann er das Gespräch. „Wenn wir Hochzeit machen, möcht' er Brautführer sein."

Sie konnte ihm doch nicht sagen, daß sie Angst vor dem Jozup hatte, denn ihr war ja nichts Böses von ihm geschehen, und darum meinte sie nur: „So weit ist es ja noch nicht."

Er antwortete: „Warum nicht? Wenn *du* mich willst, *ich* will dich. Ich hab' dich schon immer gewollt."

Und sie erwiderte: „Ich will dich gern."

Nun saßen sie eine Weile ganz still. Sie lehnte den Kopf an seine Schulter, und er lehnte die Backe an ihren Kopf. Und sie dachte: „Warum küßt er mich immer noch nicht?"

Nicht daß sie unzufrieden gewesen wäre oder ihn für linkisch gehalten hätte, aber sie hatte so große Sehnsucht nach ihm. Darum schob sie auch den Kopf sachte, ganz sachte immer weiter nach hinten, so daß erst ihre Backe auf seiner Backe und dann ihr Mund fast ganz auf seinem Munde lag.

Da mußte er es wohl tun, und es war wie ein Schaudern und wie ein Schlag. Und wie eine ängstliche Erinnerung war es und auch wie eine neue Angst.

Aber dann kam um so stärker die Seligkeit. Sie wußte nicht mehr, wieviel von ihrer Seele und ihrem Leibe noch ihr selbst gehörte, sie wollte ihm immer noch mehr von sich schenken und immer noch mehr die Seinige sein.

Doch da schien es ihr, als höre sie irgendwo rings ein Geräusch, und es war doch niemand den Steg heruntergekommen.

Darum sprang sie auf und sagte: „Komm. Es ist nicht mehr sicher hier." Und wünschte ihm rasch „Gute Nacht" und lief stracks nach der Klete, wo ihre Kammer gelegen war.

Aber schlafen konnte sie nicht, denn sie dachte, es würde nicht lange mehr dauern, dann würde er nachgefolgt sein. In dem Nebenraum schnarchte die Taglöhnerfrau. Derentwegen hätte er es ruhig auf sich nehmen können.

Sie horchte und horchte nach der Türklinke hin, aber die rührte sich nicht. Statt dessen war es ihr, als ob draußen im Hofe leise, ganz leise Schritte sich regten, die zwischen Wohnhaus und Klete unaufhörlich hin und her liefen.

„Der Arme!" dachte sie. „Er traut sich nicht. Ich muß es ihm leichter machen."

Und darum stand sie auf und öffnete sacht

den oberen Teil der Tür nur eine Handbreit weit. Gott sei Dank, daß der Spalt nicht größer geriet! Denn als sie den Kopf für einen Augenblick durchgesteckt hatte, wurde ihr gleich offenbar, daß der, der da draußen im Sommernachtschein ruhelos umging, nicht etwa der Jurris, sondern sein Vater war, der wider Recht und Gewohnheit lauerte, damit, was sich liebte, nicht zueinanderkam.

5

Wider Recht und Gewohnheit! Gewiß. Denn wenn eine Braut, die „auf Prob'" ist, sich mit dem Bräutigam einig geworden ist, dann ziehen sie womöglich in eine Kammer, und keiner kümmert sich drum.

Aber hier geschah folgendes: Als am nächsten Vormittag der Jurris vom Felde kam, um kaltes Braunbier zum Trinken zu holen — denn draußen beim Mähen und Binden starben sie alle vor Durst —, da fand er, als er den Rückweg antreten wollte, den Vater, der sich schon gern die Ruhe gönnte, wartend im Hausflur stehen.

„Komm doch mal 'rein," sagte er.

Der Jurris stellte den Topf in den Schatten, und als er in die Stube trat, was sah er da?

Der große Tisch war mit einem weißen Handtuch bedeckt. Darauf standen zwei brennende Lichter, und zwischen ihnen lag das Gesangbuch.

Der Alte war barhaupt und hatte die Schlorren nicht an und sah furchtsam und heimlich aus.

„Nimm deine Mütze ab," sagte er.

Der Jurris tat verwundert, wie ihm geheißen war.

Und der Vater fuhr fort: „Als die Marinke ins Haus kommen sollte, sagte ich zu dir: kennen lernen müssen sich die Menschen, die beieinander bleiben wollen ein Leben lang. Aber erst verlangte ich von dir das Versprechen, daß du ihr nicht zu nahe kommen wollest, solange die Hand des Pfarrers nicht auf eurem Kopfe gelegen hat. Und das gabst du mir auch."

„Ich wußte nicht, wie das ist, Vater," fiel ihm der Jurris ins Wort, „wenn die Braut einem so dicht nebenbei wohnt."

„Und die Herren vom Gericht wissen es noch viel weniger," gab der Vater zur Antwort, „denn es sind Deutsche. Und die Deutschen haben von Gott eine andere Vernunft bekommen als wir. So hat es sich vor etlicher Zeit auf dem Tilsiter Schwurgericht zugetragen, daß ein alter, ehrbarer Besitzer, der sein Lebtag nicht um Haaresbreite vom Pfade der Tugend gewichen war, ein Jahr Zuchthaus — nicht Gefängnis, mein Sohn, sondern Zuchthaus — gekriegt hat, weil sein Sohn und die Braut, die auch auf Prob' war, genau wie die Marinke, unter seinem Dache zusammen geschlafen haben. Er hat geweint und geschworen, es sei alles in Ehren geschehen, denn im Herbst sollt' ja die Hochzeit sein, und zu der Aust könnt' man zwei fleißige Händ' nicht entbehren; aber umbarmherzig, wie die Deutschen sind, haben sie dem alten Mann die Ehre genommen und haben ihn eingesperrt zusammen mit Räubern und Mördern."

„Das kann nicht sein!" rief der Jurris voll Empörung. „Das wär' ja die schlimmste Gewalttat!"

„Die Deutschen nennen's Gerechtigkeit," sagte der Vater, „und unter einander strafen sie sich genau so. Nun möchte ich aber auf meine alten Tage nicht auch in das Scheuchhaus kommen, denn Aufpasser gibt es ja überall. Und weil ich gestern abend gesehen habe, daß es so weit mit euch ist, weiß ich nur zwei Wege, mich vor Angst und Unglück zu retten: entweder ich schick' sie solang' zu den Eltern zurück —"

„Das geht ja nicht, Vater," rief der Jurris entsetzt, „das würde aussehen, als wollten wir sie nicht haben."

— „oder du schwörst mir hier auf das heilige Gotteswort, daß du dich ihrem Leibe fernhalten wirst bis zu dem Tage der Hochzeit. Und niemand, selbst deine Mutter nicht, wird davon wissen."

Das kam dem Jurris hart an, aber was sollte er machen? Und er schwor zwischen den Lichtern, die Hand aufs Gesangbuch gelegt, was der Vater verlangte. Und daß, wenn er den Eid verletze, Gott ihn mit Drangsal und Tod heimsuchen wolle, das schwor er auch, genau wie der Vater es vorsprach.

Und dann brachte er das warm gewordene Braunbier aufs Feld hinaus.

Die Marinke, die in Rock und Hemde schwer atmend dastand, griff nach dem Krug, als ob er ein Glückstopf gewesen wäre. Aber ihm war, als tränke sie Trübsal daraus.

Nachher zur Mittagspause, als die Mäher alle im kargen Schatten zweier Weidenstümpfe lagen, rückte er so weit von ihr ab, daß sie sich erstaunt nach ihm umsah; aber sie dachte, daß es der Leute wegen geschehe, und darum beruhigte sie sich wieder.

Auch beim Nachhausegang schritt er nicht etwa an ihrer Seite, sondern machte sich mit den kleinen Steinen zu schaffen, die in den Wagenspuren lagen.

Und immer und immer wich er ihr aus, so daß sie schließlich ganz krank war.

Aber sie hatten sich ja miteinander versprochen. Darum zweifelte sie auch nicht an seiner aufrichtigen Meinung, und nur die große Sehnsucht nach ihm war es, die sie krank machte.

So kam der Montagabend heran, an dem der Enskysche Wagen zum ersten Male wieder die Milch der fünf Wirte nach Augustenhof zu bringen hatte. Seit langem war ausgemacht worden, daß Marinke mit dem Jurris mitfahren solle, um dem Verlangen ihres früheren Brotherrn nicht länger entgegenzustehen.

Sie könne mit leichtem Herzen fahren, sagte sie zu ihrer künftigen Schwiegermutter, denn sie habe die Bücher aufs genaueste geführt, und nur ein Irrtum des Schweizers, der ihr Nachfolger war, könne schuld daran sein, daß etwas nicht stimmte.

Aber in Wahrheit war das Herz ihr schwer — wenn auch nicht wegen der Bücher.

Sie schmückte sich mit Sorgfalt, flocht bunte Bänder durch die Zöpfe und legte ein seidenes Gürtelband an, dessen Sprüche sie selber eingewebt hatte. Und wenn sie daran dachte, daß sie nun zwei Stunden lang in der roten Dämmerung mit dem Jurris allein durch die Welt fahren sollte, so verschwand alles andere, wovor ihr wohl bangte.

Aber siehe da! Als die Stunde des Einsammelns kam, war der Jurris nirgends zu finden. Die Milchgefäße der Wirtschaft standen aufgeladen, und auch die der anderen Wirte warteten sicher schon lange, aber alles Rufen nach ihm blieb vergeblich.

„Dann wirst du wohl allein fahren müssen, mein Täubchen," sagte die Schwiegermutter.

Sie erschrak sehr und weigerte sich. Und viel mehr Tränen weinte sie, als die kleine Fahrt wert war.

Da kam auch der Alte herzu, und wie er nun einmal war, fing er sogleich zu quengeln an. „Was machst du für ein Wesen?" sagte er. „Es scheint, daß du dich fürchtest, weil du mit Pferden nicht umzugehen verstehst."

Das kränkte die Marinke natürlich aufs tiefste, denn den Litauer oder die Litauerin möchte ich sehen, die die Pferde nicht wie ihre Gespielen betrachtet. Das Reiten und Fahren können sie alle womöglich noch früher, als sie das Gehen gelernt haben.

Darum erwiderte die Marinke auch nicht ein Wort, sondern biß nur die Lippen zusammen, stieg auf und fuhr vom Hofplatz herunter.

Der Schwiegermutter tat es leid, daß ihr Mann so häßliche Reden geführt hatte, und deshalb ging sie hinter dem Wagen her, um, wenn es sich machte, der Marinke was Tröstliches mit auf den Weg zu geben.

Aber sie holte sie nicht mehr ein, und nur von weitem konnte sie sehen, daß, als der Wagen bei den Wilkats hielt, die Alte trotz ihrer gichtbrüchigen Glieder flink auf die Achse stieg und die Marinke abbutschte, wer weiß wie sehr.

Und sie ärgerte sich noch, denn sie dachte:

„Was hat die alte Wölfin ihr Maul an der Marinke abzuwischen?"

Eine Stunde später sah sie den Jurris wieder zum Vorschein kommen. Er sei auf dem Haff gewesen, nach den Aalreusen zu sehen, sagte er zu seiner Entschuldigung. Und als sie ihm Vorwürfe machte und weiter in ihn drang, erwiderte er nur noch: „Frage den Vater."

Aber der wußte von gar nichts. Und beide Männer gingen zur Ruhe.

Sie hingegen konnte nicht schlafen, ehe die künftige Tochter wieder zu Hause war.

Darum bereitete sie das Abendbrot, setzte sich unter den Lindenbaum, ließ auch die Lampe brennen am Herd und schloß nur die Tür gegen die Mücken.

Der Mond ging auf, und der Nachtwind streichelte sie gleichwie ihr Slinka, der alte Kater. Sie wartete und wartete, aber die Marinke kam nicht.

Endlich gegen halb zwölfe hörte sie einen Wagen langsam, langsam näher knarren. Die Räder mahlten, und die Achseln schlackerten.

„Sie wird eingeschlafen sein," dachte sie, „und die Pferde machen es sich zunutze."

Aber als sie sie auf dem Sitzkasten sah, mit großen Augen nach dem Mond hinstarren, und dann absteigen ohne „Wie geht's?" und „Guten Abend", da wußte sie, sie hatte nicht geschlafen, sondern ihr war etwas geschehen.

Sie liebkoste sie und sagte: „Du bist müde, mein Tochterchen, darum iß einen Bissen und lege dich nieder. Ich selbst werde ausspannen statt deiner."

Und die Marinke ließ es auch zu.

Als die Mutter hereinkam, saß sie am Herde und kaute. Aber es war, als täte sie's nur, weil man es ihr befohlen hatte. Jetzt, da das Lampenlicht auf ihr lag, ließ sich erkennen, daß sie von Gesicht ganz weiß war, bloß daß unter den Augen zwei Flecken brannten.

Die Mutter umarmte sie und sagte: „Gestehe, was dir begegnet ist."

Und sie erwiderte immer ins Leere hinaus: „Es hat nicht gestimmt."

„Um wieviel hat es nicht gestimmt?" fragte die Mutter.

Sie besann sich einen Augenblick und erwiderte dann: „Mehr als funfzig Mark sind es, die fehlen."

Da lachte die Mutter und sagte: „Die schick' ich noch in der Frühe und lege funfzig als Zinsen dazu. Die kann sich der Wieszpatis sauer kochen."

Und die Marinke entgegnete heftig: „Um das Geld ist es nicht. Das hat er mir gleich geschenkt. Der Verdacht ist es — die Schande ist es, daß der Schweizer nun sagen wird: ‚Eine lüderliche Kröt' ist vor mir im Amte gewesen.' Oder er sagt gar noch Schlimmeres."

Die Mutter schalt sie, daß sie sich mit so unnützen Sorgen abgab, aber in ihrem Innern freute sie sich darüber, daß Gottes Gnade ihrem Jurris eine so rechtschaffene Frau hatte bescheren wollen.

Und sie sagte: „Morgen fahr' i ch mit der Milch, und wenn ich deinen Herrn Westphal seh', dann sag' ich ihm ordentlich die Meinung, weil er ein ehrliches Mädchen in schändlichen Ruf gebracht hat. Ja, das werd' ich tun und fürcht' mich nicht im geringsten."

Als sie das sagte, hatte die Marinke zuerst ein sehr erschrockenes Gesicht gemacht. Dann aber lächelte sie ein weniges, wie man zu Kinderworten wohl lächelt. Dem Herrn Westphal trat kein Mann und keine Frau mit Vorwürfen unter die Augen. Dem nahte man höchstens mit einer Bitte im Munde.

Nicht ohne Grund nannten die Leute ihn weit und breit den „Wieszpatis". Das heißt auf deutsch „König und Herrscher". Und der liebe Herrgott heißt auch so.

6

Am nächsten Morgen benahm sich die Marinke fast wieder so wie gewöhnlich.

Sie küßte der Mutter den Ärmel und gab dem Jurris die Hand. Aber warum er sich gestern versteckt hatte, danach fragte sie nicht. Sie fragte überhaupt nichts mehr, sondern ging still an die Arbeit.

Die Tage verflossen. Der Roggen kam trokken herein, und Erbsen und Gerste nicht minder. Es war ein Jahr, gesegnet, wie wenige sind. Keine Trespe und kein Brand, nichts Ausgewintertes und nichts Enthülstes.

„Die Laumen meinen es gut mit uns," sagte die Mutter, „seit das Kind bei uns wohnt."

Und der Vater sagte: „Wenn nur nicht —" Aber das weitere verschwieg er.

Zwischen der Marinke und dem Jurris wurde es nie mehr so, wie es gewesen war. Sie gingen wohl freundlich nebeneinander her und sprachen auch, was der Augenblick brachte, aber zusammen allein zu sein, das suchte der eine nicht und auch nicht der andere.

Und jeder grämte sich auf seine Art.

Wenn die Marinke sich unbeobachtet glaubte, dann hing sie mit fragenden und ängstlichen Blicken an seinem Angesicht, und er wieder ging um sie 'rum wie ein Dieb und scheute sich, sie zu berühren.

Auch von der kommenden Hochzeit war nie mehr die Rede. Höchstens daß die Mutter einmal von der Aussteuer sprach und zu wissen begehrte, was das Elternhaus ihr wohl mitgab.

Der Jozup kam Tag für Tag. Wenn der Feierabend nahte, dann war er da. Und beide Freunde saßen vorm Pferdestall und rauchten oder aßen unreife Äpfel.

Einmal, als die Marinke das Rindvieh von der Weide heimtrieb, tauchte der Jozup neben ihr auf und begann ein Gespräch.

„Hast du auch schon den Schwiegereltern das Stück Brautleinwand geschenkt", sagte er, „und Rautenblüte hineingelegt?"

„Warum sollt' ich das?" fragte sie. „Ich bin die Magd hier und sonst nichts."

„Das hast du mir schon einmal gesagt," erwiderte er. „Es ist Zeit, daß du freundlicher zu mir wirst, denn ich bin drauf und dran, dir die Hochzeitsgäste zusammenzubitten."

„Ich weiß von keiner Hochzeit," erwiderte sie.

Er stieß ein Gelächter aus. „Aber im Leibe sitzt sie uns schon, als hätten wir Tollwasser gesoffen. Ich lieg' bis zum Morgen und denk' an die Braut und die Brautnacht und soll doch bloß der Brautführer sein. Vom Jurris red' ich nicht, der schwitzt Öl vor Angst, wenn er daran denkt, die Junggesellenschaft zu verlieren, aber du, mein Tausendschönchen, du siehst mir nicht danach aus, als ob dir sehr davor graute, über ein Heunetz geworfen zu werden. Bloß er tut es nicht, der ehrbare Bräutigam. Vielleicht nimmt er sich einen Vertreter."

Der Weg war schmal, darum mußte sie das lästerliche Gerede anhören, und als sie es ihm gerade verweisen wollte, da kam ihr mit eins der Gedanke: „Vielleicht weiß er mehr von mir, als mir gut ist; sonst könnte er gar nicht so dreist sein."

Und sie fürchtete sich so sehr vor ihm, daß sie nur den Kopf senkte und ihn reden ließ, was er wollte.

Auch dem Jurris sagte sie nichts, obwohl sie innerlich wünschte, er möchte ihn mit der Peitsche vom Hof hinunterjagen.

Und bald darauf kamen Tage voll neuer Herzensangst. Die drückten noch härter als alles, was vordem gewesen war.

Sie lief von der Arbeit weg und versteckte sich in der Scheune, um in den Garben nach Brandkörnern zu suchen, sie irrte im Dorfe umher, ob nicht irgendwo ein Sadebaum sich über den Zaun hinstreckte, und ihre Füße waren verbrüht von kochendem Wasser.

Nachts lag sie auf den Knieen und betete, aber bei Tage machte sie freundliche Augen. Mit denen täuschte sie alle, nur die Schwiegermutter täuschte sie nicht.

Die legte eines Tages die Arme um ihren Hals und sagte: „Mein Täubchen, du bist nun bei uns schon bald sechs Wochen, und ich habe dich wohl geprüft. Wenn ich dir sage, daß ich dem

Jurris nichts Besseres wünsche als dich, so weißt du, wie ich gesonnen bin. Aber uns Frauensleuten spielen die Männer oft so schlimme Streiche, daß wir ins Unglück kommen und wissen nicht wie. Darum, sollte es dir vielleicht ebenso gehen, nimm deinen Mut zusammen und suche gutzumachen, was sich noch gutmachen läßt. Auf etwas Täuschung kommt es dabei nicht an, nur muß man den Knaben liebhaben, wenn man ihn täuscht."

Wie die Mutter diese Worte gemeint hatte, vermochte Marinke nicht zu ergründen, aber gute Wirkung taten sie doch. Denn nun hörte sie auf, in Verzagtheit am Boden zu knieen, und sann darüber nach, wie sie dem Jurris wieder nahkommen könne. Leicht war das nicht, denn in den Garten ging er zum Feierabend nie mehr, und nie mehr wollte er einen Gang mit ihr machen.

Am nächsten Sonntag, so um die Dämmerstunde, hörte sie, wie er zum Alten sagte: „Ich bin schon lange nicht mehr am Ufer gewesen, ich muß einmal nach dem Kahn und dem Schuppen sehn."

Wäre alles zwischen ihnen gewesen wie früher, so hätte er jetzt zu ihr gesagt: „Komm mit!" und wäre mit ihr an der Hand durchs Hoftor gegangen. Aber statt dessen schlich er sich um die Scheune herum und kroch durch die Zäune und blickte verstohlen zurück, ob es auch niemand bemerke.

Da sagte sie sich: „Ich tu's." Und ging ihm nach. Aber sie ließ eine weite Entfernung, so daß seine scharfen Augen sie nicht erkennen konnten, sonst hätte er womöglich einen anderen Rückweg genommen.

Als sie wohl eine Viertelstunde gegangen war, setzte sie sich auf den Grabenrand und wartete.

Die Dunkelheit fiel herab, und rings um sie sangen die Heimchen.

Da schämte sie sich sehr, daß sie mit schiefen Gedanken im Kopfe hinter ihm herlief. Wäre es wie früher aus großer und reiner Liebe geschehen, so hätte sie sich kein Gewissen gemacht, aber nun die Not sie zwang, kam sie sich als eine Betrügerin vor. Dabei fühlte sie wohl, daß ihre Liebe zu ihm nur noch größer und reiner war. Aber es hätte ihr keiner geglaubt. Und auch sie selber glaubte es kaum.

So verging eine geraume Zeit, da hörte sie seine Schritte näherkommen. Beinahe wäre sie jetzt noch weggelaufen, aber sie zitterte so sehr, daß sie die Kraft zum Aufstehen nicht finden konnte.

Er blieb vor ihr stehen und fragte: „Wer ist da?"

Und sie fragte: „Wie kommst du hierher?"

Da erkannte er sie und sagte: „Es wird dir

zwar keiner was tun, aber Sitte ist es nicht, daß die Mädchen am Sonntagabend allein in den Wiesen herumlaufen."

Sie erwiderte: „Was soll ich machen? Eine Freundin habe ich nicht, und der, der sich um mich kümmern sollte, der unterläßt es."

Er fragte: „Meinst du mich?"

Und sie erwiderte: „Nein, ich meine den Jozup."

Da setzte er sich neben sie und sagte: „Du hast Recht, Marinke, daß du mir Vorwürfe machst. Ich weiß, ich habe nicht gut an dir gehandelt, aber was sollte ich tun? Der Vater verlangt es so und hat mir einen schweren Eid abgenommen."

Sie zuckte die Achseln und sagte: „Was ist ein Eid? Für dich schwör' ich fünftausend, und wenn sie zufällig falsch sind, dann lach' ich."

Er antwortete: „Dies war kein gewöhnlicher Eid, wie man ihn etwa vor Gericht schwört. Der ging um m e i n e n Tod und um d e i n e n Tod, und zwei Lichter brannten rechts und links vom Gesangbuch."

Sie sagte: „Dein Vater könnte auch was Besseres tun, als zwei Liebesleute zu ängstigen." Und dann fragte sie ihn, ob es darum gewesen war, daß er sich bei jener Fahrt nach Augustenhof vor ihr versteckt hatte.

Er sagte: „Ja", und sie legte den Kopf auf seine Kniee und schluchzte. Sie dachte nicht mehr an das, was sie mit ihm vorhatte, nur sattweinen wollte sie sich.

Den Jurris kostete es große Mühe, sie wieder in die Höhe zu kriegen, und dann küßte er ihr die Tränen von den Backen und weinte mit ihr.

Sie wollte ihm wehren, denn sie dachte: „Ich taug' ja nichts mehr," aber sie war so glücklich, wieder bei ihm zu sein, daß sie den Mut dazu nicht fand.

Als sie heimgingen, hatte jeder den Arm um des anderen Hüfte gelegt, und der Jurris sagte: „Jetzt ängstige ich mich nicht mehr vor dir, denn ich weiß, es *kann* nichts Böses geschehen."

Das gab ihr einen Stich durch die Brust, denn es *mußte* ja was Böses geschehen. Heut' oder nächstens. Und ob es auf Tod oder Leben ging — gleichviel.

Von neuem hub sie an, den Eid ins Lächerliche zu ziehen. Diesmal aber tat sie's mit guter Berechnung. Und sie küßte ihn wieder und wieder und merkte mit Freuden, daß er schwindlig wurde und wankte.

Als sie auf den Hof gelangten, war alles schon dunkel und still.

Er konnte sich nicht von ihr trennen, und sie dachte bereits, er würde bitten, ihn mit sich zu nehmen in die verschwiegene Stube, aber da riß er sich los und floh ins Haus, als säße der Böse ihm auf den Hacken.

Sie kniete vor ihrem Bette nieder, wie sie schon manche Nacht gekniet hatte. Und betete und rang mit sich und horchte ab und zu, ob die Klinke sich nicht bewegte.

Die Taglöhnerfrau schlief fest, aber selbst wenn die sie hörte, was tat ihr das noch?

Und dann stand sie auf. Und da er noch immer nicht kam, trat sie den schweren Gang an nach seiner Kammer.

7

Das war am Sonntag. Am Sonnabend darauf kam der Jurris zu dem Alten in die Stube und sagte: „Ich möchte dich in Gehorsam bitten, Vater, daß die Hochzeit etwas frühzeitiger stattfinden kann."

Der Alte blickte von der Bibel auf, in der er las, und sagte: „Du hast wohl deinen Eid gebrochen?"

Und der Jurris erwiderte: „Ja, ich habe meinen Eid gebrochen."

Da geriet der Alte in großen Zorn und rief: „Dafür strafe dich Gott!"

Der Jurris senkte den Kopf und sagte: „Gott wird mir vielleicht vergeben, denn es war gar zu schwer."

Der Alte aber schrie: „Nein, Gott wird dir *nicht* vergeben. Ebenso wenig, wie *ich* dir vergebe, daß du mich in so große Ungelegenheit gebracht hast."

Und er lief auf seinen Schlorren umher wie ein Rasender.

Nach einer Weile sagte er weiter: „Natürlich muß die Hochzeit früher stattfinden. So früh als möglich muß sie stattfinden, damit nicht vielleicht hinterher ein Stein auf mich geworfen wird. Aber das sage ich dir: Kummer und Drangsal werden mit euch zu Tische sitzen, und der Tod wird hinter euch stehen, weil du den Willen Gottes so wenig geachtet hast, und den Willen deines Vaters noch weniger."

Da ging der Jurris traurig hinaus und sprach mit keinem ein Wort, nur daß er zur Marinke, die in Ängsten stand, im Vorübergehen sagte: „Er hat es erlaubt."

Und alsbald erhob sich im Hause ein großes Rumoren, denn die Vorbereitungen zur Hochzeit sollten sogleich beginnen.

Das Aufgebot war bestellt beim Standesamt sowohl wie beim Pfarrer, und der Jozup erschien am hellen Vormittag auf einem mit Bändern geschmückten Pferde und selber mit Bändern geschmückt an Achseln und Hutrand. Dem reichte die Mutter eine lange Liste hinauf in den Sattel von allen den Gästen, die zu der Hochzeit zu laden waren.

Und die Marinke wurde geschickt, ihm den Festtrunk zu zapfen.

Als sie das Glas zu ihm hochhob, packte er es so gierig mit seinen Händen, daß sie die ihren nicht lösen konnte. Und so hielt er sie fest und sagte: „Wenn ich nun losreite, dann mußt du mit und kommst nicht mehr frei bis ans Ende der Welt."

Und sie sagte erschrocken: „Dann wärst du ein schlechter Hochzeitsbitter."

Er trank und sprengte lachend davon, sie aber fühlte seine Hände brennen bis gegen Abend.

Es war gerade die Zeit der Hafereinfuhr und des ersten Pflügens, aber beides mußte hintangestellt werden, weil es im Hause soviel zu tun gab.

Und die Leute im Dorf wunderten sich und sagten: „Die Marinke ist doch erst so kurze Zeit hier; sollten die beiden schon vorher miteinander gekramt haben?"

Es war ein Glück, daß der Alte durch keinen erfuhr, daß er gerade das Gegenteil davon erreichte, was seine Absicht gewesen war; er hätte sich sonst vielleicht den Schlag an den Hals geärgert. Der Jurris aber erfuhr's. Dem steckte es der Jozup nur allzubald.

Und obgleich im Grunde ja nichts dabei war, so grämte er sich doch immer noch mehr und dachte in seinem Herzen: „Sollte so das Unglück bereits beginnen?"

Und der Jozup bestärkte ihn noch und warf immer neue Kohlen ins Feuer.

Die Marinke hingegen tröstete ihn und sagte: „Wenn zweie sich liebhaben, für die gibt es kein Unglück und kein Verschulden, denen steht Gott zur Seite und nimmt den Eidbruch von ihrer Seele und noch viel Schlimmeres."

Sie war nun wieder ganz obenauf, und wenn sie ihn heimlich im Arm hielt, vergaß sie alles, auch daß sie vor kurzem noch so große Angst gehabt hatte. Dabei arbeitete sie für dreie, und Töpfe und Eimer und Garben und was sie zu fassen bekam, flog wie Spielzeug durch ihre dankbaren Hände.

Der Jurris aber hielt's mit dem Müßiggang. Sie mochte ihm noch so viel zureden, seine Arbeit wurde nur halb getan, und wäre nicht glücklicherweise ein Scharwerker zu mieten gewesen, wer weiß, ob der Hafer nicht ins Faulen gekommen wäre. Dafür trieb er sich um so mehr auf dem Haffe herum. In einer Zeit, in der keiner, der Landwirtschaft hat, ans Fischen nur denken kann, machte er sich morgens und abends draußen zu schaffen.

Der Frühherbstregen setzte ein, und oft kam er naß bis auf die Knochen vom Ufer nach Hause.

Aber im Käscher hatte er nichts. Nur auf das Draußensein kam es ihm an.

Die Marinke küßte ihm beide Hände und sagte: „Jurris, Jurris, es tut dir ja keiner was." Aber auch das half nicht viel.

Eines Morgens wehte stark der „Aulaukis", der Südwest, den die Fischer nicht mögen, besonders wenn Regen als Zugabe kommt.

Als die Marinke hinaussah, dachte sie: „Nun, heute wird er wohl nicht gefahren sein," aber wen sie zum Frühstück nicht finden konnte, weder im Hof noch auf dem Felde, das war der Jurris.

Die Vormittagsstunden vergingen, und sie dachte: „Um Gottes willen, wo bleibt der Jurris?"

Und als er zum Mittagbrot noch nicht da war und auch die Mutter das Fürchten bekam, da hielt sie sich nicht länger, sondern sprang von der Mahlzeit auf und rannte hinaus und dem Strande zu.

Schon als sie quer durch die Wiesen lief, erkannte sie: das war kein Wind mehr, das war ein Sturm. Und der Regen bohrte wie Hagelschlacken.

Die Tür des Schuppens schlug auf und zu, und der Handkahn war weg.

Vom Haffwasser ließ sich nicht viel erkennen, denn die Regenwolken strichen ganz niedrig darüber hin, aber die Strandwellen gingen so hoch, als wollten sie jeden auffressen, der ihnen zu nah kam, und das Rohr schrie, als hätte es eine Menschenstimme bekommen.

Die anderen Kähne waren alle zurückgeschoben, so weit, daß die Wellen sie nicht erreichen konnten, und die Marinke dachte bei sich: „Jetzt muß ich hinausfahren — muß ihm entgegenfahren."

Aber wenn sie einen Kahn bis an das Wasser herangebracht hatte, dann schlugen die Wellen ihn sofort zur Seite, so daß er beinahe kieloben lag.

Da sah sie ein, daß ihr Wille voll Unvernunft war und daß sie davon nur den Tod haben würde.

Und sie warf sich im nassen Sande auf die Kniee, wie sie es jüngst vor ihrem Bette oft getan hatte, und dachte es durch Beten zu zwingen.

Aber kein Kahn kam aus den Regenwolken gekrochen, und keine Menschenstimme rief: „Da bin ich."

Ja, *eine* Menschenstimme war da. Ganz plötzlich schallte sie ihr in die Ohren und sagte: „Was machst du?"

Und diese Stimme gehörte dem Jozup.

Da vergaß sie alles, was sie gegen ihn auf dem Herzen gehabt hatte, und hob die gefalteten Hände zu ihm auf und flehte ihn an, er möchte mit ihr hinausfahren. Für sie allein sei es zu schwer. Aber zusammen würden sie ihn schon finden.

Der Jozup fragte: „Seit wann ist er fort?"

Und sie erwiderte: „Seit in der Frühe."

Da lachte er bloß und sagte: „Dann ist er längst wieder an Land und sitzt verschlagen wer weiß wo."

Aber sie glaubte ihm nicht. Und er fuhr fort: „Denkst du denn, daß Menschen sich acht Stunden lang in so 'nem Wetter draußen herumtreiben können? Oder sich erst den Platz aussuchen zum Landen? Da ist es jedem egal, wo ihn der Sturm an den Strand wirft. Du aber komm ins Trockene, denn dir klappern ja alle Glieder."

Und er führte sie in den Schuppen und schlug die Tür hinter sich zu, so daß sie fortan im Halbdunkel waren.

An den Wänden hingen die Netze, und über das Heu, das im Winkel lag, war der Mantel des Jurris gebreitet. Da hielt er sich wohl öfters versteckt, wenn alle ihn suchten.

Und sie streichelte den Mantel mit ihren erklammten Fingern und küßte den Saum und sagte: „Komm doch wieder! Komm doch wieder!"

Aber weinen konnte sie nicht mehr, denn sie hatte schon all ihre Tränen verschüttet.

Der Jozup stand daneben und biß sich die Lippen. Und dann sagte er: „Warum soll er eigentlich wiederkommen? Es sind ihrer genug da, die bloß auf dich warten."

Da drehte sie sich um und spie nach ihm.

„Warum speist du mich an," sagte er, „da ich doch einstmals dein Mann sein werde?"

Und sie sagte: „Laß mich hinaus. Ich habe schon lange gewußt, was du für einer bist."

Aber er drückte sie auf den Mantel zurück, und indem er ihre Hände hielt wie in Klammern geschroben, sagte er folgendes: „Du betest da immerzu, er möchte doch wiederkommen, aber wenn ich jetzt als sein Freund mein Gebet mit dem deinen vereinigen wollte, dann würde es lauten: er soll *nicht* wiederkommen. Und er *wird* auch nicht wiederkommen. Wenigstens als Lebendiger nicht. Und darum gehörst du schon mir, und das will ich dir gleich beweisen."

Sie rang mit ihm und schrie: „Vergreife dich nicht an mir, denn ich trage ein Kind von ihm."

Aber er lachte sie aus: „Du willst ein Kind von ihm tragen? Hat er mir doch oft genug von dem Eid vorgeklagt, den er dem Vater hat ablegen müssen. Der Schlappschwanz kehrt sich an Eide! Ich aber kehr' mich an nichts und will tausend Tode sterben, wenn ich dich kriegen kann."

Und sie rang weiter mit ihm und schrie: „Ich trage ein Kind von ihm!"

Und er sagte mitten im Ringen: „Wenn es die Wahrheit wäre, daß du ein Kind trägst, dann ist es nicht von ihm. Gott wird schon wissen, von wem es ist."

Da brachen ihr die Arme mit einmal entzwei, und sie fiel hintenüber und wußte von nichts mehr.

Als sie sich wieder aufrichtete, stand die Tür offen, und niemand war da außer ihr.

Unter ihr lag noch immer der Mantel des Jurris. Den streichelte sie von neuem und küßte den Saum, aber sie dachte dabei: „Mir ist ganz recht geschehen."

Und sie betete nun auch nicht mehr, er möchte wiederkommen. Hätte sie ein Gebet gehabt, so würde es gelautet haben wie das von dem Jozup: „Er soll n i c h t wiederkommen."

So ohne Mut und so voll Scham war ihre Seele.

8

Im nächsten Frühling bekam die Marinke einen Knaben. Der sollte einmal die Enskysche Wirtschaft erben, denn außer weitläufiger Verwandtschaft war keiner als Erbe da.

Die Marinke war den Winter über im Hause geblieben und durfte um den Ertrunkenen trauern, als ob ihn der Pfarrer ihr angetraut hätte. Und niemand in der Gegend nahm Anstoß daran, denn die Hochzeit war ja bestellt gewesen. — Bloß daß nun ein Begräbnis daraus wurde.

Und die Enskene, die beinahe ihre Schwiegermutter geworden wäre, ehrte sie wie ihres

Sohnes leibliche Frau, ja selbst der Alte war immer gut zu ihr, aber das geschah um des Enkelsohnes willen, den er von ihr erwartete.

Vor den Gerichten hatte er keine Angst mehr, denn er fühlte sich durch den Eid, den er dem Sohne abgenommen hatte, hinreichend gesichert auch über dessen Tod hinaus.

Der Jozup war während des ganzen Winters nur dann im Hause zu sehen gewesen, wenn er die Milch abholte, und Marinke hatte sich wohl gehütet, ihm zu begegnen.

Aber einmal geschah es doch. Sie kam gerade vom Melken, da stand er breit in der Stalltür. Hinter ihr ging mit den Eimern die Magd. Um derentwillen mußte sie tun, als ob nichts vorgefallen war.

Er bot ihr die Hand und sagte: „Ich halte mich fern von dir, aber wenn die Zeit gekommen ist, wirst du ja wissen, wo du hingehörst."

Und ohne Widerspruch ging sie an ihm vorüber, denn daß sie ihm verfallen war, daran zweifelte sie nicht.

Und so sehr hatte sie sich an den Gedanken gewöhnt, daß sie die alte Wilkene, die das Haus bisweilen besuchte, bereits als zukünftige Schwiegermutter betrachtete.

Aber freundlich war die durchaus nicht mehr.

Wenn sie an ihrem klappernden Stock über den Hof gehumpelt kam, gab es der Marinke stets einen Stich durch das Herz, und sie dachte in ihrem Innern: „Bin ich erst in dem Wolfsnest drin, dann werde auch ich das Hemd auf den Schultern mit meinen Tränen waschen." Denn so heißt es in dem alten Liede.

Manchmal kam ihr wohl der Gedanke, sich nach der Entbindung ins Elternhaus zurückzubegeben; aber wie man sie aufnehmen würde, wenn sie mit dem Kinde auf dem Arm um Unterkunft bat, daran gab's nicht den mindesten Zweifel. Im übrigen wäre auch das vergebens gewesen. Der Jozup hätte sie auch von dorther geholt.

So neigte sie sich also in Demut vor dem kommenden Schicksal, und nur die bösen Augen der Alten machten ihr Angst.

Eines Tages sagte die Mutter zu ihr: „Was will die alte Wölfin immer von dir? Du willst ja nichts von ihr."

Aber was der Jozup wollte, davon ahnte sie nichts.

Und eines späteren Tages — der kleine Jurris mochte acht Wochen gewesen sein — da kam er in Sonntagskleidern zu ungewohnter Stunde und setzte sich neben die Wiege, die gerade ohne Aufsicht neben der Haustür stand.

Die Mutter, die heraustrat, erschrak sehr, denn beim ersten Blicke hatte sie den Mann, der sich tief über das schlafende Kleine beugte, gar nicht erkannt.

Er richtete sich auf und sagte: „Der Tote ist mein Freund gewesen, und ich habe sein Kind bis heute noch nicht gesehen."

Und die Mutter sagte: „So sieh es dir ordentlich an."

Aber er tat nichts dergleichen, sondern fragte sogleich: „Habt ihr auch schon daran gedacht, ihm einen Vater zu geben?"

„Sein Vater liegt im Grabe," sagte die Enskene, „und einen anderen braucht es nicht."

„Nun, da wird seine Mutter wohl auch noch ein Wort mitzusprechen haben," entgegnete er, „oder glaubt ihr, daß ihr sie ihr Leben lang als Magd bei euch behalten könnt?"

„Das Kind in der Wiege", sagte sie, „wird künftig einmal Herr auf diesem Hofe sein, und die du meinst, halt' ich wie meine Tochter. Im übrigen glaube ich nicht, daß dich dies alles was angeht."

„Dies geht mich nur insoweit was an," erwiderte er, „als die Marinke demnächst meine Frau werden soll."

Die Enskene erkannte sogleich, wie wenig Macht ihr über die einstige Braut ihres Sohnes gegeben war. Aber sie wollte es ihm nicht zeigen, und darum sagte sie: „Deine Werbung ist mir so willkommen, daß ich Lust hätte, meinen

Mann zu rufen, damit er dich von dem Hofe weist."

„Ich habe gar nicht geworben," entgegnete er, „denn ihr Vater wohnt ja wo anders."

Da gab sie sich drein, setzte sich ihm gegenüber und weinte.

Und er wartete schweigend, bis die Marinke vom Felde kam.

Die Mutter ging ihr entgegen und sagte: „Schick ihn fort, so daß er nie wiederkommt."

Sie getraute sich nicht, ihn anzublicken, wünschte ihm kaum „Guten Tag" und nahm dann das Kind aus der Wiege, um es zu stillen.

„Da hast du ja ein schönes Kind," sagte er, „und ich will hinfort sein Vater sein."

Sie neigte den Kopf und entgegnete leise: „Kannst du nicht wenigstens warten, bis die Trauerzeit um ist?"

Da rang die Mutter die Hände und schrie: „Du ermunterst ihn ja!"

Sie antwortete nichts, sondern hakte die Wiste auf und reichte dem Kinde die Brust.

„Pfleg es mir gut," sagte er mit einem Lachen und schritt nach dem Hoftor.

Von nun an gab es trübe Tage im Hause. Die Mutter weinte, der Alte schalt, und beide verlangten, sie solle nicht von ihnen gehen.

„Hier hast du's wie eine Prinzessin, aber

dort in dem Wolfsnest werden die Wölfe dich fressen mit Haut und mit Haar."

So ging das Lied immerzu.

„Oder glaubst du, sie werden dir jemals verzeihen, daß das Kind dem Jurris sein Kind ist? Jetzt wird ja offenbar, warum die Alte dich anglupt, als schlepptest du ein ganzes Gehetz von Bankerts mit dir herum."

So ging eine andere Weise.

Die Marinke sagte nur immer: „Habt Geduld, bis die Trauerzeit um ist."

Der Alte aber war nicht faul, sondern fuhr zum Rechtsanwalt zweimal in der Woche, denn er wollte den Enkelsohn in den Händen behalten.

Als der Todestag des Jurris sich eben gejahrt hatte und sein Grab von frischen Blumen noch voll war, erschien der Jozup von neuem auf dem Hofe.

Diesmal hatte er es so einzurichten gewußt, daß er die Marinke allein sprach.

Sie kam mit einem Wäschekorb von der Bleiche und lief ihm gerade in die Arme.

„Ich habe deinem Willen nicht entgegengestanden", sagte er, „und Geduld bewiesen ein Jahr lang. Aber nun ist sie zu Ende, und darum frage ich dich: Wann wirst du mir das Jawort geben?"

Sie schaute um sich, wie sie der Antwort entgehen könne, aber niemand war weit und breit.

„Deine Mutter ist mir böse gesinnt," sagte sie. „Und du wirst zu ihr stehen gegen mich."

„Meine Mutter ist dir böse gesinnt," entgegnete er, „weil sie sich ärgert, daß du ein fremdes Kind ins Haus bringen wirst. Daß es mein eigenes ist, darf sie nie erfahren, sonst würde sie's ausschreien bis hinter Prökuls."

„Es i s t auch nicht dein eigenes!" rief sie. „Das weißt du, und wenn du es nicht weißt, dann schwör' ich es dir."

Aber er lachte sie aus. „Der gute Jurris ist tot," sagte er. „Darum will ich so tun, als hättest du Recht. Wenn du aber denkst, ich würde zu ihr stehn gegen dich, dann kennst du mich falsch. Ich bin nach dir ausgewesen wie ein Verrückter, seit ich dir auf Augustenhof die erste Kanne vom Wagen gab. Ich habe mit meiner Mutter die Sache beredet bei Tag und bei Nacht, aber die verfluchten Enskys sind fixer gewesen als ich. Ich hab' ihnen den Hof anzünden wollen über dem Kopf, — ich habe den Jurris — na, nun ist egal, was ich wollte mit deinem Jurris. Aber hast du dir nie gedacht, warum ich da saß Abend für Abend neben ihm auf der Deichsel? Hast du geglaubt, daß ich ein Augenschmeißer bin und weiter sonst nichts? Ich hab' kein Wort von meinem Zustand zu dir geredet, denn schaliges Bier lieb' ich nicht, und den Bettler beißen die Hunde. Aber das hättest du wissen müssen, daß du mich entzweischneiden kannst mit dem Hackmesser, und ich würde noch nicht den Finger heben gegen dich. Ich sollte zur Mutter stehn gegen dich? Ja, Marjell, was dachtest du von mir?"

Wie er das sagte, geschah es zum ersten Male, daß sie ihm recht in die Augen sah. Und es war, als spritze Feuer daraus, und es war, als sei eine Wendezeit gekommen und jage sie auf unbetretene Wege.

Ihre Seele wand sich vor ihm und konnte seinem Willen doch nicht entweichen.

„Die Eltern werden es nicht zugeben," sagte sie, um doch etwas zu sagen.

„Welche Eltern? Deine oder dem Jurris seine?"

„Meine sind froh, wenn sie mich los sind," entgegnete sie, „aber diese hier lassen mich nicht mehr weg."

„Wenn der Habicht kommt, fliegt selbst die Krähe vom Neste, und um zwei solche Grasmücken sollt' ich mich kümmern?"

„Sie haben das Kind zum Erben bestimmt. So ein Glück kommt nicht wieder."

„Ich habe ihm auch einen Hof zu vererben, wenn ich das will."

„Hier geht es nicht nach deinem Willen, das weißt du sehr gut. Denn eigene Kinder kommen zuerst."

Der Jozup war rasch von Begriffen. Er sah gleich ein: wenn er nicht drohte, kam er zu nichts.

„Na, gut," sagte er, „dann muß ich doch wohl meiner Mutter erzählen, was zwischen uns passiert ist an jenem Sturmtag, als dem Jurris sein Kahn koppheister schoß. Was weiter geschieht, dafür wird s i e dann schon sorgen."

Die Marinke sah vor sich nichts als Schmach und Beschmutzung. Und auch des Jurris' Andenken würde beschmutzt sein bis in die Ewigkeit. Darum wurde sie stark in ihrer Schwäche und sagte: „Ein Eid gilt dir nichts," — daß er auch ihr einmal wenig gegolten hatte, daran dachte sie nicht — „und so schwör' ich erst gar nicht. Aber was ich jetzt sage, das ist so wahr, wie daß der Jurris nicht wiederkommt. Wenn du mich heiraten willst, so werd' ich nicht widerstehen und werd' auch das Kind bei mir behalten, bis wir beide ein eigenes kriegen. Dann muß es zu denen zurück, die es beerben wird. Sagst du aber deiner Mutter oder sonst einem auf der Welt, was du mir angetan hast, dann nehm' ich mir am selbigen Tage den ersten besten Kahn von denen, die am Ufer stehen, und fahre hinaus und komme nicht anders wieder, als einstmals der Jurris kam. Nun weißt du's."

Damit hob sie den Wäschekorb auf und schritt an ihm vorüber dem Hofraum zu.

Er aber hatte seinen Willen. Und was heute noch daran fehlte, das mußte die Zukunft ihm bringen, wenn die Marinke erst ganz in seiner Gewalt war.

Am nächsten Vormittag kam die Alte auf Freischaft.

Sie sah noch böser, noch verdrossener aus, und als sie die Marinke küßte, war's ihr, als gösse der blankzähnige Mund ein Gift über sie aus.

Aber sie widerstand nicht mehr.

Mochte die gute Mutter ihr auch weinend Rücken und Hände streicheln, mochte der gnitschige Vater ihr ein Viertel von seinem Vermögen versprechen, — sie blieb fest. Und auch was mit dem Kinde werden sollte, bestimmte sie nach ihrem Willen.

Der alte Enskys hatte schon alles besorgt, was nötig war, um den Enkel an eigener Kindesstatt anzunehmen, aber das durfte nun erst in Kraft treten, wenn Marinkes Leib von neuem gesegnet war. Bis dahin sollte der Kleine bei seiner Mutter verbleiben, und der Jozup durfte die Vaterrechte ausüben, wie jeder Stiefvater es tat.

So wurde es festgemacht, und niemand sagte mehr Nein.

9

Die Hochzeit wurde bald nach dem Erntedankfest gefeiert. Die alten Enskys hatten sie ausgerichtet, besser noch, als ob die Marinke ihres Sohnes richtige Frau gewesen wäre. Wer einen Stein auf ihre Sittsamkeit hatte werfen wollen, dem fiel er nun aus der Hand. Und nur die alte Wölfin grollte und kicherte höhnisch in sich hinein.

Am Morgen des ersten Tages — lange vor Sonnenaufgang — war Marinke auf den Kirchhof gegangen, um von dem Grabe des Jurris Abschied zu nehmen, denn daß ihre Gänge hierher von nun an nicht gern gesehen sein würden, das ahnte sie wohl. Sie betete und stärkte sich für das schwere Leben, das vor ihr lag. Auch bat sie ihm noch einmal alles Unrecht ab, das sie ihm im geheimen angetan hatte und wodurch er auch schließlich zu Tode gekommen war.

Sie wußte, daß ihr künftiges Dasein wohl nichts wie eine große Buße sein würde, und die nahm sie auf sich mit Freuden.

Am frühen Vormittag kamen ihre Eltern angefahren. Auch die zwei erwachsenen Brüder fanden sich ein, die waren zu Pferde gekommen.

Obgleich alle vier sie oftmals herzten und küßten, erschienen sie ihr nur wie weitläufige Verwandte. Sie hatte sie ja auch seit Jahren kaum noch gesehen.

Die Stiefmutter, deren Mißgunst sie einst von hinnen getrieben hatte, schämte sich ein wenig, daß die Hochzeit nicht im Vaterhause ausgerichtet worden war, und erzählte jedem, mit dem sie bekannt wurde, es wäre nur der weiten Entfernung wegen nicht geschehen und außerdem, weil die Eltern des verstorbenen Bräutigams durchaus darauf bestanden hätten, das Fest an Ort und Stelle zu feiern. Und noch drei oder vier sonstige Gründe führte sie an.

Der Vater hatte das Heiratsgut gleich mitgebracht und trug den Beutel mit den vielen Goldstücken immer in der Hand. Er blickte bei jeder Gelegenheit nach der Stiefmutter hinüber, und man erkannte wohl, daß er keinen anderen Willen besaß als den, den sie ihm eingab.

Sobald sie eingesehen hatte, daß die Marinke in diesem Hause wie eine Tochter geehrt wurde und die Gefahr, sie könne vielleicht einstmals hilfesuchend bei ihr anklopfen, nicht bestand, trat sie an sie heran, umarmte sie und sagte, so laut, daß die Enskene es hörte: „Du wirst hoffentlich dessen gedenk sein, meine Tochter, daß du in deinem Elternhause eine Zuflucht hast und keine Fremden brauchst, dich zu beschützen."

Und die Enskene erwiderte darauf: „Ebenso wirst du hoffentlich dessen gedenk sein, meine Tochter, wer eigentlich die Fremden sind."

Obgleich die Stiefmutter durch diese Gegenrede gedemütigt wurde, schwieg sie ganz still, denn sie hatte erreicht, was sie wollte.

Das Kind begehrte keiner von der Familie zu sehen, und es wurde ihnen auch nicht gezeigt.

In der Kirche sah die Marinke den Jozup an diesem Tage zum ersten Male, denn es war damals in manchen Orten noch Sitte, daß Braut und Bräutigam — jeder mit seinem Anhang — gesondert zur Kirche fahren und nicht früher zueinandertreten, als bis der fromme Gesang zu Ende ist und der Pfarrer vor dem Altare steht, den Segen über sie zu sprechen.

Auf der rechten Seite saßen die Brautgäste, und die auf der linken, die zu dem Bräutigam gehörten, sahen feindlich herüber.

Die hatte die Alte schon alle aufgehetzt, weil die Marinke keinen Rautenkranz trug, sondern bereits das dunkle Frauentuch angelegt hatte, das ihre blonden Haare umschlang und verdeckte.

Und das kam daher, daß sie eine Entweihte war, wie die alte Wölfin jedem zuraunte, der es längst wußte und nichts dabei gefunden hatte, bis die Verachtung so in ihm wach wurde.

Der Jozup sah und hörte nichts von dem allen. Er starrte bloß immer mit einem wilden und freudigen Leuchten des Auges zu der Marinke herüber, als wollte er ihr zurufen: „Hab' ich dich endlich?"

Und sie neigte den Kopf in Ergebung, als müßte sie ihm erwidern: „Ja, nun hast du mich ganz."

Und als der Pfarrer hernach das Jawort von ihr verlangte, sprach sie es so hell und deutlich, als hätte statt des Jozup der Jurris an ihrer Seite gestanden.

Die Enskene aber schluchzte hell auf. Auch sie gedachte dessen, der in der Erde lag.

Die alte Sitte hierorts verlangt, daß Braut und Bräutigam vom Kruge aus, wo die Trauung begossen wird, ein jeder gesondert nach Hause fahren, um erst am zweiten Tage der Feierlichkeiten fürs Leben zusammenzukommen; aber der folgte man nicht mehr, sondern schlug, wie es jetzt immer üblicher wurde, gemeinsam den Weg zur Brautwohnung ein.

Der Jozup saß neben seiner jungen Frau. Er sprach nicht zu ihr und sah sie nicht an, aber wenn beim Fahren ihre Achsel gegen die seine schlug, zitterte er wie ein Kranker, so daß ihr angst und bange wurde. Und noch bänger wurde ihr, wenn sie sich umwandte und auf dem zweiten Wagen die Alte sitzen sah, die die Lippen eingekniffen hatte und deren Blick sie durch und durch stach.

„Er wird mich mit seiner Liebe fressen," dachte sie, „und die Alte mit ihrem Haß."

In dem Hochzeitshause war alles aufs Beste gerichtet. Die Türrahmen mit Gewinden umgeben und Ehrenpfosten bis an das Hoftor. Die Tische konnten all die guten Gerichte nicht fassen.

Da gab es Rindfleisch mit Reis und Pflaumen mit Klößen, auch Schweinebraten gab es und Neunaugen, gewürzt und gesäuert. Und noch vieles andere mehr, von dem süßen Fladen gar nicht zu reden. Zum Trinken war da: Braunbier und Alaus und Kirschen- und Kornschnaps — alles sehr reichlich.

Im Brautwinkel, wo neben dem jungen Paare die vornehmsten Gäste sitzen, stand sogar in hochhalsigen Flaschen der teure Portwein; der war aus Memel extra verschrieben.

Aber allen diesen Herrlichkeiten zum Trotz wollte eine behagliche oder gar freudige Stimmung nicht aufkommen. Die Verwandten des Bräutigams hielten sich abseits von den Verwandten der Braut, giftige Blicke flogen hin und her, und wer beiden Seiten freundlich gesinnt war, der sah mit Sorge, daß, wenn das Haderwasser erst seinen Dienst tat, giftige Reden nachfolgen würden.

Zum Überfluß hetzte die alte Wilkene noch immer. Ihr Sohn habe was Besseres verdient, als Jungfernkinder großzuziehn, und niemandem könne es als Ehre gelten, auf einer Hochzeit zugegen zu sein, bei der die Brauteltern, anstatt sie auszurichten, sich als Gäste breitmachen.

Die beiden Wirtsleute mühten sich umsonst, den drohenden Sturm zu verscheuchen. Die gute Mutter schleppte Teller und Gläser, als wäre sie die letzte der eigenen Mägde, und wie mißtrauisch der Alte auch sonst die Schätze seiner Truhen hütete, heute öffnete er die Deckel weit und verteilte Handschuhe und Handtücher in Menge, selbst seidengewebte Jostbänder verteilte er. Die lagen seit hundert Jahren in dunklem Verstecke.

Aber nichts wollte helfen. Die Magila, die Göttin des Zornes, saß schon im Rauchfang, und fuhr sie hernieder mit Ruten und Peitsche, dann wehe!

Die arme Marinke traute sich nicht mehr zu reden, zu lächeln, und der Jozup saß da mit eingekniffenen Fäusten und Augen, die flammten nach rechts und nach links, als wolle er bald dem, bald jenem stracks an den Hals.

Und immerzu ging das Getuschel der Alten. Wie ein Messerstich hierhin und dorthin flog schon ab und zu ein häßliches Wort durch die eintretende Stille.

Wäre der Pfarrer zugegen gewesen, dann hätte sich wohl alles anders gestaltet. Er war ja auch geziemend geladen, aber er hatte gleich abgesagt, und jeder mochte sich denken, weshalb.

Als einziger Deutscher saß der Lehrer unter den Gästen, aber der war noch sehr jung und besaß nicht Ansehen genug, die Seelen sich untertänig zu machen.

So konnte das Unheil weiter gedeihen.

Einer der Nachbarn, sonst ein verträglicher Mann, der harmlos gekommen war, sich zu vergnügen, hob mit einemmal sein Glas und rief zu dem Brautvater hinüber: „Du — prost auf die billige Hochzeit!"

Das gab natürlich den Anstoß zu bösem Gelächter. Der alte Tamoszus sprang auf und wollte dem Höhnenden sein Glas an den Kopf werfen, andere fielen ihm in den Arm, ein großes Lärmen hub an, — das Schlimmste schien nun gekommen.

Da geschah etwas, was niemand geahnt oder für möglich gehalten hätte. Wäre der Herrgott vom Himmel herniedergestiegen, um Frieden zu stiften, keiner hätte sich mehr gewundert als jetzt.

Und es war ja auch eine Art von Herrgott, ein „Wieszpatis" war es, der sich selber bemühte.

Wer kannte nicht die zwei weißen Trakehner, die plötzlich herangebraust kamen? Wer kannte nicht den Mikas auf dem Bock mit der Mardermütze und der rotsamtnen Troddel? Wer kannte nicht das Lacklederverdeck mit den silbernen Bügeln?

Und wer kannte nicht den Mann, der fünf Fuß zehn Zoll hoch mit blitzendem Auge unter buschigen Brauen und auseinandergestrichenem dunklem Barte schwer und gewaltig den blautuchenen Polstern entstieg, um sich dann umzuwenden und einer Dame im seidenen Schleier und seidenen Mantel aus dem Innern zu helfen?

Ja, wenn der zur Hochzeit kam! Der und die Frau, die alle liebten, wie man einstmals die Milda geliebt hat, die Göttin, die nicht bloß schön war, sondern in ihrem Gutsein sich auch zu den Demütigen neigte!

Wenn das geschah, dann gab es nicht Hadern mehr und nicht Hochmut. Dann gab es keine Entweihte mehr mit dem Frauenkopftuch, da wo der Rautenkranz und die silberne Krone hingehört hätten. Dann gab es nur Frieden und Glück und Geehrtsein.

Alle, die vor der Tür und im Hausflur tafelten, erhoben sich stumm von den Sitzen, und so betraten beide suchend die Stube, in der sein Kopf die Decke durchstoßen hätte, wenn er sich ganz hätte aufrichten wollen. Auf den Brautwinkel gingen sie zu und gaben der Marinke freundlich die Hand, die blutübergossen und stumm den Blick auf die Dielen geheftet hielt. Und auch den Jozup begrüßten sie — glückwünschend, daß er solch eine Frau, deren Wert sie ja kannten, sich zu eigen genommen. Und dann begrüßten sie die Wirtsleute wie alte Freunde, und sie, die Herrin, wechselte einen ernsten Blick mit der Mutter, den nur sie beide verstanden, und die Marinke, die gerade erst aufzusehen wagte.

Ihre Stiefmutter, die eine ansehnliche und

immer noch hübsche Frau war, drängte sich vor, um auch einen Gruß zu bekommen, aber die Herrschaften achteten ihrer nicht mehr, als ob sie ein Unkraut gewesen wäre.

Und auch die alte Wilkene erkannten sie nicht, oder vielleicht wußten sie gar nicht, daß eine Bräutigamsmutter noch da war.

Dann setzten sie sich dem jungen Ehepaar gegenüber, und er, der Wieszpatis, zog einen Kasten unter dem Arme vor und reichte ihn hin. Der war innen mit Seide gefüttert, und auf der hellblauen Seide lagen silberne Messer und Gabel und Löffel, die kosteten hundert Taler und mehr. Das war sicher.

Noch niemals hatte man jemand gekannt, dem zur Hochzeit solch eine Gabe beschert worden war.

Und der Herr sagte: „Ihr alle sollt daraus erfahren, wie treu die Marinke mir einstmals gedient hat und wie hoch meine Frau und ich ihre Dienste heute noch schätzen."

Sie aber, die Herrin, sagte auf Deutsch, denn Litauisch konnte sie nicht: „Es muß ein besonderes Glück für Sie sein, Herr Wilkat, daß Sie dem Kindchen ihres toten Freundes den Vater ersetzen dürfen."

Da fuhr die Marinke erschrocken hoch, denn des Kindes war heute noch niemals von einem gedacht worden.

Und die Herrin fragte: „Kann man es sehen, Marinke?"

Da lief die Mutter Enskys rasch in die Kammer, wo die Wiege versteckt war, und brachte es angetragen in seinen rotbunten Kissen.

Und die Herrin nahm es auf ihre Arme und schaukelte es und sagte: „Ein hübsches Jungchen. Es ähnelt dem Vater, soweit ich mich an ihn erinnere. Findest du nicht auch, John?"

Der Wieszpatis wollte das gleiche aussprechen, da gewahrte er, daß die Augen der Marinke sich auf ihn richteten mit einem Blicke so voller Inbrunst und Angst, daß er ganz stutzig wurde, und darum nickte er nur bedächtig und nachsinnend vor sich hin. Nachdem sie dann ein Glas Wein auf das Wohl des jungen Paares geleert hatten, nahmen die Herrschaften freundlichen Abschied und fuhren von dannen.

Das Kind und das Silberbesteck aber gingen noch lange Zeit bei den Gästen von einem Schoß auf den andern und wurden abwechselnd bekuckt und bewundert.

Und nur die alte Wilkene, die murmelnd und kichernd draußen herumlief, wollte von beiden nichts wissen.

10

Das Gehöft, das die Leute das „Wolfsnest" nannten, lag ein wenig abseits vom Dorfe und war gewiß die stattlichste Wirtschaft unter den fünfen, denen man Hochachtung schuldete. Aber man sah nicht viel davon, denn es war auf drei Seiten von einem Erlengehölze so dicht umgeben, daß man höchstens bei Nacht die Lichter durchschimmern sah.

Was darinnen vorging, blieb jedem Nachbarn verborgen. Und nur wer von der Landseite herfuhr, gewahrte die roten Ziegeldächer, die als Wahrzeichen des Wohlstandes selbst Stall und Scheune bedeckten.

Wer durch das Gittertor eintrat, wurde erst recht überrascht durch die schönen Maschinen, die auf dem Hofe der Reihe nach standen.

Hier die Wirtin zu sein, mußte jede mit ehrfürchtigem Stolze erfüllen, die auf Arbeit hielt und auf Ordnung.

Die Marinke fand sich rasch in das neue Leben, und war sie von Kindesbeinen an fleißig und tüchtig gewesen, wie hätte sie's hier nicht sein sollen, wo sie auf eigenem Boden stand? Das erkannte voll Ingrimm sogar die Schwiegermutter an, wenn sie vom Fenster der Altsitzerstube aus, bereit zu Tadel und Zank, das Wirken der Hausfrau verfolgte. Und sie hütete sich wohl, sich an ihr zu vergreifen oder den Sohn gegen sie aufzubringen. Beides versparte sie sich auf günstigere Zeit. Nur daß sie niemals zur Mahlzeit erschien und ohne Gruß aus und ein ging.

Die Marinke kümmerte sich nicht viel um ihr feindseliges Benehmen, denn sie hatte ja Schlimmeres erwartet. Wie Jozup sich stellen würde, wenn es zwischen ihr und der Alten zu offenem Zwiste kam, das wußte sie nicht. Ob er ihr auch in heißer Liebe zugetan war, der Mutter würde er doch wohl nicht Unrecht geben, denn er mußte ihr ewiglich dankbar sein, weil sie ihn in der Erbfolge den älteren Brüdern vorgezogen hatte. Der eine war Schutzmann in Berlin, und der andere stand kurz vor dem Versorgungsschein. Schreiben taten sie beide nicht mehr.

Mit dem Jozup war's eine eigene Sache. Manchmal, wenn er dasaß und sie ansah halbe Stunden lang, ganze Stunden lang, ohne ein Wort zu reden, und sie gleichsam aufzehrte mit seinen schwarzen Rauschbeerenaugen, dann dachte sie innerlich schaudernd: „Das ist zu viel, das darf nicht sein, das geht wider Gottes Macht und Willen."

Und wenn er bei ihr lag und zitterte vor allzugroßer Liebe und ihr nicht nahe zu kommen wagte, dann dachte sie wieder: „Das ist die Strafe, weil er sich an dem Jurris vergangen hat." Bis er sich dann auf sie stürzte wie ein wildes Tier, so daß *sie* nun zitterte vor seiner allzugroßen Liebe. Und manchmal dachte sie dabei: „Vielleicht ist er wirklich ein Werwolf und heißt nicht bloß so." Aber dann warf sie die Furcht wieder ab und tröstete sich: „Das kommt bloß daher, daß er zu lange nach mir begehrt hat und ganz ohne Hoffnung gewesen ist. Und nun kann er's noch immer nicht fassen."

Und dann war es ihr manchmal, als könnte sie ihn mit der Zeit auch wiederlieben. Aber ihr Herz war immer noch auf dem Kirchhof, dort, wo der Jurris lag. Und hätte sie sich getraut, ab und zu an das Grab zu gehen, ihr wäre manches leichter geworden.

Auch auf das Kind übertrug der Jozup seine wilde Liebe. Ob es sein eigenes war oder nicht, darüber hatten sie beide nicht mehr geredet, und Marinke war wohl darauf bedacht, ihm seinen Glauben zu lassen, denn sie wußte, wenn's anders käme, würd' es ihr schlecht gehn.

Er nannte den Kleinen auch nicht „Jurris", wie er getauft war, sondern „Wilkiutis" oder „Wilkytis", was gar kein christlicher Vorname ist, sondern das „Wölfchen" bedeutet. Und er war ganz zornig, wenn die Dienstboten nicht taten wie er. Nur die Marinke durfte seinen wirklichen Namen noch in den Mund nehmen, aber schließlich brachte sie's auch nicht mehr übers Herz und nannte ihn immer bloß „Kindchen" oder auch „Liebling".

Der Kleine wuchs rasch heran und konnte gehen und sprechen, noch ehe das erste Ehejahr um war. Und der Jozup spielte mit ihm wie der Wolf mit seiner Brut vor der Höhle im Sonnenschein. Lag lang auf der Erde und ließ ihn klettern über sich her und hob ihn hoch in die Luft, und dann mußte er sehen, wie er von den Handflächen wieder herabkam.

Um das Erlengehölz aber schlichen oft in der Dämmerung zwei alte Leute und kuckten sich die Augen entzwei nach dem künftigen Erben, und kuckten nicht minder nach der Marinke, ob ihr Leib noch immer nicht Spuren zeige von kommendem Segen, damit alsbald der Vertrag in Kraft treten könne, der ihnen den Enkel zurückgab.

Den Hof zu besuchen, war ihnen verboten, obwohl der Alte die Vormundschaft hatte, und ebenso durfte Marinke nie mehr zu ihnen gehen. Oft hätte sie gern ihren Kopf auf den Schoß der Mutter gelegt und sich streicheln lassen von ihren verständigen Händen, aber um des lieben Friedens willen entbehrte sie auch das.

Um wenigstens etwas von ihr und dem Kinde zu haben, hatten die Alten es auf sich genommen, den Milchwagen, der ja zum Verladen der Kannen bei den Besitzern immer reihum fuhr, selbst zu kutschieren, wenn ihre Woche gekommen war. Aber der Jozup ließ die Kannen schon vorher an den Rand des großen Weges bringen, wo sie herrenlos standen, bis der Wagen sie auflud, und als die Alten sich dumm stellten und unter diesem oder jenem Vorwand doch aufs Gehöft fuhren, da machte er kurzen Prozeß und trat aus der Genossenschaft aus. Und das tat er um so lieber, als er selber nicht gerne mehr nach Augustenhof hinwollte. Den Grund sagte er nicht, und vielleicht besaß er auch keinen. Aber den Wieszpatis nannte er nur noch „den Deutschen", und das schöne Besteck sah er nicht an. Das lag auf dem Grunde des Schrankes und zehn Schichten Kleider darübergefliehen.

Nun war der liebe Jurris schon zwei Jahrchen tot, und der Tag seines Sterbens kam heran.

Ob der Jozup sich dessen erinnerte oder auch nicht, kurz, um die Stunde, in der damals das alles geschehen war, erklärte er plötzlich, er wolle aufs Haff hinaus, mit dem Keitelnetz ein Gericht Fische zu fangen. Er tat das sehr selten, denn den Fischer zu spielen war er zu stolz. Und wie er die Marinke zum Abschied küßte, da war Triumph in seinem Auge, so daß sie sich dachte: „Jetzt geht er Gott danken und sich freuen an seiner Gewalttat."

Und weiter dachte sie: „Soll der arme Jurris nun ganz allein da liegen und denken, ich hab' ihn vergessen?"

Sie wußte, die Eltern gingen nicht gern auf den Kirchhof, und der Vorwurf in ihr sprach lauter und lauter.

Darum nahm sie den kleinen Jurris kurzweg bei der Hand, denn es mußte ja aussehen wie ein ganz kleiner Spaziergang. Sobald sie aber hinter den Erlen war und die Alte ihr nicht mehr nachblicken konnte, hob sie ihn auf den Arm und schritt, so rasch sie konnte, dem Kirchhof zu, der wohl eine halbe Stunde entfernt lag.

Das Grab war ziemlich verfallen. Frische Blumen lagen nicht darauf, und auch sie hatte ja keine mitbringen können. Darum pflückte sie Blätter von den Ahornbäumen, und weil sie zufällig ein Knäulchen Zwirn in der Tasche hatte, machte sie sich daran, eine schöne Girlande zu winden, die den Grabhügel der Länge und Breite nach festlich umrahmen sollte. Zeit hatte sie genug, und der Kleine grub artig im Sande.

Ihm die Zeit zu vertreiben, sang sie ein Lied, und auch weil ihr hier an dem Grabe so wohl war.

Sie sang:

„Dort unter den Linden
In jenem Grabe,
Da liegt und schlummert
Mein lieber Knabe.

Auf seinem Denkmal
Stehet zu lesen,
Wie schön und tapfer
Er einst gewesen.

Mit Blumen schmück' ich's
In jedem Lenze,

Sitz' auf dem Grabe
Und flecht' ihm Kränze.

Und ranke Grünes
Rings um die Kanten
Und pflanze Goldlack
Und Amaranten.

Und klag' und weine,
Weil sie den Knaben
Mir aus dem Brautbett
Gerissen haben.

Doch aus dem Herzen
Stiehlt ihn mir keine,
Und jeden Abend
Komm' ich und weine."

„Wenn i ch hier mit meinem Kinde an jedem Abend ein Stündchen sitzen könnte," dachte sie, „ich wollte, weiß Gott, nicht weinen, sondern immer vergnügt sein."

Und wie sie sich noch an ihrer Geborgenheit freute, da wurden mit einemmal vom Kirchhoftor Schritte laut, schwere, unsichere Schritte, und ein Klappern dabei — das kannte sie wohl.

Sie ließ die Girlande liegen, nahm das Kind auf den Arm und ging der Schwiegermutter entgegen.

Die schwang die Krücke und schrie: „So also bist du dem Jozup treu, du Allerweltsfrauenzimmer, daß du selbst mit den Gräbern buhlen gehst? Ohne Jungfernschaft bist du ins Haus gekommen, den Muturis" — das Frauenkopftuch — „hat die Pestgöttin dir umgelegt und nicht ich. Aus der Mistpfütze bist du gekrochen, und nicht eher werde ich ruhen, als bis ich dich dahin zurückgeprügelt habe."

Und sie schlug mit dem Krückstock auf die Marinke los.

Die dachte nur daran, den kleinen Jurris zu schützen, der bitterlich zu weinen begann, weil einer der Schläge auch ihn getroffen hatte, und ging davon ohne ein Wort der Erwiderung.

Die Alte kam nachgehumpelt und setzte sich vor das Hoftor, um dem Jozup aufzupassen.

Und als er um die Dämmerstunde vom Haffe zurückkam, erzählte sie ihm alles. „So hat sie dich beseift," sagte sie. „Nun strafe sie, wie sich's gebührt."

Er zog die Augenbrauen noch dicker zusammen und kämpfte lange mit sich. „Warum soll ich sie strafen?" sagte er dann. „Es ist besser, ihr Zeit zu lassen, damit das Andenken an jenen aussauern kann aus ihrem Gemüte."

„Bist du ein Mann oder ein Stöpsel?" fragte höhnisch die Alte.

„Weil ich ein Mann bin," entgegnete er, „weiß ich, was ich zu tun habe."

Aber sie ließ ihm keine Ruhe. „Weiche Äpfel faulen bald," sagte sie, „und wer bloß Krumen essen will, bricht sich am ehesten die Zähne entzwei. Darum tu deine Schuldigkeit an ihr."

Aber er liebte die Marinke zu sehr, um sie zu schelten. Nur fernhalten tat er sich von ihr, und auch das Kind sah er nicht an wohl eine Woche lang.

Und die Alte wühlte und hetzte bei jedem Begegnen, denn jetzt hatte sie einen Grund.

Und da sie den Krückstock gegen die Schwiegertochter schon einmal gehoben hatte, ohne daß ihr ein Übles geschehen war, so wagte sie es alsbald von neuem und fiel über sie her, allemal, wenn sie ihr nicht entweichen konnte.

Zuerst ließ die Marinke sich alles gefallen und war auf nichts weiter bedacht, als den Kleinen zu schützen. Da sie aber immer häufiger angefallen wurde, mußte sie sich wohl zur Wehr setzen. Und eines Tages — nicht weit vom Herde — riß sie der Krüppligen den Stock aus der Hand und warf sie gegen den hängenden Kessel, so daß ein wenig von dem kochenden Wasser herausspritzte.

Die Alte hub sofort furchtbar zu heulen an. Die Schwiegertochter habe sie geschlagen und verbrüht, und sie zeigte den Dienstboten die Blasen an Hals und an Händen. Und als der Jozup vom Felde kam, zeigte sie sie auch ihm und klagte, sie sei schon seit langem ihres Lebens nicht sicher.

Da geschah es zum ersten Male, daß er sich an seinem Weibe vergriff. Er schlug sie nicht, wozu ein zorniger Mann wohl das Recht hat, sondern warf sie schweigend über den Tisch und schüttelte und würgte sie, wie man mit einem bissigen Hunde tut.

Als er sie losgelassen hatte, nahm sie den kleinen Jurris auf den Arm und rannte in ihrer Seelennot zu der Mutter Enskys, obwohl ihr ja jeder Verkehr verboten war.

Die küßte zuerst den kleinen Jurris halbtot und rief dann den Alten herbei. Der tat desgleichen, und als Marinke ihnen alles erzählt hatte, wollten sie sie sogleich bei sich behalten.

Aber die Marinke willigte nicht darein. „Von hier holt er mich schon morgen vormittag," sagte sie, „und wenn ich mich wehre, schleppt er mich womöglich an den Haaren zurück. Aber ich weiß jetzt, was ich ihm sagen werde, wenn ich auch nicht danach tun kann."

Damit ging sie zurück. Der Alte bat sich aus, ihr den Kleinen noch eine Strecke zu tragen, und als sie es nicht erlaubte, lief er auf seinen Schlorren hinter ihr drein und machte mit leeren Armen Eiapopeia.

Am nächsten Morgen wollte der Jozup schweigend von dannen gehen, aber sie hielt ihn zurück und sagte: „Ich habe es satt, mich schlecht behandeln zu lassen. Ein Kind hat uns der Himmel bisher nicht geschenkt, es hält uns also auch nichts zusammen. Wenn ich auch eine böse

Stiefmutter habe, geprügelt oder gewürgt werd' ich dort nicht, und darum ist es das Beste, ich gehe nach Hause. Die fünfhundert Taler kannst du behalten."

Er wurde weiß wie der Kalk an der Wand und entgegnete drauf: „Das Einzige ist, ich teile ihr mit, wessen Blut in den Adern des Kleinen fließt. Dann wird sie's vielleicht weitererzählen, aber im Hause wird Ruhe sein."

Da sagte die Marinke: „Gestern vor vierzehn Tagen war des Jurris' Todestag, und heute wird m e i n Todestag, wenn du das tust, so wahr ich dein Weib bin."

Der Jozup wußte nun, daß in dieser Sache ihr Sinn unveränderlich war und daß er nie und nimmermehr daran würde rühren dürfen. Darum sagte er: „Ich werde nachsinnen, ob es ein anderes Mittel gibt."

Und die Marinke sagte: „Du kannst nachsinnen, soviel du willst. Ein anderes Mittel, als daß s i e aus dem Hause geht oder ich, wirst du nicht finden."

Der Jozup lief in der Stube umher und schrie: „Sie hat mich vorgezogen, seit ich im Kinderkleid war — sie hat die Brüder hinausgejagt, damit ich hier Herr bin. Verlange du nicht zu viel von mir!"

Und die Marinke erwiderte: „Ich verlange ja nichts."

An demselben Morgen ging er in die Altsitzerstube und blieb dort länger als eine Stunde. Und das Ende war, daß gegen Mittag die Alte herauskam, das Gesicht wie behonigt, und zu der Marinke sagte: „Setze meinen Teller auch auf den Tisch, liebe Tochter. Damit Friede wird, will ich fortan mit euch zusammen essen."

Aber die Marinke traute ihr nicht, und als die Alte den Kleinen ihren „Putytis", ihr Hähnchen, nannte und ihn gar auf den Arm nehmen wollte, zog sie ihn rasch auf die Seite.

Von diesem Tage an war die Wilkene wie umgewandelt, und niemand konnte wissen, wodurch es geschehen war.

Die Mutter Enskys aber, die alle Freitagabend im Erlengebüsch auf Marinke lauerte — — denn so war es jüngst ausgemacht worden —, sagte zu ihr: „Paß gut auf, daß sie nicht an den Herd kommt. Ich will mich rösten lassen wie Flachs, wenn sie nicht darauf sinnt, dich und das Kind zu vergiften."

Die Alte aber saß allabendlich am Rande des Sumpfteichs hinter dem Roßgarten, um Fischbrut zu käschern, wie sie sagte, für die Angeln, die nächstens ausgelegt werden sollten, und in der Dunkelheit kam sie mit Kräutern beladen nach Hause, die sie niemandem zeigte.

Am Sumpfteich wuchs neben der Hundsromei und dem Kalmus auch Wasserschierling in Menge. Das ganze Dorf hätte man ausrotten können, so viel Schierlingsstauden standen dort mit ihren weißlichen Schirmchen.

Ja, die Marinke paßte gut auf.

Daß die Alte Spiritus wollte zum Einreiben gegen die Gicht, das hatte nichts auf sich, aber daß sie sich auch das Kesselchen holte mitsamt dem Kocher, während sie doch jetzt immer am Tische aß, das gab schon mehr zu bedenken. Und stundenlang saß sie am Herde, um sich die Glieder zu wärmen, obwohl die Luft noch ganz sommerlich war.

Vom Wasseransetzen bis zur fertigen Mahlzeit wich die Marinke nicht von der Stelle. Kaum den Kopf zu wenden traute sie sich, und schließlich wurd' ihr ganz wirblig von dem ewigen Argwohn.

Und eines Abends, als es Kürbisbrei gab mit Zucker und Rosinen, da fiel ihr ein fremder Geruch auf, der aus der Schüssel emporstieg. Der Jozup mochte wie viele den Kürbis nicht und kriegte was Anderes, die Alte aber bekam mit einemmal die Kolik, ging zu Bett und ließ sich Melissentee kochen, so daß nur sie selbst und das Kind noch übrigblieben, davon zu essen, denn den Leuten war schon vorher zugeteilt worden.

Darum tat sie nur so, als ob sie aß, und gab auch dem Kinde nichts, füllte aber, soviel sie konnte, in eine breithalsige Flasche und lief heimlich damit zu der Mutter Enskys, damit sie nun tue, was not war.

Und als der Freitagabend herankam, da sagte die Mutter: „Ich bin in Heydekrug gewesen beim alten Settegast, der hat den Brei untersucht und gesagt, der Pons Stootsanwalts, wenn man's dem anzeigen wollte, wär' mit der Hälfte zufrieden. Und hier auf dem Zettel steht alles."

Die Marinke nahm den Zettel und ging zum Jozup. „Deine Mutter ist mir die rechte," sagte sie.

„Wieso?" fragte er und ließ die Halsbinde los, denn er zog sich eben die Kleider vom Leibe.

„Weil sie mich hat vergeben wollen — mich und das Kind."

Er wurde so rot, als müsse er an ihren Worten ersticken, und riß sich das Hemd am Halse entzwei.

„Ich habe das Versprechen getan, dich niemals zu schlagen," sagte er, „aber du machst es einem recht schwer."

„Hier ist der Zettel," sagte sie.

Er las den Namen des alten Settegast, den jeder ehrte weit und breit, und so rot, wie er gewesen war, so blaß wurde er nun. Und dann ließ er sich alles von ihr erzählen. Auch daß die Mutter Enskys die Probe zur Apotheke getragen hatte, verschwieg sie ihm nicht. „Straf mich, wenn du willst," sagte sie, „aber das Kind mußt' ich am Leben erhalten, gleichviel, wer sein Vater ist. Und das Beste wird sein, du läßt mich jetzt gehen, sonst gelingt es mir doch nicht."

„Du und das Kind bleiben hier," erwiderte er.

„Gut," sagte sie, „dann muß deine Mutter fort, oder ich zeige sie an."

„Du zeigst sie an?" fragte er, als ob er nicht recht gehört hätte.

„So wahr ich ein Kind habe, ich zeige sie an."

Da lief er hinaus, halbnackt wie er war, und kam die ganze Nacht nicht mehr wieder. Auch am nächsten Morgen war er nirgends zu sehen, erst gegen Mittag trat er mit einemmal aus der Altsitzerstube. Er zitterte am ganzen Leibe und sagte: „Ich habe mit der Mutter gesprochen. Was sie jetzt tun muß, das habe ich ihr schon damals prophezeit und habe für alle Fälle mit den Brüdern das Nötige geordnet. Sie werden die Hälfte aller Einkünfte bekommen und sie dafür in Pflege nehmen, solange sie lebt. Siehst du nun wohl, wie lieb du mir bist — du und das Kind?"

Drei Tage später fuhr die Alte ab. Sie hatte kaum einen Widerspruch zu leisten gewagt, denn sie wußte, die Anzeige drohte.

Als sie auf dem Wagen saß, mit dem der Jozup sie zur Bahn brachte, reckte sie noch einmal den Krückstock nach der Marinke und schrie ihr den schwersten Fluch an den Hals: „Mag der Perkuhns dich treffen nach Bartholomä!"

Und da es bis zum nächsten Bartholomä noch lange hin war, verbesserte sie sich: „Nein, noch vorher, jetzt gleich soll der Perkuhns dich treffen."

Da zogen die Pferde an, und sie fuhr in die Weite, dorthin, wo kein Litauergott mehr donnert.

11

Nun folgten vier Ehejahre, die konnte man glückliche nennen.

In Marinkes Herzen wurde das Bild des Jurris allmählich blasser und blasser. Da eine Aufpasserin nicht mehr vorhanden war, hätte sie manches liebe Mal nach seinem Grabe sehen können, aber es drängte sie nichts mehr dorthin.

Der Kleine wuchs zu einem kräftigen Strampler heran, der sich die Butter vom Brote nicht nehmen ließ und seinen Willen vom Morgen bis zum Abend in die Welt hinauskrähte.

Der Jozup konnte nicht satt werden, ihn darin zu bestärken, und wenn der Junge recht unartig war, sagte der Vater: „So ist's gut, mein Lümmelchen. Pech und Teer sind Verwandte."

Er lehrte ihn Schweine treiben und die Kühe zur Weide führen und setzte ihn jedem Tier auf den Rücken, das gerade zur Hand war. Mit vier Jahren ritt er bereits auf der bockigen

Schimmelstute, und die war auch sonst nicht die frömmste.

Von Monat zu Monat wurde das Leben inniger zwischen den beiden, und als der fünfte Frühling herankam und die künftige Schulzeit schon drohte, da nahm der Jozup ihn morgens sogar auf das Feld mit. Er ließ ihn die Lenkstange der Pflugschar anfassen, er gab ihm einen Zipfel des Säelakens zu tragen und meinte: „Das muß das Erste sein, was ein Wirtssohn erlernt, sonst nützt ihm kein Schreiben und Rechnen."

Ein Glück war's — ein unaussprechliches und nie besprochenes —, daß noch immer kein Zeichen sich meldete, der kleine Jurris werde ein Brüderchen oder ein Schwesterchen kriegen. Es war gerade so, als ob der Himmel selbst darüber wachte, daß in dieses ängstliche Wohlsein Bestand und Ruhe allmählich einkehrte.

Im Enkysschen Hause aber lagen allabendlich zwei alte Leute auf ihren Knieen und flehten zum lieben Gott, er möge sie davor behüten, einsam in die Grube zu fahren, und ihnen den Großsohn und Erben zurückgeben.

Und endlich, endlich wurde ihr Gebet erhört. Die Marinke mochte sich noch so sorgsam verstecken, die Dienstleute trugen es doch hinaus, und bald wußte das ganze Dorf, daß sie gesegneten Leibes war.

Der Jozup ging umher wie ein Wüterich und erklärte, wer ihm den Knaben nehmen wolle, den schieße er nieder.

Aber als die beiden Enskys von seinen Reden hörten, da lachten sie nur, denn sie hatten es schriftlich.

Und eines Tages waren sie dreist genug und erschienen beide im Hoftor.

Die Marinke, die im achten Monat war und nur noch leichte Gartenarbeit verrichten konnte, saß hinten in den Zuckerschoten und ließ die Alten unbemerkt an den Staketen vorbeiziehen. Die aber hatten sie wohl gesehen und wollten gerade in den Garten einbiegen, da stießen sie auf den Jozup, der eben aus dem Hause trat.

„Ihr wollt wohl, daß ich den Hund losmache?" sagte er ihnen zum Gruße.

Die Großelternliebe war stärker in ihnen als jegliche Angst, und obwohl der Alte sich ein wenig hinter der Mutter verkroch, soviel Klugheit hatte er doch, um zu sagen: „Ich würde an deiner Stelle versuchen, dich mit uns zu verständigen, denn vor den Behörden bist du ja machtlos."

Da dachte er nicht anders, als sie würden wohl mit sich handeln lassen, und lud sie ein, in die Stube zu treten.

Aber bald sah er ein, daß sie auf ihrem Scheine bestanden und nur Gewißheit haben wollten, wann sie das Kind heimholen könnten.

Vor seinem Sinn stand nur der eine Gedanke: wie sich den Sohn erhalten, an dem seine Seele hing. Für einen Augenblick stieg wohl der Wunsch in ihm hoch, das Heimliche zu offenbaren, das ihn mit dessen Leben verband, aber er warf ihn sogleich wieder von sich, denn er hatte inzwischen wohl erkannt, daß, wenn die Marinke, mochte sie sonst noch so weich sein, zu einer Sache entschlossen war, nichts auf der Welt sie davon abbringen konnte.

Und ihren Leichnam aus dem Haffe fischen — das wollte er doch nicht.

In seiner wilden Ratlosigkeit suchte er hin und her, ob nicht ein einziger Grund sich finden ließe, mit dem er sein Fleisch und Blut sich für immer erobern könnte. Aber es fiel ihm kein anderer ein als der, mit dem er sein Weib nun schändete.

„Jurris habt ihr ihn ja genannt," sagte er, „aber was wißt ihr, ob er wirklich dem Jurris sein Kind ist?"

Die Mutter Enskys hob die gefalteten Hände zu ihm auf, als wollte sie ihn anflehen, den Schlag *nicht* zu tun, der ihnen die Hoffnung raubte. Der Alte aber tanzte um den Jozup herum und schrie immerzu: „Wer ist es? Wer ist es? Wer ist es?"

Und er — mehr aufs Geratewohl, als weil er sich eines bestimmten Verdachtes bewußt war

— entgegnete dieses: „Nun — es kann ja zum Beispiel — der — Wieszpatis gewesen sein. Nicht umsonst hat er Kinder sitzen weit und breit — und sie ist drei Jahre lang bei ihm auf dem Hofe gewesen."

Die Mutter sank auf den Stuhl wie vom Blitze getroffen, der Alte aber rannte spornstreichs hinaus und in den Garten — dorthin, wo die Marinke vorhin gearbeitet hatte.

Erschrocken erhob sie sich von der Erde, denn sie dachte, der Jozup wolle dem Alten zu Leibe, da schrie er auch schon: „Nun ist es heraus, du Weibsbild! Dem Wieszpatis Seine bist du gewesen. Und das Kind ist von ihm. Gesteh, daß das Kind von ihm ist!"

In ihrer großen Überraschung dachte sie nicht anders, als es sei durch ein Unglück alles ruchbar geworden, was sie sich selber kaum eingestand, und den Kopf auf die Brust herabneigend entgegnete sie: „Wenn du es weißt, warum fragst du mich erst?"

Da rannte er spornstreichs zurück und schrie es durch Garten und Hof: „Sie hat gestanden, daß der Wieszpatis der Vater ist. Sie hat es eben gestanden."

Der Jozup, der aus dem Hause trat, wurde so gelb wie die Asche im Eimer. Er nahm den Alten beim Wickel und schleppte ihn vor das Hoftor. Dort gab er ihm noch einen Stoß mit dem

Absatz und überließ ihn seinem weinenden Weibe. Dann ging er der Marinke entgegen, die mit vorgeschobenem Leibe mühsam aus dem Garten kam.

Sie dachte: Er sieht gerade so aus, als sei er der Henker. Aber da sie wußte, daß nichts auf der Welt sie aus seinen Händen erretten konnte, so gab sie sich drein.

„Geh ins Haus," sagte er und blieb ihr dicht auf den Hacken.

Dann peitschte er die Mägde hinaus, die ängstlich um die Feuerstätte standen, und folgte ihr in die Stube.

Sie mußte sich niedersetzen, so beinschwach war sie geworden, und seine Augen stachen nach ihr wie grüne Lichter zur Nachtzeit.

„Also wie war das mit dem Wieszpatis?" fragte er ganz freundlich.

„Wie wird's gewesen sein?" sagte sie. „Er war doch der Herr, und ich war die Magd. Und wenn ich Sonnabends zur Abrechnung kam, dann hat er gesagt, ich gefall' ihm."

„Und das ging so die ganzen Jahre lang?"

„Solang' ich die Meierei unter mir hatte, wird's wohl gegangen sein."

„Und als du merktest, daß du ein Kind von ihm trugst, da suchtest du dir den Jurris als Vater dazu?" fragte er immer noch freundlicher.

Sie schüttelte den Kopf. „Nein, das war anders." Und nun berichtete sie ihm der Wahrheit nach, wie der Wieszpatis sie noch einmal nach Augustenhof hatte hinkommen lassen — der Jozup selber war ja Vermittler gewesen — und wie sie allein hatte fahren müssen, weil der Jurris nicht war zu finden gewesen. Da hatte der Herr gesagt: „Wir wollen nun Abschied feiern, Marinke." Und sie hatte gebeten und gefleht: „Ach lassen Sie mich doch gehn, Ponusze." Aber er war ja der Herr, und sie hatte ihm schon so oft den Willen getan, daß sie meinte, sich ihm auch diesmal nicht weigern zu dürfen. Und von daher war alles Unglück gekommen.

Er sagte: „Ich habe das Gelöbnis getan, dich nicht zu schlagen. Und das ist dein Glück, sonst würdest du wohl nicht lebendig aus dieser Stube kommen. Auch sollst du mir zuerst einen Sohn zur Welt bringen, denn das bist du mir jetzt schuldig. Was ich dann aus dir machen werde, das weiß ich noch nicht. Aber ich rate dir, den Bengel, den du mir hergeschleppt hast, den schaffe mir aus den Augen. Denn Herrensohn ist Hurensohn. Und kommt er mir in den Weg, so schmeiß' ich nach ihm mit allem, was ich grad finde. Und wenn es der Schleifstein ist."

Die Marinke hob die Arme nach ihrem Manne auf und weinte und bat: „Wo soll ich hin mit ihm in meinem Zustand?"

„Das geht bloß dich an," entgegnete er und schritt aus der Türe.

Sie rannte, so rasch sie konnte, hinter ihm drein, um den Kleinen vor ihm zu sichern, der wohl irgendwo bei den Pferden im Gras saß. Und sie fand ihn auch glücklich und wartete ab, bis der Weg frei war, dann zog sie ihn rasch in die Klete.

„Hole mir Betten für mich und das Kind," sagte sie zu der Hausmagd, „denn hier werd' ich wohnen, bis meine Stunde gekommen ist."

Und der Kleine schrie nach dem Vater, er wolle hinaus und mit ihm spielen, wie er's gewohnt war. Und sie hielt ihm den Mund zu aus Furcht, der Jozup möchte eindringen und mit ihm tun, was er gedroht hatte.

In der Klete hielt sie sich mit dem kleinen Jurris wohl vierzehn Tage auf und traute sich nicht, sie zu verlassen. Und die Mägde sorgten gut für sie, denn sie war ihnen immer eine freundliche Herrin gewesen.

Der Jozup aber gab keine Ruhe. Wenn er an der Klete vorbeiging, schüttelte er die Faust nach dem Fenster und stieß Schimpfwörter aus, wie man sie sonst nur an schlechten Orten hört.

Er nannte sein Weib eine „Klorke". Und „Szunjôda" und „Pajudêle" nannte er sie. Das sind Namen, die man am besten ins Deutsche nicht überträgt.

Und drohen tat er ihr auch und immer aufs neue. Sie konnte das Fenster noch so fest schließen, sie hörte und verstand ihn in allem. „Denke nur nicht, daß du straflos ausgehen wirst, mein Täubchen, weil ich das Gelöbnis getan habe, dich niemals zu schlagen. Ich werde mir jemand kommen lassen, der wird das alles statt meiner besorgen. Der wird dir mit der Bratpfanne den Rücken salben und wird dir die Beine mit Ruten streichen, so daß du das ganze Jahr über glauben wirst, heute feiern wir Ostern."

Und die Marinke lag zitternd allnächtlich und dachte: „Wer mag es nur sein, den er meint?" Aber niemand fiel ihr ein, der den Willen haben konnte, an ihr zum Quälgeist zu werden.

Am allermeisten hatte sie Angst um den Knaben, dem der Jozup Tag für Tag ans Leben gehen wollte. Und in dem Maße, als ihre Zeit sich verkürzte, wurde die Unruhe größer in ihr, daß er, wenn sie nicht mehr auf ihn aufpassen konnte, dem Zorne des Vaters verfallen war.

12

Eines Nachmittags — es war zu Ende August, und die Leute arbeiteten draußen im Grummet —, da sah die Marinke durch das Fenster der Klete, daß der Jozup den Spazierwagen anspannte, sich einen Korb mit Essen und Trinken aufladen ließ und davon fuhr.

Da wartete sie nicht länger, zog dem Kleinen

die Sonntagskleider an und schmückte sich selber, so gut es ihr Zustand erlaubte. Dann wagte sie sich hinaus in das Freie. Die Hausmagd war die einzige, die auf dem Hofe geblieben war. Sie fragte sie nicht, wohin der Jozup sich begeben habe, sondern sagte nur im Vorbeigehn: „Ich will jetzt den Kleinen wegbringen. Erzähle dem Herrn nichts davon, auch wenn ich zur Nacht nicht zu Haus bin."

Und das tat sie aus Vorsicht, denn ob sie auch fortgehen wollte, so wußte sie doch nicht, wohin. Und die Magd sah ihr kopfschüttelnd nach.

Sehr schwer war es, auf dem Wege zu bleiben, wenn Leute ihr entgegenkamen, denn das Geschehene war ja längst allen bekannt; aber jeder grüßte sie freundlich, wenn er auch nicht mit ihr sprach.

Als sie an dem Enskysschen Hofe vorbeigehen wollte, in dem sie so glückliche Tage verlebt hatte, da überfiel sie der Jammer, so daß sie sich weinend auf den Grabenrand setzte. Und eine Stimme sprach in ihr: „Kehre an! Vielleicht daß die Mutter dich nicht fortweist und einen Rat für dich hat!"

Und siehe da! Es traf sich so günstig, daß der Alte auch auf dem Felde war und die gute Mutter sich keinen Zwang anzutun brauchte.

Sie hob den Knaben gleich auf den Schoß und sagte: „Da ist er nun, um den wir Jahre und Jahre gebetet haben, und ist ein Jungchen, so hübsch wie ein Bild. Nun müßte er bloß noch zu uns gehören."

Und sie küßte ihn und sagte weiter: „Wenn der Jurris noch lebte, der würde es nie erfahren haben und hätte ihn liebgehabt wie sein eigenes. Weiß Gott, mir wär' es gleich! Ich würd' ihn auch weiter liebhaben, schon weil er von dem Jurris ein Erbstück ist. Aber der Enskys, der will nicht. Der spuckt aus."

Die Marinke streichelte ihr den Ärmel und bat: „Sag, Mutter, was soll ich tun?"

Und die Enskene erwiderte: „Es ist doch ein Vater da. Der muß sich jetzt kümmern."

Marinke erschrak in tiefster Seele, denn nie hatte sie daran gedacht, daß sie dem Wieszpatis mit ihren Angelegenheiten lästig fallen dürfe.

Und die Mutter Enskys fuhr fort: „Wenn er erfährt, daß sein Fleisch und Blut ganz und gar verkommen muß und ohne Heimat ist, so wird er es zu sich nehmen. Denn nicht umsonst sagen alle, daß er ein guter Mann ist und ein gerechter Mann."

Die Marinke bebte, und eine große Mattigkeit kam über sie. Beinahe wäre sie von der Bank herab auf die Erde gesunken. Aber die Mutter Enskys hielt sie fest und sagte: „Daß es dir schwer fällt, kann man sich denken. Es trifft sich aber gut, daß wir die Woche haben, darum kannst du gleich mit dem Milchfuhrwerk mitfahren, das der Hütejunge kutschiert."

„Aber bei den andern anhalten, wenn er die Kannen einsammelt, das bring' ich nicht übers Herz," sagte die Marinke.

Und die Mutter fand, daß das gar nicht nötig sein würde, der Junge könne ja erst die Runde machen und sie dann abholen kommen.

Und so geschah es.

Es war schon dunkel, als sie mit dem Kleinen auf Augustenhof eintraf. Der Schweizer in der Meierei sah sie mißtrauisch an, aber sie kümmerte sich nicht um ihn, sondern nahm den kleinen Jurris bei der Hand und schlug den Weg zum Herrenhause ein.

Als sie an den Bach kam, der vom Hofteich in den Garten läuft, schlug ihr das Herz so sehr, daß sie meinte, über das Brückengeländer fallen zu müssen, und als sie gar lachende Stimmen auf der Veranda hörte und milchfarbene Windlichter sah, da war es vollends mit ihren Kräften zu Ende.

„Wer ist da?" hörte sie die Stimme des Herrn.

Und da sie nicht zu antworten vermochte, sagte er weiter: „Sieh doch einmal nach, Agnes, wer da ist."

Ein junges Mädchen kam die Treppenstufen herab — sollte das wirklich die Agnes sein? — und fragte: „Was wünschen Sie?" Und da sie noch immer nicht antwortete, rief das Mädchen hinauf: „Eine Frau ist da mit einem Kinde, aber sie spricht nichts."

Da kam er, der Herr, selber die Treppe herab. Und sie neigte sich vor ihm und küßte ihm den Ärmel.

„Ich kann nicht recht sehen," sagte er. „Bist du etwa die Marinke?"

Da bekam sie die Sprache wieder und sagte: „Die bin ich."

„Komm herein," befahl er und schritt ihr und dem Kinde voran die Stufen empor, an lauter Herrenleuten vorbei — jungen und alten —, es waren deren mindestens sechs oder sieben. Sie erkannte die gnädige Frau, der küßte sie rasch noch die Hand, und dann ging sie durch die Sommerstube und den Saal und den mittleren Korridor immer hinter ihm her, und der Kleine war tapfer und quarrte nicht im geringsten.

Und so kamen sie in sein Arbeitszimmer, das am Giebelende gelegen war und drei Polstertüren hatte, eine rechts, eine links und eine zum Korridor hin, durch die sie nun eintraten.

Er drehte das elektrische Licht an, das sie noch nie gesehen hatte, denn damals war es Petroleum gewesen. Da stand noch der Schreibtisch, an dem sie Sonnabends immer Rechnung gelegt hatte, und das Ruhebett in der linken Fensterecke stand auch noch da. Und alles war überhaupt, als sei sie nie weg gewesen.

Er hatte sich unter den Kronleuchter gestellt und betrachtete sie lange, aber von dem Kinde, das sie erwartete, und auch von dem, das sie an der Hand hielt, sagte er nichts, sondern begann so: „Es hat mir leid getan, Marinke, daß dein Mann mir vor ein paar Jahren die Milch gekündigt hat. So sind wir ganz außer Verkehr gekommen, und ich weiß nichts mehr von dir. Du hast dich in der ganzen Zeit nicht einmal an mich gewandt, und das passiert mir in ähnlichen Fällen eigentlich niemals. Ich will nicht sagen, daß ich dir das besonders hoch anrechne, denn wenn ich kann, helf' ich gerne. Aber nun setz dich hin, denn du wirst müde sein, und sage, was führt dich her?"

Sie dachte bloß immer: „Und sein Kind sieht er nicht an."

Aber nun, wie sie sich auf die äußerste Kante des Ruhebetts setzte und das Kind zwischen die Kniee nahm, da sah er es doch.

„Ei ei, das ist ein strammer Kerl geworden," sagte er und streckte von seinem Schreibstuhl her lockend die Hand aus, wie man ein Hündchen lockt.

Aber der Kleine wollte nicht und drückte sich nur um so enger an sie.

„Wie werd' ich's ihm bloß sagen?" dachte

sie. „Das Beste wird sein, ich geh' wieder weg, wie ich gekommen bin."

„Nun also, Marinke, erzähle."

„Ich hab' nichts zu erzählen, Ponusze."

„Na, na. Umsonst macht eine Frau, der es schwer fällt, nicht einen so weiten Weg. Also sag, braucht dein Mann eine Hypothek oder möcht' er bauen oder sonst was? Ich geb', was er will, denn ihr seid mir sicher."

„Mein Mann braucht keine Hypothek," sagte sie, „und bauen möcht' er auch nicht, aber es ist 'rausgekommen, was zwischen Ihnen gewesen ist, Herrchen, und mir."

Er wandte sich auf dem drehbaren Sitz kurz nach ihr um, so daß es knarrte, und machte sich ganz krumm, um ihr mit finsteren Augen scharf ins Gesicht zu sehen. Der Lampenschein fiel hart auf ihn herab.

„Er ist ganz grau geworden," dachte sie. Und nun sah er vollkommen so aus, als wär' er der Herrgott. Aber wie ein strenger und zorniger Herrgott sah er aus.

„Nur du und ich haben's gewußt," herrschte er sie an, „und von mir hat's keiner erfahren."

Sie hätte nun sagen müssen: „Von mir auch nicht," aber ihre Angst vor ihm war so groß, daß sie sich keine Antwort getraute.

„Ich werd' denn man gehen," sagte sie und

versuchte aufzustehen. Aber sie war so schwach, daß sie wieder zurückfiel.

Da sah er wohl, daß er zu schroff zu ihr gewesen war. Die geschliffene Karaffe stand immer noch auf dem Tische. Aus der schenkte er ihr ein Glas Wein. Und das Büchschen mit Schokolade, aus dem sie manches liebe Mal hatte naschen dürfen, hielt er dem Kleinen hin. Der wollte erst nicht, aber was ihm in die hohlen Händchen geschüttet wurde, das nahm er.

„Nun laß uns vernünftig reden," sagte der Herr, „und erzähl alles." Aber sie konnte nicht. Sie saß bloß so da und sah vor sich hin.

„Marinke," sagte der Herr, „du bist einmal die Freude meiner Feierabende gewesen, und ich habe dir nie dafür gedankt. Du hast einen großen Stein bei mir im Brett. Denk daran und faß dir ein Herz."

Da faßte sie sich ein Herz und sagte frischweg: „Das Kind hier ist Ihr Kind, Ponusze."

„Ei der Deiwel," sagte er und lachte hellauf, „das ist ja ganz was Neues." Dann nahm er den Kleinen bei der Hand, führte ihn unter die Lampe und betrachtete ihn von oben bis unten. „Wie gesagt, stramm ist er. Wenn er sich auswächst, kann er mir schon ähneln. Denn das weißt du ja, sie ähneln mir alle."

Ja, das wußte sie wohl. Manchmal arbeiteten fünf oder sechs auf dem Hof. Wenn man die in eine Reihe stellte, sah einer aus wie der andere.

Und er fuhr fort: „An sich wär's also schon möglich. Aber ich denk', es ist deinem ertrunkenen Bräutigam seiner. Von dem, soviel ich weiß, hat er ja auch den Namen."

„Das ist richtig," entgegnete sie, „aber von dem ist er nicht. Und von meinem jetzigen Mann ist er auch nicht."

„War der denn auch dabei?" fragte er, und sie konnte nicht anders als Ja sagen.

„Du — das ist aber ein bißchen reichlich," rief da der Herr und wußte vor Lachen sich nicht zu halten. Ach, dies Lachen tat ihr sehr weh!

Bis jetzt hatten sie Deutsch miteinander gesprochen. Aber die Marinke sah ein, daß sie in der fremden Sprache nicht vorwärts kommen würde, wenn sie ihm alles sagen wollte. Und das mußte sie jetzt tun, denn er allein konnte sie verstehen, und es drückte ihr längst schon das Herz ab.

Darum begann sie auf Litauisch zu erzählen, wie alles gekommen war. Er hörte ihr aufmerksam zu und wurde ernster und immer noch ernster.

Mitten darin griff er mit der Hand nach dem Kleinen und hob ihn sich auf das Knie. Und der hatte jetzt gar keine Furcht mehr vor ihm und lutschte still weiter.

Als sie fertig war, fuhr er ihm durch den Wuschelkopf und setzte ihn sacht auf die Erde. Sie kannte die Gewohnheit des Herrn. Er mußte die Beine freikriegen zum Rumgehen, denn das tat er immer, wenn ihm das Herz von irgend was voll war.

Er ging und ging, und dann klingelte er und sagte dem eintretenden Mädchen: „Man soll nicht auf mich warten — ich habe zu tun.“ Einst war sie selbst dieses Mädchen gewesen, und oft hatte er dasselbe zu ihr gesagt. Und dann ging er immer noch länger.

Schließlich blieb er vor ihr stehen und fragte: „Wie wirst du nach Hause kommen?“

„Der Enskyssche Milchwagen wartet auf mich,“ entgegnete sie.

Der große Augenblick war nun da. In ihm mußte das Schicksal des Kindes sich entscheiden.

„Die Enskene hat gemeint,“ stotterte sie, „weil es doch dein Fleisch und Blut ist, Herrchen, und ich nicht weiß, wohin mit ihm, so würdest du es vielleicht in Pflegschaft nehmen und es großziehen lassen auf deinem Hofe. Von Instleuten wohnen ja bei dir so viele.“

Ursprünglich hatte sie weit Größeres von ihm erbitten wollen, aber jetzt, da sie das vornehme Herrschaftshaus wiedergesehen hatte, fühlte sie, daß auch dieses Wenige schwer zu erfüllen war.

„Du vergißt, Marinke," sagte er, „daß da draußen die gnädige Frau sitzt, der ich Rechenschaft schuldig bin. Das Gerede würde sehr bald auch ihr zu Ohren kommen, und dann gäbe es Gram ohne Ende. Daß ich damals ihrem Wunsche nachgab, mit zu deiner Hochzeit zu kommen, war schon zu viel, aber ich mochte es ihr nicht abschlagen — auch um deinetwillen nicht, Kind, weil du so außer jedem Verdacht bliebst. Kommt's nun aber heraus, dann ist jenes eine Verfehlung gewesen, die ich nie wieder gutmachen kann."

Die Marinke verstand nicht recht, was er meinte, aber daß ihr Verlangen eine Vermessenheit war, das wußte sie nun.

„Ich werd' denn man gehn," sagte sie zum zweiten Male. Diesmal fiel sie nicht von selbst zurück, sondern wurde von ihm an der Schulter gefaßt und festgehalten, so daß sie das Aufstehen vergaß.

„In den sechsundzwanzig Jahren, die ich hier bin," sagte er, „ist kein Fremder ohne Trost aus dieser Stube gegangen, und dich, die ich mal sehr gern gehabt habe, die sollte ich einfach in die Nacht hinausschicken? Das geht nicht, Marinke, wenn ich dir auch leider was Anderes als Geld nicht zu bieten hab'."

„Ich will kein Geld!" stieß sie hervor.

„Verachte das Geld nicht," ermahnte er sie.

„Denn es macht die Bösen gut und die Harten gefügig. Ich gebe sonst jeder, die ein Kind von mir hat oder wenigstens sagt, daß es von mir ist, tausend Taler mit auf den Weg. Und noch keine hat sich beklagt. Diesem Jungchen will ich eine Mitgift geben, dreimal so groß, so daß er als ein wohlhabender Erbe gelten kann, und du wirst sehen, er findet seine Heimat noch heute abend."

Damit setzte er sich an den Schreibtisch und schrieb einen Schenkungsbrief über zehntausend Mark, und noch vieles andere schrieb er dazu, wie die Zinsen zu erheben seien und wie das Kapital einst ausgezahlt werden sollte. Das unterstempelte er mit dem Stempel des Amtsvorstehers, dessen Dienst er selber versah, und reichte es der Marinke.

Die dachte bloß immer das eine: „Aus mir kann nun werden, was will. Das Kind ist fürs Leben geborgen."

13

Als die Marinke mit ihrem schlafenden Jungchen auf dem Enskysschen Hofe einfuhr, saß die Mutter gerade so wartend im Mondschein wie an jenem Abend vor sechs Jahren, von dem alles Unglück seinen Ursprung hatte.

„Der Vater ist schon lange zur Ruhe," sagte sie, „drum komm herein und stärke dich."

Und nun saß die Marinke an der Feuerstelle

genau so wie damals und aß und wußte nicht, was sie aß. Der Kleine aber schlief immer weiter.

Und die Mutter verlangte, sie solle erzählen.

Da zog sie den Schenkungsbrief aus der Tasche und reichte ihn ihr.

Die Mutter traute ihren Augen erst gar nicht und ließ sich die Summe immer wieder von neuem sagen, bevor sie sie glaubte.

„Aber dann ist ja alles gut," sagte sie, „und dann will ich erst mal den Vater wecken."

Die Marinke hatte Angst, der Alte würde sie und das Kind sofort zur Tür hinausweisen, aber die Mutter lachte nur, nahm den Brief und ging damit nach der Stube.

Es dauerte eine ganze Weile, ehe sie wieder da war, und hinter ihr in Hosen und Hemd, die Schlorren auf nackten Füßen, kam der Alte gesprungen — wie ein Wiesel kam er gesprungen — und bot der Marinke den Willkomm und klatschte den Kleinen aufs nackte Knie und wollte ihn selber ins Bettchen tragen, denn Kinder müßten mit den Hühnern zur Ruhe.

Die Marinke wußte nicht, wie ihr geschah. „In was für ein Bettchen?" fragte sie.

„Nun, das für ihn bereit steht schon seit Jahren." Und er habe immer gesagt, das mit dem Wieszpatis sei nichts wie ein Schwindel. Das habe der Jozup sich ausgedacht, um ihn und die Mutter zu täuschen. Und nun sei es offenbar, denn für eigene Kinder gebe der Herr Westphal so viel bares Geld nicht aus, sonst wäre er längst schon ein Bettler.

Und als die Marinke ihm verwundert dreinreden wollte, stieß die Mutter sie an und sagte ihr leise: „Laß ihn nur immer. Er redet sich's ein und wird's auch den andern einreden — und so ist's am besten."

Da gedachte die Marinke der Worte, die der Herr zu ihr gesprochen hatte, ehe er die Schenkung niederschrieb, und dankte Gott, daß der Kleine nun wirklich die Heimat gefunden hatte noch am heutigen Abend.

Sie ließ es sich nicht nehmen, ihn selber auszuziehn, denn sie wußte wohl, daß es zum letzten Male geschah. Dann tat sie noch ein Gebet über ihm, siegelte ihm den Mund mit dem Zeichen des Kreuzes und ging vor die Haustür.

Dort standen die beiden und warteten ihrer.

„Ach, möchten sie mich doch einladen, bei ihnen zu bleiben!" dachte die Marinke. Aber sie taten es nicht. Wie konnten sie auch!

„Das Schriftstück bleibt in meiner Hand," sagte der Alte, „denn ich bin der Vormund."

Und die Mutter geleitete sie noch eine Strecke ins Dunkel hinein und sagte zum Abschied: „Ich bin gesund und erst vierundfunfzig. Zwanzig Jahr' hab' ich gewiß noch. Und so lange wird es ihm gut gehn, das weißt du."

Ja, das wußte die Marinke, und sie dankte ihr mit Tränen.

„Was wird aber mit dir werden?" fragte die Mutter.

„Bet für mich, daß ich im Kindbett sterbe," sagte die Marinke und ging von ihr fort . . .

Der Mond stand hoch — es war schon ein Herbstmond —, aber die Luft wehte warm wie im Juni.

Als die Marinke sich dem Wolfsnest näherte, überkam sie ein Schaudern. Der Hofhund würde bellen, bevor er sie noch erkannte, und darauf würde der Jozup, der einen leisen Schlaf hatte, hinausrufen: „Wer ist da?" Und wenn sie dann sagte: „Ich bin es — ich, die Marinke," dann würde das Schimpfen losgehen — Klorke und Szunjôda und Pajudêle und alles, womit er sie sonst noch traktierte.

Sie hielt an und tat einen tiefen Atemzug. Niemand paßte ihr auf. Sie konnte die Nachtstunden nützen, wie es ihr einfiel. Aber wo sollte sie sie hinbringen? Denn sonst eine Heimat hatte sie nicht. Da fiel der Kirchhof ihr ein, auf dem sie so lange Zeit nicht gewesen war. Wie eine Erleuchtung kam es da über sie.

Auf dem Grabe des Jurris zu sitzen bis an den Morgen, das war es, was ihr jetzt fehlte. Da sah sie keiner, da hörte sie keiner, da konnte sie keiner anschreien und schimpfen.

So schlug sie also den Weg zum Kirchhof ein, den sie beinahe vergessen hatte.

Das Grab des Jurris war gar nicht so leicht zu finden, denn ringsherum hatte manch neuer Pilger sich angesiedelt, und die Gesträuche waren auch höher geworden. Aber schließlich unterschied sie es doch und setzte sich auf den Hügel, dessen sandiges Erdreich die Judenmyrte spärlich begrünte.

Einen neuen hölzernen Pfosten hatten die Eltern errichtet. Der war inzwischen schon wieder alt geworden, denn die Inschrift auf der Tafel schien blaß und von Regen verwaschen, soviel man im Mondschein erkannte.

„Bald werden sie ihn alle vergessen haben," dachte sie, und ihr schien's, als sei sie ihm doppelt und dreifach untreu gewesen. Oft hätte sie Zeit gehabt, das Grab zu besuchen, und keiner hätte danach gefragt. Trotzdem fand sie erst heute den Weg hierher, wie man verlassene Freunde nicht früher aufsucht, als wenn man nicht aus und nicht ein weiß.

„Ach wenn ich doch ein bißchen weinen könnte!" dachte sie, aber sie hatte heute schon zuviel Tränen vergossen, und ihr war auch gar nicht so schmerzhaft zumute. Nur müde war sie. Darum lehnte sie das abgerackerte Kreuz gegen den Pfosten und dachte: „Hier möcht' ich einschlafen."

Und das tat sie auch wirklich. Aber bald weckte der Nachtwind sie wieder. Sie lag nun mit geschlossenen Augen und wollte gar nicht mehr aufstehen.

Es war eine große Stille ringsum, nur die harten Baumblätter rieben sich ab und zu aneinander, und in dem Grase raschelte es, wenn irgend ein Getier sich bewegte.

Sie dachte an alle die Geister, die auf so einem Kirchhof zur Nachtzeit ihr Wesen treiben, aber sie fürchtete sich nicht im mindesten, denn unter ihnen wäre auch der des Jurris gewesen, und der hätte sie schon beschützt.

Über diesem Gedanken schlief sie von neuem ein, und ihr war im Traume fortwährend, als stünde er neben ihr und streichelte ihr die Backe. Aber wie sie wieder einmal erwachte, merkte sie, daß es nur der Wind gewesen war, und da tat es ihr leid, daß sie nicht weiter schlief.

„Jetzt muß ich wohl bald heimgehen," dachte sie. Da kam das Schaudern wieder, das sie auf dem Wege zum Wolfsnest schon einmal zurückgejagt hatte.

„Was soll ich eigentlich dort?" dachte sie weiter. „Sobald er mich sieht, wird er mich quälen, und die Dienstleute werden nicht wissen, ob ich ihnen noch was zu befehlen hab'. Hier gehör' ich her. Zu meinem Jurrischen. Hierher auf den Kirchhof."

Und sie beugte sich zur Seite und küßte das Grab, aber ihr kam davon nur Sand zwischen die Zähne. Und mutlos gedachte sie kommender Zeiten.

„Das Kind wird er mir wohl bald wegnehmen," dachte sie. „Denn ich bin für ihn gar nicht mehr eine richtige Mutter. Bloß die Gimdywe — die Gebärerin — bin ich ihm noch. Ein Kind habe ich ihm zu beschaffen anstatt des anderen, das er verstoßen hat, und dann kann ich abgehen. Er wird schon dafür sorgen, daß sie mich bald hierher auf den Kirchhof fahren."

Und ihr war zumut, als bliebe sie am liebsten gleich hier.

Und dann dachte sie an alle die Erniedrigungen, die er ihr zugefügt hatte seit jenem Sturmtage, an dem der Jurris ertrank, und an alle die, die er ihr noch zufügen würde — er und der Helfer, mit dem er drohte.

Und sie sagte zu sich: „Nun hab' ich ihm umsonst prophezeit, daß ich ins Haff gehen werde, wenn er der Alten meine Schande verrät. Denn was er jetzt selber in die Welt hinausschreit, ist ebenso schlimm wie das, was sie damals zu erzählen gehabt hätte."

Und wie das Bild der Alten vor ihr lebendig wurde, überfiel sie plötzlich ein Erschrecken, so furchtbar, daß sie vom Grabe in die Höhe sprang und wie eine Unvernünftige drum herumlief.

Wenn der Helfer, der Peiniger, den er sich kommen lassen wollte, niemand sonst als die Wilkene, die Wölfin war? Was dann? Wohin dann?

Sie rannte nach rechts und rannte nach links, als wollte sie ihr entrinnen, und wußte doch nicht wie. Sie anzuzeigen, dazu war es gewiß zu spät, und sie hatte auch nicht den Mut mehr. Wenn das noch zu fürchten gewesen wäre, hätte der Jozup die Mutter niemals zurückgeholt.

Da war es ihr, als sagte eine Stimme: „Er h a t sie ja gar nicht zurückgeholt."

Das war natürlich dem Jurris seine Stimme. Entweder er schwebte um sie herum, oder sie hatte ihn mit ihren Klagen erweckt, so daß er von seinem Sarge aus zu ihr redete.

Und so warf sie sich vor dem Grabhügel auf die Knie, wühlte die Stirn in den Sand, um ihm näher zu sein, und bat und flehte: „Ach hilf mir doch, Jurrischen, hilf mir doch!"

Und die Stimme sprach weiter: „Gewiß hat er dir nur Angst machen wollen, wie man kleine Kinder mit dem Baboczius ängstigt. Und er ist sonst gar nicht so schlimm. Er hat dich lieb gehabt schon über fünf Jahr, und du bist so zufrieden mit ihm gewesen, daß du mich ganz vergessen hattest. Glaube nicht, daß ich dir deswegen böse bin. Nein, ich bin dir nicht im mindesten böse.

Und weiß ich, daß du da oben froh bist, so hab' ich hier stets meine Ruhe. Nur wenn du weinen kommst, das tut mir weh. Nun aber gehe getrost wieder heim und ertrage geduldig die Prüfungszeit, die Gott der Herr dir gesetzt hat. Der Jozup wird die Wölfin nicht kommen lassen, und auch sonst keinen Peiniger wird er kommen lassen. Und wenn er sieht, wie treu du ihm dienst, dann wird sein Sinn sich wieder zum Guten wandeln, und alles wird werden, wie es noch jüngstens war."

So sprach der Jurris aus seinem Grabe, und sie hörte begierig darauf.

Dann erhob sie sich voll Zuversicht und machte sich bereit, nach Hause zu gehen. Diesmal wandelte kein Schauder sie an, im Gegenteil, sie war wohlgemut, ihr Haupt neuen Leiden beugen zu können. Wenn nur das eine nicht kam, wenn nur die Schwiegermutter, die Wölfin, nicht kam, dann war alles gut! Von ihm selber wollte sie gerne erdulden, womit er sie kränkte.

Sie scharrte den Sand zurecht, den ihr liegender Körper zur Seite gedrückt hatte, zog die Ranken sorgsam darüber her und betete dankbar ein Vaterunser.

Dann machte sie sich auf den Heimweg.

Über dem schwarzen Forst, der den Osten begrenzte, erhob sich bereits ein gelblicher Streif.

Der Wind wehte schärfer, und die Vögelchen zwitscherten schon.

Als sie vor dem Hoftor stand, war es halbhell. Darum bellte der Hund auch nicht, der sie von weitem erkannte, und klopfte nur mit dem Schweife gegen die Hüttenwand.

Da, wie sie gerade an dem Wohnhaus vorübergehen wollte, gewahrte sie, daß in der Kleinen Stube noch Licht war. Rasch trat sie zurück und drückte sich gegen den Gartenzaun, in jene Ecke, wo er mit dem Giebel zusammenstößt.

Und wie sie dort stand, wartend und lauschend, da hörte sie aus dem Innern zwei Stimmen.

Die eine gehörte dem Jozup, die andere aber — vier Jahre hatte sie sie nicht mehr gehört, und nie mehr im Leben glaubte sie sie hören zu müssen.

Sie war also d o ch gekommen, die Wölfin! Für sie hatte er heute den Spazierwagen angespannt, sie von der Bahn abzuholen, und die Magd hatte geschwiegen — aus Mitleid.

Wohin nun? Die Enskysschen wollten sie nicht, das Elternhaus wollte sie nicht, der Wieszpatis wollte sie nicht, selbst der Jurris im Grabe wollte sie nicht. Der hatte sie heimgeschickt mit List und mit Täuschung.

Sie kehrte sich um auf ihren Hacken und rannte und rannte — ohne Sinn und Verstand — so rasch ihr Körper es zuließ.

Bloß weg! — Weg aus dem Hause! Weg aus dem Leben! Weg — weg — weg!

Und mit einmal sah sie vor sich das graublaue Wasser und die schaukelnden Kähne. Und der Schuppen des Jurris war auch da.

Noch ehe die Sonne aufging, fuhr sie aufs Haff hinaus —

14

Am Morgen desselben Tages segelte in drei Mittelbooten eine Trauergesellschaft aus der Richtung von Karkeln her nordwestlich nach der Nehrung hinüber.

Es waren Männer und Frauen aus dem Kirchdorfe Nidden. Die hatten einer Niddnerin, die drüben verheiratet war und im ersten Kindbett hatte dran glauben müssen, das Geleite gegeben.

Da der junge Witwer, um die Heimgegangene zu ehren, ein großes Begräbnis ausgerichtet hatte, so war die Nacht hindurch getanzt und getrunken worden, und alle befanden sich noch in der heitersten Stimmung.

In dem ersten der Boote saßen die Eltern der Toten. Die freilich verhielten sich ruhig, aber sie freuten sich doch, daß die anderen so lustig waren, denn nun konnten sie sicher sein, daß man ihres Kindes lange und gern gedenken würde.

Ihre Aufmerksamkeit galt vor allem einem

länglichen Bündel, das die Alte vorsichtig in den Armen wog, während ihr Mann achtgab, daß die untere Kante des schlagenden Segels in guter Entfernung darüber hinstrich.

In diesem Bündel barg sich die Hinterlassenschaft ihres Kindes, der Säugling, den sie mit sich genommen hatten, um ihn dem Schwiegersohn aufzuziehen. Drüben bei ihm war Muttermilch nirgends zu finden gewesen, aber ob sie sie eher in Nidden verschaffen konnten, war sehr zu bezweifeln.

Vorläufig sog das Kleine mit Inbrunst an dem Lutschpfropfen, in dem gekaute Semmelkrume mit geriebenem Zucker gemischt war, und wenn es zu schreien begann, bekam es Fenchelwasser zu trinken, wovon man auch nicht sehr satt wird. Und da es die Kuhmilch noch nicht vertrug, so lag die Gefahr nicht sehr fern, daß es kurzerhand in die Ewigkeit zurückreisen würde, aus der es eben gekommen war.

Aber die andern scherten sich wenig um solche Großmuttersorgen. Sie lachten und sangen, und wenn es still wurde, kreiste zur Wiederbelebung die Flasche.

Da bemerkte einer, daß von Nordosten her mit der Richtung des Windes ein leerer Kahn auf sie zutrieb.

Leere Kähne zu treffen bringt Glück, und darum wollte der Steuerer im vordersten Boote halbkehrt machen, um sich die Beute zu sichern. Aber die anderen, die hinter ihm fuhren, riefen ihm zu, er möge das lassen; der Kahn würde in einer halben Stunde von selber am Ufer der Nehrung erscheinen und wäre dann leichter zu bergen als jetzt.

So blieb er also auf seinem Wege, und die anderen folgten ihm nach.

Da — als sie gerade die Windlinie durchstrichen, die von dem leeren Kahn auf sie zulief, vernahmen sie etwas, das wie das Schreien eines kleinen Kindes klang.

Die in den hinteren Booten glaubten natürlich, es käme von dem Bündelchen her, das die Alte hielt, aber die neben ihr saßen, merkten sofort, daß es damit eine andere Bewandtnis hatte.

Nun ließ der Steuerer sich nicht mehr halten und fuhr in kurzem Bogen dem leeren Kahne entgegen.

Der war aber nicht leer, sondern wie sie alle zu ihrer Verwunderung erkannten, lag auf dem Boden ausgestreckt eine bewußtlose Frau und zu ihren Füßen ein Neugeborenes.

Die Weiber drängten die Männer zurück, damit deren Augen die Scham der Geburt nicht entweihten, und die beiden erfahrensten stiegen sacht in den Kahn, der Ohnmächtigen die ersten Dienste zu leisten.

Dort aber, wo das Bündelchen unter dem Segelrand lag, sagte der alte Mann leise zu seiner Frau: „Laß uns dem Herrn ein Dankgebet sprechen, denn mir scheint, er hat uns vom Himmel Nahrung geschickt für das Kleine."

Und die Großmutter sprach: „Frohlocke nicht zu früh. Das dort ist kein Jungfernkind. Sie sieht aus wie eine vermögende Bauernfrau und wird uns bald wieder verlassen."

Für alle Fälle aber erboten sie sich, die fremde Wöchnerin in Pflege zu nehmen, und die andern waren zufrieden, daß sie es nicht brauchten.

So geschah es, daß die Marinke, die hinausgefahren war, sich in den Wellen die ewige Ruhstatt zu suchen, in einem weichen, warmen Federbett wieder erwachte und statt des einen Kindes, dem sie das Leben gegeben hatte, deren zwei in der Wiege neben sich vorfand.

Und ob sie auch zum Verwundern und zum Fragen zu schwach war, so nahm sie sie doch gleich an die Brust, und die gab willig Nahrung für beide.

Dann, als man zu wissen begehrte, woher sie sei und wie sie sich nenne, da weinte sie nur und wollte nicht reden.

Es mußte aber die Meldung an das Standesamt gehen, und da sie auch am zweiten und dritten Tage nichts tat als weinen und schweigen, so wußten die beiden sich kaum einen Rat mehr.

Nun traf es sich aber, daß damals in Nidden der Pfarrer Hoffheinz Seelsorger war, der jüngere Bruder des Superintendenten, den die Tilsiter heute noch preisen. Das war gleich diesem ein lebensfroher und gottgefälliger Mann, der die Litauer liebte, als wäre er einer von ihnen, und allen, die seines Schutzes bedurften, Ratschlag und Zuflucht bot, soweit sein Arm sich erstreckte.

Der sagte: „Sie scheint großes Leid erfahren zu haben. Darum laßt sie in Ruhe bis an den neunten Tag. Die Behörden werd' ich solange auf mich nehmen. Und ist sie erst wieder bei Kräften, dann will ich sie selber befragen."

Das war das Richtige. Am neunten Tage trat er zu ihr an das Bett, schloß die Stubentür ab und verweilte bei ihr wohl an die zwei Stunden.

Und als er wieder herauskam, hatte der fröhliche Mann die Augen voll Wasser und sagte: „Hier hat Gott ein Wunder getan."

„An uns auch," sagte die Alte, „denn ohne sie wäre das Kind der Anikke schon unter der Erde."

Von nun an dauerte es keine zweite Nacht mehr, da erfuhr der Jozup Wilkat, wo sein Weib geblieben war — und mit ihr das Kind, das sie nach seinem Glauben ihm schuldete. Und weil er sich schämte, sie in den Tod getrieben zu haben, war er sehr froh und machte sich auf, sie heimzuholen — sie und das Kleine.

Das aber war es gerade, wovor die Marinke zitterte bei Tag und bei Nacht und das zu verhüten der Pfarrer ihr hilfreich sein wollte.

Und er, der klug war wie einer, hatte Befehl gegeben, daß, wenn ein Mann im Dorfe herumfragte, wo die Kiekutis wohnten, bei denen die Fremde sich aufhielt, kein einziger es wissen dürfe — nicht einmal der Schulze — und daß man ihn, wenn er durchaus keine Ruhe gab, ins Pfarrhaus weise; da könne er's wahrscheinlich erfahren.

So kam es, daß der Jozup, der wütend von einem zum andern lief und alsbald erkannte, daß man ihn narre, schließlich einem Manne ins Angesicht sah, mit dem sich nicht so leicht umspringen ließ wie mit einem schutzlosen Weibe.

Ja, das Weib — das sei ihm egal, das könne seinetwegen gehen, Filzschuhe wichsen, aber das Kind — das Kind, das müsse er haben, tot oder lebendig.

Nun war der Pfarrer Hoffheinz aber ein guter Freund vom alten Settegast — er hat ja später in zweiter Ehe auch dessen Tochter geheiratet —, das sagte er dem Jozup so nebenbei. Und daß, wenn auf diese Weise die Kürbisgeschichte ruchbar würde, von einem Verschulden der Frau nicht mehr die Rede sein könne, das sagte er auch.

Da wurde der Jozup alsbald ganz windelweich, ließ seine Ansprüche fahren und setzte für die Zeit nach der Scheidung auch noch ein Jahrgeld aus, so hoch, wie es einer Besitzersfrau zukommt.

Ohne die Marinke mit einem Auge gesehen zu haben, fuhr er zurück übers Haff — zurück zu seiner Mutter, der Wölfin. Und nie mehr hat er einen solchen Angriff gewagt.

Die Marinke blieb bei den guten Leuten, die ihr fast so zugetan waren wie einst die Mutter Enskys, und nährte zugleich mit dem eigenen Kinde das fremde rosig und blank.

Und als ein Jahr darauf dessen Vater herbeigesegelt kam, nach ihm zu sehen, da fand er es nicht anders, als ob die tote Mutter noch lebte.

So geschah es fast von selber, daß die beiden sich miteinander versprachen.

Er hatte in manchem Ähnlichkeit mit dem Jurris, und das gefiel der Marinke am meisten.

Die Hochzeit wurde in Frieden und Stille begangen. Und still und friedlich leben die beiden noch heute.

Literatur im Reprint

Hans Christian Andersen
Reise-Erlebnisse in Schweden
Unveränd. Nachdr. d. Ausgabe Leipzig 1875
1. Auflage 2004, 198 Seiten
kartoniert: ISBN 3-88074-716-4, € 34,80
ohne Einband: ISBN 3-88074-334-7, € 16,30

Sein oder nicht sein
Unveränd. Nachdr. d. Ausgabe Leipzig 1880
1. Auflage 2004, 319 Seiten
kartoniert: ISBN 3-88074-717-2, € 40,90
ohne Einband: ISBN 3-88074-335-5, € 19,40

Die Glücksblume
Märchen-Komödie in 2 Aufzügen
Unveränd. Nachdr. d. Ausgabe Leipzig 1847
1. Auflage 2004, 107 Seiten
kartoniert: ISBN 3-88074-718-0, € 23,00
ohne Einband: ISBN 3-88074-336-3, € 11,60

Otto Julius Bierbaum
Eine empfindsame Reise im Automobil von Berlin nach Sorrent und zurück
Unveränd. Nachdr. d. Ausgabe Berlin 1903
1. Auflage 1999, ca. 240 Seiten,
zahlr. Abbildungen, € 29,60
kartoniert: ISBN 3-88074-732-6

Giovanni Boccaccio
Fiametta
Aus d. Ital. übertr. v. Sophie Brentano
Unveränd. Nachdr. d. Ausgabe Berlin 1806
1. Auflage 2004, 392 Seiten
gebunden: ISBN 3-88074-719-9, € 65,40
ohne Einband: ISBN 3-88074-337-1, € 24,50

Briefwechsel des jungen Börne und der Henriette Herz
Hrsg. von Ludwig Geiger
Unveränd. Nachdr. d. Ausg. Odenburg 1905
1. Aufl. 1999, 201 Seiten
kartoniert: ISBN 3-88074-743-1, € 34,80
ohne Einband: ISBN 3-88074-363-0, € 23,00

Adelbert von Chamisso
Leben und Briefe
Hrsg. von Friedrich Palm
Unveränd. Nachdr. d. Ausgabe Berlin 1864
1. Auflage 1999, 768 Seiten
gebunden: ISBN 3-88074-708-3, € 116,60
ohne Einband: ISBN 3-88074-323-1, € 34,40

Theodor Wilhelm Danzel
Gottsched und seine Zeit
Auszüge aus seinem Briefwechsel nebst Gesammelten Aufsätzen von Th. W. Danzel und Anmerkungen D. W. Trillers zu Klopstocks Gelehrtenrepublik
Unveränd. Nachdr. d. Ausgabe Leipzig 1855
1. Auflage 1997, 690 Seiten
kartoniert: ISBN 3-88074-700-8, € 55,20
gebunden: ISBN 3-88074-701-6, € 70,50

Ida Gräfin Hahn-Hahn
Gräfin Faustine
Unveränd. Nachdr. d. Ausgabe Berlin 1848
1. Auflage 2003, 320 Seiten
gebunden: ISBN 3-88074-750-4, € 65,40
ohne Einband: ISBN 3-88074-370-3, € 24,40

Wilhelm Heinse
Hildegard von Hohenthal
Hrsg. von Heinrich Laube
Unveränd. Nachdr. d. Ausgabe Leipzig 1838
1. Auflage 1998, 710 Seiten
gebunden: ISBN 3-88074-709-1, € 80,80
ohne Einband: ISBN 3-88074-324-X, € 32,70

Henriette Herz
Ihr Leben und ihre Zeit
Hrsg. von Hans Landsberg
Unveränd. Nachdr. d. Ausg. Weimar 1913
1. Auflage 1999, 494 Seiten
gebunden: ISBN 3-88074-745-8, € 70,50
ohne Einband: ISBN 3-88074-364-9, € 32,70

August Heinrich Hoffmann von Fallersleben
Mein Leben
(Gekürzt)
Unveränd. Nachdr. d. Ausg. Steinberg 1868
1. Auflage 1997, 385 Seiten
kartoniert: ISBN 3-88074-704-0, € 43,50
gebunden: ISBN 3-88074-705-9, € 55,70

E. T. A. Hoffmann
Briefe und Tagebücher I & II
Hrsg. Walther Harich
Unveränd. Nachdr. d. Ausgabe Berlin 1924
1. Auflage 1999, 802 Seiten
gebunden: ISBN 3-88074-715-6, € 116,60
ohne Einband: ISBN 3-88074-331-2, € 34,80

Literatur im Reprint

Dr. Hans Hofmann
Wilhelm Hauff
Eine nach Quellen bearbeitete Darstellung seines Werdegangs.
Unveränd. Nachdr. d. Ausg. Frankfurt 1902
1. Auflage 1997, 300 Seiten
kartoniert: ISBN 3-88074-702-4, € 40,40
gebunden: ISBN 3-88074-703-2, € 58,80

Die Brautbriefe Wilhelms und Karolinens von Humboldt
Hrsg. Albert Leitzmann
Unveränd. Nachdr. d. Ausgabe Leipzig 1921
1. Auflage 2004, 484 Seiten
gebunden: ISBN 3-788074-742-3, € 75,70
ohne Einband: ISBN 3-88074-365-7, € 30,70

Friedr. Karl Liebrecht Immermann
Merlin
Eine Mythe
Unveränd. Nachdr. d. Ausgabe Berlin 1873
1. Auflage 1999, 175 Seiten
kartoniert: ISBN 3-88074-714-8, € 34,80
ohne Einband: ISBN 3-88074-330-4, € 23,00

Gotthold Ephraim Lessing
Philotas
Ein Trauerspiel
Unveränd. Nachdr. d. Ausgabe Berlin 1907
1. Auflage 1999, 40 Seiten
kartoniert: ISBN 3-88074-712-1, € 24,70
ohne Einband: ISBN 3-88074-328-2, € 12.30

Hermann Sudermann
Johannisfeuer
Schauspiel in vier Akten
Unveränd. Nachdr. d. Ausg. Stuttgart 1900
1. Auflage 2004, 164 Seiten
kartoniert: ISBN 3-88074-746-6, € 34,80
ohne Einband: ISBN 3-88074-366-5, € 16,30

Stein unter Steinen
Schauspiel in vier Akten
Unveränd. Nachdr. d. Ausg. Stuttgart 1905
1. Auflage 2004, 162 Seiten
kartoniert: ISBN 3-88074-747-4, € 34,80
ohne Einband: ISBN 3-88074-367-3, € 16,30

Otto Ludwig
Die Heiterethei und ihr Widerspiel
Unveränd. Nachdr. d. Ausg. Leipzig [o. J.]
1. Auflage 2004, 368 Seiten
kartoniert: ISBN 3-88074-741-5, € 35,70
ohne Einband: ISBN 3-88074-360-6, € 20,30

Johann Karl August Musäus
Grandison der Zweite
Oder Geschichte des Herrn von N***
Unv. Nachdr. d. Ausg. Eisenach 1760–1762
1. Auflage 1999, 1070 Seiten
gebunden: ISBN 3-88074-710-5, € 152,30
ohne Einband: ISBN 3-88074-325-8, € 50,10

Jean Paul
Die Wahrheit aus Jean Pauls Leben
Hrsg. Christian Otto & Ernst Förster
Unv. Nachdr. d. Ausg. Breslau 1826–1833
1. Auflage 1999, 2687 Seiten
gebunden: ISBN 3-88074-707-5, € 254,60
ohne Einband: ISBN 3-88074-332-0, € 132,90

Johanna Schopenhauer
Gabriele
Unv. Nachdr. d. Ausgabe Frankfurt 1830
1. Auflage 1999, 942 Seiten
gebunden: ISBN 3-88074-713-X, € 142,10
ohne Einband: ISBN 3-88074-329-0, € 50,10

Tobias Georg Smollett
Humphry Klinkers Reisen
Unveränd. Nachdr. d. Ausgabe Leipzig 1772
1. Auflage 2004, 778 Seiten
gebunden: ISBN 3-88074-711-3, € 116,60
ohne Einband: ISBN 3-88074-326-6, € 34,80

Verlag Dietmar Klotz
Krifteler Weg 10 • 65760 Eschborn
Fon: 06196-381533 Fax: 06196-48532
E-mail: Verlag.Dietmar.Klotz@t-online.de
www.verlag-dietmar-klotz.de